AtV

Carola Dunn wurde in England geboren und lebt heute in Eugene, Oregon. Sie veröffentlichte mehrere historische Romane, bevor sie die erfolgreiche »Miss Daisy«-Serie zu schreiben begann.
In der Aufbau-Verlagsgruppe sind außerdem erschienen: »Miss Daisy und der Tote auf dem Eis«, »Miss Daisy und der Tod im Wintergarten«, »Miss Daisy und die tote Sopranistin«, »Miss Daisy und der Mord im Flying Scotsman«, »Miss Daisy und der Tote auf dem Wasser«, »Miss Daisy und der tote Professor« und »Miss Daisy und der Tote auf dem Luxusliner«.

Frühsommer in Südengland – der Honourable Phillip Petrie ist mit seinem Sportwagen unterwegs, als der Motor plötzlich den Geist aufgibt. Da hält auch schon ein knallroter Aston Martin mit quietschenden Reifen neben ihm. Um Phillip ist es sofort geschehen, denn die schönste Blondine, die er jemals gesehen hat – sie stellt sich als Gloria Arbuckle vor –, bietet ihm ihre Hilfe an. Phillip kann Gloria nicht vergessen und beschließt, ihr Herz zu erobern. Was nicht so leicht ist, denn es gilt, auch ihren Vater, einen millionenschweren amerikanischen Industriellen, zu überzeugen.

Auf einer romantischen gemeinsamen Landpartie haben Gloria und Phillip erneut eine Autopanne – und werden auf hinterhältigste Weise entführt. Einige Zeit später wird Phillip gefesselt auf dem Gut der Dalrymples ausgesetzt – eine bei aller Tragik überaus glückliche Fügung, denn nachdem die Kidnapper Glorias Vater für die Freilassung seiner Tochter horrende Forderungen gestellt haben, geht es um Stunden. Die jeder kriminalistischen Herausforderung gewachsene Miss Daisy Dalrymple hat schwere Arbeit zu leisten, aber zum Glück steht ihr auch bei diesem Fall wieder ihr Freund Alec Fletcher von Scotland Yard zur Seite.

Carola Dunn

# Miss Daisy und die Entführung der Millionärin

Roman

*Aus dem Englischen von Carmen v. Samson-Himmelstjerna*

Aufbau Taschenbuch Verlag

Die Originalausgabe unter dem Titel
*Damsel in Distress*
erschien 1997 bei St. Martin's Press, New York.

ISBN 3-7466-1772-3

2. Auflage 2004

Umschlaggestaltung Mediabureau Di Stefano
unter Verwendung eines Fotos von David Chasey, gettyimages
Druck Oldenbourg Taschenbuch GmbH, Plzeń
Printed in Czech Republic

www.aufbau-taschenbuch.de

In memoriam Margaret Brauer, 1917–1996.
Sie war immer überzeugt,
mein letztes Buch sei das beste,
das ich je geschrieben hätte.

*Danke, Mum.*

# 1

Phillip lauschte angestrengt. Ja, da war es wieder, dieses bedrohlich klopfende Geräusch.

Der altersschwache Motor seines Zweisitzers, ein Swift, machte einen teuflischen Krach, während er den eher steilen Hügel hinauffuhr, und jetzt hatte sich ein merkwürdiges Quietschen und Klappern aus dem Chassis und dem Motor hinzugesellt. Schließlich stellte er das alte Gefährt ja auch auf gewaltige Proben. Für jedes frisch geölte Teil, jede neu angezogene Schraube löste sich anderswo die nächste. Aber dieses Klopfen war neu, anders, und verflixt beunruhigend.

Als er sicher über den Gipfel der Surrey Downs gelangt war, bog er von der Landstraße in eine gerade auftauchende Einfahrt ein. Über das Tor mit den fünf Metallstreben hinweg schaute ihn eine Kuh an und muhte.

»Vor der Melkzeit bin ich schon lange wieder weg«, versicherte er ihr und sprang aus dem Wagen.

Phillip zog sein Jackett aus, warf es auf den Sitz und krempelte die Ärmel hoch, um dann die Motorhaube aufzustellen. Während er in deren ölige Tiefen schaute, hörte er einen gut gepflegten Motor auf der Straße heranschnurren. Er drehte sich um und sah einen scharlachroten Aston Martin an sich vorbeisausen, dann bremsen, rückwärts fahren und neben ihm halten.

»Hallo! Liegengeblieben?« fragte das Mädchen am Steuer und schlug den Staubschleier von ihrem Hut zurück, so daß ein hübsches, von blonden Locken umspieltes Gesicht zum Vorschein kam. »Kann ich Sie irgendwohin mitnehmen?«

»Vielen Dank, aber eine richtige Panne ist es eigentlich nicht.«

»Ach so.« Das amerikanische Mädchen – Phillip war überzeugt, daß sie Amerikanerin sein mußte – schaute den Swift fragend an. »Aber die Kapuze ist doch auf!«

»Kapuze?« Er blickte das Verdeck an, das er an diesem milden, trockenen Frühlingstag zurückgelegt hatte. Ach so, sie war ja Amerikanerin und meinte mit »Kapuze« wahrscheinlich seine hochgestellte Motorhaube. »Ach so, Sie meinen die Kühlerhaube? Irgendwas im Motor klopft«, erklärte er, »aber wenn ich es nicht schaffe, die Sache in ein paar Minuten Bosselei mit meinen eigenen Werkzeugen zu beheben, dann fahre ich zur nächsten Werkstatt und leihe mir von denen Werkzeug aus.«

»Sie reparieren Ihr Automobil selbst? Jui, Sie müssen aber schlau sein.«

»Na ja, da ist doch nichts Großes dabei«, sagte Phillip bescheiden. Bei näherer Betrachtung waren die Locken dieses Mädchens aus Gold und nicht nur blond, und sie hatte das hübscheste Gesicht, das er seit Jahren gesehen hatte. Jedenfalls nicht mit Puder und Farbe zugekleistert, wie es die Mädchen sonst dieser Tage hatten. »Es macht mir Spaß, an Autos herumzuschrauben«, fügte er hinzu und war froh, daß er noch nicht unter das Auto gekrochen war und jetzt mit ölverschmiertem Gesicht dastand. »Ich wünschte nur, ich hätte mehr Zeit dafür.«

»Ich wollte das auch schon immer mal probieren.« Das war ja ein Mädchen, wie man es sonst in einer Million nicht fand! »Aber Poppa läßt mich nicht. Er meint, das wär nicht damenhaft. Hat sich unheimlich drauf versteift, daß ich mich wie eine Dame benehmen soll, mein Poppa. Es hat Jahre gebraucht, bis ich ihn so weit hatte, daß ich überhaupt mal Auto fahren darf. Aber mittlerweile teste ich die Automobile für ihn. Fahre herum, um zu sehen, wie sie sich für einen normalen Fahrer anfühlen.«

»Und das machen Sie gerade mit diesem Traumschlitten? Von denen sind nicht gerade viele unterwegs.«

»Es fährt sich großartig. Poppa überlegt, ein paar Dollar in die Firma reinzuschießen, damit die noch mehr davon produzieren kann. Deswegen sind wir in England, schauen uns nach vielversprechenden Automobilherstellern um, in die Poppa investieren könnte. Sie haben wohl schon geraten, daß ich keine Engländerin bin?« fragte sie bedauernd.

»Ich finde Ihren Akzent einfach hinreißend.«

»Ehrlich und ungelogen? Dabei wollte ich doch wie eine feine englische Dame reden lernen. Ich finde England einfach herrlich, diese süßen kleinen Dörfer und die Geschichte und die Blumen und alles, überhaupt.«

Sie zeigte auf die Böschung am Straßenrand. Phillip fielen zum ersten Mal die Frühlingsblumen auf, die in wildem Durcheinander dort standen: Primeln, Veilchen, Scharbockskraut und Sternmieren.

»Aber na ja«, fuhr das Mädchen fort, und in ihrer Stimme schwang Bedauern mit, »ich will Sie nicht länger von Ihrer Schrauberei abhalten. Ehrlich gesagt hab ich mich ziemlich verfahren. Auf den Schildern stehen nur Orte, in die ich gar nicht will. Könnten Sie mir vielleicht sagen, wie ich zur Schnellstraße nach London komme?«

Phillip öffnete gerade den Mund, um zu sagen: »Zweite nach rechts und dann immer geradeaus bis zum Morgengrauen«, oder wie auch immer die Anweisung lauten würde, als ihm plötzlich ein Geistesblitz kam. Jedenfalls schien es ihm so, als könnte dies ein Geistesblitz sein. Der Honourable Phillip Petrie war mit diesen verflixten Dingern nicht ausreichend vertraut, um gleich von Anfang an sicher zu sein, ob es sich wirklich um ein Aha-Erlebnis handelte. Eigentlich war er es eher gewöhnt, gleichermaßen von seiner Familie und seinen Freunden für einen zwar grundanständigen, aber eher etwas beschränkten Kerl gehalten zu werden. Dennoch: was ihn da durchzuckte, fühlte sich deutlich nach Geistesblitz an. »Also, das ist ganz schön kompliziert«, log er, »von hier zur Straße nach London zu finden. Wenn Sie es nicht furchtbar eilig haben und noch ein paar Minuten warten würden, dann könnten Sie mir ja hinterherfahren.«

Das strahlende Lächeln des Mädchens ließ ihn blinzeln. »Was für eine klasse Idee«, rief sie aus.

Das klang ja schon sehr ermutigend. Phillip beschloß also, auch den zweiten Teil seiner Erleuchtung umzusetzen. »Ich weiß ja nicht, wie es Ihnen geht«, sagte er todesmutig, »aber ich krieg langsam einen Mordshunger. Es ist ja schon fast Zeit für einen Tee, und in Purley gibt es ein ungemein gutes kleines Café. Würden Sie ... Glauben Sie, Sie könnten es sich überlegen, mit mir einen Tee zu nehmen?«

»Au, toll, das würd ich wohl gerne.« Ein wunderbares Mädchen! »Bei uns gibt es so was wie den englischen Afternoon-Tea ja nicht, aber wenn ich wieder zu Hause bin, dann werd ich auf jeden Fall damit weitermachen. Ich heiße übrigens Gloria Arbuckle.« Sie streckte ihm die Hand entgegen.

»Phillip Petrie.« Noch während er ihr die Hand schüttelte, runzelte er die Stirn. »Eigentlich müßte ich Sie tadeln. Von fremden Männern läßt man sich nicht einfach einladen, Miss Arbuckle. Und wo wir schon dabei sind, Ihr Vater dürfte auch nicht zulassen, daß Sie so alleine durch die Landschaft gondeln. Was wäre denn, wenn Ihr Auto liegenbleibt?«

»Ich soll ja eigentlich immer Poppas Assistenten mitnehmen«, gab sie zu, »aber der war beschäftigt. Und nachdem es heute seit Ewigkeiten das erste Mal schön ist, wollte ich unbedingt aus dieser stinkigen Großstadt raus. Und was Ihre Einladung angeht, ist es ja nicht so, als hätten Sie mich in irgendeine Spelunke zum Trinken oder Tanzen eingeladen. Hier drüben bei euch gibt es ja noch nicht mal Nachtbars.«

»Nein«, sagte Phillip, den schon der nächste Geistesblitz ereilt hatte, »aber wir haben unglaublich hübsche Tanz-Salons, wo es sehr anständig zugeht, und ich fänd es einfach ganz großartig, wenn Sie mal mit mir tanzen gehen würden.«

»Das können wir ja noch sehen«, sagte sie, doch sie lächelte.

»Sei gegrüßt, altes Haus!«

Leicht irritiert schaute Daisy bei dieser sportlichen Begrüßung von ihrer alten, gebraucht gekauften Underwood-

Schreibmaschine auf. Sie hatte angenommen, daß die Schritte im Eingang von einem Besuch für ihre Mitbewohnerin Lucy kündeten, mit der sie sich die kleine Wohnung teilte.

»Ach, du bist's, Phillip. Was willst du denn hier? Ich hab Mrs. Potter doch gesagt, daß ich heute nicht gestört werden will. Ich bin beschäftigt.«

»Sie hat gesagt, du würdest nur schreiben«, führte Phillip zu seiner Verteidigung an und warf seinen grauen Homburg auf den Schreibtisch.

»*Nur* schreiben! Mit der werd ich wohl noch ein Wörtchen zu reden haben.«

»Na ja, vielleicht hab ich das mit dem ›nur‹ auch selber reingemogelt. Du brauchst Eure arme Hilfe nicht gleich so hart ranzunehmen.«

»Grundgütiger, Phillip, mit dem Schreiben verdiene ich schließlich meinen Lebensunterhalt! Und ich muß noch zwei Artikel abgeben. Ich vergesse immer wieder, wie lange die Post nach New York braucht und daß ich das in meine Kalkulation mit einbeziehen muß. Diese amerikanische Zeitschrift zahlt ein bombiges Honorar, und ich möchte nicht riskieren, meinen neuen Auftraggeber zu verlieren, weil ich irgendwas zu spät einreiche. Wenn du also nichts Dringendes hast …«

»Nicht gerade dringend, aber es wird auch nicht länger als eine Minute dauern.« Verlegen strich sich Phillip über sein glattes, blondes Haar. Sein auf eher konventionelle Art gutaussehendes Gesicht hatte einen so bittenden Ausdruck, daß Daisy nachgab. »In Ordnung«, seufzte sie. »Dann leg mal los.«

Phillip setzte sich auf die Ecke ihres Schreibtischs und sortierte seine schlaksigen Glieder so, daß er ein langes Bein in Nadelstreifenhose hervorschwingen konnte, um dann seine hervorragend geputzte Schuhspitze zu betrachten. Daisy drehte sich auf ihrem Bürostuhl zu ihm und schaute ihn an. »Also«, sagte Phillip, und eine leise Röte stieg ihm in die Wangen. »Ähm …«

»Phillip, jetzt mach schon endlich.«

»Ja, verflixt, das ist aber auch alles ein bißchen schwierig, altes Haus.«

»Ist es denn *notwendig?*«

»Das will ich aber meinen. Ich wär ansonsten der letzte Schuft, wenn ich nicht ... Verstehst du, es ist also ... Ich meine, Daisy, weißt du noch, wie ich dir das eine oder andere Mal einen Heiratsantrag gemacht habe?«

»Mindestens ein halbes Dutzend.«

»So oft?« fragte Phillip eher erschrocken.

»Und ich hab sie genauso oft abgelehnt. Ich weiß doch, daß du nur um meine Hand anhältst, weil du glaubst, Gervaise würde das von dir erwarten. Daß du dich um mich kümmerst, mein ich.« Daisys Bruder war im Großen Krieg gefallen. Von Kindesbeinen an war er engstens mit Phillip, dem Sohn vom Nachbargut, befreundet gewesen. »Was natürlich Unsinn ist. Also jetzt mal raus mit der Sprache. Du hast jemand anderes kennengelernt, nicht wahr? Ein Mädchen, das du wirklich heiraten willst?«

»Liebe Zeit, wie hast du das denn so leicht erraten?« Phillips Erleichterung war so offensichtlich, daß Daisy fast aufgelacht hätte.

Sie konnte sich gerade noch beherrschen. »Wer ist es denn? Kenne ich sie? Eine der neuesten Debütantinnen?«

»Ehrlich gesagt ist sie Amerikanerin. Du magst Amerikaner doch?« fragte er besorgt.

»Ich hab schon sehr charmante Amerikaner kennengelernt. Insbesondere Mr. Thorwald ist sehr nett. Mein Redakteur.« Voller Sehnsucht blickte Daisy das halbbeschriebene Blatt Papier in ihrer Schreibmaschine an. »Erzähl mir doch von ihr«, seufzte sie dann resigniert.

»Sie heißt Gloria – Gloria Arbuckle. Sie ist ein Puppchen.«

Daisy hätte alles erwartet: »Traumfrau«, »Engel«, oder »unglaublich nettes altes Haus«. Aber dieses altmodische Wort, das Phillip zur Beschreibung seiner Angebeteten wählte, beeindruckte sie noch weitaus stärker als das Leuchten in seinen blauen Augen. Anders als so mancher andere Mann in ihrer

Bekanntschaft fiel Phillip nicht alle naselang auf ein hübsches Gesicht herein. Also hatte er vielleicht wirklich seine wahre Liebe gefunden. Sie wünschte es ihm.

»Ist Miss Arbuckle mit ihrer Familie hier?« fragte sie.

»Mit ihrem Vater. Ihre Mutter ist vor ein paar Jahren gestorben, und sie ist Einzelkind. Mr. Arbuckle ist Millionär. Ich ahne schon, was die Leute jetzt reden werden, Daisy«, sagte Phillip ernst. »Aber du glaubst doch nicht, ich wär hinter ihrem Geld her?«

»Natürlich nicht, mein Herz. Nicht, wo ich doch keinen einzigen Penny habe und du mir seit Jahren mindestens einmal im Monat einen Antrag gemacht hast. Ich gehe davon aus, daß Miss Arbuckle von deinen ehrlichen Absichten überzeugt ist, aber sieht ihr Vater das auch so?«

»Er ist sehr anständig und scheint mich durchaus zu mögen. Gloria behauptet, er hätte einen richtigen Narren an mir gefressen. Aber er weiß ja auch noch nicht, daß ich sie heiraten will.«

»Weiß er aber, daß dein Vater ein Lord ist?« fragte Daisy. Die Amerikaner mochten ja Republikaner sein, aber an Adelstiteln waren sie dann oft doch interessiert. Die Mittellosigkeit eines Schwiegersohns aus dem verarmten Adel war zu verkraften, wenn das Töchterchen damit zu einem Titel kam.

»Ja, aber ich glaube nicht, daß er eine besonders hohe Meinung vom englischen Adel hat. Außerdem habe ich ihm das alles schon erklärt: daß ich der jüngere Sohn bin und damit keine Chance auf den Titel hab, daß ich niemals mehr als ein einfacher ›Honourable‹ sein und auch nie mehr als eine kleine Apanage beziehen werde.« Er zog eine Grimasse. »Und meine Familie hat die beiden auch noch nicht kennengelernt.«

»Aha! Davor hast du wohl am meisten ... Ja bitte, Mrs. Potter?«

Schwer atmend kam die stämmige Putzfrau herein. Sie setzte ein mit Tassen und einer Kanne beladenes Tablett auf dem Schreibtisch ab und strahlte Daisy an: »Der Kessel hat gerade gekocht, also dachte ich, daß ich für Sie und den Herrn eine schöne Tasse Tee mache. Kekse gibt's nicht mehr«, fügte sie bedauernd hinzu. »Die haben wir beide heute vormittag aufgegessen, was, Miss?«

»Ja«, sagte Daisy schuldbewußt. Obwohl ihre wohlgerundete Figur niemals auch nur annäherungsweise die derzeit moderne knabenhafte Form erreichen würde, sollte sie doch wenigstens den Versuch einer Diät unternehmen. Jedenfalls sagte das Lucy. Und zwar häufiger. »Vielen Dank, Mrs. Potter.«

»Ich schenk uns mal ein«, bot Phillip an. Er stand auf und rückte den Besuchersessel näher an den Schreibtisch heran. »Sollen wir mal die Schreibmaschine wegstellen?«

»Das wird jetzt keine Einladung zum Tee. Eine Tasse, und dann verschwindest du hier wieder. So sehr ich mich auch freue, diese Nachricht von dir zu hören, ich hab schließlich zu tun.«

»Du hast doch nicht etwa für dieses Wochenende schon was vor?« fragte er voller Hoffnung und reichte ihr eine dampfende Tasse. »Ich möchte dir Gloria und Arbuckle vorstellen, und ... na ja, eigentlich hatte ich gehofft, daß du dabei wärst, wenn ich sie zu uns nach Hause einlade. Bißchen Unterstützung und so weiter.«

»Du willst also wirklich in den sauren Apfel beißen? Ich könnte ein paar Stunden erübrigen, wenn du wirklich glaubst, daß dir das hilft. Kommen Lord und Lady Petrie eigens in die Stadt, um sie kennenzulernen?«

»Du liebe Zeit, nein. Die Arbuckles wohnen in Great Malvern, im Abbey Hotel. Gloria wollte einmal aus der Stadt raus. Das englische Landleben findet sie herrlich. Also hab ich Arbuckle überzeugt, Malvern wäre genau der richtige Ort, um seinen Geschäften in Oxford, Coventry und Birmingham nachzugehen.«

»Wohl kaum! Und abgesehen von den Malvern Hills ist die Landschaft ja auch nicht gerade bemerkenswert.«

»Von da aus kann man leicht in die Cotswolds und in die Berge von Wales fahren«, hielt Phillip ihr entgegen. »Und keine der Städte ist mehr als 80 Kilometer entfernt. Ganz zu schweigen von den Konzerten und dem Tennis und Golf und …«

»Das reicht«, unterbrach ihn Daisy lachend. »Die Reklame kenn ich doch selbst. ›Die gesündeste aller Kurmöglichkeiten, die niedrigste Sterblichkeitsrate im Königreich, das sauberste Wasser der Welt‹.«

»Den ganzen Quatsch hab ich ihm auch eingetrichtert. Aber ausschlaggebend war die Tatsache, daß die Morgan Motor Company in der Stadt ist. Arbuckle schaut sich nach britischen Automobilherstellern um, in die er investieren kann, um sich zu diversifizieren. Er hat ein sagenhaftes Vermögen damit verdient, daß er seine Eisenbahnaktien verkauft und in die Automobilindustrie investiert hat, und das im richtigen Moment.«

»Aktien und Anteile, dein Schönstes, nicht wahr?«

Phillip schüttelte den Kopf und zog eine Grimasse. »Ich halte es in dieser gräßlichen Bankenwelt nicht mehr aus. Ich taug da überhaupt nichts. Wenn Gloria mich heiratet, dann könnte ihr Vater mir vielleicht eine Stelle im technischen Bereich der Automobilindustrie vermitteln. Aber meinem alten Herrn sag ich jetzt schon, daß ich aus der Sache aussteige.«

»Du hast es wirklich immer verabscheut.« Daisy konnte mit ihrem Jugendfreund mitfühlen. »Da geht es dir genauso wie mir mit der Stenographie.«

»Ich wäre viel lieber ein ganz bürgerlicher, einfacher Automechaniker, mit schmuddeligem Blaumann und dem Ganzen. Und mehr Geld würd ich damit auch verdienen. Oder Gebrauchtwaren könnte ich verkaufen. Und wenn mein alter Herr das für nicht standesgemäß hält, dann kann er mir vielleicht ein bißchen Geld rüberschieben, damit ich mich selbständig machen kann. Ich kenne einen Typen, der sich unbedingt mit mir zusammentun will, und …«

»Jetzt nicht, Phillip. Dieses Wochenende schaffe ich es nicht nach Malvern, aber wenn du es bis zum nächsten Wochenende noch aushältst, dann bin ich gern dabei und halte dir das Händchen.«

»Wirklich? Du bist einfach schwer in Ordnung, Daisy!«

»Ich muß ohnehin Mutter besuchen. Sie fühlt sich mal wieder vernachlässigt und hält damit nicht hinterm Berg.«

»Ich schau mal bei ihr vorbei. Ich fahre ja am Samstag wieder hin – ich bin jedes Wochenende zu Hause, seit Gloria aus der Stadt weg ist. Da ist ein Kerl im Hotel«, fügte Phillip mit düsterer Miene hinzu, »der ihr schöne Augen macht. Da sehe ich zu, daß ich so oft wie möglich unten bin.«

»Deine Eltern dürften ja einigermaßen erstaunt sein, daß ihr Filius ihnen plötzlich soviel Zuwendung entgegenbringt. Und die Arbuckles werden sich wundern, daß du sie ihnen noch nicht vorgestellt hast. Hast du erst in den letzten Tagen deinen Mut zusammenkratzen können?«

Phillip war empört. »Erst seit letzter Woche habe ich das Gefühl, ich hätte vielleicht eine ernstzunehmende Chance bei Gloria. Außerdem mußte ich auch erst mal mit dir reden. Und das Mütterlein ... Ist ja schon gut«, sagte er hastig und stand auf, als Daisy ihm den Hut entgegenstreckte, »jetzt hab ich es dir gesagt und gehe. Sie wird dir gefallen, Daisy. Sie hat goldene Locken und die blauesten Augen, die du je gesehen hast. Und ...«

»Toodle-oo, Phillip«, sagte Daisy und unterbrach den Liebes-Lobgesang.

»Ja, schon gut, Pip-pip. Und es macht dir wirklich und ehrlich nichts aus?«

»Es macht mir wirklich und ehrlich nichts aus.«

Phillip ging endlich. Das Gespräch schien ihn enorm erleichtert zu haben.

Daisy legte die Finger auf die Tasten ihrer Schreibmaschine. Doch grübelte sie etwas, bevor sie wieder in ihre Arbeit hineinfand. Also hatte Gloria goldene Locken und blaue Augen. Und ohne Zweifel auch eine Garderobe, die eine Million Dollar wert war. Daisys Augen waren auch blau, aber ihre kurzgeschnittenen Haare waren eher ein Mittelding zwischen blond und braun, und ihre Kleider, allesamt von Selfridge's Bargain Basement, stammten größtenteils aus dem letzten Jahr, wenn sie nicht noch älter waren.

Sie war nicht unbedingt eifersüchtig. Phillip war wie ein Bruder für sie. Er hatte wohl eher so getan, als sei er in sie verliebt. Sie hatte nur Sorge, daß der liebe alte Trottel vielleicht auf ein hübsches Gesicht hereingefallen sein könnte, ohne zu überlegen, was dahinter steckte.

Aber er hatte Gloria als Puppchen beschrieben, nicht als flotten Käfer. Daisy konnte nur hoffen, daß ihr das amerikanische Mädchen gefallen würde.

Durch die vorüberhuschenden Toreinfahrten in den Hecken war rechter Hand am Horizont Bredon Hill zu sehen. Vor ihm erstreckten sich die Malvern Hills. Vom wolkenlosen Himmel schien die Sonne auf die unter der Trockenheit leidenden Felder und Obstgärten herab. Pech für die Bauern, aber perfekt für einen verliebten Mann.

»›Ich hab getanzt heut' nacht‹«, knödelte Phillip fröhlich, wenn auch etwas schief und durch den hohlen Zahn, während sein Swift die schmale, kurvige Straße über die Ebene von Severn entlangschrubbte, »bis morgens um halb drei-hei-hei.«

Er war jetzt fast zu Hause angelangt. Er würde sich dort rasch waschen und umziehen, und dann nichts wie nach Great Malvern hinein, um bei Violet's noch eine Schachtel Pralinen zu besorgen. Nach dem Tee mit den Arbuckles im Abbey Hotel würde er mit Gloria einen kleinen Spaziergang zum Schwanenteich im Priory Park machen. Danach würden sie ins Kino gehen, wenn da irgend etwas Vernünftiges lief, oder im Winter Garden zur Musik der Billy Gammon's All-Star Players tanzen gehen.

Tanzen, hoffte er. Wenn es ein größeres Glück gab, als Charleston, Tango oder Foxtrott mit Gloria zu tanzen, dann war es ein Walzer mit Gloria.

Traumverloren sauste er um eine Kurve – und trat plötzlich heftig auf die Bremse. Ein riesiges Automobil blockierte die halbe Straße, obwohl es bis zur Hälfte in einer Toreinfahrt steckte.

»Liebe Zeit!« murmelte Phillip. »Hab ich noch mal Glück

gehabt, daß ich neulich die Bremsen überholt habe. Was zum Teufel ... Oh!« Sein Ärger über den Idioten, der an einer so ungünstigen Stelle gehalten hatte, verschwand sofort, als er den riesenhaften, blauen Studebaker-Tourenwagen von Arbuckle erkannte.

Letzterer saß auf dem Rücksitz und winkte ihm schon zu. Und da war auch Gloria. Sie saß auf dem obersten Querbalken des Tores, schlank, die seidenbestrumpften Knöchel bestens zu sehen, das goldene Haar so leuchtend, daß die Stoppeln des Weizenfeldes daneben verblaßten.

»Phil... Mr. Petrie«, rief sie aus, »Sie sind einfach ein Engel. Ein richtiggehender Ritter, der zur Rettung geeilt kommt.« Sie kletterte vom Tor herunter.

Phillip sprang aus dem Swift, den er zwischen den Studebaker und die Hecke gequetscht hatte und kam gerade rechtzeitig an, um sie aufzufangen, als sie von den letzten beiden Balken heruntersprang.

»Vorsicht«, sagte er atemlos, seine Arme um ihre Taille geschlungen. Sie blickte zu ihm auf, die Augen so blau wie der Himmel, die rosigen Lippen halb offen. Eine Lerche über ihnen hüllte sie in eine plötzliche Melodie, und die Luft war voll vom Duft wilder Rosen.

Mr. Arbuckle räusperte sich. Phillip und Gloria sprangen auseinander.

»Nuuun denn«, sagte ihr Vater, ein kleiner, schmaler Mann mit einem langen Gesicht, das durch seinen zurückweichenden Haaransatz noch länger wirkte, »was für ein Zufall aber auch.«

»Sind Sie liegengeblieben, Sir?« fragte Phillip, dem endlich die auf beiden Seiten aufgestellte Motorhaube des Studebaker auffiel. »Soll ich da mal einen Blick hineinwerfen?«

»Das ist wirklich schrecklich nett von Ihnen, junger Mann, aber ich glaube nicht, daß diese Sache hier sofort repariert werden kann. Ich bin ja eher der Mann fürs Finanzielle. Würde nie behaupten, daß ich dieses ganze mechanische Zeug auch nur annähernd verstehe. Crawford, mein Techniker, hat mich gefahren. Den kennen Sie ja auch.«

»Ja, Sie hatten uns einander vorgestellt.«

Phillip hatte diese Bekanntschaft nicht weiter verfolgt, da ihm der amerikanische Ingenieur nicht sympathisch gewesen war, trotz seiner beneidenswert genauen Kenntnisse über Aufbau und Herstellung von Automobilen.

»Crawford kennt sich mit Autos aus, besser als alle anderen. Er ist mit irgendeinem kaputten Teil oder so was losgezogen, um sich bei der nächsten Reparaturwerkstatt zu erkundigen.«

»Ich kann ja mal hineinschauen.« Phillip hatte schon seine uralte Tweed-Jacke ausgezogen. Er warf sie in den Studebaker und krempelte die Ärmel hoch. Eine so schöne Gelegenheit, einen unbekannten Motor zu inspizieren, wollte er sich nicht entgehen lassen.

Gloria stellte sich neben ihn. »Mr. Crawford hat irgend etwas von wegen Radiator gesagt«, sagte sie unsicher. »Oder, Poppa?«

»Keine Ahnung, Schätzchen.«

»Da ist es.« Phillip zeigte in den Motor hinein. »Sehen Sie, der Schlauch ist weg. Der muß geplatzt sein. Ich glaub, ich hab einen Ersatzschlauch in meinem Werkzeugkasten. Vielleicht paßt er ja. Wollen wir es doch mal versuchen.«

»Großartig, der Junge!« sagte Mr. Arbuckle mit einem wohlwollenden Nicken. »So was hör ich doch gerne. Jeden Tag eine gute Tat. Das'n wunnerbares Motto, jawollja, und nicht nur für die Pfadfinder.«

»Jawoll, Sir.« Phillip grinste ihn an. Der alte Vogel wuchs ihm immer mehr ans Herz.

Er holte ein paar Schläuche unterschiedlichen Durchmessers, ein Messer, einen Schraubenschlüssel und einen Schraubenzieher aus dem Werkzeugkasten, der am Trittbrett seines Swift angebracht war. Als er sich über den Studebaker beugte, kam ein brauner Ford-Laster mit dem Schriftzug der Metzgerei Farris die Straße entlang und hielt an.

Ein bulliger, schlampig angezogener Mann stieg aus. Er zog gegenüber Arbuckle und Gloria sein Käppi und wandte sich dann an Phillip: »Was'n los, Kollege? Brauchense Hilfe?«

»Nein danke. Wir müssen nur einen neuen Radiatorschlauch einsetzen.«

Der Mann stützte sich mit seinen Pranken auf dem Studebaker ab. »Sie werd'n noch Wasser zum Auffüllen brauchen, mein Freund«, machte er Phillip aufmerksam.

»Stimmt«, gab ihm Phillip Recht. »Ich werd gleich mal zum nächsten Bauernhof rübersausen.«

Er machte mit dem Schraubenzieher eine Geste zu seinem Swift hin und wandte dabei leicht den Kopf. Dabei bemerkte er aus dem Augenwinkel eine plötzliche Bewegung.

Arbuckle schrie auf. Phillip wirbelte herum. Schwere Stiefel donnerten auf der trockenen, steinharten Erde des kleinen Wegs, als vier mit Tüchern maskierte Männer um den Laster herumbogen.

Zwei sprangen über den Rand des Studebaker und griffen sich Arbuckle. Einer nahm sich Gloria. Der vierte schwang ein Brecheisen in Phillips Richtung.

Der duckte sich.

»Gloria!« rief er aus und ging mit seinem Schraubenzieher auf deren Angreifer los.

Der Fahrer des Lasters packte ihn von hinten und riß ihm den Schraubenzieher aus der Hand. Ein zweites Mal sauste das Brecheisen herab und traf Phillip an der Schläfe.

Explodierende Sterne vor schwarzer Nacht. In seinen Ohren sang es. Entfernt nahm er einen schweren, süßlichen Geruch wahr, und dann versank er in der Dunkelheit.

## 2

»Chloroform«, dieses Wort kam Phillip in den Sinn, kaum daß er wach wurde. Doch dann beanspruchte das Dröhnen der explodierenden Geschütze in seinem Kopf seine ganze Aufmerksamkeit.

Nach einer Weile hatte er sich an dieses innere Bombardement schon fast gewöhnt. Er spürte, daß er auf einer Seite zusammengerollt dalag. Seine Handgelenke waren hinter dem Rücken gefesselt, und in seinen Schultern verspürte er einen dumpfen Schmerz. Das Dunkelrot hinter seinen Augenlidern legte nahe, daß irgendwo ein schwaches Licht brannte. Vorsichtig öffnete er die Augen.

Ein dünner Sonnenstrahl zuckte flackernd über staubige, unebene Dielen und ging dann im Zickzack weiter aufwärts, kletterte glänzend über beige Seidenstrümpfe ... Gloria! Um Himmels Willen, wie hatte er sie nur vergessen können? Die Kerle hatten sie also auch erwischt!

»Miss Arbuckle?« flüsterte er. »Gloria?«

Sie bewegte sich nicht. Er betete, daß ihre Bewegungslosigkeit nur vom Chloroform herrührte, das er gerochen hatte, und daß man ihr nicht wehgetan hatte. Phillip hob den Kopf. Der Schmerz schlug zu, und er versank erneut in der Dunkelheit.

Als er wieder aufwachte – war das fünf Minuten, eine halbe Stunde, oder einen halben Tag später? Er hatte jedes Gefühl für die Zeit verloren – fühlte er, wie Tropfen auf seiner Wange landeten. Die Explosionen in seinem Schädel waren mittlerweile nur noch Hammerschläge. Manche schienen aus der Ferne zu kommen. *Tock-tock-tock*, wie ein Specht. Und dieses schnelle Quackeln klang wie ein schimpfendes Eichhörnchen. Befand er sich in einem Wald?

Die Luft fühlte sich feucht an, und in ihr lag ein modriger Geruch von nassem Holz. Aber der Boden, auf dem er lag, war zu hart, um faulendes Laub zu sein, und außerdem war da ein leichter Duft von Paraffin. Er erinnerte sich an die Dielen, gewellt und gespalten, mit großen Rissen darin. Und an Gloria!

Er öffnete die Augen, als ein weiterer Tropfen auf seine Wange klatschte, wandte den Kopf und sah in Glorias Gesicht. Es gab gerade noch genug Licht, um zu sehen, daß ihre himmlischen blauen Augen rot und von langem Weinen geschwollen waren.

»Nicht weinen, mein Glühwürmchen. Wir kommen hier schon irgendwie wieder heraus.«

»Ach, Ph-Phillip, ich hatte Angst, du wärst schon t-tot«, schluchzte sie und beregnete ihn förmlich mit ihren Tränen.

»Na ja, bin ich aber nicht. Sei also ein liebes Mädchen, trockne dir die Augen, putz dir die Nase und laß uns mal überlegen, was jetzt zu tun ist.«

»Ich komme an mein Ta-Taschentuch nicht ran. Ich konnte noch nicht einmal das Blut von deinem armen Kopf wischen.«

Man hatte ihr die Hände vorne zusammengebunden. Phillip kochte förmlich, als er sah, wie der Strick in ihre schmalen Handgelenke schnitt. Er biß die Zähne zusammen – wenn er jetzt explodierte, würde das keinem von ihnen beiden helfen.

»Vielleicht kommst du ja an meines ran«, sagte er ruhig. »Wenn du meinst, daß es überhaupt noch zu benutzen ist. Es ist in meiner Hemdtasche.«

Seine Jacke, so dachte er, mußte wohl noch im Studebaker sein, wo er sie hineingeworfen hatte … Wann war das noch gewesen?

Während Gloria neben ihm kniete und nach dem Taschentuch suchte, begutachtete Philipp den Raum, in dem sie sich befanden – oder besser das, was er davon sehen konnte. Die niedrige Decke, die an zwei Seiten eine Schräge bildete, war mit rauhem, verfärbtem Putz bedeckt, auf dem schon der

Schimmel wuchs. Hier und da waren uralte, durchhängende Balken zu sehen. An einer Ecke kündete ein brauner Fleck von einem Dachschaden.

Dieser Fleck verlief über die ganze Wand. Unten am Boden lagen ein paar größere Stücke heruntergefallener Putz und ein Haufen Krümel.

Etwa ein Loch zum Dachboden? Im Stillen verfluchte Phillip die verdammten Fesseln um seine Handgelenke. Nicht, daß ihm ein Fluchtweg über den Dachboden so unglaublich sinnvoll erschien, wenn er überhaupt so weit käme, aber es ärgerte ihn maßlos, daß er der Sache noch nicht einmal ordentlich nachgehen konnte.

»Ich hab's!« Triumphierend fischte Gloria das Taschentuch mit zwei Fingern heraus und schüttelte es auf.

»Gut gemacht.«

Prompt ließ sie es auf den Boden fallen. »Zu dumm. Jetzt ist es zu schmutzig, als daß ich damit deine Wunde säubern könnte.« Sie tastete auf dem Boden herum und nahm es mit spitzen Fingern auf. Als sie es diesmal ausschüttelte, flog eine Staubwolke auf.

Phillip hielt den Atem an, bis sich der Staub wieder gelegt hatte. So, wie es im Moment um seinen Kopf bestellt war, würde ihm ein Niesen die Schädeldecke sprengen. »Du würdest sowieso Spucke benutzen müssen, Glühwürmchen. Vermutlich sehe ich entsetzlich aus, aber es wäre mir ehrlich gesagt lieber, du faßt die Wunde nicht an.«

»Armes Schätzchen, das muß ja richtig wehtun. Schmerzt dir der Kopf sehr?«

Trotz der mißlichen Lage genoß Phillip ihre Fürsorglichkeit. »Geht mir schon viel besser«, versicherte er ihr, rollte sich ungeschickt herum und setzte sich auf. Die explodierenden Granaten kehrten augenblicklich mit voller Kraft zurück, und vor seinen Augen verschwamm alles. Einen schrecklichen Augenblick lang dachte er, daß ihm übel werden würde. Dann ebbte der Schmerz wieder ab und wurde zu einem dumpfen Pochen. »Aber es tut immer noch einigermaßen weh, und ich möchte gar nicht so genau wissen, wie sich die Stelle anfühlt, wo sie mir eins über die Rübe gegeben haben. Wie geht es dir denn?«

»Mir war ganz flau, als ich aufgewacht bin, aber jetzt bin ich okay. Weißt du, was die benutzt haben?«

»Dem Geruch nach zu urteilen Chloroform. Man hat mich einmal damit in Narkose versetzt, als ich mir den Arm gebrochen hatte und einen Gips brauchte. Mir wäre lieber gewesen, die hätten mich damit außer Gefecht gesetzt anstatt mit einem Kreuzschlüssel.«

»Ach, Phillip, warum haben die dich k.o. geschlagen und mich betäubt und uns hergebracht? Was wollen die nur mit uns anstellen? Was wollen die überhaupt?« Sie biß sich auf die Lippe, aber ein Schluchzen brach doch aus ihr heraus. »Und was haben sie mit Poppa gemacht?«

Sie setzte sich neben ihn und kuschelte sich an seine Seite. Hätte Phillip ein Vermögen besessen, dann hätte er jeden Penny dafür gegeben, jetzt seine Arme um sie legen zu können. Doch Arbuckle war derjenige mit dem vielen Geld.

»Lösegeld!« sagte er. »Die werden deinem Vater nichts tun, weil er schließlich frei sein muß, um die Dollars auszuspucken.«

»Glaubst du das wirklich?«

»Jede Wette ist es das, worum es hier geht. Die machen das doch dauernd in Amerika, oder etwa nicht? Illegale Bars und Gangster und Kindesentführungen, davon liest man doch die ganze Zeit.«

»Das klingt so schrecklich bei dir. Dabei ist es gar nicht so schlimm. Die meisten Bars sind gar nicht so, und die Menschen sind ganz normal und haben nicht das geringste bißchen mit Gangstern zu tun.«

»Aber du bist ja kein ganz normaler Mensch, Glühwürmchen!« wies sie Phillip sanft zurecht. »Abgesehen davon, daß du die süßeste, hübscheste … na ja, also, darauf möchte ich jetzt nicht eingehen. Aber abgesehen davon ist es doch kein Geheimnis, daß dein Poppa im Geld schwimmt. Er ist ja praktisch eine herumspazierende Zielscheibe für Verbrecher.«

»Aber wir sind schließlich nicht in den Staaten. Und der Mann, der den Fleischerlastwagen gefahren hat, klang wie ein Engländer. Er war doch einer von denen, nicht wahr? Wahrscheinlich hatte sich der Rest hinten im Laster versteckt.«

»Wahrscheinlich. Ja, er war eindeutig ein Engländer, hatte einen Cockney-Akzent, obwohl das Nummernschild aus der Gegend hier ist. Entweder haben sie das Schild geklaut oder den Laster.«

»Cockneys kommen aus London? Für mich klingt ihr einfach alle britisch.«

»Und in meinen Ohren klingen alle Amerikaner amerikanisch. Ich hab die anderen Männer nicht reden hören, du? Das hätten doch Yanks sein können.«

Dieses eine Mal hielt ihm Gloria keine Strafpredigt, weil er diesen umgangssprachlichen Begriff für ihre Landsleute benutzte, drohte auch nicht, ihn dafür in Zukunft Limey zu nennen. Als Versuch, sie von ihrem Schicksal abzulenken, hatte diese Idee also erbärmlich versagt.

»Ich hoffe, sie sind es nicht«, sagte sie mit einem Schaudern. »Manche von diesen Verbrechern denken keine Sekunde darüber nach, ehe sie blindwütig um sich ballern.«

»Das werden die schon nicht tun. Dein Vater wird einen Beweis wollen, daß du in Sicherheit bist, bevor er auch nur einen Farthing ausspuckt. Also zehn Pennies, meine ich. Für dich: einen Dime.«

»Ach, Phillip, was bin ich froh, daß du da bist. Ich fürchte mich, aber ohne dich hätte ich noch mehr Angst.«

Sie brauchte ihn. Sie war anders als Daisy, die seine Versuche, sie zu beschützen, in der Regel als ärgerliche Einmischung betrachtete. Aber was sollte ein Mann machen, wenn er seine Angebetete vor der Welt beschützen wollte und noch nicht einmal ihre kleine Hand fassen konnte, um sie zu trösten?

Er beugte den Kopf vor und küßte sie auf die Stirn. Nicht ganz die Umstände, die er sich für den ersten Kuß vorgestellt hatte.

Die Stimmung wurde auch dadurch nicht besser, daß das Licht rasch nachließ. Das kleine, rechteckige Fenster, das sich in der Mitte einer Wand des kleinen, rechteckigen Zimmers befand, war mit schweren Brettern zugenagelt. Der Sonnenstrahl, der sich vorhin durch die Planken gezwängt hatte, war schon lange fort. Draußen würde der lange Sommerabend vielleicht noch ein wenig andauern. In ihrer Kammer jedoch würde es sehr bald schon dunkel sein.

Er glaubte nicht, daß mehr als ein paar Minuten vergangen waren, seit er aufgewacht war, aber was war er doch für ein absoluter Esel, daß er hier saß und Süßholz raspelte.

»Mein Glühwürmchen, hast du schon versucht, die Tür aufzumachen?«

»Ja. Sie hat keine Klinke, aber sie läßt sich nicht bewegen. Vermutlich ist sie auf der anderen Seite verbarrikadiert.«

»Na ja, die Chance, daß die Männer vergessen hätten, sie zuzuschließen, war ja auch eher gering. Ehe das Licht ganz weg ist, solltest du mal sehen, ob du mir die Hände losbinden kannst.«

»Das hab ich vorhin schon versucht, als du noch ohnmächtig warst. Die Knoten sind aber zu fest. Aber ich könnte ja versuchen, den Strick mit einer Glasscherbe durchzuschneiden. Da drüben unter dem Fenster liegt eine Scherbe.«

Sie kam ungeschickt auf die Füße, ging hinüber zum Fenster und bückte sich dort. »Ich hab mich nicht getraut, das vorhin zu versuchen, weil du vielleicht aufgewacht wärst und dich bewegt hättest. Das hätte ja jeden Moment sein können. Ich hatte Angst, eine Ader zu treffen und dich umzubringen.«

Phillip ging zu ihr hinüber. Unter den kleinen Splittern und Bruchteilen der zerbrochenen Fensterscheibe gab es auch drei oder vier größere Scherben. »Kannst du ein Stück aufheben, ohne dich zu schneiden?«

»Ja, aber richtig fest kann ich es nicht halten. Außerdem kann ich nicht sehr gut sehen. Na ja, jetzt wünschte ich mir, ich wäre wirklich ein Glühwürmchen.«

»Ich dreh mich besser um, damit alles Licht auf meine

Hände fällt. Nun säg mal drauflos. Und keine Sorge, ich stöhne nur, wenn du mich triffst.«

Sie traf ihn, und sie schnitt ihn, und sie stieß ihm die Scherbe ins Fleisch. Nach einem »Ach, Phillip, das tut mir aber leid« beim ersten Anblick von Blut sägte sie schweigend weiter, und er schaffte es, weder zu stöhnen noch zusammenzuzucken. Es hätte wahrscheinlich schlimmer sein können, denn seine Hände waren durch den unterbrochenen Blutkreislauf einigermaßen taub.

In der Stille hörte Phillip Stimmen. Sie schienen von unten zu kommen, denn er hörte sie durch die Lücken zwischen den verzogenen Dielen.

»Hörst du das?« flüsterte Phillip. »Warte einen Moment, ich will mal versuchen zu hören, was sie sagen.« Er legte sich hin und preßte das Ohr auf eine der breiteren Ritzen. Der Geruch von Paraffin wurde noch stärker.

»... immer noch weg?« fragte jemand.

»Völlig hin und weg, als wir's letzte Mal geschaut ham.« Das war eindeutig Cockney. Kein Yankee, auch keiner hier aus der Gegend, sondern ein Londoner.

»Dieses Chloroform ist eben ein mächtiges Zeug.«

»Du bist dir also wirklich sicher, daß du den Kerl nicht zu hart rangenommen hast, Jimmy?« Die dritte Stimme, auch mit einem Cockney-Akzent, hatte den ängstlichen Ton einer oft wiederholten Frage in sich.

»Klar doch, verdammt. Denkste, ich will hängen? Schade, daß ich meinen üblichen Totschläger nicht dabei hatte. Aber wir sollten ja nichts anderes mitnehmen, nur das Chloroform. Jedenfalls bin ich ein Künstler, was das K.O.-Schlagen angeht. Also mach dir keine Sorgen, Herzchen.«

»Vielleicht sollten wir uns gerade Sorgen machen.« Das war wieder die erste Stimme, die des Lasterfahrers, dessen war Phillip sich fast sicher. »Der Yank ist stocksauer, daß wir den Kleinen auch mitgenommen haben.«

»Wir? Wer hat denn gesagt, er würde wie ein Adliger reden, und wer hat denn seine Visitenkarten aus'm Cabriolet gefischt? Er ist ein Honourable, haste doch gesagt, und was das bedeutet, weiß jeder: Sein Pa is'n Lord.«

»Hab ich dir etwa gesagt, du sollst ihn zusammen mit dem Mädchen mitnehmen, für das wir Lösegeld woll'n?« fragte der Fahrer beleidigt. »Hab ich das etwa? Teufel auch, hab ich eben nicht! Der Yank hat Recht, das Geld von den meisten Adligen ist in Immobilien angelegt, in großen Häusern und in Kunst und so'm Kram. Die haben kein Bargeld, jedenfalls nicht auf die Schnelle, wie unser Geldsack aus Amerika. Willste etwa ein paar Wochen warten, bis seine Lordschaft ein paar von seinen schönen Bildern vertickt hat?«

»Wochen? Kommt gar nicht in die Tüte.«

»Na also.«

»Also was mach'n wir dann?« fragte die etwas ängstliche Stimme. »Wir können ihn doch nicht einfach laufen lassen. Der läuft sofort zu den Bullen.«

»Wir müssen ihn solange dabehalten, bis das Lösegeld bezahlt ist und wir das Mädchen wieder an den Pappi ausliefern.«

»Der bringt doch nichts«, sagte der Fahrer beiläufig. »Der ist doch nur ein Klotz am Bein. Der Yank sagt, ihr sollt ihn beseitigen – für immer. Ausradieren, und zwar bald.«

Ein langes Schweigen folgte auf diese Botschaft.

Phillip schauderte. Nichts in den vier Jahren des entsetzlichen Stellungskrieges war ihm so nahe gegangen wie dieser so kaltblütig vorgebrachte Befehl, ihn einfach zu ermorden. Bomben und Granaten, Giftgas, Maschinengewehrsalven, selbst das Feuer eines Scharfschützen waren unpersönlich. Man kannte den Namen desjenigen, den man gerade mit einem Bajonett traktierte, nicht. Und schließlich war es eine Frage von »töten oder getötet werden«. Aber Phillip stellte für diese Männer keine Bedrohung dar, jedenfalls keine tödliche, obwohl er natürlich mit Freuden sehen würde, daß sie den Rest ihres Lebens im Gefängnis verrotteten für das, was sie gerade Gloria antaten.

»Ich weiß ja nich…«, sagte einer zögernd.

»Ich tu's nich«, bestätigte der mit dem Brecheisen. »Ich laß mich für niemand anderes aufknüpfen.«

»Ihr seid sowieso dran, weil ihr mitgemacht habt«, teilte ihnen der Fahrer mit. »Ist dem Yank doch egal, wer es tut, aber irgendeiner muß es, sonst ist das Geschäft geplatzt. Er denkt, daß ihn für's erste keiner vermissen wird, wo er doch immer überall herumhüpft, heute hier und morgen da. Wenn Ihr Euren Anteil haben wollt, dann seht zu, daß Ihr Euch nicht mit dem Yank anlegt. Zieht meinetwegen Streichhölzer oder sowas.«

»Wir? Was ist denn mit dir?«

»Ich bin jetzt wieder weg, muß zurück in die Stadt. Der Alte hat mein Gesicht gesehen, damit ist es hierzulande für mich nicht mehr sicher. Hab schließlich meinen Teil beigesteuert und alles getan, wofür man mich gerufen hat. Und bin auch dafür bezahlt worden. Diejenigen, die richtig absahnen wollen, müssen eben noch 'n bißchen mehr dafür tun. Viel Spaß noch auf'm Land, Freunde. Ich geh mich jetzt amüsieren.«

Die fröhliche Stimme wurde im Sprechen leiser, und einen Augenblick später hörte Phillip eine Tür zuschlagen. Er setzte sich auf.

»Sind sie weg?« fragte Gloria leise. »Was haben sie gesagt?«

Er dankte dem Himmel, daß sie nicht zugehört hatte. »Einer ist weggegangen. Der Rest ist noch da, oder vielleicht sind sie für einen Augenblick rausgegangen. Die sind hinter Lösegeld her, wie wir schon vermutet hatten. Sie meinten, sie würden dich laufen lassen, sobald es bezahlt ist.«

»Poppa zahlt, sobald er es irgend kann.«

»Natürlich.« Allerdings wäre das nicht bald genug für Phillip. Kampflos würde er allerdings nicht untergehen. »Gloria, hast du den Strick bald durch?« drängte er.

»Es ist wirklich schwer, Liebling«, entschuldigte sie sich. »Ein Faden könnte demnächst reißen, aber ich kann nicht mehr richtig sehen ... und ich kann das Glas nicht richtig sicher halten, das ist jetzt so glitschig.«

»Glitschig? Von meinem Blut? Versuch doch mal, eine andere Scherbe zu nehmen.«

»Ich ... das wird nicht länger als eine Minute gutgehen. Ich ... ich blute jetzt auch.« Sie streckte die Hände aus. Im letzten Licht des Tages konnte man gerade noch sehen, wie das Blut langsam von ihren Fingerspitzen tropfte.

»Ach, mein Glühwürmchen!«

Sie kam zu ihm, legte ihre zusammengebundenen Arme über seinen Kopf und drückte sich an ihn, als ihre weichen Lippen über seine streiften.

»Mir geht es gut, solange du bei mir bist. Ach, da kommen sie ja schon.« Als sie die Stiefel die Treppe hinauftrampeln hörte, löste sie die Arme wieder von ihm, doch blieb sie dicht an ihn gedrängt stehen. »Wir werden sie bitten, uns loszubinden. Warum sollten sie das auch nicht tun? Wir können hier ja doch nicht entkommen.«

»Fragen schadet ja nichts.« Phillip versuchte verzweifelt, einen Plan zu entwickeln. Vier Männer, dachte er, wenn alle jetzt hochkamen. Aber die Tür war zu schmal, als daß mehr als einer auf einmal eintreten könnte. Dennoch war es der einzige Ausgang, und mochte er auch an dem ersten vorbeikommen, warteten immer noch die anderen drei auf ihn.

Es sah hoffnungslos aus, aber er konnte doch nicht zulassen, daß sie ihn einfach wegführten wie ein Lamm zur Schlachtbank, oder, noch schlimmer, sich vor Glorias Augen seiner entledigten. Jetzt war es wohl an der Zeit festzustellen, ob Tennis und Squash ihn so durchtrainiert hatten, wie er hoffte. Und es war keinesfalls der Augenblick, in dem man sich daran erinnerte, daß Gentlemen sich in Gegenwart von Damen nicht prügeln.

Auch wenn er seine Hände nicht benutzen konnte, so könnte er diesen Kerlen doch wenigstens etwas hinterlassen, was sie an ihn erinnern würde.

Mit einem Quietschen und Knarren wurde die Barrikade entfernt. Die Tür öffnete sich. Auf der Schwelle erschien eine stämmige Silhouette, die vom flackernden Licht einer Paraffinlampe beleuchtet wurde. Phillips Kopf traf den Kerl direkt in den Magen. Er fiel nach hinten und donnerte geradewegs in den Mann hinter ihm. Beide fielen sie die Treppe hinunter.

Während er versuchte, wieder ins Gleichgewicht zu kommen, entdeckte Phillip aus dem Augenwinkel die schattenhaften Gestalten, die auf dem winzigen Treppenabsatz von beiden Seiten auf ihn eindrangen. Er trat verzweifelt um sich, als sie seine Arme griffen und der süße, üble Geruch des Chloroform ihm wieder in die Nase stieg.

Ein feuchtes Tuch wurde ihm auf das Gesicht gepreßt. Er konnte nicht atmen. Sein Kopf schmerzte wahnsinnig. Es war ihm egal.

Schwindelnd versank er im Nichts.

# 3

Wie hieß dieser Ort noch, an den die Katholiken nach dem Tod kamen, wenn sie nicht böse genug für die Hölle gewesen waren, aber auch nicht gut genug, um geradewegs in den Himmel zu gelangen? Fege-irgendwas, dachte Phillip angestrengt. Liebe Zeit, an der Geschichte war was dran. Ihm war kalt, und es war feucht. Sein Kopf und seine Schultern schmerzten, seine Hände taten weh und waren doch gleichzeitig taub, und die Lage war insgesamt verflixt ungemütlich. Auf keinen Fall war er im Himmel, aber auch noch nicht im brennenden Feuerofen.

Von irgendwoher rief ein Kuckuck. Ein Duft von wilden Rosen lag in der Luft, versprach ein zukünftiges Paradies.

Irgend etwas Warmes und Nasses glitschte über sein Gesicht. Erschrocken öffnete Phillip die Augen und schaute in die grinsende Schnauze eines gefleckten Cockerspaniels.

»Pepper, bei Fuß!«

Der Hund gab ein kurzes, selbstgefälliges Bellen von sich und streckte den Kopf vor, um noch einmal Phillips Wange abzuschlabbern.

Um Himmels Willen, war er etwa noch am Leben?

Er lag in hohem, taubenetzten Gras unter einer Weißdornhecke, in der rosa Rosen rankten. Über seinem Kopf glitzerten Tautropfen in einer Spinnwebe unter den schrägen Sonnenstrahlen des frühen Morgens. Unsichtbar kroch ihm ein Insekt am Hals hoch, ein abscheuliches Kitzeln. Aber er konnte nichts dagegen tun. Seine Hände waren immer noch gefesselt.

Er lebte!

»Pepper? Was hast du denn bloß gefunden?« rief die nervöse, schulmeisterhafte Stimme.

»Hilfe!« krächzte Phillip.

Der Hund wedelte wohlwollend mit seinem kupierten Schwanzstummel und ließ ein weiteres Bellen verlauten.

Stiefel raschelten und schlurften durch das feuchte Gras. Ein stämmiger Mann Mitte vierzig in Tweed-Knickerbockers, mit einer Jagdmütze auf dem Kopf und einem Kneifer auf der Nase stand vor Phillip. Irgendwie kam er ihm bekannt vor.

»Ein Tippelbruder«, sagte der Herr wenig erfreut und schlug sich in einer durch und durch oberlehrerhaften Art mit seinem Spazierstock in die Handfläche.

»Hilfe«, krächzte Phillip noch einmal.

»Mein guter Mann, wenn Sie Hunger haben, dann können Sie sich an unserer Küchentür melden und sagen, man solle Ihnen auf meine Anweisung hin Brot und Käse geben. Aber dann sehen Sie zu, daß Sie weiterkommen. Unsere Ordnungshüter vor Ort gehen mit Vagabunden recht streng um.«

Bis diese Worte zu Ende gesprochen waren, hatte Phillip sich sowohl geräuspert als auch erkannt, mit wem er es zu tun hatte. »Äh, Lord Dalrymple«, sagte er, »ich mag vielleicht aussehen wie ein Landstreicher der übelsten Sorte, aber ich bin Phillip Petrie. Ich fürchte, ich bin in einer etwas mißlichen Lage.«

Daisys Vetter – zweiten oder dritten Grades, vielleicht auch aus einer ganz anderen Linie der Familie – setzte sich den Kneifer auf die Nasenspitze und starrte Phillip über dessen Rand an.

»Aber ja, natürlich! Petrie? Sie sind es wirklich! Mein Bester, geben Sie mir Ihre Hand und lassen Sie mich Ihnen aufhelfen. Nein, warten Sie einen Augenblick.« Er lehnte sich vor, schob seine Sehhilfe wieder hoch und starrte durch sie hindurch. »Wenn ich mich nicht irre, haben Sie da die Larve einer *Calothysanis amata* am Hals. Die Raupe eines Blutvenen-Nachtfalters also.«

»Könnten Sie die bitte wegmachen?« bat Phillip mit aller Geduld, die er jetzt noch zusammenkratzen konnte. »In letzter Zeit hab ich eigentlich schon genug Blut verloren.«

»Aber nein, die ernährt sich von Ampferblättern, nicht von Blut. Keine der Nachtfalter und Schmetterlinge hierzulande sind Blutsauger – obwohl manche sich tatsächlich von den Säften faulenden Fleisches ernähren, zugegeben – aber ich habe meine Zweifel, ob diese Tiere überhaupt Carnivore sind, selbst in den Tropen ...«

»Bitte«, bettelte Phillip, der sich mittlerweile selbst wie ein Stück verfaulenden Fleisches fühlte. Plötzlich wurden ihm auch seine eigenen Säfte bewußt, die, lange einbehalten, plötzlich dringend nach Befreiung verlangten.

»Gut, gut, ich nehme sie ab. So. Leider keine seltene Art. Aber Sie wollen ja keinen Vortrag über die *Lepidoptaera*. Ihre Hand bitte, verehrter Freund.«

»Ich kann nicht. Meine Hände sind hinter dem Rücken gefesselt.«

»Um Himmels Willen! Was für ein Glück, daß ich immer ein Taschenmesser dabei habe, damit ich die Blätter mit den Larven abschneiden kann, die ich ausbrüten möchte. Wenn Sie sich bitte umdrehen, dann schau ich mal, was sich machen läßt.«

Lord Dalrymple schnalzte entsetzt, als er das getrocknete Blut auf Phillips Kopf und an seinen Händen sah, doch dann durchtrennte er rasch und geschickt die Fessel. Phillips Hände brannten wie Feuer, als das Blut in sie zurückkehrte, doch seine Blase verlangte nach einer sofortigen Erleichterung. Wacklig kam er auf die Beine und pißte, mit einer kurzen Entschuldigung, lang und entspannend in die Hecke.

Während dieser Tätigkeit wandte ihm Lord Dalrymple höflich den Rücken zu, trat einige Schritte weg und summte eine Strophe des Eton Boating Song. Amüsiert erinnerte sich Phillip an Daisys Erzählung, ihr Vetter habe an einer sehr unbedeutenden Schule unterrichtet, bevor er von ihrem Vater unerwartet Fairacres und den Titel eines Viscount geerbt hatte.

Vermutlich befand Phillip sich jetzt also auf Fairacres. Er war keine zwanzig Kilometer von dem Ort entfernt abgeladen worden, an dem er entführt worden war, sein eigenes Zuhause war nah, und er lebte noch. Oder jedenfalls war er halb lebendig, dachte er bei sich, während er mit wie von Nadelstichen schmerzenden Fingern versuchte, seine Hose wieder zuzuknöpfen.

Er ging einige Schritte auf Dalrymple zu und stellte fest, daß er torkelte. Der helle Morgen verschwamm ihm vor den Augen, Mohnblumen, Margeriten und die lilafarbenen Flokkenblumen drehten sich wie in einem riesigen Kaleidoskop, in dem auch der blaue Himmel und die grünen Hecken Karussell fuhren. Er setzte sich hin und barg den Kopf zwischen den Knien.

»Es tut mir wirklich leid«, keuchte er, »aber mir wird gerade nur ein bißchen übel. In einer Minute geht es mir wieder besser.«

»Sie haben ja auch den Krieg hinter sich.« Tröstend klopfte Dalrymple ihm auf die Schulter. »Bleiben Sie einfach hier sitzen, bester Freund. Ich gehe nur zum Wildhüter, und gemeinsam werden wir Sie dann schon zum Haus bugsieren.«

»Du liebe Zeit, nein«, sagte Phillip entsetzt, »in einer Minute kann ich doch wieder gehen.« Er hob den Kopf. Die blutroten Mohnblumen erinnerten ihn wie immer an Flandern, aber jetzt standen sie wenigstens nur da und wirbelten nicht mehr herum.

»Sind Sie sicher? Dann werd ich ihn herschicken, damit er Ihnen hilft, während ich schon mal losgehe und Geraldine einen Gast ankündige.«

»Ich möchte Lady Dalrymple keine Umstände machen.«

»Unsinn! Das Schicksal hat mich an die Stelle von Gervaise gesetzt, und als mindestes kann ich wohl seine Freunde so willkommen heißen, als wäre er noch bei uns. Carlin wird sofort bei Ihnen sein. Ich lasse Pepper da, damit er Ihnen ein bißchen Gesellschaft leistet.«

Nachdem der Spaniel die Aufmerksamkeit seines Herrchens auf seinen Fund gelenkt hatte, war er auf die Pirsch nach Hasen gegangen. Als er jetzt gerufen wurde, kam er zurückgeeilt. Auf den Befehl, Platz zu machen, seufzte er auf und legte sich hin, den Kopf auf Phillips Knöchel.

Phillip sah Dalrymple hinterher und bemerkte, daß das, was er für einen Spazierstock gehalten hatte, eigentlich ein Schmetterlingsnetz war. Er dankte Gott auf Knien für die anscheinend überhaupt nicht vorhandene Neugier dieses Mannes. Ehe er irgendjemandem von der Entführung erzählte, mußte er unbedingt mit Glorias Vater sprechen. Der arme Kerl mußte ja ganz außer sich sein.

Darüber, wie es Gloria ging, wollte Phillip jetzt lieber nicht nachdenken.

Die wenigen Minuten vor Carlins Eintreffen taten ein erhebliches, um seine Kräfte wiederherzustellen. Als der schweigsame, stoppelbärtige Wildhüter sich näherte, stand Phillip mit nur ganz geringen Schwindelgefühlen auf. Mit lautem Knurren erinnerte ihn sein Magen daran, daß er seit dem Mittagessen am Vortag nichts mehr zu sich genommen hatte. Und das war auch nur eine Scheibe kalte Schweinepastete gewesen, die er in einem Pub auf der Fahrt herunter von London verschlungen hatte.

Jeden Shilling hatte er gespart, um Gloria Pralinen zu kaufen und sie zum Tanzen auszuführen. Das Loch in seinem Magen war aber nichts verglichen mit dem dumpfen Schmerz in seinem Herzen.

»Also dann, Master Phillip«, begrüßte ihn Carlin, »was haben Sie denn jetzt wieder angestellt?«

Er sprach genau in dem geduldigen, vorwurfsvollen Ton, den er immer angeschlagen hatte, wenn Phillip und Gervaise auf einem Baum festsaßen oder von einem heruntergefallen waren oder er sie aus dem Bach ziehen mußte, als sie noch kleine Jungs gewesen waren. Später hatte er den Jungen das Schießen beigebracht – und dann die Schrotkugeln aus Phillips Retriever-Welpen herausgepult, als der nach vorne geprescht war und Gervaise ihn aus Versehen mit Kugeln gepfeffert hatte.

»Jagt Lord Dalrymple?« fragte Phillip neugierig, als sie sich auf den Weg machten.

»Nee, Sir, der doch nicht. Und auf die Fuchsjagd geht er auch nicht. Nur auf die Jagd nach Schmetterlingen. Der hat doch keine Ahnung vom Landleben, Sie wer'n meine Vorwitzigkeit entschuldigen. Mit Leuten von meim Schlag kann er nicht viel anfangen, aber er ist schlau genug, keinen rauszuwerfen, der den Dalrymples schon seit Ewigkeiten gedient hat.«

»Ich bin jedenfalls froh, daß Sie noch da sind.« Wenn Phillip sich schon auf so unwürdige Weise stützen lassen mußte, dann war es ihm durchaus lieb, daß Carlin das tat.

Trotzdem war er erleichtert, als er feststellte, daß er nur wenig Hilfe brauchte. Die Auswirkungen des Schlags auf den Kopf und des Chloroforms ließen jetzt nach, und sein Hunger würde auch bald gestillt, dessen war er sicher. Über ein Tor zu klettern war mühsam; dankbar nahm er dabei Carlins Hilfe an, der ihn stützte. Ansonsten ging er langsam, aber ganz aus eigener Kraft über die bereits abgemähte Heuwiese, durch den Pflaumengarten (der in alten Zeiten einige Male von ihm leergefressen worden war) und in den Park.

Die Rückseite des Hauses erhob sich über den Beeten und einer Terrasse, die zum Park hin mit einer Balustrade abschloß. Fairacres war kein riesiges gräfliches Schloß, obwohl es zu groß war, um noch als Gutshaus zu gelten. Die klassische Symmetrie seiner strengen Architektur kontrastierte mit dem vielfarbigen Mauerwerk, das in dieser Gegend an vielen Gebäuden zu finden war. Rosa Sandstein, bernsteinfarbener Kalkstein aus den Cotswolds, ein bläßlich-grauer Stein weiß der Himmel woher, und dies alles bunt durcheinandergewürfelt schuf ein harmonisches Ganzes.

Einstmals war dies Phillips zweites Zuhause gewesen. Der Große Krieg hatte ihn vier Jahre lang ferngehalten. Seit dem Tod von Daisys und Gervaises Vater vor vier Jahren, während der schlimmen Influenza-Epidemie von 1919, war er nur zwei oder drei Mal dort zu Besuch gewesen, um nicht unhöflich zu sein. Für ihn waren Dalrymple, der ehemalige Lehrer, und seine Frau Geraldine immer noch Emporkömmlinge.

Er konnte es weder Daisy noch ihrer Mutter übelnehmen, daß sie das Angebot, weiter im großen Haus wohnen zu bleiben, nicht angenommen hatten.

Verflixt noch eins, er hatte Daisy doch versprochen, die verwitwete Lady Dalrymple im Dower House zu besuchen. Dazu gab es jetzt natürlich nicht die geringste Möglichkeit. Jedenfalls nicht in nächster Zukunft, nicht während Gloria unter diesen gemeinen Bestien zu leiden hatte.

Die Schweine hatten dem Schimpf noch Schande hinzugefügt, indem sie sein Portemonnaie und sein ganzes Kleingeld geklaut hatten, stellte er fest, als er in seinen Taschen nach einem Shilling für Carlin herumtastete. Gott sei Dank hatten sie ihn wenigstens nicht einfach auf freier Wildbahn ausgesetzt!

»Ich muß ein Telephonat führen«, sagte er dem Butler, ein anderer als zu Daisys Zeiten, der ihm in dem marmorgefliesten Eingang, von dem zwei spiegelgleiche, halbrunde Treppen nach oben führten, entgegenkam. »Und zwar sofort.«

»Selbstverständlich, Sir.« Der Butler, der ohne Zweifel von Lord Dalrymple vorgewarnt worden war, verlor ob der Ankunft eines total verschmutzten und überall mit getrocknetem Blut bedeckten Gastes in Hemdsärmeln keinesfalls die Contenance. »Wenn Sie so freundlich wären, mir zu ... »

Aber in dem Moment kam Lady Dalrymple die Treppe hinunter geeilt, auf den Fersen gefolgt von ihrem Mann.

Sie war eine eckige Frau, fünf oder sechs Zentimeter größer als seine Lordschaft. Sie musterte Phillip mit einem ziemlich angewiderten Gesichtsausdruck, doch sagte sie einigermaßen höflich: »Mr. Petrie, es tut mir ja so leid zu hören, daß Sie einen Unfall hatten. Edgar war nicht sicher, ob wir nicht nach einem Arzt schicken sollen?«

»Nein, vielen Dank, Lady Dalrymple. Mir geht es schon viel besser.«

»Aber Sie müssen wenigstens irgendeinen Verband um dem Kopf bekommen.«

»Und um die Hände, Liebes«, sagte Lord Dalrymple.

»Und um die Hände. Lassen Sie mal sehen.«

Phillip kam sich sofort wieder wie ein Schuljunge vor und streckte brav die Hände aus. Er schaute sie sich selbst zum ersten Mal an. Sie sahen viel schlimmer aus, als sie sich anfühlten. »Ich fürchte, ich bin heute nicht ganz salonfähig«, entschuldigte er sich.

Lady Dalrymple war zu höflich, um ihm zuzustimmen, doch sagte sie: »Ich werde mich um den Verband kümmern, wenn Sie gebadet haben. Lowecroft, führen Sie Mr. Petrie doch bitte in das Blaue Gästezimmer und lassen Sie sofort ein Bad ein.« Sie blickte zweifelnd von Phillip zu ihrem erheblich kleiner gewachsenen Ehemann. »Vermutlich haben Sie Kleider zum Wechseln auf Malvern Grange, oder in Ihrem Auto. War der Unfall so schlimm, daß man Ihre Koffer nicht mehr herausbekommt?«

Also ging sie davon aus, daß er sein Automobil zu Schrott gefahren hatte. Phillip fragte sich einen Augenblick, was eigentlich aus seinem herzinnigst geliebten Swift geworden war, doch dann nutzte er seine Chance. »Zu Hause, ja, aber ich möchte das Mütterlein nicht in Sorge versetzen, indem ich mir Kleider schicken lasse. Fürs erste wird mir jeder Fetzen reichen. Aber wenn es Ihnen nichts ausmacht, würde ich gerne ein Telephonat führen, bevor ich ein Bad nehme.«

»Selbstverständlich. Ihre Eltern werden sich schon Sorgen machen. Lowecroft, führen Sie Mr. Petrie bitte zum Telephon.«

Phillip erklärte lieber nicht, daß seine Eltern mitnichten eine Voranmeldung seiner Besuche verlangten. Wenn er da war, war er da. Sein ältester Bruder lebte mit seiner Frau und den Kindern auf Malvern Grange und auch seine jüngste Schwester. Ein weiteres Kind im Hause machte da nichts aus. Er hatte keineswegs vor, sie anzurufen.

Der Butler führte ihn in das Arbeitszimmer von Lord Dalrymple. Die tiefen Ledersessel und der rote türkische Sessel waren seit den alten Zeiten unverändert. Phillip hatte das leicht unangenehme Gefühl, sich in einem Museum zu befinden, obwohl jede Änderung ihn wiederum genauso sehr gestört haben würde.

»Das Gerät, Sir.« Lowecroft ging zu dem Schreibtisch mit der knappen Öffnung für die Knie, auf dem immer noch das Telephon stand. Sorgsam holte er ein Taschentuch aus seiner Tasche und breitete es über dem Stuhl aus. »Nehmen Sie es mir nicht übel, Sir, aber Ihre Ladyschaft ist in solchen Dingen etwas eigen. Wäre das alles?«

»Ja, vielen Dank, und ich freue mich sehr auf ein Bad, sobald ich hier fertig bin.«

Phillip kannte die Telephonnummer des Abbey Hotel auswendig. Er hatte in den vergangenen paar Wochen immerhin so viel Geld dorthin vertelephoniert, daß er mittlerweile täglich im A.B.C. zu Mittag essen mußte, weil er sich den Piccadilly Grill nicht mehr leisten konnte. Er nahm die Ohrmuschel auf und wartete ungeduldig darauf, daß sich die Zentrale meldete.

Im Hotel war besetzt. »Möchten Sie es später noch einmal versuchen?« fragte ihn das Fräulein vom Amt.

»Nein, ich bleib dran. Bitte stellen Sie mich durch, sobald es geht. Es ist dringend.«

»Wenn es ein Notfall ist, Sir, dann kann ich auch den anderen Teilnehmer bitten, die Leitung freizugeben.«

»N-nein ...«

Der Vorschlag war zwar sehr verlockend, aber derselbe Instinkt, der ihn davon abgehalten hatte, den Dalrymples die ganze Geschichte zu erzählen, griff jetzt auch hier. Wenn man einen Notfall ins Feld führte, dann wollten die Leute immer Erklärungen haben. Es war jetzt die Entscheidung von Arbuckle und der Polizei, ob die Entführung publik gemacht oder lieber diskret behandelt werden sollte.

Damit ergab sich eine weitere Frage: Sollte er schon die Polizei benachrichtigen, während er darauf wartete, Arbuckle zu sprechen? Und falls ja, wen?

Er hatte kein großes Vertrauen in die Fähigkeiten des Bobbys vor Ort, wenn es um mehr ging, als nur einen Landstreicher auf die Weiterreise zu schicken oder Jungs beim Kirschenklauen zu erwischen. Wenn er aber die Polizei der Grafschaft anrief, wüßte sein Vater binnen einer Stunde von der Angelegenheit. Unterrichtete aber Arbuckle sie, so könnte Phillip seinen Namen vielleicht aus der Sache heraushalten.

Der beste Mann für diese Angelegenheit wäre doch Daisys Bekannter, Detective Chief Inspector Alec Fletcher vom Scotland Yard. Nicht, daß Phillip diese Freundschaft gutgeheißen hätte. Daisy suchte sich ja mit schlafwandlerischer Sicherheit immer die falschen Leute aus. Man brauchte da nur an diesen Kriegsdienstverweigerer zu denken, mit dem sie mal verlobt gewesen war! Zugegeben, die Arbeit der Ambulanzfahrer war wirklich wichtig, und der Kerl hatte den Anstand besessen, sich von einer Mine in die Luft jagen zu lassen wie ein ganz normaler Soldat. Aber es ging schließlich ums Prinzip.

Und jetzt hatte Daisy sich mit einem Copper aus der Mittelschicht eingelassen, obendrein ein Witwer mit Kind. Wenigstens kein Kriegsdienstverweigerer, sondern Offizier im Royal Flying Corps, und man konnte wirklich nicht leugnen, daß er seine Sache gut machte. Helle, so konnte man ihn wohl nennen; er war sogar auf einer dieser neuen Universitäten in der Provinz ausgebildet worden, zu denen nur Streber zugelassen wurden. Außerdem war er kein schlechter Kerl, wenn er einen nicht gerade mit Adleraugen fixierte, die so scharf wie ein Bajonett waren. Man fühlte sich immer gleich schuldig, obwohl man nicht das geringste auf dem Kerbholz hatte.

Phillip vermutete, daß es äußerst schwierig sein würde, Scotland Yard in die Sache hineinzuziehen. Lohnte es sich da überhaupt, es zu versuchen?

»Hallo, Sir? Ich stelle Sie jetzt durch.«

Die Empfangsdame des Hotels war keinesfalls begeistert von dem Vorschlag, Mr. Arbuckle ans Telephon zu holen. »Es ist gerade mal kurz nach acht Uhr«, sagte sie knapp. »Wir stören unsere Gäste nicht so früh am Morgen, wenn sie nicht am Abend vorher angekündigt haben, daß sie einen Anruf erwarten.«

Phillip blickte auf die Messinguhr auf dem Kaminsims. Fünf Minuten nach acht. Was für ein verflixtes Glück, daß Dalrymple ein Frühaufsteher war, sonst läge er bestimmt noch unter dieser Hecke. Aber nichts war so sicher wie eines: Falls Arbuckle überhaupt geschlafen hatte, obwohl seine Tochter in Gefahr schwebte, dann würde er nun unbedingt geweckt werden wollen, um Nachricht von ihr zu erhalten. Das hieß natürlich nur, wenn er überhaupt im Hotel war. Phillip hatte Gloria versichert, daß ihr Vater in Sicherheit sein mußte. Damals war es ihm logisch erschienen, aber Entführer mußten ja nicht immer logisch denken.

Es gab nur eine Möglichkeit, das herauszufinden. »Ich verspreche Ihnen«, behauptete Phillip, »daß Mr. Arbuckle sich nicht beschweren wird, wenn Sie ihn aufwecken, daß er Ihnen aber persönlich den größten Ärger bereiten wird, wenn Sie es nicht tun.«

»Ich schreibe eine Nachricht auf und gebe sie ihm, wenn er herunterkommt.«

»Kommt nicht in Frage. Sagen Sie ihm nur meinen Namen, dann wird er sofort kommen.«

Die Frau stellte sich weiter stur, aber irgendwie schaffte er es doch, sie davon zu überzeugen, einen Pagen loszuschicken, der den Amerikaner ans Telephon holte.

»Petrie?« Die angespannte, leicht atemlose Stimme war schon so bald in der Leitung zu hören, daß Arbuckle entweder im Bademantel heruntergeeilt oder bereits angezogen gewesen sein mußte. »Geht es ihr gut? Wo um alles in der Welt stecken Sie eigentlich?« Er klang besorgt, aber nicht ganz so aufgeregt, wie Phillip es erwartet hätte.

»Es ging ihr noch ganz gut, als ich sie zuletzt gesehen habe. Jedenfalls war sie nicht verletzt. Sir, ich hätte alles gegeben, wenn ...«

»Nicht am Telephon. Man weiß schließlich nicht, wer noch alles mithört. Sie ist nicht bei Ihnen?«

»Nein.« Phillip versuchte, den Kloß in seinem Hals wegzuräuspern. »Ich weiß auch nicht, wo sie ist.«

»Dann sagen Sie mir einfach, wo *Sie* sind.«

»Auf Fairacres. Bei Lord Dalrymple. Ich vermute, sein Chauffeur würde mich nach Great Malvern fahren.«

»Dieser Lord da, was haben Sie dem erzählt?«

»Nichts. Er hat keine Fragen gestellt, obwohl die eine oder andere durchaus gerechtfertigt gewesen wäre.«

»Kann man ihm trauen?«

»Selbstverständlich!« Die Vorstellung, daß sich der freundliche, aber steife ehemalige Lehrer in irgendwelche merkwürdigen Machenschaften verwickeln lassen, geschweige denn an einer Entführung beteiligen könnte, sprengte Phillips Vorstellungsvermögen.

»Kennen Sie den Kerl? Wird er auch nichts ausplaudern?« hakte Arbuckle noch einmal nach.

»Ach so meinen Sie das!« Diskretion gehörte doch zum Lehrerdasein dazu, dachte er vage. Die Eltern nicht beunruhigen, solche Sachen. Und außerdem hatte er seiner Frau gegenüber nicht erwähnt, daß Phillip gefesselt gewesen war. »Nein, ich würde meinen, daß er ziemlich verschwiegen ist.«

»Dann komme ich zu Ihnen. Wie finde ich diesen Ort?«

Phillip gab ihm Anweisungen. »Ich werd Bescheid sagen, daß man Sie erwartet.«

»Aber sagen Sie nicht, warum«, sagte Arbuckle knapp. »Okay, bin gleich da.«

Das Klicken am anderen Ende der Leitung ließ Phillip mit offenem Mund am Apparat stehen. Er hatte gerade noch fragen wollen, was er denn sagen sollte. Er mußte doch seinem Gastgeber – und besonders seiner Gastgeberin – irgendeine Erklärung für die bevorstehende Ankunft eines amerikanischen Geschäftsmannes zu dieser gottlos frühen Morgenstunde geben. Er hing die Ohrmuschel ein und durchforstete seine Phantasie nach irgendeiner Geschichte, die die Dalrymples zufriedenstellen würde, ohne dabei mehr zu verraten, als es Arbuckle recht wäre. Wenn er die ganze Sache noch einmal bedachte, dann war dieser ganze Unsinn von wegen Geheimhaltung auch ziemlich merkwürdig. Sollte man nicht lieber die ganze Grafschaft in Alarm versetzen, um nach Gloria zu suchen? Aber er selbst hatte ja auch instinktiv Stillschweigen bewahrt, wo er doch schon längst Suchtrupps hätte losschicken können.

In seinem Kopf herrschte ein viel zu großes Durcheinander, um jetzt seinen eigenen Motiven dafür auf den Grund zu gehen. Er stemmte sich mühsam auf die Füße und kehrte in die Eingangshalle zurück, wo ein jugendlicher Lakai ihn erwartete.

»Liebe Zeit«, keuchte der Junge entsetzt auf, als er den verprügelten Gentleman erblickte. »Ihr Automobil muß ja völlig zerschmettert worden sein.« Dann faßte er sich wieder und richtete sich steif auf. »Wenn Sie mir bitte folgen würden, Sir, Ihr Bad dürfte jetzt eingelassen sein.«

»Hören Sie mal«, sagte Phillip, während er ihm die Treppe hinauffolgte, »ein amerikanischer Gentleman mit Namen Arbuckle wird in ungefähr einer halben Stunde hier ankommen, um mich aufzusuchen. Wir wollen niemanden stören, also stellen Sie ihn doch bitte irgendwo ab, wo er nicht auffällt, und holen Sie mich dann dazu.«

Der Lakai blickte sich um, ein verschwörerisches Glitzern im Auge. »Auf mich können Sie zählen, Sir«, flüsterte er. »Ich sag Ihnen dann diskret Bescheid.«

Was zum Teufel glaubte der bloß, was sich hier abspielte? fragte sich Phillip.

In der Badewanne zu plantschen war eine Wohltat, nur war es leider ein kurzes Schwelgen. Er wollte schließlich nicht, daß Arbuckle nach seiner Ankunft irgendwo herumsaß und vor lauter Sorgen immer zappliger wurde. Er stieg aus der Badewanne und begab sich, in einen geliehenen Bademantel von erstaunlich dottergelber Färbung gehüllt, eilig in das ihm zugewiesene Gästezimmer. Dort lagen auf dem Bett schon saubere Kleider für ihn ausgebreitet. Sie verströmten einen durchdringenden Geruch: Mottenkugeln.

Die graue Flanellhose und das weiße Hemd hätten auch jedem anderen gehören können, aber das leichte Tweedjackett mit dem blaugrauen Fischgrätenmuster erkannte er. Es hatte Gervaise gehört und war ohne Zweifel aus irgendeiner Kiste in einem Lagerraum oder vom Dachboden ausgegraben worden. Phillip sträubte sich innerlich dagegen, die Kleider seines toten Freundes anzuziehen.

Er zwang sich, praktisch zu denken. Gloria würde es überhaupt nicht weiterhelfen, wenn er in einem knallgelben Bademantel herumlümmelte. Den Gestank von Naphtalin in der Nase tapfer ertragend, zog er sich an.

Als er vor dem Spiegel stand und sich die dunkelblaue Krawatte mit den blauen Streifen umband, betrachtete er sein Spiegelbild und zuckte zusammen. Die Kleider hingen ihm wie ein Sack von den Schultern und zeigten jede Menge Handgelenk und noch mehr von seinen Knöcheln. Gervaise war zwar größer gewesen als der gegenwärtige Lord Dalrymple, aber trotzdem im Vergleich zu Phillip eher kleiner und breiter gebaut. Phillip hatte sich immer für einen elegant gekleideten Herrn gehalten, abgesehen von den Gelegenheiten, bei denen er in den Motorraum von Automobilen abtauchte, natürlich. Gegenwärtig sah er aus wie ein zu schnell gewachsenes Waisenkind, das von der Heilsarmee eingekleidet worden war, und er roch auch so.

Sein wirrer Schopf blonder, nasser Haare, die normalerweise nur mit Pomade zu bändigen waren, trug nicht gerade dazu bei, diesen Eindruck zu begradigen. Auch das Blut, das aus seiner Kopfwunde sickerte, war nicht besonders hilfreich. Das heiße Wasser im Bad mußte es wieder zum Fließen gebracht haben. Glücklicherweise hatte jemand daran gedacht, ein großes weißes Taschentuch für ihn bereitzulegen. Mit der einen Hand preßte Phillip es auf den Kopf, und mit der anderen versuchte er, seine rebellischen Locken irgendwie mit einer Haarbürste zu glätten.

Der junge Lakai Ernest brachte ihm seine geputzten Schuhe. »Brillantine, das brauchen Sie jetzt noch«, bemerkte er wissend.

»Können Sie mir welche besorgen?«

»Ja, Sir, aber Ihre Ladyschaft möchte Sie jetzt gleich verbinden. Sieht so aus, als könnten Sie das besser gebrauchen als irgendwelche Haarmittel«, fügte er hinzu und kniete sich nieder, um Phillip die Schuhe zuzubinden, damit der das blutdurchtränkte Taschentuch nicht loslassen mußte. »Sie ist in ihrem Salon. Und machen Sie sich keine Sorgen, der Yankee-Gentleman ist noch nicht aufgetaucht.«

Phillip war nicht sicher, ob er froh sein oder ob es ihm leid tun sollte, daß Arbuckle noch nicht angekommen war. Einerseits wollte er unbedingt endlich loslegen und Gloria befreien. Auf der anderen Seite fing er langsam an, sich für einen absoluten Versager zu halten, weil er sie nicht gerettet hatte, als er noch bei ihr war. Ein schlauerer Kerl als er hätte dazu sicherlich eine Möglichkeit gefunden. Wie sollte er ihrem Vater sein Versagen nur erklären?

# 4

Lady Dalrymple betupfte Phillips Wunden mit Unmengen Jod, wie sie es wahrscheinlich zu ihrer Zeit als Lehrersgattin bei Hunderten von verletzten Schuljungs getan hatte. Obwohl sie widerwillig Phillips Weigerung akzeptierte, sich gleich Heftpflaster auf alle Wunden kleben zu lassen, und nur die schlimmsten Schnitte an seinen Händen versorgen durfte, bestand sie doch darauf, ihm den Kopf zu verbinden. Als sie fertig war, blieb nicht mehr viel Haar übrig, das man mit Pomade hätte behandeln können.

»Ach Herrjeh«, sagte sie und musterte ihn von oben bis unten. »Ich fürchte, zur Kirche können Sie in diesem Zustand nicht gehen.«

»Das fürchte ich auch«, sagte Phillip ohne großes Bedauern. »Ach so, ein Herr, ein Amerikaner, wird übrigens heute hier vorbeischauen, um sich mit mir zu treffen. Fürchterlich frech von mir, ich weiß. Ich hoffe, das macht Ihnen nicht allzu viel aus.«

Ganz offensichtlich beleidigt, murmelte sie irgend etwas von wegen ›lose Sitten der jungen Leute heutzutage‹.

Laut sagte sie jedoch betont höflich: »Aber gar nicht. Sie müssen Fairacres als Ihr Zuhause betrachten, bis Sie soweit wieder hergestellt sind, daß Sie auf die Grange zurückkehren können.«

»Vielen herzlichen Dank«, sagte Phillip, der in dem Augenblick beschloß, daß es ihm noch fürchterlich schlecht ging. Er würde doch nicht nach Hause fahren, um sich den Fragen seiner Eltern zu stellen!

»Dieser Amerikaner war für Ihren Unfall verantwortlich, nehme ich an? Wie unverschämt! Welch Schande! Man sollte Fremden nicht erlauben, in diesem Land Auto zu fahren. Wie ich gehört habe, fährt man in den USA gewohnheitsmäßig auf der falschen Straßenseite.«

Phillip murmelte eine vage Zustimmung.

»Ich hoffe, er wird Ihnen angemessenen Schadensersatz leisten.« Sie stand auf. »Haben Sie schon gefrühstückt, Mr. Petrie?«

»Tatsächlich bin ich fürchterlich hungrig.« Und vor Hunger schon ganz schwach, dachte er, als er sich angestrengt erhob.

Wieder betrachtete Lady Dalrymple ihn kritisch, von seinem bandagierten Haupt bis zu den gut sichtbaren Knöcheln. Sie schniefte mit krauser Nase und sagte zögerlich: »Glücklicherweise sind unsere einzigen Gäste dieses Wochenende mein Bruder und seine Familie. Aber vielleicht sind Sie noch so durcheinander, daß Sie nicht so gerne herunterkommen möchten?«

»Ich fühl mich wirklich nicht ganz auf dem Damm.« Diesmal kam Phillips Zustimmung von ganzem Herzen. Er würde nur zu gerne ihrem Sinn für Wohlanständigkeit entsprechen, indem er bei sich auf dem Zimmer frühstückte. »Könnten Sie wohl Mr. Arbuckle nach oben bringen lassen, wenn er ankommt?« bat er.

»Selbstverständlich. Vielleicht wird ihn Ihr Zustand davon überzeugen, daß er in England nicht mehr Auto fahren sollte. Und ich werde Ihnen sofort ein Frühstück heraufbringen lassen.«

Phillip dankte ihr und kehrte in sein Schlafzimmer zurück. Das Bett sah unglaublich einladend aus. Er kehrte jedoch der Versuchung den Rücken zu und ließ sich in einen Lehnstuhl am Fenster fallen.

Die herrliche Morgensonne, die auf den französischen Garten und den Park mit seinen Eichen- und Kastanienbäumen schien, erinnerte ihn aber nur an das winzige, düstere Zimmer, in dem seine Liebste gefangen gehalten wurde. Welch schreckliche Angst sie haben mußte, dort ganz alleine. Er wünschte sich, immer noch dort zu sein, um sie zu trösten. Hätte er doch nur genug Zeit dazu gehabt, eine Flucht zu ersinnen!

Er hatte völlig versagt, dachte er unglücklich, und das schlimmste war, daß Gloria diejenige war, die unter seiner Stümperhaftigkeit zu leiden hatte.

Ehe er sich endgültig in eine Depression hineinsorgen konnte, brachte ihm Ernest das Frühstück. »Schönen Gruß von der Köchin, und sie hofft, daß Sie Ihr Frühstücksei immer noch als Vier-Minuten-Ei mögen«, tat er kund und stellte das Tablett auf einem kleinen Klapptisch ab. »Und daß Sie immer noch Kaffee zum Frühstück trinken.«

»Sagen Sie ihr bitte, ja, und meinen besten Dank.« Die Eier steckten in den Eierbechern unter gehäkelten Wärmehäubchen, daneben standen ein gut gefüllter Toastständer, ein Butterschälchen und ein Marmeladengläschen, und schließlich ein kleiner Teller. Phillip lugte unter die Silberglocke auf dem größeren Teller. »Schinken, Würstchen, Nierchen, wie herrlich! Mr. Arbuckle ist immer noch nicht da?« Er schmierte sich dick Butter auf einen Toast.

»Nein, Sir. Ich werde es Ihnen auch nicht heimlich hinterbringen müssen, wenn er da ist«, fügte der Lakai bedauernd hinzu. »Ihre Ladyschaft hat gesagt, ich soll den Herrn geradwegs heraufführen, wenn er ankommt.«

»Ja, tun Sie das doch bitte«, sagte Phillip und schlug das erste Ei auf. »Perfekt! Mein Kompliment an die Köchin. Wenn Mr. Arbuckle ankommt, könnten Sie ihn vielleicht gleich fragen, ob er heute schon gefrühstückt hat?«

»Geht klar. Ähm, ich meine, sehr wohl, Sir. Ist da noch irgend etwas anderes, was ich für Sie tun kann?«

Phillip murmelte mit vollem Mund seinen Dank. Er fühlte sich jetzt schon wesentlich besser. Die Entführer würden Gloria doch hoffentlich etwas zu essen geben? Was hätten sie auch schon davon, wenn sie sie hungern ließen? Der Gedanke daran raubte ihm den Appetit; doch als Ernest einige Minuten später Arbuckle hineinführte, waren beide Eier, das meiste vom Toast und die Hälfte des Wursttellers schon vertilgt.

Phillip sprang auf und schob den Sessel zurück. Hatte er vorhin gedacht, daß der Amerikaner nicht übermäßig besorgt klang, strafte sein Anblick diesen Eindruck jetzt Lügen. Das lange Gesicht Arbuckles war blaß und hohlwangig, und dunkle Ringe lagen unter seinen geröteten Augen. Er sah aus, als hätte er in der Nacht kein Auge zugetan und als wäre er innerhalb der letzten Stunden um zehn Jahre gealtert.

Phillips bandagierter Kopf versetzte ihm einen Schock. »Heidenei, die haben aber wirklich ...« Er hielt inne, als er des Lakais gewahr wurde, der einen zweiten Sessel herbeitrug. Er hielt das Jackett hoch, das er über den Arm gelegt hatte. »Hier ist Ihre Jacke.«

»Vielen Dank.« Phillip warf sie über die Lehne seines Sessels und streckte die Hand aus.

Arbuckle schüttelte sie, anscheinend ohne die Pflaster zu bemerken. Leise fragte er: »Sie haben niemandem etwas erzählt?«

»Keiner Menschenseele. Kommen Sie und setzen Sie sich doch, Sir. Haben Sie etwas dagegen, wenn ich weiter frühstücke?« fuhr Phillip fort, während Arbuckle sich auf den Stuhl sacken ließ, den der Lakai an den Tisch geschoben hatte. »Möchten Sie auch etwas?«

»Einen Kaffee, danke. Ich hab keinen Hunger, mein Sohn.«

Hinter ihm stand Ernest und schüttelte leicht den Kopf: Der Amerikaner hatte noch nicht gefrühstückt. »Sie müssen aber etwas essen, Sir, um bei Kräften zu bleiben.« Phillip nickte dem jungen Lakai zu, der ihm zuzwinkerte und lautlos hinausglitt.

Kaum hatte sich die Tür hinter ihm leise geschlossen, lehnte sich Arbuckle schon vor und sagte dringlich: »Okay, spuck's mal aus, was war los? Sie haben gesagt, es geht ihr gut? Sie ist nicht verletzt?«

»Nur an den Händen.« Phillip zeigte seine eigenen vor. »Sie hat echten Sportsgeist. Wirklich tapfer. Verstehen Sie, ihre Hände hat man ihr vorne zusammengebunden und meine hinter dem Rücken. Ich konnte wirklich nicht sehr viel tun, aber Miss Arbuckle hat Glasscherben gefunden und sich dann an das Seil um meine Handgelenke gemacht. Nur wurde es schnell dunkel, und so sind wir bei der Angelegenheit beide ein bißchen zerschnitten worden.«

»Es wurde dunkel? Das alles ist gestern abend passiert?« Er runzelte die Stirn, als Phillip nickte. »Sie hat Ihnen die Hände freigeschnitten? Und Sie sind dann geflüchtet?«

»Liebe Zeit, nein!« rief Phillip empört aus. »Sie glauben doch nicht im Ernst, daß ich einer bin, der einfach abzwitschern und sie da sitzen lassen würde!«

»Verzeihen Sie bitte.« Arbuckle stützte die Ellbogen auf den Tisch und ließ den Kopf in die Hände sinken. »Ich mache mir nur fürchterliche Sorgen. Wie wäre es, wenn Sie ganz am Anfang loslegen und eins nach dem anderen erzählen, was passiert ist?«

»In Ordnung. Die haben mich bewußtlos geschlagen – haben Sie das noch mitbekommen?«

»Hab ich«, sagte der Amerikaner müde. »Das heißt, ich hab gesehen, wie einer mit einem Brecheisen auf Sie losgegangen ist. Vermutlich hatten die nur so viel Chloroform mit, daß es für mich und Gloria reichte. Dabei fällt mir ein, wie geht es eigentlich Ihrem Kopf?«

Vorsichtig betastete Phillip die wunde Stelle. »Ist noch ein bißchen frisch, aber es tut nicht mehr ganz so weh. Ich bin mit einem verflixten Kopfweh aufgewacht. Wir waren eingesperrt in …« Er hielt inne, als Ernest mit einem zweiten Tablett erschien.

»Frischer Kaffee, Sir«, sagte der Lakai fröhlich und setzte das Tablett ab, »und eine zweite Tasse. Ein bißchen mehr Toast. Und ich habe mir erlaubt, noch ein kleines Frühstück für den Herrn mitzubringen.« Er stellte vor Arbuckle einen Teller ab und nahm die silberne Wärmehaube fort.

»Großartig gemacht!« lobte Phillip.

»Danke«, sagte Arbuckle mit mehr Höflichkeit als Begeisterung. Er zog eine Grimasse, nahm aber trotzdem Messer und Gabel zur Hand. »Okay, vermutlich haben Sie Recht. Ich werd dann mal was essen.«

Nur zögerlich verließ Ernest wieder den Raum. Er sah so

aus, als würde er vor Neugier schier platzen. Phillip nahm seine Geschichte wieder auf.

»Wir sind in einem kleinen Zimmer aufgewacht, in dem die Tür und das Fenster versperrt waren. Mit gefesselten Händen gab es absolut nichts, was ich hätte tun können. Tatsächlich weiß ich nicht, was ich überhaupt hätte tun können. Aber wenn Miss Arbuckle es geschafft hätte, meine Hände zu befreien, dann hätte ich bestimmt bessere Chancen gehabt, als sie dann kamen, um mich zu holen.«

»Sie zu holen?«

»Vier Mann. An den ersten beiden bin ich vorbeigekommen«, sagte Phillip mit verzeihlichem Stolz. »Verstehen Sie, ich hab gehört, wie die sich unterhalten haben. Man hatte sie angewiesen, mich ... ähm ... um die Ecke zu bringen. Ich kann das einfach nicht verstehen.« Er schüttelte den Kopf, aufs Neue verwundert, daß er überhaupt noch existierte.

»Daß Sie noch leben? Stellen Sie keine großen Fragen, mein Sohn, danken Sie nur dem lieben Herrgott dafür.« Nachdem Arbuckle seinen Schinken in Stücke geschnitten hatte, legte er sein Messer nieder und nahm die Gabel in die rechte Hand. »Aber wer hat denn diese Anweisung gegeben, Sie über den Jordan zu schicken? Haben die keinen Namen erwähnt?«

»Nicht wirklich. Sie klangen alle wie Engländer, und sie haben immer nur vom ›Yank‹ gesprochen.«

Arbuckle stöhnte auf. »Ich wußte es. Diese ganze Angelegenheit hat nach was anderem gerochen als nach einem typisch englischen Freizeitvergügen. Viel eher wie etwas, was man bei uns zu Hause auf die Beine stellt.«

»Haben Sie in Amerika Feinde?«

»Feinde? Wieso denn Feinde? Man muß doch nur ein paar Dollar in der Tasche haben, und die halbe Welt hat plötzlich das Gefühl, ihren Anteil daran einfordern zu müssen.«

»Die haben Sie als ›Geldsack‹ bezeichnet. Der Yank wollte mich beseitigen lassen, weil er nicht glaubte, daß mein Vater kurzfristig mit viel Bargeld würde rüberkommen können.

Und deswegen bin ich auf die zugestürmt, als sie mich holen wollten.«

»Hatten ja auch nichts zu verlieren.« Arbuckle nickte. »Sie haben aber wirklich Mut: einer gegen vier. Und noch dazu mit gebundenen Händen.«

»Na ja, ich dachte mir eben, ich würde Gloria – Miss Arbuckle – als Leiche nicht viel nützen, so daß ich es wenigstens versuchen könnte. Aber es war schon fast dunkel, und ich hab die beiden anderen Männer erst gesehen, als es zu spät war. Die haben mich mit Chloroform erledigt. Ich konnte es gar nicht fassen, als ich heute morgen unter einer Hecke aufgewacht bin. Was für ein Glück überhaupt, daß ich hier auf Fairacres gelandet bin!«

»Also hat Sie dieser Lord Dalrymple aufgenommen?«

»Ich muß schon sagen, daß das unglaublich anständig von ihm war. Ich sah wirklich verboten aus.«

»Wie gut kennen Sie ihn denn?«

»Natürlich ist er der Nachbar meines Vaters, aber er ist nur ein entfernter Vetter der Leute, die früher hier gelebt haben, als ich noch klein war.« Phillip unternahm den Versuch, die Feinheiten von Fideikommiß, Primogenitur und der Erbfolge in männlicher Linie zu erläutern.

Arbuckle war nicht daran interessiert. »Lassen Sie mal den ganzen Quatsch. Sie haben mir am Telephon gesagt, er würde nichts ausplaudern, aber wenn Sie ihn so gut auch wieder nicht kennen … Ich hatte gehofft, ich könnte auch ihn um Rat fragen, genauso, wie ich Sie um Ihrem Rat bitte.«

»Um meinen Rat?« Phillip kam aus dem Staunen nicht mehr heraus. Um seinen Rat hatte ihn noch nie jemand gebeten.

»Aber klar doch. Ich bin fremd hier in England. Ich hab ein bißchen was darüber gelernt, wie man hier drüben Geschäfte macht. Aber ich will nicht behaupten, daß ich irgend etwas von dem ganzen Rest verstehe. Und nachdem mein Mädchen in solchen Schwierigkeiten steckt, will ich auch nicht für mich in Anspruch nehmen, daß ich vernünftig denken könnte.«

»Ich bin dazu auch nicht wirklich in der Lage, Sir. Ich ... ich bin Miss Arbuckle sehr zugetan. Das sollten Sie wissen. Die Polizei wird Ihnen da am besten helfen können.«

»Nein!« Arbuckle ließ die Gabel fallen, und seine Schultern sackten nach vorn. »Wenn ich die Polizei einschalte, dann bringen die Entführer Gloria um.«

Phillip öffnete den Mund und schloß ihn wieder. Das Schweigen wurde immer länger.

»Sie umbringen?« stotterte er schließlich. »Wie kommen Sie denn auf die Idee?«

»Als ich aus meiner Betäubung wieder aufwachte, lag neben mir im Auto ein Zettel, auf dem das stand.«

»Die haben Sie im Auto sitzen lassen?« Phillip klammerte sich an nebensächliche Details, um nicht an die enorme Bedrohung, die über seiner Liebsten schwebte, denken zu müssen. »Mitten auf der Straße?«

»Nein, da nicht, sonst hätte Crawford mich ja gefunden. Vermutlich haben die den Radiator mit Ihrem Stück Schlauch repariert. Die haben das Auto zurück zum Hotel gefahren und es mit geschlossenem Verdeck irgendwo in einer abgelegenen Ecke geparkt, unter dem großen alten Baum vor dem Haus.«

»Unter der Zeder? Ja, da kommt nie jemand hin. Aber Crawford muß doch nach Great Malvern zurückgekehrt sein und festgestellt haben, daß der Studebaker fort war?«

»Der arme Kerl! Der kann einem auch leid tun. Er ist meilenweit zur nächsten Reparaturwerkstatt gelaufen, und als er da ankam, stellte er fest, daß er sein Portemonnaie vergessen hatte.«

»Und meins haben sie mir geklaut«, sagte Phillip, und ärgerte sich erneut darüber.

Arbuckle steckte die Hand in die Tasche. »Hier, nehmen Sie mal das hier.« Er holte eine Faust voller Geldnoten hervor.

»Ich wollte Sie damit nicht um Geld gebeten haben!«

»Nein, nein, aber Sie werden ja ein paar Dollar – Pfund –

brauchen können, und Ihre Familie wollen Sie sicherlich nicht darum bitten. Und Sie können es mir ja später zurückzahlen. Also, wo waren wir gerade?«

»Crawford hatte sein Portemonnaie vergessen.«

»Genau, und vermutlich hat es eine Weile gedauert, bis er den Mechaniker dazu überredet hatte, ihn zum Studebaker zurückzufahren.«

»Und der war wiederum nicht mehr da, als die beiden dort angekommen sind.«

»Crawford dachte, er hätte sich vielleicht im Ort geirrt. Diese ganzen kleinen Sträßchen hier sehen ja ziemlich gleich aus.«

»Man kann sich als Ortsfremder ziemlich leicht verirren«, stimmte Phillip zu und schenkte noch einmal Kaffee nach.

»Die sind eine Weile herumgefahren, bis der Mechaniker dachte, er solle wohl verscheißert werden. Um eine lange Geschichte kurz zu machen, der arme Crawford hat fast die gesamte Strecke nach Great Malvern auf Schusters Rappen hinter sich gebracht, wenn man von einer kurzen Fahrt auf einem Heuwagen absieht. Er war völlig fertig und einigermaßen sauer, obwohl er sonst immer die Ruhe in Person ist.«

»Er muß gedacht haben, Sie hätten ihn sitzen lassen, nachdem Sie irgendwie den Schlauch ersetzt hatten.«

»Man würde doch meinen, daß ein Kerl nach zehn Jahren bei einem wüßte, daß das nicht die Art ist, wie ich meine Angestellten behandle«, sagte Arbuckle eher quengelig. »Na ja, er hat den Studebaker da unter dem Baum gesehen, aber nach all dem Ärger, seiner ganzen Irrfahrt und so, ist er einfach hinauf in sein Zimmer gegangen, seine Blasen zu versorgen und zu schmollen.«

»So daß Sie in aller Ruhe erst sehr viel später aufgewacht sind.« Das Thema der Gefahr, in der Gloria schwebte, konnte jetzt nicht weiter aufgeschoben werden. »Was stand denn genau auf dem Zettel?«

»Daß die meine Tochter haben. Ich soll auf weitere Anweisungen warten: wie ich das Lösegeld zahlen soll und wieviel, und wenn ich die Polizei einschalte, dann werde ich sie nicht lebendig wiedersehen.«

»Die haben auch davon gesprochen, mich umzubringen, aber sie haben es nicht getan«, bemerkte Phillip voller Hoffnung. »Keiner von ihnen wollte in einen Mordfall verwickelt werden.«

»Eure Halunken haben vielleicht nicht gleich den Finger am Abzug wie unsere, und der Chef, also der Mann, den sie den Yank nennen, war ja auch nicht da, oder? Der wird mein Mädchen höchstpersönlich umlegen, wenn ich nicht tue, was er sagt.«

»Das seh ich anders. Er würde dadurch ja nichts gewinnen.«

»Als Warnung. Wenn er das nächste Mal dieselbe Masche anwendet, dann werden sich die Leute daran erinnern, daß Gloria gestorben ist, und werden sofort zahlen. Das funktioniert. In den Staaten läuft das die ganze Zeit so. Jedenfalls gehe ich auf keinen Fall zur Polizei.«

»Unsere Polizei ist aber im allgemeinen ziemlich gut«, führte Phillip ins Feld. »Jedenfalls der Scotland Yard.«

»Ich hab den größten Respekt vor euerm Scotland Yard, mein Sohn. Ein prima Haufen Leute, so sagt man mir, keine Idioten, und auch nicht so bestechlich wie unsere Leute zu Hause. Aber Glorias Leben setze ich keinesfalls aufs Spiel.« Arbuckles Blick war gleichzeitig bittend und herausfordernd. »Oder würden Sie das etwa?«

»Nein«, sagte Phillip unglücklich. Es schien ihm keinesfalls abwegig, daß die zuständigen Behörden auch die geeignetsten Leute waren, um mit dieser Situation umzugehen, aber gleichzeitig war es ihm nur allzu klar, daß er keine überzeugenden Argumente dafür hatte. »Natürlich nicht. Nur ...«

»Schwören Sie mir, daß Sie nicht zur Polizei gehen.«

»Sie haben mein Wort als Gentleman.«

»Das wird dann wohl reichen. Jetzt können Sie mir vielleicht einen Rat geben. Was soll ich denn sagen, wenn mich die Leute fragen, wo Gloria ist? Wir haben uns mit ein paar Leuten im Abbey Hotel ein bißchen angefreundet, verstehen Sie.

Die fragen bestimmt nach ihr. Und es darf keiner den Eindruck gewinnen, daß hier etwas Merkwürdiges läuft, sonst wird als nächstes irgendeine Klatschtante Gerüchte streuen, die dann auch noch der Polizei zu Ohren kommen.«

»Ach ... ähm ... » Phillip starrte eine der Stuckputten an der Decke an, in der Hoffnung, diese könnte ihm eine Inspiration eingeben. Ihn folterte eine plötzliche Vision, wie Arbuckle sich enttäuscht von ihm abwandte und diesem Kerl im Hotel, Major Purvis, der ein Auge auf Gloria hatte, um Rat fragte.

»Mir fällt nur ein, daß es ihr irgendwie nicht gut ging, so daß ich sie nach London zu einem dieser eleganten Ärzte in der Harley Street geschickte habe. Nur würde mir kein Mensch glauben, daß ich sie da allein hab hinfahren lassen.«

»Das will ich auch nicht meinen! Außerdem haben die Herren in der Harley Street keine Bereitschaft am Wochenende wie beim Hausarzt vor Ort. Können Sie den Leuten nicht einfach sagen, daß sie für ein paar Tage bei Freunden wäre?«

»Aber die werden wissen wollen, wer das ist und wo die wohnen, und warum ich selber nicht mitgefahren bin. Klären Sie mich doch mal auf. Geben Sie mir 'n paar plausible Antworten. Irgend etwas, das die Leute nicht die Stirn runzeln läßt. Die feinen Pinkel hierzulande heben immer so die Augenbraue, und ich bin mir nie ganz sicher, wodurch das eigentlich ausgelöst wird.«

»Bei Gott, Sir, sollte irgend jemand so verflucht indiskrete Fragen stellen, dann ziehen Sie ganz einfach selber die Augenbrauen hoch. Nichts leichter als das.«

Arbuckle mußte schnaufend auflachen. »So ist's recht«, sagte er und stand auf. »Hab ich mir doch gedacht, daß Sie mit einem guten Vorschlag aufwarten würden. Aaalso, ich sollte mal lieber wieder zurück ins Hotel.«

»Soll ich nicht vielleicht mitkommen?«

»Ich will nicht sagen, daß ich mich nicht über Ihre Gesellschaft freuen würde, mein Sohn, aber das würde auf jeden Fall die Augenbrauen in die Höhe schießen lassen, wenn Sie mich besuchen kämen, während Gloria woanders Besuche macht.« Sein wissender Blick ließ Phillip erröten. »Nein, Sie sollten dem Hotel mal lieber fern bleiben. Es ist wohl besser, wenn Sie sich gar nicht sehen lassen. Der Teufel soll mich holen, wenn Gloria von irgend jemandem eine Einladung angenommen hätte, das Königshaus mal ausgenommen, wenn Sie hier in der Gegend sind. Find ich Sie hier, wenn ich Sie brauche?«

»Für's erste, ja.« Phillip überfiel plötzlich eine bleierne Müdigkeit. Er war wirklich zu erschöpft, um nach Hause zu gehen und die unausweichlichen Fragen seiner Familie zu beantworten. *Denen* gegenüber die Augenbrauen hochzuziehen, würde überhaupt keinen Sinn haben! »Ich rufe Sie an, bevor ich hier wegfahre. Sie werden mich doch auf dem Laufenden halten und es mich sofort wissen lassen, wenn es irgend etwas gibt, was ich tun kann? Was auch immer es sein mag!«

»Aber klar doch. Passen Sie nur auf, was Sie am Telephon sagen.« Arbuckle schrieb sich die Telephonnummer der Dalrymples auf. Er schüttelte Phillip die Hand und sagte: »Ich denk mal, mein Mädchen hat sich mit Ihnen einen mächtig anständigen Kerl gefangen, jawollja. Also, jetzt raufen Sie sich mal nicht die Haare. Ich zahle, was auch immer die haben wollen. Gloria wird schon heil aus der Sache rauskommen.«

Wenn das stimmte, dachte Phillip unglücklich, während er seinen Besuch hinunter in die Eingangshalle begleitete, warum sah ihr Vater dann so sorgenvoll aus?

Da er nach dem Abschied nichts mehr zu tun hatte, marschierte er wieder hoch ins Schlafzimmer. Wie wünschte er sich doch, er wäre so ein gerissener Kerl, der immer die richtige Antwort parat hatte, der stets über einen Plan verfügte, um jede denkbare Situation zu meistern. Jemand wie der Krimiheld Bulldog Drummond, der nicht nur jederzeit wußte, was zu tun war, sondern dabei auch noch immer verteufelt viel Glück hatte. Vielleicht, wenn er sich setzte, die Augen schloß und sich konzentrierte …

Oder sich hinlegte. Seine Knochen schmerzten und das Bett sah unglaublich einladend aus. Man konnte im Liegen schließlich genausogut denken wie im Sitzen, versicherte er sich selbst, während er sein Jackett über eine Stuhllehne hängte, die Schuhe abstreifte und sich auf der Überdecke ausstreckte.

Der Schlaf übermannte ihn zu rasch, als daß er ihm hätte widerstehen können.

Als Phillip aufwachte, wußte er ganz genau, was zu tun war. Er begutachtete die Idee, die in seinem Hirn herumschwirrte, noch einmal aus jedem nur möglichen Blickwinkel und beschloß, daß sie absolut unfehlbar war.

Was tat Bulldog Drummond, wenn er mit dem Rücken zur Wand stand? Er rief seine Freunde zu Hilfe. Phillip würde sich mit Daisy beraten.

Daisy besaß nicht nur eine hohe Intelligenz, sie war außerdem schnell von Kapee. Sie geriet ja ständig in irgendwelche merkwürdigen Machenschaften und schaffte es immer, gesund und wohlbehalten wieder herauszukommen. Zudem half sie auch noch der Polizei, hatte er gehört. Er billigte das selbstverständlich nicht. Er hatte sein Bestes getan, sie davon zu überzeugen, sich nicht weiter in Morduntersuchungen hineinziehen zu lassen. Also würde er jetzt wie ein absoluter Esel dastehen, wenn er sie um Hilfe bat. Andererseits war dies hier ja etwas ganz anderes.

Schließlich war in diesem Fall Gloria in Gefahr. Und bei Risiken würde er Daisy schon aus der Sache raushalten. Selbst Gervaise hätte ihn sicherlich nicht dafür gescholten, daß er sie um ihren Rat bat.

Und Arbuckle würde auch nichts dagegen einzuwenden haben. Phillip würde Daisy schwören lassen, daß sie die Polizei nicht in die Sache hineinzog, und er vertraute ihr mehr als allen auf der Welt.

Er setzte sich auf, schwang die Beine über den Bettrand und streckte die Hand nach seinen Schuhen aus. Er mußte Daisy sofort ein Telegramm schicken und sie bitten, noch heute nachmittag in den nächsten Zug zu steigen. Sie konnte doch unmöglich an einem Sonntagnachmittag über ihren verflixten Artikeln brüten?

Während er sich die Schuhe zuband, trat Ernest ein. »Ach, sind Sie also endlich wach, Sir«, sagte er. »Ihre Ladyschaft will wissen – wünscht sich zu erkundigen, meine ich, ob Sie wohl zum Dinner herunterkommen werden?«

»Zum Dinner? Wieviel Uhr ist es denn?«

»Halb sieben, Sir. In einer halben Stunde klingelt die Glocke zum Umziehen.«

»Um Himmels Willen, da hab ich ja den ganzen Tag verschlafen!« rief Phillip entsetzt aus.

»Ja, Sir.«

»Ich muß unbedingt sofort ein Telegramm aufgeben.«

»Jawohl, Sir. Dinner, Sir?« wagte es der Lakai, sich noch einmal zu erkundigen, während Phillip an ihm vorbeiraste.

»Ich habe einen Bärenhunger«, rief Phillip über die Schulter zurück, nachdem er schon weit in Richtung Treppe vorgelaufen war. Verflixt nochmal, dachte er, während er hinuntertrampelte, wie konnte er nur soviel Zeit verschwenden? Daisy würde nun vielleicht erst morgen kommen können. Wenn sie doch nur ein Telephon hätte, dann könnte er ihr die Dringlichkeit seiner Bitte nahebringen, ohne die Angelegenheit irgendeiner neugierigen Telephonistin erklären zu müssen. Das Telegramm mußte wohl durchdacht formuliert werden.

# 5

Alec öffnete die Beifahrertür des Austin Chummy, und Daisy trat hinaus auf den Bürgersteig. Ein Hauch von Benzinduft wich dem schwachen Geruch seines aromatischen Pfeifentabaks und dem Duft der Rosen im Vorgarten.

»Es war ein wunderbarer Abend«, sagte sie. Wie wünschte sie sich, er wäre noch nicht zu Ende! »Möchten Sie nicht noch auf ein Glas hineinkommen? Wir haben nur südafrikanischen Sherry, fürchte ich. Es sei denn, Lucy hat uns luxuriöserweise einen spanischen Cognac besorgt.«

»Ich glaube, lieber nicht.«

»Binkie hat vielleicht auch ein bißchen Whiskey übriggelassen, und dann gibt es natürlich immer noch Kaffee oder Kakao.«

Alec lachte. »Die Furcht vor einem südafrikanischen Sherry würde mich nicht bremsen, obwohl ich tatsächlich vor Lord Geralds Scotch zurückschrecken würde. Aber leider hören Gauner auch am Wochenende nicht auf zu arbeiten. Ich muß morgen früh aus den Federn. Wenn es irgend etwas gibt, was in diesem meinem Leben sicher ist, dann dies: daß der Stapel Papier auf meinem Schreibtisch gewachsen ist, seit ich ihn das letzte Mal stirnrunzelnd angeblickt habe.«

»Meine Stapel Papier sind alle so weit gediehen, daß ich sie nur noch abschicken muß«, sagte Daisy zufrieden, während er sie den kurzen Pfad hinauf zur Haustür begleitete. Sie hielt auf der Schwelle inne und suchte im Licht der Straßenlaterne in ihrer Abendhandtasche nach dem Schlüssel.

»Gratuliere. Was mich betrifft, so kann ich nur sagen: es gibt immerhin ein paar Fälle, die ich abschließen und hinunter ins Archiv verfrachten kann.«

Den Schlüssel in der Hand, hielt Daisy inne. »Alec, ich weiß nicht, aber wäre es möglich, daß Sie nächstes Wochenende für einen oder zwei Tage einmal freinehmen könnten?« War sie da vielleicht zu forsch? Sie hatte Phillip ganz schön dafür geneckt, daß er so lange gebraucht hatte, Miss Arbuckle seinen Eltern vorzustellen. Und sie kannte Alec ja schon viel länger. In der heutigen Zeit mußte man als Mädchen nicht darauf warten, daß ein Mann die Avancen machte, ermahnte sie sich selbst. »Ich fahre runter nach Fairacres, zu Mutter ins Dower House, und ich würde mich schrecklich freuen, wenn Sie sie kennenlernen würden.«

Ohne jegliche Vorwarnung fand sie sich in einer leidenschaftlichen Umarmung wieder. Der Schlüssel klirrte auf dem Treppenabsatz, als sie die Arme um seinen Hals legte und seinen Kuß mit großem Enthusiasmus erwiderte.

»Jui!« sagte sie mit zittriger Stimme, als sie schließlich und endlich gezwungen war, einmal Luft zu holen. »Können alle Polizisten so küssen?«

»Ich hoffe, du hast nicht vor, das genauer herauszufinden.« Alec ließ sie los und trat einen Schritt zurück, wobei er mit der Hand durch sein dichtes, dunkles Haar fuhr. »Daisy, Verzeihung ich habe mich nicht wie ein Gentleman benommen«, sagte er voller Reue.

»So'n Quatsch! Das kannst du doch nicht sagen, ohne damit anzudeuten, daß ich mich nicht wie eine Dame benommen habe.«

»In dem Fall ziehe ich natürlich meine Bitte um Verzeihung zurück.« Er lächelte. »Heißt das, du ziehst die Einladung nicht zurück?«

»Natürlich nicht, du Idiot«, sagte Daisy liebevoll. »Kannst du sie denn annehmen?«

»Ich hab noch ein paar Tage Urlaub. Ich kann nicht ...«

»Versprechen – ich weiß schon. Ein zweiter Jack the Ripper könnte ja genau in dieser Sekunde durch die Straßen Londons irren.« Sie schauderte, ohne es zu wollen, und Alec legte seinen Arm um ihre Schultern. »Aber du wirst es doch versuchen?«

»Das kann ich dir versprechen. Sag mir doch bitte den Namen eines nahegelegenen Hotels, damit ich da anrufen kann, um ein Zimmer zu buchen.«

»Es gibt jede Menge Hotels in Great Malvern, aber der Gasthof im Dorf liegt am nächsten, und es heißt, er sei durchaus komfortabel. Das *Wedge and Beetle* in Morton Green.«

»Das *Wedge and Beetle* also. Ich versuch außerdem, mich diese Woche mal zum Mittagessen mit dir loszueisen.« Er beugte den Kopf zu ihr hinab.

Diesmal war Daisy darauf vorbereitet, geküßt zu werden. Zu ihrem Ärger kam plötzlich ein Automobil hinter dem Austin herangefahren, und sie hörte Lucys durchdringende Sopranstimme.

Alecs Lippen streiften sanft die ihren. »Ich muß jetzt wirklich los«, sagte er bedauernd. »Mittagessen am Dienstag, wenn ich es schaffe?«

»Prachtvoll. Schick mir ein Telegramm, wenn es doch nicht klappt.«

Sie beobachtete ihn, wie er den Pfad hinunterging. Die Straßenlaterne schien auf seine breitschultrige Gestalt, und in seinem Schritt lag trotz der späten Stunde Schwung. Er hielt am Gartentor inne, um Lucy und Binkie eine Gute Nacht zu wünschen, wandte sich noch einmal um, winkte Daisy zu, und wurde dann von den anderen verdeckt, die jetzt näher kamen.

»Sei gegrüßt, Daisy«, sagte Lord Gerald Bincombe, ein großer, schweigsamer ehemaliger Rugby-Spieler von einer der Eliteuniversitäten, Daisy konnte sich nicht erinnern, welcher.

»Na, heute abend mal wieder Mordfälle gelöst, Schätzchen?« fragte Lucy ironisch.

»Nein, meine Liebe, aber du kannst mir dabei helfen, einen anderen Fall zu lösen. Ich hab meinen dämlichen Schlüssel fallen lassen.«

»Aha!« Lucy klang amüsiert. »Wie ist das denn wohl passiert?«

Daisy spürte, wie sie rot wurde. Eine völlig altmodische Eigenschaft, die sie immer wieder ärgerte. Sie beugte sich zur Suche herab und sagte irritiert: »Jetzt hilf mir doch mal bitte.«

»Ach, schau doch nur, da ist er ja.« Binkie bückte sich herunter, hob den Schlüssel auf und präsentierte ihn Daisy mit einer leichten Verbeugung.

»Danke sehr.« Sie öffnete die Tür und schaltete das elektrische Licht an. Ein gelber Umschlag lag auf dem Fußabtreter im Flur. »Ach herrje, ein Telegramm. Für mich«, fügte sie hinzu, hob den Umschlag auf und ließ ihn auf den Tisch im Flur fallen, während sie ihren Hut und die Handschuhe auszog.

Sie gingen in die im Souterrain gelegene Küche, um sich einen Kakao zu kochen. Am Küchentisch öffnete Daisy den Umschlag.

»Von wem ist es denn?« fragte Lucy und goß Milch in einen Topf, wobei sie größte Sorgfalt walten ließ, keine Spritzer auf das gelbe Kleid aus Georgette-Seide zu bekommen, dessen niedrige Taille ihre schlanke Figur bestens zur Geltung brachte.

»Phillip. Wie merkwürdig. ›Dringender Notfall‹!« las Daisy laut vor. »›Komme sofort nach Fairacres nicht Dower House brauch dich jetzt bitte.‹ Er muß es wohl wirklich ernst meinen – für einen so langen Text muß man ganz schön was bezahlen.«

»Dringend, Notfall, sofort, jetzt … er ist jedenfalls sehr darauf aus, dich möglichst bald zu sehen.«

»Aber warum denn? Vermutlich ist es jetzt zu spät, um von einer Zelle aus anzurufen und ihn nach dem Grund zu fragen.«

Binkie schaute auf seine Armbanduhr. »Fast Mitternacht.«

»Viel zu spät. Und du weißt ja auch nicht, wo er ist«, sagte Lucy.

Eine schreckliche Möglichkeit kam Daisy in den Sinn. »Ach, Lucy, du glaubst doch nicht etwa, daß Mutter ernsthaft krank geworden ist? Warum schreibt er denn, ich soll nach Fairacres und nicht ins Dower House kommen? Er kennt doch Edgar und Geraldine kaum.«

»Aber ganz bestimmt nicht, Liebling. Eine solche Nachricht hättest du von deinem Vetter erhalten, aber bestimmt nicht von Phillip. Du weißt doch, was für ein Trampel er ist. Niemand würde ihn mit einer Angelegenheit betrauen, die so viel Takt erfordert. Merkwürdiger und merkwürdiger, um dich mal zu zitieren. Aber ich würde mir wegen deiner Mutter keine Sorgen machen.«

»Nein, vermutlich hast du Recht.« Könnte es sein, daß die Arbuckles zufällig die Petries kennengelernt hatten, sozusagen vor der Zeit, und daß das in einer Katastrophe geendet hatte? Daisy überlegte, ob sie Lucy und Binkie von Gloria erzählen sollte. Aber das war schließlich nicht ihre Angelegenheit.

»Fahr dich heute abend noch runter, wenn du möchtest«, bot ihr Binkie unvermittelt an. »Wäre schon noch rechtzeitig zurück, um ins Büro zu gehen.«

»Du bist ein Engel. Aber Phillip kann unmöglich erwarten, daß ich zu dieser nachtschlafenden Zeit aufbreche, ganz zu schweigen davon, was Edgar und Geraldine sagen würden, wenn ich im Morgengrauen bei ihnen vor der Tür stünde. Ich nehme den ersten Zug morgen früh. Wo ist denn der Bradshaw's, Lucy?«

»Du hast das Kursbuch doch zuletzt benutzt. Ach, so ein Ärger! Jetzt kocht die Milch über.«

Binkie löste mannhaft diesen neuerlichen Notfall, und Lucy bereitete einen Kakao mit dem, was von der Milch übrig geblieben war. Daisy nahm ihre dreiviertel volle Tasse mit hinauf in ihr Arbeitszimmer, vorgeblich, um nach dem Kursbuch zu suchen. Eigentlich wollte sie nur den anderen beiden etwas Zeit für sich gönnen; so eilig hatte sie es nicht, die Zugverbindung herauszusuchen.

Auf dem Weg hinauf fragte sie sich, was in aller Welt Phillip so nervös hatte werden lassen. Sein Naturell war doch eher phlegmatisch, und er ließ sich nicht so schnell aus der Ruhe bringen. Das höchste der Gefühle war bei ihm ein zurückhaltender Protest oder eine eher milde Begeisterung.

Warum war er nicht deutlicher geworden, wenn nicht aus dem Grund, sie nicht in Sorge versetzen zu wollen? Lucy hatte natürlich Recht gehabt. Kein Mensch würde auf die Idee kommen, Phillip zu bitten, sich mit ihr in Verbindung zu setzen, wenn ihrer Mutter etwas zugestoßen sein sollte. Trotzdem konnte Daisy nicht anders, als sich Sorgen zu machen. Warum sonst würde er sie bitten, nach Fairacres zu reisen und nicht ins Dower House, oder gar nach Malvern Grange, wenn die verwitwete Lady Dalrymple nichts damit zu tun hatte?

Es sei denn, daß er nicht wollte, daß ihre Ladyschaft etwas davon mitbekäme – was wiederum eine Auseinandersetzung mit seiner Familie wegen Gloria nahelegte. Dann war allerdings die Frage: wollte Daisy damit etwas zu tun haben? Bei dem Treffen anwesend zu sein, die Aufregung etwas zu mildern, Unangenehmes zu verhindern – das alles war eine Sache. Aber mittendrin zu landen, wenn er schon mit beiden Füßen im Mist steckte – das war etwas ganz anderes.

Sie setzte sich an ihren Schreibtisch und las noch einmal das Telegramm. »Dringender Notfall« klang ja wirklich verzweifelt. Sie sollte da lieber hinfahren. Aber sie würde ihm wirklich eins über die Rübe geben, wenn er nur von ihr verlangte, daß sie ihm ein bißchen die Hand hielt!

Die Zugverbindung nach Malvern war ausgezeichnet, da seit Kriegsende das Bad aus den Zeiten Königin Viktorias eine ausgesprochene Renaissance erlebte. Reading, Oxford, die lange, langsame Strecke hinauf in die Cotswolds und die rasche Fahrt den steilen Abhang hinunter in das Tal von Evesham, wo Bredon Hill am südlichen Ende der Ebene aufragte. Ein kurzer Halt in Worcester, dann über den Severn Fluß, und Daisy war in ihrer Heimat.

Im reifen Alter von 25 Jahren sollte man doch eigentlich abgebrüht sein, aber sie spürte immer noch etwas von der Aufregung, die auch ihre Heimfahrten am Ende des Schuljahres begleitet hatte.

Die fruchtbare rote Erde, Obstgärten, Hopfenfelder und

Gemüsegärten, Bäche und Weiden, die Wälder auf den flachen Hügeln, und im Westen immer die Malvern Hills – das war ihre Heimat. Sie hatte alle diese Hügel bestiegen, war durch die Wälder und Felder spaziert und geritten, entlang den gewundenen Sträßchen Fahrrad gefahren, durch die aus Backsteinen und Natursteinen gebauten Dörfer und an den Fachwerkhäusern vorbei.

Schnaufend und ächzend fuhr der Zug in den Bahnhof von Great Malvern ein. Der Gepäckträger riß für Daisy die Abteiltür auf und begrüßte sie mit Namen.

»Morgen, Miss Dalrymple. Vorsicht, frisch gestrichen.«

Die Säulen und geschnitzten Balken, die das Dach über dem Gleis stützten, waren gerade rot und blau nachgestrichen worden; ihre phantasievollen Ranken aus gußeisernern Blättern und Blumen glänzten in Grün, Gelb und Weiß; Handwerker schrubbten den Belag aus Ruß von den Wänden des langen, aus bunten Backsteinen gemauerten Gebäudes. Daisy trat angesichts dieses einmalig hübschen Bahnhofs mit einem unwillkürlichen Gefühl von Bürgerstolz auf den Bahnsteig.

»Sei gegrüßt, Daisy!« Phillip kam mit großen Schritten auf sie zugelaufen. »Ich hatte so gehofft, daß du mit diesem Zug kommen würdest, mein Herz.«

»Ich mußte auch schrecklich früh aufstehen, um ... Ach herrje, Phil, was hast du denn nur mit deinem Kopf gemacht?« rief sie aus, als er seine Tweedkappe abnahm und sein Kopfverband zum Vorschein kam.

Eilig setzte er die Mütze wieder auf. »Du hättest mich mal gestern sehen sollen. Ich sah mit meinem Verband wie ein Inder mit Turban aus.«

»Was ist denn passiert? Was geht hier vor? Ich würde dir wirklich wünschen, daß du einen verflixt guten Grund hast, mich den ganzen Weg hierher kommen zu lassen.«

»Das kann ich dir hier nicht erzählen.« Phillip blickte sich vorsichtig um und wandte sich dann an den Gepäckträger. »Mehr Gepäck hast du nicht?«

»Nein. Ich werd ja wohl nicht lange bleiben, und außerdem

habe ich noch ein paar Sachen im Dower House. Phillip, Mutter ist doch nicht etwa krank, oder?«

»Krank? Lady Dalrymple? Liebe Zeit, nein. Jedenfalls nicht, daß ich wüßte. Warum?«

»Ja, Himmel Herrgott nochmal«, sagte Daisy gereizt, während sie ihre Fahrkarte zum Stempeln gab, »weil dein Telegramm so dringend und gleichzeitig so unklar war, daß ich mir nichts anderes vorstellen konnte. Es sei denn, es hat etwas mit Miss Arbuckle zu tun?«

»Schschsch!« zischte er sie entsetzt an. Wieder warf er schnell einen Blick über die Schulter. »Ich erkläre es dir, wenn wir ankommen.«

Daisy seufzte. Auf dem Bahnhofsvorplatz blickte sie sich um. »Wo ist denn dein Auto?«

»Das weiß ich auch nicht«, sagte Phillip düster. »Daisy, ich bitte dich, stell jetzt keine Fragen mehr. Warte doch einfach, bis wir auf Fairacres angekommen sind.«

Ein grüner Vauxhall fuhr vor ihnen vor. Daisy erkannte den Chauffeur. Bill Truscott hatte schon vor dem Krieg für ihren Vater gearbeitet. Er war nach dem Frieden zurückgekehrt, hatte ein Stubenmädchen geheiratet und war beim neuen Viscount geblieben. Er grinste, als er heraussprang und seine Schirmmütze zog.

»Hallo, Bill. Wie geht es Mrs. Truscott?«

»Moin, Miss Daisy.« Er öffnete den Schlag für sie. »Dem Frauchen geht's gut, hilft immer noch mal oben im Haus. Drei Kleine haben wir jetzt, und seine Lordschaft hat uns in das Pförtnerhäuschen einziehen lassen.«

»Wie schön. Die Wohnung über den Garagen war ja auch nicht für eine Familie gedacht. Edgar scheint es ja ganz gut zu gehen«, fügte sie an Phillip gewandt hinzu, einen Fuß auf dem Trittbrett, während der Chauffeur nach hinten ging, um ihre Tasche im Kofferraum zu verstauen.

»Wenn man bedenkt, daß er nicht dazu erzogen worden ist, und daß er den Kopf eh immer nur voll mit Nachtfaltern und Schmetterlingen hat ...«

Daisy stimmte lachend zu: »Er beschäftigt immer noch Vaters Verwalter, und der weiß, was er tut. Ich bezweifle, daß Edgar wesentlich mehr zu tun hat, als seine Vorschläge anzunehmen.«

»Lady Dalrymple tut immer noch so, als wäre sie mit einem Oberlehrer verheiratet«, murrte Phillip, »und als bestünde der Rest der Welt aus kleinen Jungs.«

Wieder lachte Daisy. »Ich weiß, was du meinst. Sie hat mir eigentlich nie wirklich gesagt, ich sollte den Puder und den Lippenstift weglassen. Aber sie sieht immer so aus, als würde sie es gerne. Nur schamlose Frauen malen sich an.«

»Mir hat sie heute morgen verboten zu fahren, wegen meines Kopfes.« Phillip gesellte sich zu Daisy auf den Rücksitz, nachdem er dem Gepäckträger ein Trinkgeld gegeben hatte. »Es geht mir mittlerweile aber bestens.«

Bill Truscott setzte sich an das Steuer und drückte auf den Anlasser. Gemächlich fuhr der Vauxhall hinaus in die Avenue Road, um dann den Hügel hinunter aus der Stadt zu schnurren. Nachdem Daisy die Ohren des Chauffeurs vor sich sah, schaffte sie es gerade noch, ihre wahnsinnige Neugierde so weit zu bändigen, daß sie nur leise eine Frage stellte: »Weiß Geraldine … wissen sie und Edgar, warum du mich hierher gebeten hast?«

»Also naja«, sagte Phillip verlegen, »also ehrlich gesagt, weißt du, ich hab gestern da übernachtet. Und ich fürchte, ich hab ihnen eher den Eindruck vermittelt, daß ich nach Hause fahre. Allerdings hab ich das nicht ausdrücklich so gesagt, wohlgemerkt.«

»Die erwarten mich nicht? Und glauben gleichzeitig, daß sie dich losgeworden sind? Phil, du hoffnungsloser Esel, ich kann doch nicht einfach hineinmarschieren, als würde ich da noch wohnen. Wir sollten dann lieber zum Dower House fahren, wenn du noch nicht nach Hause willst.«

»Nein, ich kann nicht bei deinem Mütterlein übernachten. Dir wird schon eine Geschichte einfallen, die du deinem Vetter und deiner Cousine auftischen kannst, altes Haus. Ich weiß, daß du das hinkriegst, wenn du dir nur Mühe gibst. Schließlich lebt Ihr Schriftsteller doch von Geschichten!«

Wider Willen fühlte sich Daisy von seiner Zuversicht geschmeichelt. Sie sah daher von einem lebhaften Protest und der Bemerkung ab, daß sie sachliche Artikel schrieb und keine Romane. Vielmehr konzentrierte sie sich auf ihre Ausrede.

Die letzten Details fügten sich gerade zusammen, als sie am Dower House vorbeirollten, einer charmanten georgianischen Residenz aus rotem Backstein, die von eigenen Gärten umgeben am Rand des Parks lag.

»Du hast versprochen, Mutter zu besuchen«, sagte sie.

»Dazu bin ich nun wirklich überhaupt noch nicht gekommen!«

»Nein, ich meine doch, darauf baut unsere Geschichte auf. Du hast Bill gebeten anzuhalten, um kurz Hallo zu sagen, und ...«

»Er weiß ganz genau, daß ich nichts dergleichen getan habe.«

»Kein Mensch wird ihn deswegen fragen, und wenn sie es tun, dann wird es ihm gar nichts ausmachen, eine kleine Notlüge für mich zu erzählen. Ich frag ihn mal.« Sie lehnte sich vor. »Bill, Sie erinnern sich doch, daß Sie auf dem Weg zum Bahnhof am Dower House angehalten haben und Mr. Petrie einen Besuch bei meiner Mutter gemacht hat?«

»Wenn Sie meinen, Miss.« Er warf ihr über die Schulter ein Grinsen zu. »Wär ja auch nicht die erste kleine Geschichte, die ich für Sie oder den armen Mr. Gervaise erzählt habe. Ganz wie in alten Zeiten.«

Sie kamen am Pförtnerhäuschen vorbei, fuhren durch das offene Tor und die ulmengesäumte Auffahrt entlang, während Daisy Phillip rasch den Rest erklärte.

»Mutter hat dich gebeten, daß du mich am Bahnhof abholst, weil ihr Wagen nicht starten wollte.«

»Die wird doch für dich keine Lüge erzählen.«

»Sie spricht kaum mit Edgar und Geraldine. Sie ist immer

noch beleidigt, daß die beiden Fairacres geerbt haben. Sei jetzt ruhig, wir sind gleich da. Als wir zurück zum Dower House kamen, warst du völlig erschöpft ...«

»Also hör mal, da seh ich ja wirklich wie der allerletzte Schwächling aus.«

»Möchtest du jetzt weiter auf Fairacres bleiben oder nicht?« zischte Daisy endgültig verärgert. »Wenn du wirklich willst, daß ich einen ganzen Haufen Lügen für dich ersinne, dann laß mich jetzt endlich damit weitermachen. Es ging dir ziemlich schlecht wegen deines Kopfes, also habe ich darauf bestanden, daß du wieder hierher kommst, weil meine Mutter ja so schwierig ist. Ob es dir gefällt oder nicht, jetzt ist es eh zu spät, um die Geschichte noch zu ändern«, schloß sie eilig, als der Vauxhall vor dem Portal hielt.

Nach Fairacres zurückzukehren, das jetzt nicht mehr ihr Zuhause war, war zu schmerzhaft, als daß sie großartiges Mitleid mit Phillips Gefühlen haben konnte. Erinnerungen, die vielleicht hätten ausgelöscht werden können, wenn sie weiter dort gelebt hätte, geisterten in jeder Ecke und in jedem Winkel herum.

Sie hatte jetzt aber keine Zeit, sich diesen Gespenstern zu widmen. Geraldine, die trotz ihres elegant geschneiderten Kostüms irgendwie unscheinbar aussah, kam die Treppe unter dem Säulenportikus herunter. Sie wirkte beunruhigt.

»Hallo, Daisy«, sagte sie. »Ich wußte gar nicht, daß du auch hier unten bist. Ich bin natürlich immer glücklich, dich zu sehen, aber wenn du zu Besuch gekommen bist, fürchte ich, daß ich gerade auf dem Weg fort bin. Ich habe einen Termin in Worcester und hab nur darauf gewartet, daß Truscott mit dem Auto zurückkehrt.« Sie warf dem Chauffeur einen strengen Blick zu, als er Daisy den Schlag aufriß.

»Es ist nicht seine Schuld, daß es länger gedauert hat.« Daisy stieg aus und streckte mit gespitzten Lippen den Kopf links und rechts an die Wangen ihrer angeheirateten Cousine. Aus dem Augenwinkel sah sie, wie Phillip sich schwer an den Vauxhall lehnte, eine Hand eher theatralisch an den bandagierten

Kopf gepreßt. Er spielte also mit. Sie hoffte nur, daß er es nicht übertrieb und auch noch stöhnte.

Geraldine reagierte mit nur kaum unterdrückter Verärgerung auf ihre Geschichte. »Selbstverständlich bleiben Sie bei uns, Mr. Petrie.« Sie sagte dem Butler, der auf der Schwelle stand, einige Worte und wandte sich dann wieder zu Daisy. »Ihr müßt mich jetzt aber entschuldigen, und Edgar ist mal wieder auf Schmetterlingsjagd. Machst du bitte die Honneurs? Fühlt euch wie zu Hause. Edgar und ich freuen uns, wenn du Fairacres als dein zweites Zuhause betrachtest.«

»Vielen Dank, Geraldine. Ich werd versuchen, es Phillip gemütlich zu machen«, sagte Daisy diplomatisch. »Vermutlich wird ihm ein Schluck Brandy wieder auf die Beine helfen.«

»Alkohol? Ich glaube kaum ...«

Die Ankunft eines Lakais, der Phillip auf dem Weg ins Haus stützen sollte, unterbrach glücklicherweise die Moralpredigt. »Nun, Liebes, das werde ich wohl dir überlassen müssen. Nach Worcester, Truscott.«

Daisy und Phillip ließen sich im Empfangszimmer nieder. Sie zögerte, es sich hier so weit gemütlich zu machen, daß sie auch gleich das Wohnzimmer der Familie benutzte. Die Möblierung des Salons, eine eklektische Mischung aus schönen Gegenständen der letzten zwei Jahrhunderte, hatte sich nicht das geringste bißchen verändert. Daisy war es ein bißchen unheimlich, als könnten ihr Vater oder Gervaise jederzeit hereinspazieren.

Voller Abscheu weigerte sich Phillip, die Beine auf ein elegantes Sofa aus der Regency-Zeit zu legen, ließ sich dann aber dazu überreden, die Füße auf einen Schemel zu tun, den ihm der Lakai fürsorglich hingestellt hatte. Glücklicherweise war sein Gesicht von den Wochenenden in der Sommerfrische braungebrannt genug, um die Abwesenheit einer eigentlich erforderlichen Krankenblässe zu kaschieren.

»Kaffee, Miss?« erkundigte sich der Butler, der ihnen hineingefolgt war.

»Ja, bitte.«

»Ernest, einen Kaffee.«

»Sofort, Mr. Lowecroft.« Als er an Daisy vorüberkam, flüsterte der Lakai ihr ins Ohr: »Und den Brandy bringe ich auch gleich mit, Miss.«

»Vielen Dank, Ernest«, sagte Daisy und merkte sich für den zukünftigen Bedarfsfall seine Bereitwilligkeit vor, der Mißbilligung ihrer Ladyschaft zu trotzen. Sie hatte allerdings nicht vor, Phillip auch nur einen einzigen Tropfen einzuschenken. Sie wollte eine nüchterne Erklärung von ihm, nichts von Alkoholschwaden Umwölktes.

Der aber sagte kein Wort, ehe der junge Lakai nicht gegangen war, um anschließend mit Brandy, Kaffee und Erdbeerküchlein zurückzukehren und dann wieder zu verschwinden. Endlich schob Phillip den Schemel mit den Füßen beiseite.

»Nun gut«, sagte er, nahm die Tasse Kaffee an, die Daisy ihm reichte, und legte sich abwesend zwei Küchlein auf den Teller. »Dann wollen mir mal loslegen.«

# 6

Noch ehe Phillips Geschichte sehr weit fortgeschritten war, holte Daisy eiligst einen Notizblock und einen Bleistift aus ihrer Handtasche. In ihrer eigenen seltsamen Form von Kurzschrift nach Pitman, die für alle anderen Sterblichen unentzifferbar war, machte sie sich Notizen, während er sprach. Dadurch konnte sie dem schlimmen Bericht zuhören, ohne ihn zu unterbrechen.

»Das war's also«, sagte er schließlich. »Arbuckle ist in die Stadt gefahren, um zu sehen, ob er das Lösegeld beschaffen kann. Er ist felsenfest davon überzeugt, daß Gloria nicht in Gefahr ist, solange er bezahlt und die Polizei nicht in die Sache reinzieht, sagt er. »Aber sein Verhalten straft seine eigenen Worte Lügen. Er ist nervös wie eine Katze auf heißen Kohlen.«

»Nachdem du die Übeltäter jetzt kennengelernt hast – wenn man das so formulieren kann – glaubst du das denn?«

»Na ja, mich haben sie freundlicherweise nicht über den Jordan geschickt, aber dann gibt es da noch den Yank …«

»Man liest ja immer wieder schreckliche Geschichten darüber, daß amerikanische Kindesentführer das Lösegeld nehmen und trotzdem eine Leiche hinterlassen«, gab Daisy zu.

»Hör auf damit!« Phillip schauderte, und sein Gesicht war jetzt trotz der Bräune ganz blaß geworden. »Jedenfalls ist Gloria allein und hat Angst und befindet sich in ihrer Gewalt. Ich kann mich nicht einfach zurücklehnen und nichts tun. Deswegen habe ich dir telegraphiert.«

»Ich sehe aber nicht ganz, was du von mir erwartest, mein Lieber. Die Polizei sollte das in Angriff nehmen – nicht die vor Ort, sondern Scotland Yard. Ich würde meinen, daß die Tatsache, daß ein Ausländer in die Sache verwickelt ist, einen ausreichenden Grund darstellt, daß die den Fall übernehmen. Alec wird die Untersuchung führen, ohne gleich die ganze Welt davon in Kenntnis zu setzen, darauf kannst du dich verlassen.« Sie stellte ihre Kaffeetasse ab und stand auf. »Ich werd ihn mal gleich anrufen.«

»Nein!« Er sprang auf und hielt sie am Arm fest. »Ich hab Arbuckle mein Wort gegeben, daß ich nicht die Polizei informiere. Es wird ihm schon nicht gefallen, daß du jetzt Bescheid weißt.«

»Hast du Angst, daß er seiner Tochter verbieten wird, dich zu heiraten? Möglicherweise hat er bald gar keine Tochter mehr, wenn sie nicht gefunden wird.«

»Das Risiko ist zu groß, Daisy. Er hat mir den Brief gezeigt. Die erste Uniform, die sich zeigt, und der Yank bringt sie um.«

Daisy setzte sich seufzend wieder hin und nahm noch einen Erdbeerkuchen. Ihr Frühstück hatte schließlich nur aus einer Tasse Tee und einer Scheibe Toast bestanden, beides eilig hinuntergeschlungen.

»In Ordnung, dann sehen wir doch mal, was wir ohne die Polizei überhaupt machen können. Ich hab mindestens fünfzig Fragen.« Während sie nachdenklich kaute, blickte sie noch einmal in ihre Notizen. »Aber als erstes würde ich mal sagen, daß das Cottage, in das sie euch verschleppt haben, ganz in der Nähe sein muß, nur ein paar Meilen entfernt.«

»Warum?«

»Schlicht und ergreifend, weil sie dich hier abgesetzt haben und dich auch in der Nähe aufgegabelt haben. Es würde überhaupt keinen Sinn ergeben, dich extra aus größerer Entfernung in dieselbe Gegend zurückzubringen. War auf den Lastwagen ein Handwerkername oder so was gemalt?«

»An der Seite stand der Name eines Fleischers.«

»Welcher Name? War es einer hier am Ort? Möglicherweise können wir ihn ausfindig machen.«

»Keine Adresse. Der Name hat mit einem P angefangen,

glaub ich. Potter, Parslow, Paget ... Ach so, ich hab's: Ferris, vielleicht auch Farris mit ›a‹.«

»Von dem hab ich noch nie gehört«, sagte Daisy enttäuscht. »Kommt also nicht aus der Gegend. Die Polizei könnte bestimmt feststellen, wo es eine Fleischerei dieses Namens gibt.«

»Nein! Außerdem läßt sich so ein Schriftzug leicht übermalen.«

»Das stimmt natürlich. Es bräuchte Glück, um den Laster zu finden. Du hast gesagt, der Fahrer sprach mit einem Cockney-Akzent.«

»Ja, auf jeden Fall. Genau wie die anderen.«

Daisy merkte auf. Er hatte die Akzente der anderen Männer vorher nicht erwähnt. »Alle sprachen so?« fragte sie gespannt.

»Alle, die ich hab reden hören.« Phillip war verwirrt. »Spielt das denn eine Rolle?«

»Zunächst einmal verstehen die Londoner die Landbevölkerung nicht. Stell dir vor, du bist nur das East End gewohnt, diese ganzen dicht gedrängten Gebäude, alles voll mit Leuten. Ein paar Straßen weiter bist du schon in einem völlig anderen Bezirk, wo dich kein Mensch erkennt.«

»Du liebe Zeit, also haben die vielleicht gedacht, daß sie mich weit weggebracht haben!«

»Durchaus möglich. Außerdem muß es ihnen hier wie in einer Wüste vorkommen. Es würde mich nicht erstaunen, wenn sie dich unter dieser Hecke da abgelegt und dabei halb erwartet haben, daß du niemals gefunden wirst. Sie haben das vielleicht für einen Kompromiß gehalten: zwischen Widerstand gegenüber dem Yank und Gehorsam, indem sie dich umbringen.«

»Die klangen überhaupt nicht so, als wären sie wirklich spitz drauf, mich tatsächlich abzumurksen. Der eine hat damit angegeben, wie geschickt er darin ist, die Leute k.o. zu schlagen, ohne sie gleich entgültig zu erledigen.«

»Es ist der Yank, dessentwegen wir uns wirklich Sorgen machen müssen. Aber die anderen könnten uns vielleicht zu ihm führen, oder zu Gloria. Selbst wenn sie Vorräte angelegt haben, kann man immer noch davon ausgehen, daß sie in das nächste Dorf fahren werden, um sich Zigaretten zu holen oder ein Bier zu genehmigen. Und mit diesem Akzent werden sie gewaltig auffallen.«

»Wissen die das denn nicht selber?« gab Phillip zweifelnd zu bedenken.

»Ich glaube nicht. Wir hatten während des Großen Kriegs jede Menge Cockneys im Lazarett in Malvern. Wenn die überhaupt darauf geachtet haben, wie die Leute gesprochen haben, hielten sie sich in der Regel selbst für normal und dachten, daß alle anderen ›merkwürdig‹ redeten. Der Landbevölkerung wiederum fällt es sofort auf, wenn sie einen Akzent hören, der nicht aus der Gegend kommt.«

Phillip grinste. »Jeder, der nicht im Umkreis von fünfzehn Kilometern lebt, is'n Auslänner«, ahmte er den Tonfall nach.

»Ganz genau. Natürlich könnte der Yank die Männer auch gewarnt haben.«

»Vielleicht hat er ihren Akzent aber auch gar nicht bemerkt. Gloria sagte, wir würden in ihren Ohren einfach alle britisch klingen.«

»Guter Hinweis! Ich vermute, der Chef ist wirklich ein Amerikaner. Es könnte natürlich nur ein Spitzname sein. Wir können uns da nicht sicher sein.«

»Er will das Lösegeld zur Hälfte in Pfund, zur anderen Hälfte in Dollar. Arbuckle hat mir die Forderung gezeigt.«

Mit gerunzelter Stirn schenkte Daisy sich und Phillip noch einmal eine Tasse Kaffee ein und nahm sich ein weiteres Küchlein. »Er ist also wahrscheinlich Amerikaner. Es sei denn, er ist ein Engländer, der sich anschließend vom Acker machen will. Es ist aber eher eine amerikanische Art von Verbrechen. Ich frage mich, ob es nur um das Geld geht, oder hat Mr. Arbuckle Feinde?«

»Er hat gesagt, er hätte keine. Daisy, was für einen Sinn haben denn alle diese Fragen? Ich will endlich etwas tun, nicht hier rumsitzen und plaudern und Kuchen verdrücken, so nett es mit dir ist.«

»Wenn ich irgend etwas von Alec gelernt habe«, sagte Daisy streng, »dann, wie wichtig anscheinend unwichtige Details sind. Ich habe dir schon jede Menge hilfreiche Sachen aus der Nase gezogen, die dir überhaupt nicht erwähnenswert schienen.«

»Meinetwegen, in Ordnung«, sagte er verlegen. »Wenn es dir hilft, einen Entschluß zu fassen, dann mach einfach weiter.«

»Ich glaube immer noch, daß es das beste wäre, alles Alec zu erzählen. Aber mach dir keine Sorgen, das werde ich ohne Mr. Arbuckles Einverständnis nicht tun. Ich muß zugeben, ich bin ziemlich erstaunt, daß du nicht gleich die Polizei gerufen hast, sobald du hier im Haus ankamst. Also bevor du überhaupt mit ihm gesprochen hast. Du erfuhrst doch erst von der Drohung im ersten Brief, als er hierher kam.«

»Ich wollte die Polizei nicht unnötig in die Sache hineinziehen. Der Chief Constable hier ist ein Freund von meinem alten Herrn.«

»Ach so«, sagte Daisy verständnisvoll.

»Tatsächlich hatte ich daran gedacht, Fletcher an die Strippe zu kriegen, aber dann bekam ich eine Verbindung zu Arbuckle, und er hat mir gesagt, ich sollte kein Wort zu irgendeiner Menschenseele sagen.«

»Du hast niemandem davon erzählt außer mir?« Daisy hob die Augenbrauen, als er den Kopf schüttelte. »Also noch nicht einmal Edgar und Geraldine. Du mußt ihnen doch irgend etwas gesagt haben, nachdem du unter einer Hecke aufgetaucht bist, verschnürt wie ein Hühnchen für den Kochtopf!«

»Dalrymple schien sich nicht im mindesten dafür zu interessieren, wie ich eigentlich dahin gekommen bin.«

»Wie du schon sagtest, der hat den Kopf voller Schmetterlinge. Jedenfalls vermute ich, daß es eine Erlösung für ihn ist, nicht immer wissen zu müssen, was alle Welt macht, wie er es bei seinen Schuljungs mußte. Geraldine ist da ganz anders.«

»Sie hat mich nicht gefesselt gesehen. Und Dalrymple hat ihr nur gesagt, daß ich einen Unfall hatte. Sie denkt wohl, daß ich mein altes Gefährt zu Schrott gefahren habe, und daß Arbuckle den Unfall verursacht hat und gekommen ist, um die Dinge wieder ins Lot zu bringen. Ihr Bruder und seine Familie waren zum Wochenende hier, aber glücklicherweise sind die gestern abend abgereist. Ich hab sie noch nicht einmal gesehen.«

»Ich frage mich, was wohl mit deinem Auto passiert ist. Wenn die Polizei es irgendwo abgestellt findet, wird die bestimmt eine Erklärung haben wollen.«

»Ach, herrjemineh!«

»Na, dieses Problem lösen wir, wenn es sich uns wirklich stellt. Also sind du und ich und Arbuckle die einzigen Menschen, die von der Entführung wissen, abgesehen natürlich von den Entführern?«

»Arbuckle hat es wohl seinem Assistenten gesagt. Der arme Kerl hat sie gefahren und mußte schließlich quer durch die Lande marschieren, als der Studebaker verschwunden war. Aber er hat ihm nicht erzählt, daß ich mit in der Sache drinstecke. Die Entführer sollen das nicht erfahren.«

»Die wissen doch, wen sie gefangengehalten haben«, bemerkte Daisy.

»Sie wissen aber nicht, daß ich überlebt habe, und auch nicht, daß ich alles nur Menschenmögliche tun werde, um Gloria zu finden.«

Ernest steckte den Kopf durch die Tür. »Ein Telephonat für Sie, Sir.«

»Mr. Arbuckle?«

»Nein, Sir. Eine Dame, die ihren Namen nicht nennen will.«

»Fenella«, stöhnte Phillip auf und eilte hinaus.

»Noch etwas Kaffee, Miss?«

»Nein, danke.«

Der Lakai trat ins Zimmer und stellte das Kaffeegeschirr auf ein Tablett. »Die Köchin möchte gerne wissen, Miss, ob Sie und Mr. Petrie zum Mittagessen noch hier sein werden?«

»Ja«, sagte Daisy abwesend, denn sie sann über das plötzliche Auftauchen von Phillips kleiner Schwester in dieser Angelegenheit nach. Fenella wußte also auch, daß er auf Fairacres war, wenn auch nicht mehr.

»Sehr wohl, Miss.«

Plötzlich wurde Daisy die Tatsache bewußt, daß sie auf Fairacres nicht mehr zu Hause war. Zum Mittagessen noch »hier«, hatte der Lakai ja auch gesagt, nicht »zu Hause«. »Ach, Ernest!« sagte sie, während sich die Tür schon hinter ihm schloß. Er erschien wieder. »Wir sind ja nicht gerade zum Mittagessen eingeladen worden, was?«

Er warf ihr ein freundliches, wenn auch nicht sehr lakaienhaftes Grinsen zu. »Machen Sie sich keine Sorgen, Miss. Ihre Ladyschaft ißt auswärts zu Mittag, und man kann nie wissen, wann seine Lordschaft wieder auftaucht. Außerdem gehören Sie ja zur Familie, Miss. Das macht also Mittagessen für zwei Personen.«

Sie lächelte ihn an. »Vielen Dank!«

Daisy gab für einen Augenblick das Rätsel mit Fenella auf. Sie drehte und wendete im Geiste all das, was sie von Phillip erfahren hatte. Wie könnte man nur herausbekommen, wo Gloria festgehalten wurde?

Man konnte natürlich von Dorf zu Dorf fahren und in den Läden und Gaststätten fragen, ob irgendwelche Cockneys gesichtet worden wären – oder besser, gehört. Wenn man nur in einem oder zwei Dörfern fündig würde, dann wäre das Gebiet, in dem sie zu suchen hatten, schon erheblich eingegrenzt. Zwei Dörfer wären tatsächlich besser, denn dann konnte man davon ausgehen, daß die Kidnapper sich irgendwo zwischen beiden versteckt hielten.

Es wäre allerdings wesentlich einfacher, wenn sie das Suchgebiet schon einengen könnten, bevor sie überhaupt loslegten. Wenn Phillip nur irgendeine Ahnung hätte, wohin man ihn gebracht hatte! Anscheinend war er die ganze Zeit ohnmächtig gewesen, sowohl auf dem Weg zum Versteck als auch von ihm fort. Aber sie sollte sich lieber noch einmal vergewissern.

Was sonst hatte sie ihn noch nicht gefragt? Alec würden wahrscheinlich Dutzende weiterer Fragen einfallen. Wie sehr wünschte sie sich doch, er wäre jetzt hier!

Phillip kam zurück und wirkte ausgesprochen mürrisch. »Schwestern!« sagte er bitter.

»Wieviel weiß sie eigentlich?«

»Nur, daß ich hier bin und daß die Eltern das nicht wissen sollen. Ich mußte mir irgendwie ein paar Kleider von zu Hause organisieren. Sie ist gestern abend mit einer Tasche auf dem Fahrrad rübergekommen.«

»Das ist ja unglaublich nett von ihr. Und jetzt hat sie die Katze aus dem Sack gelassen?«

»Was? Ach so! Nein, aber sie hat nachgedacht und hat beschlossen, daß ich in irgendwelchen Schwierigkeiten stecken muß, also will sie mir helfen. Ich konnte sie gerade noch abwimmeln, aber jede Wette, daß sie uns noch weiter auf den Wecker geht. Verflixt noch eins, man sollte nicht zulassen, daß Mädchen denken!«

Daisy war hin- und hergerissen, ob sie beleidigt oder amüsiert sein sollte. Sie entschloß sich dann für Letzteres. Lachend bemerkte sie: »Schau mal einer an, und ich habe mir die ganze Zeit eingebildet, du hättest mich aus London anreisen lassen, damit ich ein bißchen mitdenke!«

»Hab ich doch auch. Bitte, altes Haus, mach jetzt keine Scherze«, bat er und fügte schüchtern hinzu: »Ich weiß, daß ich nicht viel klüger bin als Fenella. Du bist es aber. Ich brauche dich. Und Gloria braucht dich.«

»Ich weiß, mein Herz, ich weiß. Ich wollte dich nur ein bißchen ärgern. Wenn Fenella noch mal anruft, dann wird uns schon was einfallen, wie wir sie wieder loswerden. Phil, du hast wirklich keine Ahnung, wo man dich hingebracht hat, oder wo Gloria jetzt ist?«

»Nicht die geringste.«

»Du hast auch weder beim Hinfahren noch beim Wegfahren irgend etwas gesehen oder gehört, gar nichts, auch wenn du es nicht für wichtig hältst?«

»Ich war beide Male völlig darniedergestreckt. Es könnte jeder Wald hier in der Grafschaft sein, oder natürlich auch außerhalb.«

»Wald? Verflixt noch eins, du weißt, daß du in einem Wald warst?«

»Nur so ein Eindruck«, sagte Phillip. Er klang so, als müsse er sich verteidigen. »Ich habe etwas gehört, das wie ein Specht klang, und dann ein Eichhörnchen. Du weißt doch, wie die irgendwie quasseln, wenn sie sich ärgern. Möglicherweise haben die beiden im einzigen Baum weit und breit gesessen.« Er runzelte nachdenklich die Stirn. »Da war aber noch was anderes. Irgend etwas, was den Eindruck bestätigt hat. Was war das nur?«

»Versuch, dich noch mal in die Situation von damals zu versetzen«, schlug Daisy vor.

Er schloß die Augen. »Da kriegt man ja richtig Kopfschmerzen. Moment, ich hab's! Das Sonnenlicht hat so geflackert, als würden die Strahlen durch unruhiges Laub fallen – das kann natürlich trotzdem heißen, daß da nur ein einziger Baum dicht neben dem Häuschen stand, nicht wahr?«

»Ja. Sonst nichts?«

»Die Luft schien irgendwie feucht zu sein«, sagte er zweifelnd. »Ein bißchen faulig – aber nicht gleich verfault. Eben so, wie es im Wald immer ist. Irgendwie grün. Das kann ich mir aber auch nur eingebildet haben.«

»Ich weiß, was du meinst. So einen Geruch kriegt ein Baum alleine nicht zustande. Und wenn es nach den letzten Wochen Dürre irgendwo feucht gerochen hat, dann hast du wahrscheinlich Recht mit dem Wald. Jedenfalls liefert uns das einen Anhaltspunkt.«

»Ich sehe nicht ganz, wie. Es gibt Dutzende von Wäldern und Hainen und Baumbeständen hier im engsten Umkreis.«

»Aber nicht viele mit einem alleinstehenden, heruntergekommen, verlassenen Cottage mittendrin. Immerhin müssen wir nicht alle Felder und Wiesen und Flußufer absuchen – ach so, du hast nicht irgendwo Wasser gehört?«

»Nein.«

»Damit ist das Gebiet enorm eingeschränkt, und wir beide kennen die Gegend hier wie unsere Westentasche. Trotzdem, wie du sagst, es gibt hier Dutzende von Wäldern, und wir würden ewig brauchen, um sie alle zu durchsuchen.«

Phillip sackte in sich zusammen. »Außerdem vermuten wir ja nur, daß der Wald nicht mehr als ein paar Kilometer entfernt ist. Das ist ja alles hoffnungslos.«

Daisy hatte ihren Jugendfreund noch nie so niedergeschlagen erlebt. Sein sonst so gelassenes Naturell nahm die schwierigen Stellen auf seinem Lebensweg gewöhnlich genauso wie die einfachen: er war gelegentlich ein bißchen durcheinander, stolperte aber nie. Selbst die schrecklichen Jahre in den Schützengräben von Flandern hatten kaum eine Spur bei Phillip hinterlassen, ganz anders als bei so vielen sensibleren Gemütern, die noch Jahre danach darunter litten.

Es mußte wahre Liebe sein. Sie erinnerte sich, wie ihr das Herz wehgetan hatte, als Michaels Einheit an die Front aufgebrochen war. Sie wußte, daß eine Ambulanz nicht gegen verirrte Kugeln, Giftgas oder Landminen gefeit war. Und dann war da die schreckliche Zeit gewesen, als Alec sich in Gefahr befand, und noch später seine kleine Tochter. Daisy war es damals allerdings möglich gewesen, sowohl Alec als auch Belinda zu helfen. Die Hälfte eines solchen Schmerzes bestand in der Hilflosigkeit, verzweifelt etwas tun zu wollen, aber nichts tun zu können.

Phillip mußte jetzt unbedingt eine Aufgabe bekommen, so sinnlos sie auch sein mochte. Man konnte ja nie wissen, möglicherweise stellte sie sich ja sogar als nützlich heraus.

»Tröste dich, mein Lieber«, sagte sie. »So leicht geben wir nicht auf.«

»Was können wir denn tun?«

»Als erstes werden wir mal durch die Dörfer fahren und nachfragen, ob Cockneys oder sonst auffällige Fremde gesehen worden sind. Oder gleich Amerikaner, fällt mir dabei ein. Obwohl ich bezweifle, daß er das Risiko eingehen würde, irgend jemanden in der Nähe des Verstecks einen amerikanischen Akzent hören zu lassen. Trotzdem. Mit etwas Glück werden wir ein kleineres Gebiet einkreisen können, das wir durchsuchen können. Vermutlich hat es keinen Sinn, Fenella um ihre Hilfe zu bitten?«

»Das Mütterlein würde wissen wollen, wo sie eigentlich immer hin verschwindet, und außerdem würde sie es früher oder später sowieso erzählen. Sie ist immer noch ein Kind, obwohl sie ja schonmal verlobt war.«

»Meine Mutter wird auch ein Problem darstellen«, überlegte Daisy. »Ohne Zweifel wird sie rauskriegen, daß ich hier bin, und sie wird wissen wollen, warum ich nicht im Dower House wohne. Und wenn ich das dann tue, dann wird sie wissen wollen, wohin ich immer verschwinde. Und du könntest da auch nicht mehr länger wohnen, ohne daß sie das in den falschen Hals kriegt.«

Endlich einmal war Phillip schnell von Kapee. »Du meinst, sie würde glauben, wir hätten uns verlobt?« rief er entsetzt aus.

»Oder daß wir kurz davor stehen.« Sie fuhr mit ihrer deprimierenden Liste fort: »Du kannst nicht nach Hause ziehen, ohne eine Menge Erklärungen abzuliefern. Keiner von uns beiden kann auf Fairacres bleiben, ohne … Phillip, ich hab eine absolut prachtvolle Idee!«

»Was? Welche denn? Nun sag schon!«

»Noch nicht. Sei einfach still und laß mich noch einmal genau überlegen. Möglicherweise hat die Sache einen Haken, den ich nicht bedacht habe. Ganz ruhig.«

# 7

Genau in dem Augenblick, als Daisy und Phillip sich nach der Brühe mit Kaiserschoten über die Lammkoteletts mit Petersilienkartoffeln und Salat hermachen wollten, erschien Edgar im Speisezimmer. Er entschuldigte sich für sein Zuspätkommen.

»Das gehört sich nicht, wenn man Gäste hat«, ermahnte er sich selbst voller Strenge.

»Suppe, Mylord?« erkundigte sich der Butler.

»Ja, Lowecroft, wenn sie noch heiß ist.« Er betrachtete Daisy und Phillip eher verwundert und fuhr dann fort. »Bitte, eßt nur weiter, wartet nicht auf mich. Komisch, Geraldine ist nicht da, um euch zu versorgen?«

»Ich glaube, sie ißt mit Freunden in Worcester zu Mittag, Vetter Edgar.«

»Ich dachte eigentlich, daß ich alleine zu Mittag essen würde. Sie hat wohl vergessen, mir zu sagen, daß sie deinen Besuch erwartet, Daisy. Und deine Mutter ...? Ah!« Er rieb sich die Hände, als Ernest einen Teller Suppe vor ihn stellte. »Es geht doch nichts über eine Suppe mit jungen Erbsen aus dem eigenen Garten. Ich sage es nur ungern, aber das Essen in der Schule war, obwohl es natürlich sehr nahrhaft war, nicht immer besonders schmackhaft.«

Daisy hatte beschlossen, Edgar als ersten in Angriff zu nehmen. Geraldine würde ihre unausweichliche Mißbilligung wohl kaum offen aussprechen können, wenn ihr Ehemann bereits nachgegeben hatte. Und jetzt hatte er ihr ein ausgezeichnetes Stichwort gegeben.

»Das Landleben fehlt mir ja in so mancher Hinsicht«, sagte sie und versuchte, dabei möglichst sehnsüchtig zu klingen.

»Zum einen das Obst und Gemüse, natürlich. Bis das zum Covent Garden hochgekarrt und an die Gemüsegroßhändler verkauft und dann wieder weitergekarrt worden ist und in den Gemüseläden ausliegt, ist es immer schon ein bißchen mitgenommen.«

»Herzchen, ich kann dir doch jederzeit und gerne einen Korb mit irgendetwas hochschicken, was gerade hier wächst. Wie schade, daß du das nicht schon früher angesprochen hast«, sagte Edgar vorwurfsvoll.

»Das ist wirklich schrecklich lieb, Vetter Edgar«, sagte Daisy voller Schuldgefühle. »Lucy und ich würden frisches Gemüse und Obst unendlich zu schätzen wissen. Da ist aber noch etwas anderes, was mir fehlt«, fuhr sie tapfer um Phillips Willen fort. »Lucy lädt mich so oft zu ihren Eltern ein, damit ich mal ein Wochenende auf dem Lande verbringen kann. Und ich finde es schrecklich, daß ich nie eine Gegeneinladung aussprechen kann. Ich fürchte, Mutter ist nicht wirklich in der Lage, einen Haufen junger Leute zu bewirten.«

Edgar wurde blaß. Vielleicht war auch er voller Schuldgefühle, war er doch ein, wenn auch legaler, Usurpator. Jedenfalls richtete er sich gerade auf und sagte genauso tapfer wie seine Cousine: »Du weißt doch, Daisy, daß Geraldine und ich dich schon oft gebeten haben, Fairacres weiterhin als dein Zuhause zu betrachten. Natürlich schließt das auch ein, daß du deine Freunde bittest, zu Besuch hierher zu kommen. Ein Haufen?« fügte er mißtrauisch hinzu.

»Das ist nur so eine Redensart«, beeilte sie sich, ihn zu beruhigen. »Nur ein halbes Dutzend oder so. Ich würde nicht im Traum daran denken, ein richtiges Fest oder so etwas organisieren zu wollen. Tennis und Golf und Fahrrad fahren und ein bißchen herumstromern …«

»Herumstromern?«

»Ach, das sagt man nur so. Wandern, lange Spaziergänge auf dem Land machen. Aber ehrlich, Vetter Edgar, glaubst du wirklich, daß ich ein paar Leute einladen darf?«

Es war schließlich nur fair, ihm noch eine Chance zu

lassen, aus der Sache wieder herauszukommen. Einen Augenblick stand es sehr auf der Kippe, und Phillips Gesicht bekam einen fast schmerzhaft ängstlichen Ausdruck. Daisy hatte ihm strengstens verboten, sich da einzumischen, aus Sorge, daß er den Karren in den Dreck fahren könnte. Zu ihrer Erleichterung sorgte Edgar selbst dafür, daß der Karren nicht in den Dreck geriet, obwohl er diesen umgangssprachlichen Ausdruck natürlich selbst nie benutzt haben würde.

»Aber selbstverständlich«, sagte er mutig. »Ähm, an welches Wochenende hattest du denn gedacht? Ich fürchte, wir müssen Geraldine noch fragen. Ich meine, selbstverständlich werden wir das mit Geraldine noch besprechen.«

»Was du heute kannst besorgen ... Ich möchte die Pläne von Cousine Geraldine für das Wochenende nicht durchkreuzen, oder ihr auf irgendeine Weise Umstände machen. Ich werde alles organisieren und mit der Köchin das Essen besprechen und so weiter. Wie wär's mit morgen?«

Edgar klappte der Kiefer herunter. »M-morgen? Na ja, vermutlich ist es wirklich das beste, wenn wir es gleich hinter uns bringen. Ich meine, ja, auf jeden Fall, warum nicht gleich morgen? Soweit ich weiß, hat Geraldine für die nächsten paar Tage keine besonderen Pläne. Obwohl sie mir das nicht immer unbedingt vorher sagt ...«

»Also, wenn sie zu einem Mittagessen oder einer Dinnerparty oder sonst etwas eingeladen hat, dann machen wir uns einfach mit einem Picknick aus dem Staub, nicht wahr, Phillip?«

»Aber klar, doch, ja. Wollen doch nicht im Weg sein, nicht wahr? Unglaublich nett von Ihnen, Lord Dalrymple, und so weiter.«

Daisy tätschelte ihrem Vetter tröstend die Hand. »Also, jetzt mach dir mal keine Sorgen. Ich werd das alles in die Hand nehmen. Vermutlich wirst du gar nicht merken, daß wir hier sind.«

Angesichts des absolut ungläubigen Gesichtsausdrucks von Edgar hätte sie fast losgekichert, aber sie meinte es ernst.

Edgars unerwünschte Gäste wurden nur dazu eingeladen, damit sie jede Minute Tageslicht damit nutzten, um die Gegend zu durchsuchen.

Eine Crème von Stachelbeeren folgte auf die Koteletts. Trotz ihrer aufreibenden Überredungstaktiken genoß Daisy das Mahl in vollen Zügen. Zu Hause ernährten sie und Lucy sich im wesentlichen von Eiern, Käse und Sardinen, da sie weder das Geld noch die notwendigen Kochfertigkeiten für anderes besaßen. Ihr Vater hatte gerne und gut gegessen, und allein die Aussicht, über mehrere Tage die Köstlichkeiten seiner alten Köchin zu genießen, reichte schon, um die List, mit der sie Edgar übertölpelt hatte, nicht mehr ganz so unwürdig erscheinen zu lassen.

Und Phillips sehr offensichtliche Erleichterung beseitigte dann auch noch den letzten Rest ihrer Unsicherheit.

Durch diesen Sieg großzügig geworden, lauschte sie unter Vorspiegelung großen Interesses Edgar, der jetzt einen schmetterlingskundlichen Vortrag hielt. Stolz wie ein Großwildjäger berichtete er, daß er mehrere Raupen der *Pyronia tithonus* gefunden hatte, des sogenannten Gatekeeper oder Torhüterschmetterlings. Am Nachmittag wollte er ein Volarium für die Raupen einrichten, in dem er sie unterbringen und beobachten würde. Wenn sie sich verpuppten und schlüpften, wollte er sie wieder freilassen.

»Wie schön, daß du die unschuldigen Kreaturen nicht umbringst, nur um dann ihre sterblichen Überreste zur Schau zu stellen«, bemerkte Daisy.

»Ihr Lebenszyklus ist es, der mich interessiert«, sagte Edgar würdevoll und fügte dann mit entwaffnender Ehrlichkeit hinzu: »Außerdem hab ich noch nie das Glück gehabt, einen seltenen Schmetterling zu finden. Jeder Anfänger kann ganz leicht ein Exemplar des Gatekeeper ausfindig machen.«

Daisy fand, es sei doch eine Ironie des Schicksals, daß er ausgerechnet an dem Tag, an dem er sich als außerordentlich schlechter Hüter seines Hauses erwiesen hatte, einen

Haufen Gatekeeper gefangen hatte. Sie hatte Fairacres eingenommen, ohne auf den geringsten Widerstand zu stoßen.

Sie mußte sich aber ermahnen, nicht allzu früh zu triumphieren. Geraldine war eine weit schwierigere Nuß zu knacken als ihr hilfloser Ehemann, der nur die leicht zu durchschauenden Manöver kleiner Jungen gewöhnt war. Daisys Gespräch mit ihrer Mutter würde ohne Zweifel auch noch schwierig werden. Um sich für die bevorstehenden Schlachten zu stärken, nahm sie dankbar eine zweite Portion Stachelbeercrème an.

»Wann wird Lady Dalrymple denn zurück sein?« fragte Daisy den Butler, als sie aus dem Eßzimmer gingen.

»Ihre Ladyschaft sagte, sie würde wahrscheinlich zum Tee zurückkehren, Miss, um halb fünf Uhr.«

»Erst zum Tee?« rief Phillip aus. Daisy warf ihm einen warnenden Blick zu. Als Verschwörer taugte er wirklich gar nichts. Dabei hatte schließlich er darauf bestanden, die Angelegenheit geheimzuhalten.

»Es ist wirklich sehr unangenehm, daß Cousine Geraldine noch nicht weiß, daß Vetter Edgar uns eingeladen hat«, sagte sie. »Lowecroft, Sie werden wohl gehört haben, wie Lord Dalrymple mich ermuntert hat, ein paar Freunde einzuladen? Sie werden morgen für ein paar Tage nach Fairacres kommen. Ich werde Sie so bald wie möglich wissen lassen, wieviele wir genau sein werden, aber vielleicht möchten Sie schon mit den Vorbereitungen anfangen.«

»Sehr wohl, Miss.« Aus dem reglosen Gesicht des Butlers war nicht zu erkennen, ob er ihre brillante Taktik bemerkte oder gar bewunderte. »Ich werde gleich die Haushälterin anweisen.«

»Vielen Dank. Ist Mrs. Warden noch immer hier angestellt? Ich würde gerne später mit ihr sprechen.«

Praktischerweise hatte Edgar sich nach dem Mittagessen mit seinem Kaffee in sein Insektarium verabschiedet. Daisy und Phillip gingen auf die Terrasse, um dort ihren Kaffee zu nehmen. »Wir können doch nicht bis zum Tee warten«, jammerte Phillip, kaum daß sie allein waren. »Tom Pearson und Binkie müssen das doch in ihren Büros klarmachen, daß sie für ein paar Tage verreist sein werden.«

Tommy Pearson war Rechtsanwalt in der Kanzlei seiner Familie. Binkie machte irgend etwas (für Daisy) Unverständliches, das mit Aktien und Anteilen zu tun hatte, genau wie Phillip, nur mit etwas mehr Erfolg. Alle drei hatten, da sie direkt von der Schule in die Armee gekommen waren, eher untergeordnete Positionen inne. »Hast du denn schon bei dir im Büro angerufen?« fragte Daisy.

»Ich habe heute früh gleich als erstes angerufen und gesagt, ich könnte diese Woche nicht arbeiten. Sollen die mir kündigen, wenn sie wollen. Ist mir doch egal. Aber Tom und Binkie werden ihre Stelle nicht aufs Spiel setzen wollen.«

»Und Lucy wird auch erst ihre Kunden benachrichtigen müssen«, bemerkte Daisy trocken. »Und du hast wirklich ein unglaubliches Glück, daß ich im Moment Zeit habe. Aber du hast Recht, wir müssen es ihnen gleich sagen. Wir können nicht warten, bis Geraldine ihr *placet* gibt. Und außerdem, so wütend sie gleich auch auf Edgar sein mag: sie ist viel zu wohlerzogen, als daß sie seine Einladung rückgängig machen würde.« *Hoffe ich*, fügte sie im Stillen hinzu.

Phillips Entschluß wankte. Sein ausgeprägter Sinn für gesellschaftliches Wohlverhalten drängte sich für einen Augenblick in den Vordergrund. »Eigentlich macht man das ja nicht: eine ohnehin unwillige Gastgeberin so weit zu bringen, daß sie einen Haufen Leute beherbergt.«

»Wir tun das alles für Gloria«, erinnerte sie ihn. »Komm schon, laß uns mal lieber besprechen, was wir den anderen ohne Risiko sagen können, damit sie auch wirklich herkommen. Dann kannst du Lucy ein Telegramm schicken und die anderen anrufen, während ich losziehe und mich Mutter in den Rachen werfe.«

»In Ordnung.«

»Und du solltest wohl auch Fenella anrufen. Erzähl ihr, daß

es ein Hausfest ist und daß wir eine Schnitzeljagd machen. Das wird erklären, warum wir alle in der Gegend herumlaufen.«

»Sie wird mit von der Partie sein wollen«, protestierte Phillip.

»Dann sag ihr, daß es ihr eh keinen Spaß machen würde; wir sind doch alle älter als sie.«

»Ach so, geht in Ordnung.«

Eine halbe Stunde später ging Daisy durch den Park zum Dower House. Die Nachmittagssonne brannte so heiß, daß sie den Sonnenschirmen und breitkrempigen Strohhüten vergangener Zeiten nachtrauerte. Sie spürte fast schon, wie neue Sommersprossen auf ihrer Nase wuchsen, während sie den Weg entlangging.

Auf den grünen Flecken unter den Baumgrüppchen hatten sich im Schatten bernsteinfarbene Jersey-Kühe versammelt. Mit dem Schwanz vertrieben sie die Fliegen. Überall sonst hatte das Gras durch die Trockenheit einen gold-braunen Ton angenommen. Der Morgentau war wahrscheinlich die einzige Feuchtigkeit, die es in den letzten Wochen bekommen hatte, und der verdunstete, ehe er einsickern konnte. Nur an den Stellen, an denen der Boden vor der Sonne geschützt war, gab es noch etwas Grün. Selbst die Luft roch staubig. In den meisten Sommern war der Park die ganze Zeit von üppigem Grün; Daisy konnte sich nicht erinnern, ihn jemals so früh im Jahr schon dermaßen verdörrt gesehen zu haben. Kleine Staubwolken wirbelten bei jedem ihrer Schritte auf. Der Anblick verlieh den vagen Hinweisen Gewicht, daß Phillip und Gloria tatsächlich in einem Wald gefangengehalten worden waren.

Damit blieb das Gebiet, das durchsucht werden mußte, immer noch groß genug. Selbst wenn ihre Fragen sie in eine bestimmte Gegend führten, hatte Daisy nur wenig Hoffnung, Gloria Arbuckle noch ausfindig zu machen, ehe ihr Vater das Lösegeld bezahlte. Die Verbrecher würden sicherlich nicht länger als notwendig hierbleiben wollen. Aber vielleicht hatte der Suchtrupp ja Glück. In jedem Fall würden die

Nachforschungen die Mühe lohnen, wenn sie Phillip aus den Tiefen seiner Verzweiflung herausholten.

Möglicherweise würde es ja auch ganz lustig. Vielleicht so ähnlich wie die üblichen Schnitzeljagden, die derzeit bei jungen Leuten auf Landpartien so beliebt waren.

Sie kam an das Tor in der hochgewachsenen, ordentlich geschnittenen Buchenhecke um das Dower House. Der Garten dahinter war ebenso ordentlich und stand in voller Blüte. Die eine Angelegenheit, über die sich die verwitwete Lady Dalrymple seit einiger Zeit nicht mehr beklagt hatte, war der Gärtner, ein junger Waliser, den Daisy ihr vermittelt hatte. Owen Morgan arbeitete fleißig und war ein Meister seines Fachs.

Sie sah ihn auf einer Leiter Kirschen pflücken und erbat eine Handvoll von ihm. Nachdem sie sich nach seiner Familie erkundigt hatte, ging sie ins Haus.

Ihre Mutter saß im Salon an einem Seidenholz-Sekretär aus dem frühen 19. Jahrhundert und schrieb gerade einen Brief. Daisy betrachtete ihren Rücken voller Zuneigung, in die sich allerdings schon eine Vorahnung von Ärger mischte.

Die verwitwete Gräfin war eine kleine, eher rundliche Dame Mitte fünfzig, die nie zufrieden war, wenn es nicht irgend etwas gab, worüber sie sich beklagen konnte. In ihren Augen war das entzückende und sehr gemütliche Dower House viel zu klein. Die gerade mal fünf Schlafzimmer – abgesehen von den Räumen für die Dienerschaft – machten es unmöglich, andere Gäste als nur die engste Familie zu beherbergen. Selbst ihre ältere Tochter Violet mit ihren Kindern konnte nur unter größten Schwierigkeiten untergebracht werden. Es wäre unerträglich eng, wenn ihre jüngere Tochter bei ihr wohnen würde, doch trotzdem mißbilligte sie es außerordentlich, daß Daisy in London arbeitete, um ihren Lebensunterhalt zu verdienen.

Beide Töchter vernachlässigten sie ohnehin schrecklich, und ihre seltenen Besuche waren immer viel zu kurz. Was sie sagen würde, wenn sie feststellte, daß Daisy zwar in Worcestershire, aber beim Feind im Großen Haus untergebracht war, würde sich gleich zeigen.

»Hallo, Mutter.«

Lady Dalrymple zuckte zusammen und wirbelte dann herum. »Um Himmels Willen, Daisy, hast du mich aber erschreckt! Es wäre ja vermutlich auch zuviel verlangt, daß du mir wenigstens ein paar Stunden vorher Bescheid gibst, wenn du zu Besuch kommst.«

Daisy küßte sie. »Ich dachte, du freust dich über die Überraschung.«

»Natürlich. Ich freue mich immer, dich zu sehen, Liebes, aber die Waddells und Miss Reid kommen heute abend zum Abendessen und Bridge.«

»Ich bring dein Abendessen schon nicht durcheinander und werd dir auch sonst nicht zur Last fallen. Edgar und Geraldine haben mich und ein paar Freunde eingeladen, ein paar Tage bei ihnen zu verbringen.«

»Tatsächlich! Jetzt versuchen diese drängeligen Parvenüs also auch noch, meine Kinder zu entfremden? Wie konntest du diese Einladung nur annehmen?«

»Es ist doch eigentlich sehr nett von ihnen. Man kann nicht alle Friedensangebote ablehnen, die sie uns machen, Mutter. Außerdem kann ich immer mal vorbeischauen, ohne deine Bridge-Abende oder deine anderen Pläne durcheinanderzubringen.«

»Wenn du nur endlich Bridge lernen würdest, Daisy. Es ist sehr schade, daß man dich nie als Vierte dazu bitten kann.«

Nachdem Daisy immer wohlweislich vermieden hatte, dieses Spiel zu erlernen, hatte sie nicht vor, jetzt damit anzufangen. »Ich würde deinen hohen Ansprüchen doch nie genügen können«, sagte sie. »Ich fürchte, ich bin dafür nicht geschaffen.«

»Genau wie dein Vater. Der hat auch nie gut gespielt.« Wie immer erinnerte sie das an einen weiteren Charakterfehler des verstorbenen Viscount. »Es ist wirklich ein Jammer, daß er dich nicht besser versorgt hat. Dann hättest du jetzt keine Ausrede, einer Arbeit nachzugehen.«

Obwohl sie wußte, daß es sinnlos war, holte Daisy zur Verteidigung ihres Vaters wieder die alten Argumente hervor. »Du weißt es doch selbst. Vater ging immer davon aus, daß Gervaise Fairacres erben würde und mir damit ein Zuhause und auch eine Apanage ermöglichen würde. Und er war viel zu sehr am Boden zerstört, nachdem Gervaise … also danach, um sofort ein neues Testament aufzusetzen. Er war doch noch vergleichsweise jung und gesund. Er dachte, er hätte noch jede Menge Zeit.«

»Ich kann mir einfach nicht erklären, warum er der Influenza zum Opfer gefallen ist«, jammerte die verwitwete Lady Dalrymple, als wäre ihr Ehemann absichtlich gestorben, um sie zu ärgern. »Wenn du nur Vernunft annehmen und heiraten würdest, wie Violet …«

»Ehrlich gesagt«, sagte Daisy vorsichtig, »gibt es da einen Mann, den ich dir gerne vorstellen möchte.«

Die Miene ihrer Mutter hellte sich auf. »Wer ist es denn?« fragte sie begeistert. »Wird er bei deinem Hausfest auf Fairacres dabeisein?«

»Nein, eigentlich …«

»Wußt ich's doch. Kein Standesgenosse!« klagte sie. »Da du ja darauf bestehst, arbeiten zu gehen, hast du dich wohl auch unter die Plebejer gemischt? Was ist er denn? Irgendein abgerissener, bettelarmer Intellektueller? Ein neureicher Emporkömmling? Um Himmels Willen, Daisy, doch nicht etwa ein *Ausländer*?«

Im Vergleich dazu würde ein Detective aus der Mittelschicht geradezu wie eine angenehme Überraschung wirken, hoffte Daisy. Sollte sich ihre Mutter doch für ein paar Tage den Kopf zerbrechen. »Das wirst du schon erfahren, wenn du ihn kennenlernst«, sagte sie. »Ich wollte ihn nämlich fragen, ob ihm das kommende Wochenende passen würde.«

»Ich schau mal in meinen Kalender. Du weißt, du bist mir immer willkommen. Aber ich kann wirklich keinen Fremden im Haus unterbringen, insbesondere, wenn er nicht einmal vom Stand ist. Außerdem ist es völlig unmöglich, jemanden anständig zu bewirten, wenn man nur drei Bedienstete im Haus hat.«

»Er hat schon ein Zimmer im *Wedge and Beetle* reserviert.«

»Na ja, immerhin hat er den Anstand, sich nicht dort aufzudrängen, wo er unerwünscht ist.«

»Mutter! Ich erwarte ja keine überschwengliche Herzlichkeit von dir, aber wenn du mir nicht versprichst, höflich zu sein, werd ich ihn nicht mitbringen. Wir werden dann in aller Stille standesamtlich heiraten und …«

»Meine Tochter, in einem Standesamt heiraten? Nur über meine Leiche!«

»Du würdest doch sowieso erst hinterher davon erfahren«, sagte Daisy. »Jetzt sei doch mal vernünftig, Mutter.«

»Selbstverständlich werde ich höflich sein«, schniefte die verwitwete Gräfin beleidigt. »Schließlich bin ich das doch immer. Ich kann nur hoffen, daß du wieder zur Raison kommst, wenn du diesen Proleten unter den wohlerzogenen jungen Leuten deiner eigenen Herkunft erlebst.«

Daisy biß sich förmlich auf die Zunge, um eine ohnehin sinnlose Erwiderung zurückzuhalten. »Nun denn, ich sollte mal wieder zurückgehen«, sagte sie. »Ich schau morgen noch einmal vorbei. Ach, übrigens, Phillip Petrie läßt dich grüßen.«

»Phillip? Ist er auf Fairacres? *Der* wäre doch mal ein guter Kandidat«, klagte ihre Mutter. »Die Petries sind eine ausgezeichnete Familie.«

»Phillip mag ja weder abgerissen noch ein Intellektueller sein, aber er hat keinen Penny, und außerdem ist er in jemand anderes verliebt. Cheerio, Mutter, wir sehen uns morgen.«

Phillip war verliebt, dachte Daisy, während sie durch den Park zurückging, und er glaubte, daß seine Angebetete in Gefahr war. Daisy mußte sich fragen, ob er die Notlage von Miss Arbuckle nicht unabsichtlich übertrieben hatte, oder ob er die Lage völlig mißverstanden hatte. An solch einem friedlichen Junitag war es außerordentlich schwer, der Vorstellung Glauben zu schenken, eine Truppe mörderischer Verbrecher treibe in dieser Gegend ihr Unwesen.

Dennoch machte er sich um seine Gloria Sorgen, und aus irgendeinem Grund hatte er Daisy auserkoren, zu ihrer Rettung zu kommen. Sie hingegen hätte nichts lieber getan, als die Last auf Alecs breite und bewundernswert kompetente Schultern zu legen. Aber nachdem diese Möglichkeit nicht in Frage kam, würde sie auch ohne ihn ihr Bestes tun müssen.

Sie hatte die Dinge jetzt in Gang gebracht. Wenn sie etwas Glück hatte, dann würde morgen schon Verstärkung anrücken. In der Zwischenzeit müßte sie einen Schlachtplan entwerfen.

»Karten«, sagte sie laut zu sich selbst. Ihr Vater hatte in dem Schreibtisch in seinem Arbeitszimmer Generalstabskarten der Grafschaft gehabt. Angesichts der Tatsache, daß die Teile des Hauses, die sie bislang gesehen hatte, in unverändertem Zustand waren, lagen diese Karten wahrscheinlich immer noch in genau derselben Schublade. Sie herauszuholen würde den armen alten Phillip jedenfalls eine Zeit beschäftigen.

Auf halber Strecke zum Haus sah sie, wie er ihr entgegenkam. Er sah nicht besonders glücklich aus.

»Tom kann vor morgen mittag nicht weg«, berichtete er. »Irgendein gräßlicher Prozeß. Und Binkie war unterwegs bei einem Kundenbesuch, als ich angerufen hab. Ich hab ihm ein Telegramm geschickt.«

»Dann haben wir ja noch ein bißchen Zeit, Pläne zu schmieden«, tröstete Daisy ihn. »Wir brauchen Karten und Fahrräder. Ein paar Orte werden vielleicht zu Pferde leichter zu erforschen sein. Du hast ihnen doch allen gesagt, sie sollen ihre Reitsachen mitbringen? Und Lucy gebeten, mir ein paar mehr Kleider mitzubringen?«

»Ja, und ich hab außerdem gesagt, sie sollten mit dem Auto fahren und nicht mit dem Zug, damit wir unabhängig sind.«

»Gut. Aber ich hab keine Ahnung, wie es bei Edgar im Stall aussieht, wenn er überhaupt Pferde hat. Da wirst du noch mal schauen müssen. Und wenn da nichts steht, dann mußt du uns ein paar Mietgäule besorgen. Falls wir sie brauchen. Oder vielleicht könntest du welche von deiner Familie leihen, erbetteln oder einfach klauen. Nachdem wir jetzt ein ordentliches Hausfest veranstalten, ist es ja egal, ob sie erfahren, daß du hier bist. Ist Geraldine schon zurück?«

»Ich hab den Vauxhall kommen sehen, da bin ich gleich hinten raus, um dich zu treffen«, gab Phillip verlegen zu. »Jedenfalls muß ich mir wegen Mutter keine Sorgen machen. Sie fährt mit Fenella für ein paar Tage in die Stadt.«

Daisy lachte. »Allzeit bereit, für deine Liebste in ihrer Not jeden Drachen anzugreifen«, sagte sie, »abgesehen von Cousine Geraldine oder deiner Mutter? Ts, ts!«

# 8

Wie vorhergesehen, war Cousine Geraldine bei der Rückkehr von ihrem hübschen Ausflug nach Worcester völlig außer sich, als sie feststellte, daß ihr Ehemann ihr eine Hausfestgesellschaft aufgehalst hatte. Daisy hatte Phillip gezwungen, mit ihr die Wut ihrer Ladyschaft auf sich niedergehen zu lassen. Doch war Geraldine auf das äußerste, wenn auch auf das steifste höflich zu ihm.

Später war es Daisy unangenehm, als sie hörte, wie Geraldine Edgar auszeterte, weil er einfach so eine Horde wildgewordener, moderner junger Leute eingeladen hatte. Ihre Schuldgefühle verschwanden jedoch wieder, als Edgar sich nicht bescheiden entschuldigte, sondern überglücklich und mit großartiger Zusammenhangslosigkeit vom Schlüpfen eines Dunklen Dickkopffalters brabbelte.

*Erynnis tages*, bekam sie noch mit, als sie wieder außer Hörweite ging, der, obwohl kein seltener Schmetterling, meistens auf eher kalkhaltigen Böden zu finden sei. Sie beschloß, ihrem Vetter zu einem günstigen Zeitpunkt zum Fund gratulieren. Vielleicht auch zur vom Falter übernommenen Geisteshaltung.

Für den Abend konnte sie Phillip ausreichend beschäftigen, so daß er nicht ins Grübeln kam. Binkie rief an, um mitzuteilen, daß er und Lucy am nächsten Tag rechtzeitig zum Tee auf Fairacres ankommen würden. Daisy war froh, daß der eher zurückhaltende junge Mann angerufen hatte und nicht Lucy, die garantiert eine Erklärung von ihr verlangt hätte.

Kurz bevor alles zu Bett ging, rief noch Mr. Arbuckle an, der mit Phillip sprach. Er war mit seinen Bemühungen um das

Lösegeld weitergekommen, berichtete Phillip flüsternd auf dem Flur vor Daisys Schlafzimmer. Obwohl er das Bargeld nicht vor Ende der Woche hätte, würde er seine Sekretärin, die die ganze Zeit über in London geblieben war, mit dieser Angelegenheit beauftragen. Er selbst hoffte, am Mittwoch abend nach Malvern zurückzukehren, um dort etwaige weitere Nachrichten von den Entführern entgegennehmen zu können.

»Ende der Woche!« wiederholte Phillip verzweifelt. »Und was ist, wenn diese Kerle das Geld vorher wollen? Die könnten doch genauso gut glauben, daß er einfach nicht zahlen will und das dann an Gloria auslassen.«

»So'n Quatsch«, sagte Daisy aufmunternd. Jetzt mußte sie sich schnell etwas einfallen lassen. »Die werden ihm mehr Zeit lassen. Wenn sie tot ist, haben sie überhaupt keine Chance mehr, an das zu Geld zu kommen. So doof können die gar nicht sein.«

»Sie könnten ihr aber wehtun.«

Zum ersten Mal glitt ein Schauder wirklicher Furcht Daisys Wirbelsäule hinunter. Sie ahnte plötzlich, wie es sein könnte, vollkommen in der Macht böser Menschen zu sein.

»Der Yank ist aber nicht dumm«, hielt sie dagegen. »Er hat gewußt, daß dein Vater nicht in der Lage wäre, eine größere Summe Bargeld aufzubringen. Er muß wissen, daß das seine Zeit dauert, besonders wenn es darum geht, Aktien in Bargeld umzuwandeln. Und vor allem, wenn die Scheine, oder was auch immer das ist, in Amerika liegen. Jedenfalls stelle ich mir das so vor.«

»Ach ja, daran hatte ich gar nicht gedacht.«

»Außerdem müssen sie ihn beobachten. Die haben doch üble Rache angedroht, sollte er die Polizei einschalten. Die wissen, daß er alles in seiner Macht Stehende tut.«

»Stimmt«, sagte Phillip dankbar.

Daisy wünschte ihm eine Gute Nacht und konnte nur hoffen, daß sie Recht hatte.

Dienstag! Der Gedanke löste in Daisy eine Welle schläfrigen Glücks aus, die genauso warm war, wie der Sonnenstrahl auf ihrem Gesicht. Mittagessen am Dienstag, hatte Alec gesagt. Natürlich nur, wenn er sich freimachen konnte, aber es hatte ja keinen Sinn, immer gleich das Schlimmste anzunehmen.

Anders als viele andere Menschen hatte sie es immer genossen, von der Morgensonne geweckt zu werden. Vi und Gervaise hatten ihr mit Freuden das Schlafzimmer nach Osten hin überlassen. Sie hatte das Bett extra so gestellt, daß es so viel Sonne wie möglich bekam, und es war nicht umgestellt worden.

Umgestellt? dachte sie, schläfrig und verwirrt.

Ach ja, mittlerweile waren Jahre vergangen, und dieses Zimmer gehörte ihr nicht mehr.

Dieses Zimmer hatte auch nichts mit Alec zu tun, weder räumlich noch zeitlich. Er war in London und sie auf Fairacres, wo sich nichts verändert hatte. Sie öffnete die Augen und sah, daß die Sonne durch das offene Fenster hineinschien, zwischen den zurückgezogenen blauen Vorhängen aus mit Feldblumen bedrucktem Chintz, Butterblumen, Margeriten, Mohnblumen, deren Farbe jetzt verschossen war. Jedenfalls ausgeblichener, als sie sich erinnert hätte. Aber ansonsten war alles unverändert.

Vielleicht konnten Edgar und Geraldine es sich nicht leisten, die Dinge hier zu ändern. Sie hatte diese Möglichkeit vorher nicht bedacht, obwohl sich ja heutzutage alle über die Erbschaftssteuer beschwerten.

Edgar und Geraldine: Im Halbschlaf fragte sie sich, was sie in deren Haus tat, in ihrem alten Schlafzimmer, wo sie doch heute mit Alec in der Stadt zu Mittag essen sollte?

Plötzlich erinnerte Daisy sich. Sie setzte sich im Bett auf. Phillips Freundin wurde von Entführern festgehalten. Sie schüttelte ungläubig den Kopf. Das konnte doch nur ein Traum sein … Aber es war kein Traum, denn dann wäre sie jetzt nicht auf Fairacres, wo sie doch so unbedingt in London sein wollte.

Sie würde Alec anrufen müssen. Das Problem war nur, wenn sie ihn zu Hause anrief, dann würde sie seine morgendlich Routine vor der Arbeit stören, und auch Belindas vor der Schule. Seine Mutter würde diese Unterbrechung nicht besonders begrüßen und würde sie als weiteren Beleg für ihre Meinung nutzen, daß Daisy nicht zu ihrem Sohn paßte. Mrs. Fletcher befürwortete es genausowenig wie die verwitwete Lady Dalrymple, wenn sich die Stände vermischten.

Aber Daisy haßte es, Alec im Scotland Yard anzurufen. Er war ein vielbeschäftigter Mann. Sie wollte ihn nicht bei der Arbeit stören oder ihm auf den Wecker fallen – oder ihn gar vor seinen Kollegen und Untergebenen in eine peinliche Situation bringen.

Während sie sich überlegte, was das geringere Übel wäre, brachte ihr ein Stubenmädchen einen Tee ans Bett. So gestärkt, beschloß sie, daß sie Alec zu Hause anrufen würde. Wenn er selbst nicht ans Telephon ging, dann würde sie nicht bitten, daß er an den Apparat käme, sondern nur eine kurze Nachricht hinterlassen.

Als es soweit war, meldete sich Belinda. »Tut mir leid, Miss Dalrymple, Daddy ist schon fort«, berichtete sie.

»Ach, so ein Ärger! Er ist doch nicht etwa zu einem Einsatz gerufen worden?«

»Nein. Er meinte, er hätte viel Arbeit und wollte schon früh loskommen, weil er sich ja mit Ihnen zum Mittagessen trifft. Es hat also keinen Sinn, daß ich eine Nachricht aufschreibe, nicht wahr? Denn Sie werden ihn ja zuerst sehen.«

»Ich schaff es nicht. Ich werd versuchen, ihn bei der Arbeit anzurufen, aber falls ich ihn nicht erreiche, würdest du ihm bitte sagen, daß ich ihn heute abend anrufe, um das alles zu erklären?«

»In Ordnung.« Ihre Stimme wurde kurz leiser: »Ich komm schon, Gran. Ich muß jetzt los, Miss Dalrymple. Tschüß.«

»Tschüß, Liebes. Bis ganz bald.«

Daisy drückte die Hörergabel einen Augenblick herunter,

um gleich das nächste Gespräch anzumelden. Doch dann machte sie sich klar, daß Alec wahrscheinlich gerade auf der Fahrt von St. John's Wood nach Whitehall war. Sie legte widerstrebend wieder auf und ging zu den anderen zum Frühstück.

Ihr Anruf bei Scotland Yard später war genauso erfolglos. Alec und sein Sergeant Tom Tring waren beide zu einem Einsatz gerufen worden, aber, so hörte sie erleichtert, nicht irgendwo in den entferntesten Winkel des Königreichs. Die Telephonistin wußte nicht, wie lange sie fort sein würden. Wollte Daisy vielleicht mit einem anderen Beamten verbunden werden?

»Nein, vielen Dank«, lehnte Daisy eilig ab.

Es war sehr wahrscheinlich, daß Alec ihre Verabredung zum Mittagessen ohnehin würde absagen müssen. Das kam oft genug vor. Er würde gar nicht erst nach Chelsea fahren, um dort festzustellen, daß sie nicht da war.

Trotzdem hätte sie sich gewünscht, wenigstens seine Stimme zu hören. Obwohl sie Phillip versprochen hatte, die Entführung nicht zu erwähnen, hatte sie das Gefühl, daß allein der Klang von Alecs Stimme ihr Zuversicht und Ermunterung gegeben hätte für die Aufgabe, die sie jetzt übernommen hatte.

Als sie sich gestern abend noch mit Phillip die Karten angeschaut hatte, war ihr das Ausmaß dieser Aufgabe deutlich geworden. Wo war Gloria Arbuckle?

»Sie ist nicht hier? Wo ist sie denn dann?« wollte Alec von Daisys kühler, tendentiell ablehnender Mitbewohnerin wissen. Obwohl die großgewachsene, elegante Miss Fotheringay ihm gegenüber in letzter Zeit ein wenig weicher geworden war, konnte man ihr immer noch nicht Freundlichkeit nachsagen. »Wird sie denn demnächst wieder zurück sein? Wir waren zum Mittagessen verabredet.«

»Zum Mittagessen wird sie nicht wieder da sein.«

Auf dem glatten, sorgfältig geschminkten Gesicht, das von einem schimmernden dunklen Pagenkopf umrahmt wurde, war selbstverständlich keine einzige Falte zu sehen, doch lag in den bernsteinfarbenen Augen ein kleines bißchen Ängstlichkeit. Lucy schien sich einen Ruck zu geben. »Sie ist nämlich auf Fairacres. Vielleicht sollten Sie mal einen Moment hereinkommen, Mr. Fletcher.«

Mit einer gelangweilten Geste winkte sie ihn an sich vorbei in die enge Diele, die jetzt noch enger geworden war, da zwei große Koffer darin standen.

»Auf Fairacres? Bei ihrer Mutter?«

»Nein, nicht im Dower House, sondern auf Fairacres selbst. Ihrem alten Zuhause. Hier, lesen Sie mal.« Miss Fotheringay nahm ein gelbes Telegramm vom Tisch im Flur und reichte es ihm. »Vielleicht verstehen Sie das ja ein bißchen besser als ich.«

»›Dringender Notfall‹«, las Alec beunruhigt. »›Komm zum Hausfest Fairacres umgehend Stop Binkie auch eingeladen Stop Bring Reitsachen und Daisys Kleider Stop.‹ Die Unterschrift ist ›Daisy‹. Aber das ist doch eher merkwürdig. Wenn sie es selber geschrieben hat, warum dann nicht ›meine Kleider‹?«

»Die Verbindung von ›dringendem Notfall‹ mit einem Hausfest ist auch nicht gerade normal, oder was meinen Sie?« fragte Miss Fotheringay vornehm und ein bißchen müde. »Verdammt, was ist diese Angelegenheit aber auch vertrackt!«

Alec versuchte, ob ihrer Sprache nicht allzu merklich zusammenzuzucken. Er war durchaus dafür, daß Frauen arbeiteten, wenn sie dazu Lust hatten, aber er war altmodisch genug, um fluchende Frauen nicht sonderlich attraktiv zu finden. »Ein dringendes Hausfest wirkt tatsächlich wie ein Widerspruch in sich«, stimmte er ihr trocken zu.

»Die ersten beiden Worte greifen das Telegramm auf, das Phillip Petrie ihr geschickt hat. Deswegen ist sie ja überhaupt erst da runtergesaust. Also vermute ich, daß er es geschrieben oder diktiert hat.«

»Petrie? Sie ist gefahren, weil er nach ihr geschickt hat?« Alec unterdrückte entschlossen einen Stich der Eifersucht. Oft genug hatte Daisy ihm den jungen Mann als freundlichen Esel beschrieben. Gesellschaftlich gesehen gehörten die beiden zur selben Kaste, aber in intellektueller Hinsicht war Petrie wohl eher in die Rubrik »ferner liefen« einzusortieren. »Das Gepäck besagt, daß Sie diesem Ruf folgen werden. Haben Sie nicht angerufen und eine Erklärung erbeten?«

»Binkie hat gestern abend angerufen, um Bescheid zu sagen, daß wir hinfahren. Er hat mit Daisy gesprochen, aber der Gute ist eher der starke, schweigsame Typ. Fragen hat er jedenfalls keine gestellt. Ich hab versucht, heute morgen anzurufen, aber der Butler sagte, Daisy und Phillip wären beide ausgegangen, und er wüßte nicht, wann sie zurück wären. Und ich bin zu beschäftigt, um dauernd zur Telephonzelle runterzusausen. Ich hab keinen Schimmer, welche Kleider Daisy haben will, also habe ich einfach geraten.« Sie deutete auf die Koffer. »Zu und zu ärgerlich!«

»Sie wissen also nichts über diesen Notfall, sehe ich das richtig?« Alec fuhr sich mit der Hand durch die Haare, während sie mit einem sorgenvollen Schmollmund den Kopf schüttelte. »Jedenfalls sieht es so aus, als wäre es Petries Problem und nicht Daisys.«

»Jedenfalls zur Zeit. So wie ich Daisy kenne, hat sie sich die Sache, was auch immer es sein mag, sehr zu Herzen genommen. Aber was Binkie und ich da sollen, kann ich mir einfach nicht vorstellen. Natürlich kann das alles irgendein Streich sein. In dem Fall bringe ich sie alle beide um. Ich mußte ein halbes Dutzend Termine mit Kunden verschieben.«

»Sie fahren jetzt gleich?« Alec betrachtete ihren Staubmantel, der sowohl modisch als auch praktisch war, und den Hut mit Schleier, der auf dem Tisch im Flur lag.

»Sobald Binkie mit dem Alvis ankommt. In seinem Telegramm stand, er sollte mit dem Auto kommen, nicht mit dem Zug. Merkwürdiger und merkwürdiger, nicht wahr?«

»Ja. Verflixt, ich wünschte, ich könnte mit Ihnen fahren, aber in den nächsten paar Tagen kann ich auf keinen Fall weg, wahrscheinlich erst zum Wochenende. Würden Sie Daisy bitte sagen, daß ich sie heute abend anrufe? Eher spät. Ich hab viel zu tun.«

»In Ordnung, Chief Inspector. Gott allein weiß, was das alles zu bedeuten hat. Aber, um ehrlich zu sein: ich bin ganz froh, daß wir Sie im Hintergrund haben.«

»Auch Polizisten sind zu was nütze«, sagte Alec, der sich an vergangene Auseinandersetzungen mit Miss Fotheringay erinnerte, milde. »Sehen Sie zu, daß Daisy nicht in allzu große Schwierigkeiten gerät, wenn Sie es vermeiden können. Ich werd Sie aber nicht dafür verantwortlich machen. Ich weiß nur zu gut, wie vollkommen unmöglich es ist, sie aufzuhalten, wenn sie erst einmal in Fahrt ist.«

»Reitsachen«, überlegte er auf dem Weg hinunter zu seinem kleinen gelben Austin Seven. Natürlich ritten alle aus Daisys Kreisen praktisch von Geburt an. War es zu spät für ihn, das noch zu lernen?

Vielleicht würde Daisy es ihm ja beibringen, und natürlich auch Belinda.

In welche Angelegenheit war sie wohl diesmal hineingeschlittert? Was in aller Welt waren das für Schwierigkeiten, in die Phillip Petrie geraten war, die nicht nur ihre Hilfe, sondern auch die ihrer gemeinsamen Freunde erforderte, um ihn da herauszuholen?

Und warum wurde das Ganze als Hausfest getarnt?

Als der Zeitpunkt nahte, an dem die Gäste eintreffen sollten, machte Geraldine ihr Recht als vorgebliche Gastgeberin geltend und wartete im Salon, um ihre Gäste zu begrüßen. Daisy und Phillip konnten wohl kaum einfach im Flur herumlungern, um sie vorher abzufangen.

»Die werden auf jeden Fall sofort eine Erklärung haben wollen«, sagte Daisy leise.

»Als ob ich das nicht wüßte! Ich hatte es schon gestern mit Tom furchtbar schwer, und er ist gerade noch rechtzeitig vom Telephon weggerufen worden. Lady Dalrymple wird sich fragen, was zum Teufel hier vor sich geht.«

»Wir werden uns einfach hinter sie stellen müssen und wie wild mit den Köpfen schütteln. Lowecroft wird uns für vollkommen verrückt halten, aber das ist dann eben unser Pech.«

»Er hält uns doch jetzt schon für völlig verrückt«, tröstete Phillip sie.

Geraldine machte sich bemerkbar: »Da ich mich jetzt als Gastgeberin eines Hausfestes wiederfinde«, sagte sie ein wenig spitz, »wäre es nicht nett, wenn ihr mir etwas über meine Gäste erzählt? Wer zum Beispiel sind die Pearsons?«

»Madge ist eine geborene Lady Margaret Allinston«, informierte Daisy sie. »Sie benutzt ihren Titel nicht, weil Tommy keinen hat. Sie ist mit mir und Lucy zur Schule gegangen, ist aber ein Jahr älter als wir, so daß wir sie nicht besonders gut kannten. Durch Zufall war sie mit einer freiwilligen Hilfstruppe im selben Militärkrankenhaus in Malvern, in dem ich im Büro gearbeitet habe. Damals haben wir eine Menge gemeinsam unternommen.«

»Du hast in einem Krankenhaus gearbeitet? Mrs. Pearson hat sich freiwillig zum Hilfsdienst gemeldet?« Geraldine wirkte überrascht, als könnte sie sich nur schwer vorstellen, daß viele der fröhlichen jungen Dinger von heute während des Großen Kriegs tatsächlich auch ihren Beitrag geleistet hatten.

»Und Lucy war im Arbeitsdienst auf dem Land. Die Arbeit hat ihr nicht so viel ausgemacht, aber sie behauptet, die Pflicht, diese schreckliche Uniform zu tragen, hätte sie fast umgebracht. Sie hat immer noch Albträume, sie wäre auf einem Fest und stünde plötzlich in dieser Uniform da.«

»Ich war doch auch in einem *Voluntary aid detachment*.«

»Dann kannst du dich ja bestens mit Madge austauschen. Sie hat Tommy damals im Krankenhaus kennengelernt. Er war ziemlich übel zugerichtet.«

»Pearson war in unserer Truppe«, warf Phillip ein. »Mit Gervaise und mir. Er wurde schließlich zum Major befördert.«

»Und seine Familie ist die, die man von Pearson, Pearson, Watts & Pearson kennt: eine der besten Kanzleien in London, uralt und schrecklich anständig.« Daisy hielt inne. Sie fragte sich plötzlich, ob Tommy wohl zu anständig und zu stark juristisch geprägt war, um in eine Angelegenheit hineingezogen zu werden, bei der ein Verbrechen vor der Polizei geheimgehalten werden sollte.

Geraldine unterbrach ihre sinnlosen Grübeleien. »Ich höre gerne, daß deine Freunde einen anständigen Beruf ergriffen haben«, sagte sie verkniffen. »Du warst doch mit Miss Fotheringay in der Schule, nicht wahr? Und jetzt wohnt ihr zusammen in *Chelsea*.« Ihr Tonfall setzte einen Wohnsitz in diesem Stadtteil mit den schlimmsten Exzessen der Boheme gleich.

»Ja. Sie ist Photographin. Ihr Großvater ist der Earl of Haverhill.« Eine ordentliche Portion blauen Bluts würde doch den künstlerischen Beruf wieder wettmachen, hoffte Daisy. Sie wollte gerade mit Binkies Stammtafel fortfahren, als sich Stimmen und Schritte dem Salon näherten.

Lowecroft erschien auf der Schwelle. »Mr. und Mrs. Pearson, Milady.«

Geraldine erhob sich und ging zur Tür. Daisy und Phillip blieben hinter ihr. Als Madge und Tommy das Zimmer betraten, schüttelten sie beide energisch den Kopf, und Daisy legte einen Finger an die Lippen.

Tommy, braunhaarig und stämmig, blickte die beiden erstaunt und etwas verwirrt durch seine Brille an. Madge, deren Unmengen blonder Locken und überschäumende Art die Menschen oft dazu verführte, sie für ein eher albernes Ding zu halten, war schneller. Geschickt steuerte sie ihren Mann durch die übliche Begrüßung.

»Erklär's euch später«, zischte ihr Daisy bei der ersten sich bietenden Gelegenheit zu.

Sie und Phillip machten dieselbe Pantomime durch, als einige Minuten später Lucy und Binkie ankamen. Die beiden begriffen es sofort.

Lowecrofts Gesicht wurde einfach immer ernster und steifer. »Tee, Milady?« erkundigte er sich.

»Ja, auf der Terrasse bitte, und sagen Sie doch bitte Lord Dalrymple, daß unsere Gäste angekommen sind.«

Daß Edgar beim Tee dabei war, machte die Dinge etwas einfacher. Die Enttäuschung darüber, nicht gleich eingeweiht zu werden, wurde durch seinen wie üblich kenntnisreichen und enthusiastischen Vortrag über den Wanderflug der *Vanessa cardui* gemildert. Da dieser Schmetterling auch unter dem Namen Painted Lady, also Bemalte Dame bekannt war, gewannen die schockierten Seitenblicke von Lady Dalrymple zu Lucys geschickt geschminktem Gesicht eine besondere Pikanterie, bis sich schließlich alle außer ihr selbst und Edgar königlich amüsierten und am liebsten laut losgekichert hätten.

Selbst Phillip entspannte sich, als er endlich begriffen hatte, worum sich der Witz drehte. Daisy war froh, als sie sah, wie seine Mundwinkel nach oben gingen. Aber schon war er wieder unruhig, als Edgar und Geraldine nach dem Tee ins Haus gingen. Die vier Neuankömmlinge richteten sich erwartungsvoll auf.

»So, jetzt aber«, sagte Lucy, »diese Bemalte Dame will jetzt endlich hören, was hier eigentlich vor sich geht. Nun mal raus damit. Ach so, und ehe ich es vergesse, Liebes, dein handzahmer Copper wird dich heute Abend hier anrufen.«

Phillip wurde blaß. »Chief Inspector Fletcher? Du hast ihm doch nicht etwa erzählt, was passiert ist?«

»Ich weiß doch gar nicht, was passiert ist. Er kam vorbei, um Daisy zum Mittagessen auszuführen und stellte fest, daß sie nicht da war – macht man eigentlich nicht, Liebes«, fügte sie mit einem strengen Seitenblick auf Daisy hinzu.

»Ich hab doch versucht, ihn zu erreichen.«

»Na ja, ich war gerade auf dem Sprung, da schien es nur anständig zu sein, ihm das Telegramm zu zeigen. Ich glaube, das hat ihn eher nervös gemacht. Jedenfalls wird er heute Abend anrufen, um sich zu vergewissern, daß alles in Ordnung ist.«

Phillip wandte sich Daisy zu und sagte eindringlich: »Du wirst ihm aber nichts sagen?«

»Ich glaube zwar immer noch, daß es das beste wäre, aber ich hab's dir ja versprochen.«

»Liebe Zeit, das wird ja immer verwirrender und merkwürdiger.« Madges Augen blitzten vor Aufregung. »Zu und zu göttlich. Jetzt erzählt doch endlich.«

»Als erstes«, sagte Daisy, »muß ich eins klarstellen: Was wir euch erzählen, darf nicht weitergetragen werden. Es ist absolut wichtig, daß das alles unter uns bleibt.«

Tommy runzelte die Stirn. »Mir gefällt das gar nicht«, sagte er grob, nahm seine Hornbrille ab und putzte sie mit seinem Taschentuch. »Ich denke, ich kenne euch beide gut genug, um mir sicher zu sein, daß ihr nichts tun würdet, was ihr für moralisch verwerflich haltet. Aber ich muß schließlich auch die juristischen Aspekte im Auge behalten. Ihr müßt schon zugeben, daß es ganz schön merkwürdig klingt, wenn man vor der Polizei Geheimnisse hat.«

»So ein Quatsch, Liebling!« Madge lachte ihr fröhliches Lachen. »Du hast dich doch erst neulich blödsinnig über irgendeinen neugierigen Polizisten geärgert, der Informationen von dir wollte, die in deinen Augen vertraulich waren. Jetzt tu mal nicht so moralisch.«

»Das war nun eine Angelegenheit, bei der es um die besondere Beziehung zwischen einem Mandanten und seinem Anwalt geht, mein Schatz. Das sollte man nicht mit der Beihilfe zu einem Verbrechen verwechseln, geschweige denn mit der Ausübung ...«

»Es geht hier um Leben und Tod!« platzte es aus Phillip heraus.

»Jedenfalls könnte es darum gehen«, bestätigte Daisy etwas vorsichtiger. »Ich kann aber versprechen, daß wir gerade versuchen, ein Verbrechen zu verhindern, nicht, eins zu begehen. Mehr kann ich nicht sagen, wenn ihr mir nicht absolute Geheimhaltung versprecht. Wenn du mir dein Wort nicht geben kannst, Tommy, dann müssen wir uns dafür entschuldigen, daß wir dich den ganzen Weg für nichts und wieder nichts hierher haben kommen lassen.«

»Bin dabei«, sagte Binkie knapp.

»Ich bin auch dabei.« Lucy bedeckte ein dezentes Gähnen

mit einer manikürten Hand. »Solange es nicht allzu schrecklich anstrengend wird.«

»Ich helf, so gut ich kann.« Madges rosige Wangen wurden noch ein wenig rosiger. »Ich darf aber leider nicht reiten. Es ist nämlich so: Ich bin ein bißchen schwanger.«

»Liebes, wie wunderbar«, rief Daisy und sprang auf, um sie zu küssen.

»Herzlichen Glückwunsch, Liebes«, sagte Lucy trocken. »Oder wären dir Beleidsbekundungen lieber?«

»Eigentlich freuen wir uns«, sagte Madge etwas schüchtern, »nicht wahr, Liebster?«

Daisy und Lucy wandten sich beide zu Tommy. Auch seine Wangen hatten sich verfärbt, und er wirkte gleichzeitig verlegen und stolz. »War ja auch an der Zeit, einen neuen kleinen Nachfolger in die Welt zu setzen«, sagte er nur halb spöttisch und seufzte dann: »In Ordnung, ich mach ja schon mit. Kann Freunde nicht im Stich lassen und so weiter. Wenn euer Plan nicht gerade kriminell ist, dann helf ich euch auch.«

»Prachtvoll!« rief Daisy aus und legte mit ihrem Bericht los.

Das Dinner war vorüber, und der lange Sommerabend näherte sich seinem Ende. Schwalben sausten tief über die Gärten hinweg und dezimierten die Schwaden von Zuckmücken. Nachdem Daisy alle ihre Pläne vorgelegt hatte und sie von den anderen für gut befunden worden waren, genoß sie es, sich endlich etwas zu entspannen. Sie saß in der Dämmerung auf der Terrasse und plauderte, weil ihr Vetter und ihre angeheiratete Cousine dabei waren, über Belanglosigkeiten. Fast schien es ihr, als hätte sich seit ihrer Jugend nichts verändert.

Lowecroft kam aus dem Haus. »Ein Telephonanruf für Miss Dalrymple. Ein Mr. Fletcher, Miss.«

»Ein Trinker!« rief Edgar aus. Ehe Daisy gegen völlig ungerechtfertigte Vorurteile in Bezug auf Alec protestieren konnte, ergriff er sein Schmetterlingsnetz, das er immer in seiner Nähe hatte, und sauste die Treppe hinunter auf den Rasen. Sein Spaniel Pepper trottete gemächlich hinter ihm her. »*Philudoria potatoria*«, tönte es noch enthusiastisch zu ihnen herauf.

Daisy eilte hinein zum Telephon. »Alec?«

»Hallo, Daisy.« Er klang erschöpft. »Ich hoffe, ich störe nicht?«

»Oh nein. Wir sitzen nur auf der Terrasse. Schön, daß du anrufst. Es tut mir leid, daß ich dir wegen unserem Mittagessen nicht rechtzeitig Bescheid sagen konnte.«

»Du hast es ja versucht. Ich vermute, daß ich nicht für ein Feld-Wald-und-Wiesen-Hausfest versetzt worden bin?«

»Als ob ich das jemals tun könnte!«

»Du steckst doch nicht in irgendwelchen Schwierigkeiten?«

»Nein, ehrlich nicht.«

»Aber Petrie?«

Sie zögerte. »Eigentlich nicht.« Strenggenommen waren es ja die Arbuckles, die Schwierigkeiten hatten.

»Daisy, ich weiß, wie weit du gehen würdest, um jemandem zu helfen, den du unter deine Fittiche genommen hast. Jetzt sieh zu, daß du dir nicht selber eine Grube gräbst, wenn du versuchst, ihn da herauszuholen.«

»Es ist aber gar nicht so etwas.«

»Was ist es denn? Warum erzählst du es mir nicht? Vielleicht kann ich dir einen Rat geben, wenn ich dir schon nicht helfen kann.«

»Ich würde es dir gerne sagen, Alec, aber ich kann nicht.«

»Du kannst nicht, oder du willst nicht?«

»Darf nicht. Mach dir keine Sorgen, ich werd schon nichts Dummes anstellen.« Es wurde Zeit, das Thema zu wechseln. »Es ist wirklich reichlich merkwürdig, als Gast auf Fairacres zu wohnen.« Sie fuhr dann fort, ihm den ein wenig gespenstischen Eindruck zu schildern, den es auf sie machte, daß die neuen Bewohner nichts an der Einrichtung geändert hatten. »Ich zeig es dir am Wochenende«, schloß sie. »Ich bin mir sicher, daß Edgar nichts dagegen hat. Du kannst doch kommen, oder?«

»Willst du das denn noch?«

»Natürlich! Ich wünschte wirklich, du wärst jetzt schon hier«, sagte Daisy mit Inbrunst.

»Ich komme. Der Superintendent hat versprochen, ohne mich zurechtzukommen, und wenn ein zweiter Guy Fawkes die Houses of Parliament in die Luft jagt. Belinda schickt viele liebe Grüße.«

»Bitte grüß zurück. Gute Nacht, Alec.«

»Gute Nacht, Liebste. Schlaf schön.«

Daisy hielt die Hörmuschel noch einen Augenblick ans Ohr, nachdem Alec aufgehängt hatte, wie sie dem Klicken am anderen Ende der Leitung entnahm. Er hatte sie ›Liebste‹ genannt, obwohl seiner Stimme anzuhören war, daß ihre Weigerung, sich ihm anzuvertrauen, ihn verletzt hatte.

Wenn Gloria zum Wochenende nicht befreit war – ob durch eine Rettung oder durch die Lösegeldzahlung –, dann würde sie darauf bestehen, daß man ihm alles erzählte.

# 9

Die erste Phase von Daisys Plan sah vor, daß sie und Phillip sich in den Dörfern, in denen sie bekannt waren und daher davon ausgehen konnten, daß die Menschen mit ihnen reden, nach Fremden erkundigten. Sie fand, sie würden weniger auffallen – falls die Entführer Wachposten eingerichtet hatten – wenn sie anstatt mit dem Auto mit dem Fahrrad fuhren. Sie und Binkie sollten um Fairacres herum radeln, Phillip und Lucy um Malvern Grange, wo eher er bekannt war. Alle vier würden sie sich zu einem Picknick in einem Wäldchen auf der Grenze zwischen den beiden Bereichen treffen.

Obwohl Madges Arzt ihr nur das Reiten verboten hatte, sprach sich Tommy strikt dagegen aus, daß sie mit dem Fahrrad fuhr. Daher schickte Daisy die beiden in ihrem Lagonda los, damit sie die etwas weiter entfernt liegenden Dörfer abklapperten, die nicht so leicht mit dem Fahrrad zu erreichen waren.

So weit weg, hoffte sie jedenfalls, würde man die Pearsons weniger leicht mit der Gesellschaft in Fairacres in Verbindung bringen, sollten die Übeltäter von Mr. Arbuckles Besuch bei Phillip wissen. Als Fremde würden sie selbst mit einigem Mißtrauen betrachtet werden, wenn sie direkte Nachforschungen anstellten, aber sie könnten ja fragen, ob viele Besucher in diese Gegend kämen.

»Fragt aber nicht nach verlassenen Cottages«, sagte Daisy. »So schade das ist, aber genau so eine Frage könnte an die Entführer weitergetragen werden.«

Tommy nickte. »›Da hat sich heute jemand sehr interessiert nach der alten Hütte erkundigt, in der Sie gerade wohnen.‹ So in der Art. Wir werden uns hüten.«

Sie fuhren also alle los. Kaum waren die anderen außer Hörweite, vertraute Daisy sich Binkie an: »Ich hab so meine Zweifel, ob diese Suche überhaupt einen Sinn hat, aber mir fällt einfach nichts besseres ein.«

»Ziemlich hoffnungsloses Unterfangen«, stimmte er ihr knapp zu.

Da sie eigentlich auf eine Ermutigung gehofft hatte, tröstete sich Daisy mit dem Gedanken, daß er ein unverbesserlicher Pessimist sei.

»Trotzdem«, sagte sie genauso zu sich selbst wie zu ihm, »ich kann eigentlich nicht glauben, daß Miss Arbuckle irgend etwas Schlimmeres droht als ein paar unangenehme Tage.«

»Echte Tiere, diese amerikanischen Gangster«, sagte Binkie. »Denen traue ich aber auch alles zu.«

Daisy wandte den Kopf und blickte ihn wütend an. Sie wackelte, als ihr Fahrradreifen über einen Stein holperte, und konzentrierte sich dann lieber wieder auf die Straße.

Es war ein wunderbarer Vormittag für einen Fahrradausflug. Girlanden von blaßrosa Rosen und gelbem Geißblatt in den Hecken füllten die Luft mit ihrem Geruch. Fingerhut, rote und weiße Feuernelken und gelbes Leinkraut blühten üppig am Straßenrand und an den Feldrändern. Ein Fasan lief einige Meter vor ihnen die Straße entlang, ehe er unter einem Gatter hindurchtauchte. Kleine Vögel sangen, pfiffen und zwitscherten.

Unmöglich, sich ein Mädchen vorzustellen, das in einem schmuddeligen Zimmer eingeschlossen war und um sein Leben fürchtete!

Vor Daisy und Binkie erhob sich ein Turm mit Ringen aus roten Ziegelsteinen, der von einer Baumgruppe umgeben war. Wie viele Dörfer hier in der Gegend wurde Morton Green von seiner Kirche überragt, die auf einer kleinen Anhöhe erbaut worden war. Die Häuser des Dörfchens gruppierten sich um die Wiese, die dem Ort seinen Namen gegeben hatte. Cottages aus Ziegelsteinen mit moosbewachsenen Ziegeldächern oder mit weiß verputzten Wänden unter Schieferdächern, aus rotem Sandstein oder aus dem gelbem Stein aus den Cotswolds, kleine Fachwerkhäuschen – all das mischte sich bunt durcheinander.

Das größte Gebäude war das *Wedge and Beetle Inn*, viereckig, weiß gestrichen, mit scharlachroten Geranien auf den Fensterbänken. Daisy beschloß, dieses als erstes in Angriff zu nehmen. Die Wirtschaft hatte zwar noch nicht geöffnet, aber sie hatte eine Ausrede, um Fragen zu stellen.

Sie und Binkie lehnten ihre Fahrräder an die Wand und traten durch die offene Tür aus dem Sonnenschein in die dämmerige Eingangshalle.

»Hallo?« rief Binkie.

Mrs. Dennie, die Frau des Besitzers, kam geschäftig aus einer Tür geeilt. »Ach, wenn das nicht Miss Dalrymple ist.« Sie warf Binkie einen neugierigen Blick zu. »Sind Sie mal wieder auf Besuch hier, Miss? Was kann ich für Sie tun?«

»Guten Morgen, Mrs. Dennie. Ein Freund hat erwähnt, er würde gern bei Ihnen wohnen. Ich wollte nur fragen, ob Sie noch ein Zimmer frei haben, oder ob er schon eines reserviert hat.«

»Wir haben ein paar Fischer – sie ziehen es ja vor, sich Angler zu nennen, die Guten – und ein junges Pärchen, die sind wohl auf Hochzeitsreise, so wie die herumschnäbeln, wenn Sie den Ausdruck entschuldigen. Das andere Zimmer, na ja, da kommen immer so Zufallsgäste rein. Ein Handlungsreisender hier und da, so was, und die Touristensaison ist ja schon weit fortgeschritten dieses Jahr bei dem schönen Wetter, das wir in letzter Zeit hatten.«

»Ist es nicht herrlich?«

»Nicht für die Bauern, Miss, aber für unser Geschäft ist es wirklich nicht schlecht, das muß ich wohl sagen.«

»Die Leute fahren ja gern mal aus der Stadt heraus, wenn es heiß ist. Gibt es viele Londoner, die hier übernachten?«

»Eigentlich eher nicht, Miss, die Landschaft hier ist ja doch nicht so schön wie andernorts. Die Gäste kommen eher aus Birmingham. Nein, ich glaube eher nicht, daß wir schon einen Londoner im Haus hatten, oder auch nur in der Wirtschaft.«

»Ganz zu schweigen von Ausländern, nicht wahr?«

Mrs. Dennie lachte herzlich über die Vorstellung, daß Ausländer ihr bescheidenes Etablissement frequentieren könnten. »Dieser Freund von Ihnen, Miss«, fuhr sie fort, »wie heißt der denn? Ich schau mal, ob er reserviert hat.«

»Fletcher, für dieses Wochenende.«

Alec hatte sowohl für Freitag als auch für Sonnabend ein Zimmer reserviert. »Da er ja ein Freund von Ihnen ist, Miss«, sagte Mrs. Dennie, »werd ich ihm das Zimmer in der hinteren Ecke geben. Es ist größer und ruhiger, weil es nicht über dem Schankraum liegt.«

Daisy dankte ihr, erkundigte sich noch nach der Familie und ging dann Binkie voraus in den Sonnenschein. Er hatte nach seinem lauten Rufen kein weiteres Wort gesagt. Ein schweigsamer Begleiter konnte unter bestimmten Umständen sehr nützlich sein, bemerkte Daisy im Stillen. Er mochte ja ein Pessimist sein, aber wenigstens zog er die ohnehin schon viel zu ausführlichen Gespräche nicht noch weiter in die Länge.

Mrs. Dennies Geschnatter war jedoch nichts im Vergleich zu dem, was Daisy in dem kleinen, vor Krimskrams überquellenden Laden erlebte, in dem sie als nächstes vorbeischauten.

POSTAMT, ZEITUNGSKIOSK, TABAKWAREN UND SÜSSIGKEITEN tat das Schild über der Tür kund. Miss Hibbert hatte früher Dolly-Mixture und kugelrunde Bonbons in Penny-Mengen an Daisy und Gervaise verkauft. Jetzt war sie älter und grauer und hatte zufällig einen von Daisys Aufsätzen in *Town and Country* gelesen. Natürlich wollte sie jetzt unbedingt alles über ihre Karriere als Autorin erfahren. Im Gegenzug gab sie eine Unmenge Dorfklatsch weiter.

Eine halbe Stunde ging vorüber, in der zwei oder drei Kunden hereinkamen, bevor Daisy und Binkie mit der Auskunft entkommen konnten, wegen der sie hergekommen waren:

Weder Cockneys noch Amerikaner hatten von Miss Hibbert Tabak oder Zeitungen gekauft, jedenfalls nicht in jüngster Zeit. Letztes Jahr war ein Paar auf der Durchreise gewesen, oder war das im Jahr davor? Das waren vielleicht Amerikaner gewesen. Herren aus London, die auf Fairacres zu Gast waren, schauten gelegentlich herein, um Zigaretten zu kaufen. Und Londoner aus dem East-End kamen zur Hopfenernte im August, obwohl natürlich nicht so viele herkamen wie nach Kent, so fand Miss Hibbert.

Niedergeschlagen fragte sich Daisy, ob ihre Annahme zu optimistisch gewesen war, daß die Entführer die Gegend hier nicht kannten. Sie hatte die Erntehelfer für die Hopfenernte vergessen. Und es wurde ihr bewußt, daß manche der Cockneys unter den verwundeten Soldaten, die sich während und nach dem Krieg in den Krankenhäusern von Malvern erholt hatten, durchaus gut in der Umgebung Spaziergänge gemacht haben konnten.

»Verflixt!« sagte sie, als sie ihr Fahrrad wieder bestieg.

»Du hast doch nicht im Ernst erwartet, daß sich etwas in so direkter Nähe zu dem Ort auftun würde, an dem Phillip abgeladen wurde«, erinnerte sie Binkie.

Sie beschloß, ihre neuerlichen Sorgen lieber nicht kundzutun. »Nein, aber man hat ja doch immer Hoffnung«, sagte sie vage. »Es wäre so praktisch gewesen. Meinst du, wir sollten es auch in dem Laden probieren? Schließlich hätten sie dort Vorräte kaufen können.«

»Kann ja nichts schaden«, grunzte Binkie.

Der Kaufmannsladen, in dem mit demselben Enthusiasmus Mehl und Kuchenformen, Käse und Mäusefallen verkauft wurden, bot ebensowenig Information wie die anderen Geschäfte, kostete sie aber genauso viel Zeit. Es wurde schon langsam heiß, als Daisy und Binkie wieder aus Morton Green herausradelten. Sie waren froh, als sie gleich hinter dem Dorf in den grünen Schatten von Bellman's Wood kamen.

»Wollen wir das Wäldchen hier nicht durchsuchen?« fragte Binkie, während sie die Straße entlangradelten.

»Nein, dieses nicht. Ich kenne jeden Quadratzentimeter von diesem Wald. Er gehört eigentlich zu einem der Höfe von Fairacres. Es gibt jede Menge Eichhörnchen und Spechte, aber keine Gebäude, weder verlassene noch sonstige. Natürlich könnte vor kurzer Zeit etwas gebaut worden sein, aber was Phillip mir beschrieben hat, klang eher wie ein uraltes Cottage.«

Viel zu bald schon kamen sie wieder aus dem Schatten der Bäume heraus. Ein Automobil fuhr an ihnen vorbei und wirbelte Staubwolken auf. Nachdem sie auch in den nächsten beiden Dörfern allen möglichen Leuten ihre Fragen gestellt hatten, fühlte sich Daisy, als wäre sie einmal quer durch die Sahara geradelt. Dabei lag noch der ganze Nachmittag vor ihr.

Als sie die anderen am Bach der Boundary Copse zum Picknick trafen, stieg sie mit bleischweren Beinen vom Rad.

»Ich bin wohl nicht mehr in Form«, gestand sie bedauernd einer irritierend frisch aussehenden Lucy. »Man mag ja vielleicht das Fahrradfahren nie verlernen, nachdem man es einmal begriffen hat, aber man benutzt dabei offenbar ganz andere Muskeln als beim Spazierengehen. Und meine sagen mir gerade, daß sie völlig aus der Übung sind.«

»Wir sind schon vor einer halben Stunde angekommen, Liebes, und ich hab meine Füße ins Wasser gehängt. Mach das doch auch. Das hilft. Ihr hattet kein Glück, sehe ich das richtig?«

»Nein. Ihr?« fragte Daisy, während sie die Schuhe auszog.

»Nicht das geringste bißchen. Phillip ist völlig durch den Wind, der arme Gute.«

Daisy warf Phillip einen Blick zu, der gerade Binkie dabei half, das Picknick aus den Fahrradtaschen auszupacken. Sie seufzte. So sehr ihre Waden nach einer Pause verlangten, sie konnte ihn nicht enttäuschen. Sie setzte sich an das grasbewachsene Ufer, ließ die Füße in dem lauwarmen Bach baumeln, tunkte ihr Taschentuch ins Wasser und wischte sich übers Gesicht.

Ginger Ale und Sandwiches belebten sie wieder einigermaßen, aber noch schöner fand sie die dünne Wolkendecke, die sich jetzt über dem Himmel ausbreitete. Es war immer noch heiß, aber wenigstens würde ihr die Sonne jetzt nicht mehr so stark auf den Kopf scheinen. Als sie den Schutz des Baumgrüppchens verließen, erhob sich eine zwar nicht frische, aber doch etwas kühlende Brise. Mit neuer Tatkraft fuhren sie und Binkie zum nächsten Dörfchen auf der Liste los.

Die Route für den Nachmittag führte noch weiter in die Ferne als die vom Morgen. Es gab mehr Dörfer, in denen Daisy weniger gut bekannt war, wenn man sie überhaupt erkannte. Das hatte seine Vor- und Nachteile.

Zwar waren die Unterredungen kürzer, weil sie weniger von Klatsch belastet waren. Andererseits war es schwieriger, einen Aufhänger für ihre Fragen zu finden. Und sie mußten bei jedem Halt irgend etwas kaufen, um eine Ausrede für das Gespräch zu haben. Die durch das Picknick geleerten Satteltaschen waren schon bald mit Zigaretten und Pfeifentabak, rasch schmelzenden Schokoladentafeln und allem möglichen Krimskrams vollgestopft.

An nützlicher Information sammelten sie hingegen nichts. Daisy klappte zusammen, bevor sie das Ende ihrer Liste erreicht hatten. »Es ist Zeit für einen Tee«, sagte sie zu Binkie, »und sehr wahrscheinlich werden die Läden im nächsten Dörfchen schon zu haben, ehe wir überhaupt dort ankommen.«

»Sollen wir also zurück nach Fairacres?«

»Wenn wir das nicht tun«, sagte sie ehrlich, »dann wirst du mich möglicherweise nach Hause tragen müssen, und mein Fahrrad noch dazu.«

Binkie grinste. »Verflixt, ich finde sowieso, daß wir unsere Pflicht für heute erfüllt haben. Würde mich nicht verwundern, wenn Lucy mittlerweile auch Phil nach Hause geschleppt hätte.«

Sie waren, wenn auch nur ein paar Minuten, die ersten zurück im Haus. Geraldine hatte Gäste zum Tee auf die Terrasse eingeladen. Der müde Suchtrupp, von dem vier viel zu schmuddelig waren, um sich der Gesellschaft anzuschließen, ließ sich unter einer großen Kastanie auf dem Gras nieder. Ernest, der ganz offensichtlich aus dem Staunen über die merkwürdigen Gewohnheiten des Adels nicht mehr herauskam – aus Spaß verausgabten die sich völlig –, brachte ihnen den Tee. Die Berichte waren alle gleich: Bemühungen aber ergebnislos. Fünf Augenpaare wandten sich zu Daisy.

»Das ist doch alles hoffnungslos, nicht wahr?« platzte es aus Phillip heraus.

Daisy riß sich zusammen. »Aber nicht im mindesten, mein Herz. Wir haben doch gerade mal ein bißchen an der Oberfläche gekratzt. Nur glaube ich, wir sollten morgen alle jeder für sich alleine aufbrechen – das war jetzt nicht so toll formuliert, was? Du weißt schon, was ich meine. Wir werden auf diese Weise viel mehr schaffen. Und wir werden morgen ohnehin in einer Gegend sein, wo weder Phil noch ich einen Vorteil haben. Tommy und Madge fahren natürlich zusammen, das ist klar. Ihr habt ungefähr die Hälfte von eurem Gebiet geschafft?«

»So ungefähr«, bestätigte Tommy, »aber Madge findet es selbst mit dem Auto ziemlich ermüdend, muß man sagen. Ich finde, sie sollte morgen hierbleiben.«

»Oh nein«, rief Madge aus, »wenn ich erst mal eine Nacht geschlafen habe, bin ich bestimmt wieder bestens in Form. Du mußt doch zugeben, Tommy, die Leute reden mit mir einfach mehr als mit dir, und ich will schließlich auch etwas beisteuern.«

»Das kannst du auch, ohne auch nur einen Schritt zu tun. Ich hab nämlich nachgedacht«, log Daisy geistesgegenwärtig, »wir müßten eigentlich jemanden hier haben, der die Dinge koordiniert. Wir werden alle immer mal anrufen, und wenn jemand etwas herausfindet, dann könnte man das den anderen gleich weitergeben. Wir werden uns irgendeine Art von Code ausdenken.«

»Prima Taktik«, sagte Tommy und warf ihr einen dankbaren Blick zu. »Auf jeden Fall die effektivste Art, die vorhandenen Truppen einzusetzen.«

»Ich will ja nicht alle entmutigen«, wandte Lucy in vornehm gelangweiltem Ton ein, »die Leute werden schon noch mit Tommy reden, wenn auch nicht so bereitwillig wie mit Madge. Aber wird überhaupt einer ein Wort an Binkie richten? Hast du heute ein einziges Mal den Mund aufgekriegt, wenn nicht Daisy gegenüber, Liebling?«

»Nein«, gestand Binkie errötend.

Daisy eilte dem peinlich berührten jungen Mann zur Rettung. »Lucy, du siehst ja nicht gerade aus wie eine Frau, die ohne einen Mann an ihrer Seite auf einem Fahrrad herumsaust. Binkie sollte lieber dich begleiten. Sein großer Moment wird schon noch kommen, zum Beispiel, wenn wir Miss Arbuckle finden und die Burg einnehmen müssen. Falls das Stürmen der Festung das ist, was uns dann sinnvoll erscheint. Reich mir bitte mal den Kuchen, Madge, ich sterbe vor Hunger.«

Von dem Victoria Kuchen und den Shrewsbury Biscuits gestärkt, beschäftigte sich Daisy die nächsten paar Stunden damit, über Karten gebeugt die neuen Routen für den kommenden Tag zu planen. Angesichts dessen, was an diesem Tag geschafft worden war, sah sie mit Entsetzen, wie lange es noch dauern würde, einen Umkreis von gerade zehn Meilen zu durchforschen. Ehe sie hinaufging, um zu baden und sich umzuziehen, knöpfte sie sich Phillip noch einmal vor.

»Also weißt du, mein Lieber«, sagte sie, »wir werden Gloria schon irgendwo aufstöbern. Aber ich bin mir todsicher, daß die Polizei sie schneller finden würde. Ich wünschte wirklich, ich dürfte mich mit Alec beraten.«

Phillip schüttelte verstockt den Kopf. »Das würden die rausfinden.«

»Wenn wir die Polizei vor Ort nehmen, klar. Aber Alec wird schon wissen, wie man für eine ordentliche Geheimhaltung sorgt.«

»Fletcher ist schwer in Ordnung«, sagte er unerwartet. »Wenn ich Arbuckle nicht mein Wort gegeben hätte, dann würde ich überlegen, es ihm als einen hyp... hypno... Welches Wort suche ich jetzt, verflixt nochmal?«

»Hypothetischen Fall?«

»Genau. Als hypothetischen Fall verkaufen. Aber das kann ich nicht. Du müßtest Arbuckle davon überzeugen. Eigentlich müßte er bald anrufen«, fügte Phillip hinzu, die Stirn voller Sorgenfalten. »Was meinst du – ob er Schwierigkeiten hat, das Geld zusammenzukriegen?«

»So etwas braucht einfach seine Zeit«, beruhigte ihn Daisy. »Er hätte es dich wissen lassen, wenn es irgendwelche Probleme gäbe.«

Phillip erschien das einleuchtend, und Daisy zog ab, um ihr längst überfälliges Bad zu nehmen.

Nach dem Abendessen sprach sie mit den anderen kurz die Pläne für den nächsten Tag durch. Dann gesellten sich die beiden zu ihrem Vetter und zu ihrer Cousine im Salon, nachdem die Terrasse von Geraldine, die sich sicher war, daß es gleich regnen würde, als Aufenthaltsort gestrichen worden war. Ermüdet von diesem übermäßig sportlichen Tag ließen sich alle eben zu einem ruhigen Abend nieder, als Ernest erschien.

»Telephon, Mr. Petrie, Sir.«

Phillip sauste hinaus und kehrte wenige Augenblicke später genauso eilig zurück. Hektisch bedeutete er Daisy, sie möge ihm folgen.

Sie ging zu ihm, und er sagte leise: »Mr. Arbuckle. Er ist nach Malvern zurückgekehrt und möchte rüberkommen. Ist das in Ordnung? Er ist immer noch in der Leitung.«

Phillip ging zurück zum Telephon in der Eingangshalle, und Daisy folgte ihm. »Können wir nicht zu ihm gehen?« schlug sie vor.

»Er möchte nicht, daß irgend jemand mich bei ihm sieht, während Gloria angeblich fort ist und Freunde besucht.«

»Ach so, ja, das hatte ich vergessen. Da hat er Recht, die Leute würden reden. Wir müssen ihn aber sehen, und es ist weniger verdächtig, wenn er herkommt.«

»Es wäre ganz schön frech, den auch noch hierher einzuladen.«

»Mir wird schon etwas einfallen, was wir Geraldine erzählen können.«

»Sie glaubt übrigens, er hätte mich neulich von der Straße gedrängt.«

»Machen wir es doch so: Du hast festgestellt, daß er Einfluß bei einem Verlag hat – hat da schwer investiert oder so etwas. Und deswegen hast du ihn eingeladen, mich zu treffen. Damit hätten wir eine Ausrede, uns allein mit ihm zu unterhalten. Warn ihn aber«, riet sie Phillip noch rasch, während er den Hörer in die Hand nahm.

Er unterhielt sich kurz mit Arbuckle und legte dann auf. »In einer halben Stunde ist er hier.«

»Ich frage Edgar, ob wir sein Studierzimmer benutzen können. Damit hätten wir Geraldine bestens umschifft.«

Während sie sich dem Salon näherten, sagte Edgar gerade: »Und dann habe ich einen Chinesen gesehen.«

Überrascht fragte sich Daisy, ob etwa ein Mann chinesischer Herkunft irgendwie in die Entführung hineinspielte. Könnte »Yank« ein absichtlich irreführender Spitzname sein? Aber betrieben chinesische Verbrecher nicht Menschenhandel mit weißen Sklaven, anstatt die Menschen für Lösegeld zu entführen?

»Eine *Cilix glaucata* also«, fuhr Edgar fort. »Wenn der Schmetterling mit zusammengefalteten Flügeln ruht, sieht er einem Vogelschiß erstaunlich ähnlich.«

»Also wirklich, Edgar«, rief Geraldine aus.

Phillip wählte diesen Augenblick, um kundzutun: »Ach übrigens, das war Arbuckle am Telephon. Der Amerikaner, erinnern Sie sich, Lady Dalrymple?«

»Ja, richtig. Edgar, ich wäre dir wirklich dankbar, wenn ...«

»Ich hab festgestellt, daß er Verleger ist, hat Einfluß in einer Verlagsgesellschaft, glaub ich, oder hat darin investiert, oder so was. Da erschien es mir eine gute Idee, ihn Daisy vorzustellen.«

»... wenn du die widerlichen Angewohnheiten deiner Insekten nicht ...«

»Also hab ich ihn gebeten, heute abend mal vorbeizuschauen. Ich hoffe, das macht Ihnen nichts aus.«

»... besprechen würdest, wenn wir Gäste haben. Aber gerne, Mr. Petrie. Das ist wirklich höchst unpassend.«

»Daran ist nichts unpassend«, hielt Edgar dagegen. »Es ist eine Frage der wissenschaftlichen Beobachtung.«

»Würde es Sie stören, wenn wir Ihr Studierzimmer benutzen, Sir? Geschäftliche Angelegenheit und so weiter.«

Edgar signalisierte mit einem Winken sein Einverständnis. »Verstehst du denn nicht, Liebes, man muß das Erscheinungsbild genau beschreiben können, in einer für den Laien verständlichen Sprache. Und der Chinese sieht aus wie ein Vogelschiß.« Er wiederholte den Satz trotzig. »Deckfärbung, verstehst du.«

»Prachtvoll«, sagte Daisy und unterdrückte ein Kichern, als sie Lucys ironischen Blick sah. »Wir werden dort auf ihn warten, um euch nicht zu stören, wenn er ankommt.«

Sie sah zu, daß sie Phillip schleunigst aus dem Salon herausbekam, ehe Geraldine ihre Aufmerksamkeit von den unpassend gefärbten Schmetterlingen auf das unpassende Verhalten eines Gasts wandte, der sich seine eigenen Gäste dazulud.

Sie gingen zum Studierzimmer. Daisy, deren Beine vom Fahrradausflug immer noch müde waren, ließ sich in einen der riesigen lederbezogenen Sessel fallen. Phillip war zu unruhig, um sich zu entspannen. Er ging wieder hinaus und wanderte vorne in der Halle hin und her.

Daisys Augenlider wurden schon schwer, als er einige Minuten später den Kopf hineinsteckte und sagte: »Ich werd ihm mal die Auffahrt hinunter entgegengehen.«

Daisy sah zu, daß sie wieder wach wurde, und machte sich daran, Argumente für ein Einschalten der Polizei zu sammeln. Während sie so an Alec dachte, fragte sie sich, ob ihre Mutter ihm wirklich mit der eisigen Höflichkeit begegnen würde, die letztlich nichts anderes als eine Beleidigung war. Dabei fiel ihr ein, daß sie die verwitwete Gräfin heute hatte besuchen wollen.

»Ach, verflixt«, sagte sie laut.

»Verzeihung?«

Die Stimme mit dem amerikanischen Akzent klang unendlich erschöpft. Daisy blickte sich um. Arbuckle war überhaupt nicht das, was sie sich unter einem amerikanischen Millionär vorgestellt hatte. Statt eines großen Dicken, der eine aufgesetzte Leutseligkeit ausstrahlte, stand ihr ein schlanker, fast schon magerer Mann gegenüber, der ungefähr so groß war wie sie selbst.

Sie ging davon aus, daß er in den letzten Tagen unheimlich abgenommen hatte, denn sein anthrazitfarbener Anzug, der eindeutig auf der Savile Row geschneidert worden war, schlotterte an ihm wie an einer Vogelscheuche. Sein langes, mageres Gesicht war vor Blässe schon ganz grau, was zu seinem schütteren Haar paßte.

Mr. Arbuckle, das wurde ihr mit einem plötzlichen Schub von Mitleid bewußt, vertraute mitnichten darauf, daß seine Tochter in Sicherheit war.

Seine zutiefst traurigen Augen machten ihr mit einem Ruck deutlich, daß sie und ihre Freunde sich nicht aus Spaß auf einer Schatzsuche befanden, die sie schon jetzt eher langweilig fanden. Was sie hier taten, konnte den Unterschied machen zwischen Leben und Tod.

# 10

»Also dann«, sagte Arbuckle und schüttelte Daisy die Hand, »wenn das nicht unglaublich nett von Ihnen ist, Ma'am. Petrie hat mir erklärt, was Sie für mein kleines Mädchen zu tun versuchen. Er hat mir gesagt, daß er absolutes Vertrauen in Ihre Diskretion setzt, in die Ihre und auch in die Ihrer Freunde.« Der Zweifel, der sich in seiner Wortwahl verriet, fand auch ein Echo in seinem Tonfall.

»Wir haben alle versprochen, daß wir die Katze nicht aus dem Sack lassen, Mr. Arbuckle, und wir sind ganz schrecklich vorsichtig bei unseren Erkundigungen. Ich finde, Sie sollten unbedingt auch die anderen kennenlernen – aber später, wenn Ihnen danach ist. Setzen Sie sich doch.«

Mit einem Seufzen ließ er sich in einen der großen Sessel fallen.

Phillip lehnte sich an den Kaminsims, eine Hand in seiner Hosentasche. Daisy konnte seine Nervosität hinter der legeren Pose deutlich spüren.

»Wir sind wirklich sehr vorsichtig, Sir«, sagte er. »Daisy – Miss Dalrymple – hat die ganze Sache bestens im Griff.«

»Und zwar wie?«

»Ich hab mir Möglichkeiten einfallen lassen, wie man unsere Fragen eher beiläufig stellen kann. Die Leute aus der Gegend reden wahrscheinlich nicht besonders gerne mit Cockneys oder Amerikanern, das ist sicher. Die betrachten die Leute von der anderen Seite der Malvern Hills schon mehr oder minder als Ausländer.«

»Ihr könnt da wirklich alle einen Unterschied hören?«

»Auf jeden Fall bei Cockneys. Wenn jemand aus Hereford kommt, ist es vielleicht schwieriger.«

»Na jaaa, ich würde mal sagen, daß ein Mann aus dem mittleren Westen wie ich auch einen Texaner von einem New Yorker unterscheiden kann. Warum also nicht? Hören Sie mal, Miss Dalrymple, glauben Sie wirklich, daß Sie eine wirkliche Chance haben, Gloria zu finden?«

»Eine gewisse Chance, ja. Die Polizei hätte aber eine viel größere. Wäre es nicht zu überlegen ...«

»Kommt nicht in die Tüte«, sagte Arbuckle mit fester Stimme.

»Ich wollte ja nur ... Lassen Sie mich wenigstens einen Freund von mir um Rat fragen, der Detective bei Scotland Yard ist. Mr. Fletcher ist diskret und absolut vertrauenswürdig.«

»Aber wirklich absolut«, bestätigte Phillip. »Außerdem könnten wir ihm sagen, daß es ein hypo... Wie war noch mal das Wort, Daisy?«

»Hypothetisch.«

»Kommt nicht in Frage.« Arbuckle ließ nicht mit sich reden. »Sie verstehen einfach nicht, wie die Dinge bei uns zu Hause laufen. Entführungen sind bei uns mittlerweile ein großes Geschäft, verstehen Sie, wie schwarzgebrannter Alkohol, und Detroit, wo ich herkomme, ist ein echtes Mekka für diese Leute. Das Geld liegt da wegen der Automobilfabriken praktisch auf der Straße.«

Er lehnte sich zu Daisy hinüber, die Hände auf den Knien, und fragte sie ernsthaft: »Warum kaufen sich die Leute denn auch ein Automobil, wenn sie eigentlich immer schon mit einer Kutsche und einem Pferdchen zufrieden waren? Weil sie sehen, wie sehr andere Leute es genießen, eins zu haben. Und warum tun die Leute genau das, was die Entführer ihnen sagen? Weil sie sehen, was den Lieben anderer Leute passiert, wenn sie es nicht tun. Ein Entführer, der nicht das tut, was er angedroht hat, ist wie ein Auto, das nicht das tut, was der Hersteller versprochen hat. Nämlich schlecht für's Geschäft.«

»Ja, das kann ich nachvollziehen«, sagte Daisy langsam.

Sie hatte trotzdem das Gefühl, daß in dieser Argumentationskette irgendwo ein Fehler lag, aber sie konnte ihn nicht dingfest machen. Alec hätte ihn sicher schon bemerkt.

»Wenn die mir also sagen ›keine Copper‹, dann gibt es auch keine Copper. Wenn Gloria erst mal in Sicherheit ist, können wir natürlich ganz andere Saiten aufziehen. Dann können Sie auch Ihr Freundchen von Scotland Yard jederzeit herbeirufen. Was ich aber will«, knurrte Arbuckle, »also, was ich unbedingt will, ist, daß diese Hurensöhne für den Rest ihres Lebens ins Kittchen wandern.«

»Also ich muß schon sagen!« protestierte Phillip.

»Bitte um Verzeihung, Ma'am.«

Daisy machte mit einer Geste deutlich, daß sie unter den gegebenen Umständen eine gewisse Grobheit des Ausdrucks für verzeihlich hielt. »Ich hoffe, es hat Ihnen nicht allzu große Schwierigkeiten bereitet, das Lösegeld aufzutreiben«, sagte sie.

»Die Bank kann es bis Freitag für mich organisieren. Ich muß dann nach London, um es abzuholen.«

»Bloß nichts dem Zufall überlassen«, warf Phillip ein.

»Ganz genau, mein Sohn. Hier geht es um verflucht viel Knete. Obwohl mich das noch lange nicht in den Ruin treiben wird, nee, nee. Nicht, daß ich mich für mein Mädchen nicht jederzeit gerne ruinieren würde, Miss Dalrymple«, fügte er ernsthaft hinzu. »Aber ich hab das Gefühl, die wissen genau, was sie tun. Die werden keine Geldübergabe von mir verlangen, ehe ich nicht die Zeit hatte, das Geld locker zu machen.«

»Das ist ja beruhigend. Dann haben wir noch ein paar Tage, um Gloria zu suchen. Es sei denn, Sie wollen uns von dieser Sache zurückpfeifen, Mr. Arbuckle?«

Er runzelte gedankenschwer die Stirn. »Nein, ich glaube, es klingt so, als könnten Sie keinen Schaden anrichten. Wenn Sie dann Erfolg hätten, wenn Sie also herausfinden würden, wo sie ist, na, dann würde ich mir noch einmal überlegen, ob ich die Copper einschalte.«

»Wir tun unser bestes«, versprach Daisy. »Möchten Sie jetzt mitkommen und auch die anderen kennenlernen?«

»Und ob ich diesen netten Menschen gerne die Hand schütteln würde!«

»Sie müssen aber aufpassen, was Sie sagen«, warnte sie ihn. »Mein Vetter und seine Frau, Lord und Lady Dalrymple, glauben, wir würden nur eine kleine Landpartie bei ihnen veranstalten.«

Arbuckle schmunzelte. »Petrie sagte mir schon, ich soll als der Typ auftreten, der ihn von der Straße gedrängt hat. Daß ich hier wäre, um mich zu entschuldigen.«

»Ich bitte vielmehr um Entschuldigung, Sir«, sagte Phillip errötend. »Aber das schien mir die einfachste Lösung zu sein, weil Lady Dalrymple sich das ohnehin so zusammengereimt hatte.«

»Schon in Ordnung, mein Sohn. Ich denke mal, ich schulde Ihnen ja doch ein neues Auto, wenn Ihres nicht mehr heil aufgefunden wird.«

Phillips Gesicht wurde knallrot. Er öffnete den Mund, doch nichts kam heraus.

Daisy hatte ihn noch nie so sprachlos erlebt. »Jui, das ist ja wirklich unglaublich großzügig von Ihnen, Mr. Arbuckle«, sagte sie an seiner Stelle.«Hat Phillip Ihnen eigentlich schon erklärt, daß Sie außerdem als Gesellschafter eines Verlags auftreten sollen, der sich geradezu darum reißt, meine Arbeit veröffentlichen zu dürfen?«

»Geht klar.« Arbuckle grinste sie an. »Sagen Sie mir nur, für welche Zeitschrift Sie schreiben wollen, Ma'am, und ich kaufe sie auf.«

Sie lachte. »Wie wäre es denn mit der *Saturday Evening Post*?«

»Naja, das wäre vielleicht ein bißchen kompliziert, die aufzukaufen, aber wenn die an der Wall Street gehandelt wird, dann erwerbe ich eben soviel Anteile, daß ich in dem Laden auch etwas zu sagen habe.«

»So habe ich das doch nicht gemeint!«

»Ich aber. Soll doch keiner sagen, daß Caleb P. Arbuckle jemals einen Gefallen vergessen hat, den man ihm getan hat. Und Sie können mir keinen größeren tun als meiner Gloria zu helfen.« Sein Gesicht wurde wieder ernst, und seine Schultern sackten herab. »Mein armes kleines Mädchen,« murmelte er leise.

Daisy beschloß, dies sei jetzt wohl nicht der richtige Augenblick, über die *Saturday Evening Post* zu diskutieren oder deutlich machen zu wollen, daß man seine Arbeit auf Grund von Leistung und nicht von Beziehungen verkaufen wollte. »Gehen wir doch in den Salon, dann stellen wir Sie den anderen vor«, schlug sie vor.

Nachdem Phillip nun seine Parkettsicherheit wieder zurückgewonnen hatte, stellte er den Amerikaner Geraldine vor.

»Guten Tag, Mr. Arbuckle«, sagte sie mit einem steifen Nicken.

»Tachchen auch, Lady Dalrymple. Das ist echt freundlich von Ihnen, daß ich mein kleines Geschäft mit meiner jungen Freundin hier in Ihrem schönen Haus abwickeln kann. Ich möcht mich auch entschuldigen, daß ich hier einfach so hereinschneie, Ma'am, und noch nicht einmal einen Tuxedo trage.«

Geraldine taute leicht auf. »Was für merkwürdige Begriffe Sie Amerikaner aber auch benutzen. Hereinschneien erklärt sich wohl von selbst, und mit Tuxedo meinen Sie wohl einen Smoking?«

»Ganz genau. Ich komm gerade aus London und hatte keine Zeit, mich heute abend noch umzuziehen.«

»Haben Sie schon zu Abend gespeist, Mr. Arbuckle?«

»Ja, haben Sie herzlichen Dank, Ma'am. Ich hab im Zug einen Happen genommen.«

Lucy stand etwas entfernt neben Daisy und murmelte: »Ziemlich ungewöhnlicher Wortschatz, aber durchaus anständige Manieren.«

»Ich mag ihn wirklich gern.«

»Ich hatte schon befürchtet, daß er sich als absoluter Prolet erweisen würde. Einfach zu und zu entsetzlich, wenn wir festgestellt hätten, daß wir das billige Mädelchen irgendeines Parvenus retten sollen.«

»Höchst unwahrscheinlich. Phillip findet Vulgarität genauso unerträglich wie du.«

Lucy zog ihre äußerst säuberlich gezupften Augenbrauen in die Höhe und blickte Phillip durchdringend an, der sich nervös in der Nähe hielt, während Geraldine ihrem Mann Edgar Arbuckle vorstellte. »Aha«, sagte sie, »so ist das also? Erzähl mir bloß nicht, daß Phillip eine Seelengefährtin gefunden hat!«

»Gefunden und gleich wieder verloren«, verbesserte Daisy sie.

»Das macht die Situation allerdings in gewisser Hinsicht pikant.«

»Wollen wir nur hoffen, daß er sie bald wiederfindet. Sag es aber sonst niemanden, Liebes. Seine Familie weiß noch nichts davon.«

»Ich schweige wie ein Grab. Ach übrigens, wo wir gerade dabei sind, Binkie sagt, dein domestizierter Detective kommt dieses Wochenende her.« Lucy sagte dies im üblichen gelangweilten Tonfall, doch hoben sich ihre Augenbrauen schon wieder zu einem nachdenklich fragenden Blick.

Daisys Wangen wurden heiß. »Ja, er kommt mal zu Besuch.« Sie versuchte, beiläufig zu klingen. »Ich hatte versprochen, Phil zu unterstützen, wenn er die Arbuckles seinen Eltern vorstellt, und das schien mir eine günstige Gelegenheit zu sein, um Mutter mit Alec bekanntzumachen.«

»Amor hat also in letzter Zeit jede Menge zu tun gehabt, wie ich sehe.« Lucy seufzte auf. »Vielleicht ist es ja auch wirklich an der Zeit, daß ich Binkie einen Heiratsantrag mache. Der arme Kerl wird wohl von alleine kaum die rechten Worte finden. Ich kann nur darauf hoffen, daß dein Beipiel ihn dazu animiert, sich zur großen romantischen Frage aufzuschwingen: ›Wie wär's denn mit uns beiden, altes Haus?‹«

»Alec hat mir gar keinen Heiratsantrag gemacht.«

»Das wird er noch. Ist es nicht ein bißchen problematisch, daß er mitten in diese Angelegenheit hineinplatzt? Unser amerikanischer Freund wird jedenfalls nicht besonders erfreut sein, wenn er einen ausgewachsenen Detective Chief Inspector auf der Türschwelle erscheinen sieht.«

»Mit ein bißchen Glück ist die ganze Sache am Wochenende ohnehin vorbei«, sagte Daisy hoffnungsvoll. »Mr. Arbuckle holt am Freitag das Lösegeld aus der Stadt. Wenn wir Gloria bis dahin nicht gefunden haben, ist es eh zu spät.«

Phillip brachte Arbuckle herüber, um ihn Lucy vorzustellen. Mit leiser Stimme verlieh der Amerikaner seiner Dankbarkeit für ihre Hilfe Ausdruck. Es klang ehrlich, aber nicht überschwenglich. Als die wahrscheinlich strengste Kritikerin unter den Anwesenden schien sie seine Manieren trotzdem weiterhin für akzeptabel zu halten.

Daisy hätte das gerne als gutes Omen für seine Aufnahme bei Phillips Eltern genommen. Doch würden die Petries die Dinge wahrscheinlich doch etwas genauer nehmen, wenn sie erst erfuhren, daß Caleb P. Arbuckle ein angeheirateter Verwandter werden sollte.

Aber das alles bedeutete, den zweiten Schritt vor dem ersten zu tun, und das Pferd von hinten aufzuzäumen. Solange Gloria nicht in Sicherheit war, hatte es überhaupt keinen Sinn, sich Sorgen zu machen, wie Phillips Familie sie und ihren Vater aufnehmen würde.

Ein paar Minuten später, nachdem er den Pearsons und Binkie vorgestellt worden war, nahm Mr. Arbuckle Daisy beiseite. »Hören Sie mal, Miss Dalrymple«, sagte er, »könnten wir uns irgendwo einmal in Ruhe unterhalten?«

»Aber selbstverständlich.« Sie betete, daß er keine optimistische Einschätzung von ihr erwartete, was ihre Chancen anging, Gloria zu finden. Sie ging mit ihm zu einem massigen viktorianischen Sofa, das in eine dunklere Ecke des Raumes verbannt worden war.

Er wirkte etwas unentschlossen, als er sich neben ihr niederließ. Einen Augenblick zögerte er und stürzte dann auf ein

Thema los, von dem Daisy überzeugt war, daß es bestimmt nicht das wichtigste war, das ihm im Kopf herumspukte.

»Ihr Vetter – Lord Dalrymple ist doch Ihr Vetter, nicht wahr? –, das ist ja ein klasse Kerl. Am Anfang war ich mir gar nicht so sicher. Er redete dauernd von einem Red-necked Footman, also dachte ich erst, daß er Ärger mit einem Knecht hat. *Red-neck* nennt man bei uns im Süden die Landarbeiter, verstehen Sie. Ich hab schon eine Menge von den Schwierigkeiten mit dem Personal gehört, seitdem ich herübergekommen bin, obwohl sich eigentlich immer nur die Damen über derlei beschweren.«

»Ohne Ende«, stimmte Daisy ihm zu, »aber jede Wette hat Edgar von einem Falter gesprochen, oder?«

»Oder von einem Schmetterling, da war ich mir nicht sicher. Irgend etwas, das Eier legt, die sich dann zu Raupen entwickeln. Er kannte auch gleich den lateinischen Namen. Also mir gefällt das, wenn einer für sein Steckenpferd wirklich brennt. Auch wenn es dabei nur um Käfer geht. Das hat mir auch gleich am jungen Petrie so gut gefallen.«

»Tatsächlich?«

Daisy wollte Phillip ja nicht dazwischenfunken, aber wenn Arbuckle unter der irrigen Vorstellung litt, daß ihr Jugendfreund vom Aktienmarkt begeistert sei, wäre es vielleicht besser, ihm diese Illusion zu rauben, ehe es zu spät war. »Ehrlich gesagt glaube ich nicht, daß er sich aus Aktien und Anteilen sehr viel macht«, sagte sie vorsichtig.

»Herrjemineh, nein! Noch nicht mal 100 Dollar dürfte er für mich investieren, und wenn es um Bluechip-Aktien ginge! Das ist eher mein Revier. Ich rede hier von Vergasern und Kühlern. Petrie hat ein großartiges praktisches Wissen, wenn es um das Innenleben eines Automobils geht. Aber klar, natürlich gibt's da auch Nachteile.«

»Nachteile?« fragte Daisy noch vorsichtiger nach. Sie fragte sich immer noch, was eine Bluechip-Aktie sein sollte.

»Diese hochelegante Familie, die er da hat. Die glauben allen Ernstes, es sei unter der Würde des Sohnes von einem

Lord, sich mit Fragen der Mechanik auseinanderzusetzen«, sagte Arbuckle einigermaßen aufgebracht. »Ich bitte um Entschuldigung, Ma'am, vermutlich sollte ich mit der Tochter eines Lords nicht in einem solchen Ton reden.«

»Ist schon in Ordnung. Meine Mutter findet es auch ganz schlimm, daß ich schreibe oder überhaupt arbeite. Im übrigen hat Phillip mir gerade vor ein paar Tagen erzählt, daß er aus dem Geldgeschäft heraus will. Er möchte sich an etwas versuchen, das mit Motoren zu tun hat. Egal was, Hauptsache Autos.«

»Tatsächlich? Das ist ja mal interessant. Ich bin ja wirklich froh, daß Sie mir das gesagt haben, Miss Dalrymple. Hören Sie mal, ich wollte Sie noch etwas fragen. Ich weiß, daß Sie eine richtig enge Freundin vom guten Phillip sind. Und ich hoffe, es beleidigt Sie nicht, wenn ich jetzt plötzlich so schräg komme.«

»Fragen Sie nur«, sagte Daisy, die vor Neugier ob dieser merkwürdigen Formulierung fast platzte und schon längst alle Vorsicht in den Wind geblasen hatte. »Ich werde schon nicht beleidigt sein. Wenn ich es kann, will ich Ihnen gerne Antwort geben.«

Arbuckle tätschelte ihr die Hand. »Es ist nämlich so, verstehen Sie, mir scheint, daß Petrie sich in mein Mädchen verguckt hat. Das macht Ihnen doch nichts aus?« fragte er ängstlich.

»Phillip und ich sind nur Freunde«, versicherte sie ihm, »praktisch von Kindesbeinen an.«

»Ah jaaa, das ist ja eine Erleichterung. Nehmen Sie es mir nicht übel, daß ich Ihnen das so sage. Ich würde nicht wollen, daß Gloria Ihnen den Freund ausspannt, vor allen Dingen jetzt, wo ich Sie kennengelernt habe. Also, ich bin ein bißchen durcheinander. Ich weiß nämlich nicht, wie die Dinge hierzulande gehandhabt werden, und den Jungen konnte ich ja nun nicht gut fragen. Erlauben Sie mir, Ihnen diese Frage zu stellen: Daß er Gloria und mich eingeladen hat, an diesem Wochenende seine Familie kennenzulernen – heißt das, daß er sich lebenslänglich mit ihr geben will?«

»Genau das heißt es. Es würde Ihnen doch nichts ausmachen, wenn Ihre Tochter in eine solche ›hochelegante‹ Familie einheiraten wollte?«

»Miss Dalrymple«, sagte Arbuckle leidenschaftlich, »wenn ich mein Mädchen gesund und wohlbehalten wiederbekomme, kann sie von mir aus den Straßenfeger aus'm Dorf heiraten, wenn sie den will.«

»Oder den Automechaniker aus'm Dorf?« fragte Daisy. »Phillip hat mir erzählt, er hätte Ihnen gegenüber erwähnt, daß er weder den Titel noch das Vermögen erben wird. Und daß er auch nur eine sehr bescheidene Apanage von seiner Familie erwarten kann.«

»Was soll's, wenn ein Honourable gut genug für Gloria ist, ist er auch gut genug für mich. Und selbst wenn ich das Lösegeld bezahle, hab ich immer noch genug, um sie angemessen zu unterstützen. Aber mein Eindruck ist eher – bitte korrigieren Sie mich, wenn ich mich irre –, daß er lieber seinen Lebensunterhalt selbst verdienen möchte.«

»Mir hat Phillip gesagt, er hoffte, Sie würden ihm eine Stelle als Techniker besorgen, wenn Miss Arbuckle ihn denn auch heiraten wolle.«

»Wenn die beiden heiraten, werd ich ihn gleich nach der Hochzeit zu meinem technischen Berater machen.«

»Das würde Phillip großartig gefallen!« Daisy runzelte die Stirn, denn plötzlich kam ihr ein Gedanke: »Aber was ist denn mit dem Mann, der Sie jetzt berät? Der hätte dann ja keine Stelle mehr. Hätte er das vielleicht vorausahnen können?«

»Um den machen Sie sich mal keine Sorgen, Miss Dalrymple. Ich würde einem langjährigen, vertrauenswürdigen Angestellten nie kündigen, wenn er keine silbernen Löffel geklaut hat. Crawford ist seit zehn Jahren bei mir, und ich hab ihm einen guten Teil von dem zu verdanken, was ich heute besitze. Es wird mir ein Leichtes sein, ihm eine andere Aufgabe zu geben, mit dem gleichen Gehalt.«

Daisy hing ihren Gedanken weiter nach. »Was ist mit den Leuten, die Sie mal aus gutem Grund gefeuert haben? Phillip hat mir zwar erzählt, daß Sie keine Feinde hätten, aber ich kann mir einfach nicht vorstellen, daß Sie sich nicht doch den einen oder anderen erworben haben.«

Arbuckle warf einen beschämten Blick in Phillips Richtung, der auf der gegenüberliegenden Seite des Raumes gerade geduldig eine von Edgars Lektionen über sich ergehen ließ. Ein zufälliges Verstummen aller anderen Unterhaltungen ließ die sehnsüchtigen Worte seiner Lordschaft zu ihnen herüberdringen. »Neulich abends hätte ich fast einen kleinen rosa Elephanten gefangen. Er war noch dazu etwas gelb getupft. Wirklich sehr hübsch.«

Daisy bemerkte Arbuckles entsetztes Gesicht und sagte: »Schon in Ordnung, Edgar hängt nicht an der Flasche. Ich bin mir sicher, daß es mal wieder um einen Falter oder Schmetterling geht.«

»Ach so, klar. Du liebe Zeit, da hatte ich einen Augenblick wirklich Sorge. Obwohl, wenn ich darüber nachdenke, warum sollte nicht auch ein Lord ein Trinker sein wie jeder andere auch? Naja, wie Sie selber schon gesagt haben, Ma'am, ich bin nicht dahin gekommen, wo ich jetzt bin, ohne mir den einen oder anderen Feind zu machen. Ich wollte nur nicht, daß Petrie glaubt, Glorias Papa wäre die Art von Typ, der den Leuten auf die Füße tritt, nur weil es ihm Spaß macht.«

»Sind Sie das denn?« wagte Daisy die Frage.

»Überhaupt nicht«, sagte er mit Nachdruck. »Aber es gibt Leute, die es auf mich abgesehen haben, weil ich sie gefeuert habe, wie Sie schon erraten haben, oder weil ich ihnen bei einem Geschäft zuvorgekommen bin, oder weil ich nicht investieren wollte und sie deswegen Pleite gegangen sind, oder ... naja, Teufel auch, Sie verstehen schon, was ich meine.«

Sie nickte. »Ich hab mich schon gefragt, warum Sie sich wegen Miss Arbuckles Sicherheit Sorgen machen. Sie hatten ja gesagt, daß amerikanische Entführer aus Geschäftsgründen ihre Versprechen einhielten. Niemand würde Lösegeld zahlen, wenn sie ihre Opfer umbrächten, obwohl die Familien ihren

Anweisungen bis aufs Wort gefolgt sind. Aber wenn es um Rache geht …«

»Wenn es hier um Rache geht«, sagte Arbuckle mit hohler Stimme, »dann steht es in den Sternen, was mit meinem kleinen Mädchen passiert.«

# 11

»Das wird ja noch wie in einem türkischen Bad werden heute«, bemerkte Binkie düster, als der Suchtrupp sich nach dem Frühstück auf dem Hof vor den Stallungen versammelte.

Der Himmel war noch immer bedeckt, doch hatte der von Geraldine vorhergesagte Regen noch nicht eingesetzt. Es war schwülwarm und völlig windstill.

»Du magst türkische Bäder doch, Liebling«, tröstete Lucy ihren Binkie. »Was meinst du, wie meine Nase heute glänzen wird. Es lohnt kaum, Gesichtspuder zu benutzen.«

Truscott, der gerade die letzten Fahrräder herausschob, verkniff sich mit Mühe ein Grinsen. »Ich hab sie abgestaubt, Miss Daisy«, sagte er, »und die Bremsen und Reifen überprüft. Alles in bester Ordnung. Und ich hab beim Lagonda ein bißchen Öl nachgefüllt, Sir«, fügte er an Tommy gewandt hinzu. »Der Stand war ziemlich niedrig. Sie sollten ein Auge darauf haben.«

Tommy dankte ihm, verabschiedete sich mit einem Kuß von Madge und sauste die Allee hinunter. Die Radler folgten in etwas gemessenerer Geschwindigkeit. Lucy und Binkie fuhren dem grünen Lagonda hinterher, während Daisy und Phillip sich durch den Park in entgegengesetzter Richtung aufmachten.

Als sie auf das Dower House zuradelte, fragte sich Daisy, ob sie den anderen hätte erzählen sollen, was Arbuckle erwähnt hatte: Daß es möglicherweise doch einen Feind gab, der auf Rache aus war. Die Begeisterung für die Jagd – außer natürlich die von Phillip – war erheblich geschwunden, wußten doch alle, daß auch dieser anstrengende Tag nur eine sehr geringe Chance bot, einem Mädchen, das keiner von ihnen kannte, einen oder zwei Tage Unwohlsein zu ersparen.

Wenn sie um die Gefahr wüßten, in der Gloria schwebte, wären sie wesentlich engagierter. Nur fürchtete Daisy, Phillip würde es herausfinden, wenn sie es den anderen erzählte, und der arme Kerl war ohnehin schon aufgeregt genug. Sie wollte ihn jetzt nicht vollends konfus machen.

Als sie zum hinteren Gartentor des Dower House kam, stieg sie ab und schob ihr Fahrrad hindurch. Owen Morgan linste durch die Bohnenstangen, die doppelt so groß waren wie er. Ihre scharlachroten Blüten leuchteten, und Bienen summten darin herum. Mit der Hacke in der Hand trat er hervor und lüftete seine Kappe.

»Guten Morgen, Miss. Wie läuft die Schnitzeljagd?«

»Nicht so gut«, gab sie zu. Amüsiert zog sie eine Grimasse. Da war ihre fromme Lüge also schon bis zum Gärtner ihrer Mutter durchgedrungen.

Nachdenklich betrachtete sie den dunkelhaarigen jungen Waliser. Er war eher dünn, aber drahtig. Wenn sie Gloria vielleicht doch fanden und beschlossen, sie zu retten, dann wären kräftige Männer vonnöten.

Wäre Daisy damals nicht eingeschritten, dann hätte man Owen möglicherweise des Mordes angeklagt. Auch seine Anstellung bei ihrer Mutter hatte sie in die Wege geleitet. Er war ein netter Junge und ewig dankbar. Sicherlich würde sie ihn kurzfristig beanspruchen können.

»Es kann sein, daß ich Sie später noch um Ihre Hilfe bitten werde, Owen«, sagte sie.

Er strahlte sie an. »Mich würde das sehr freuen, ganz klar, Miss, wenn ich irgend etwas für Sie tun kann.«

Sie lächelte, nickte und ging weiter zum Haus. Bill Truscott war ein weiterer, der sich möglicherweise zum Trupp gesellen könnte, überlegte sie, und vielleicht auch der Lakai Ernest, der wohl aus irgendeinem Grund einen Narren an Phillip gefressen hatte.

Aber es hatte keinen Sinn, sich Freiwillige vorzumerken, bevor man nicht wußte, wo sich der Feind verschanzt hatte, wenn das die richtige militärische Ausdrucksweise war. Zu ärgerlich, diese Zeitverschwendung, dachte Daisy, als sie ins Haus ihrer Mutter trat.

Die verwitwete Lady Dalrymple beklagte sich nicht nur über das gestrige Ausbleiben ihrer Tochter, sondern auch über den zu frühen Besuch heute. Daisy entschuldigte sich ausführlichst und ging wieder, sobald sie konnte. Es war ihr sehr wohl bewußt, daß die Kürze dieses Besuches wieder einen Grund für Vorwürfe liefern würde. Ihrem Vorhaben, ihre Mutter vor dem Besuch von Alec in gute Laune zu versetzen, war anscheinend kein großer Erfolg beschieden.

Vielleicht wäre es doch besser, ihm für dieses Wochenende abzusagen, überlegte sie, während sie weiterradelte. Nur war es für ihn immer so schwierig, überhaupt einmal wegzukommen, so daß sie die Vorstellungsprozedur nicht noch länger hinausschieben wollte. Sie kannte ihn ja mittlerweile schon fast sechs Monate. Wie hatte sie Phillip nur necken können, weil er erst nach einer Woche Zögern den Mut zusammen hatte, um die Arbuckles seiner Familie vorzustellen?

Er war Gloria ohne Zweifel völlig verfallen. Daisy mußte unbedingt herausfinden, welche Art von Mädchen solche Gefühle in ihrem bislang so desinteressierten Freund wachrufen konnte.

Sie hatte jede Menge Zeit, sich die verschiedenen Reize auszumalen, die Phillip möglicherweise anziehen könnten, denn sie hatte beschlossen, geradewegs zum entferntesten Dorf auf ihrer Liste zu radeln, ehe der Tag noch heißer wurde. Außerdem regte sich bei ihr, nachdem sie einen argwöhnischen Blick auf den Himmel geworfen hatte, der Verdacht, daß es am Nachmittag möglicherweise ein Gewitter geben könnte. Auf diese Weise hätte sie, wenn sie schon erschöpft war, nicht noch eine lange Fahrt nach Hause vor sich, bei der ihr die Blitze um den Kopf schossen.

Dunkle Wolken zogen auf, doch es fiel immer noch kein Regen, als sie von dort mit Zwischenhalten wieder nach Fairacres zurückfuhr. Sie machte während der Fahrt zwei oder drei Telephonate, um den leider ausbleibenden Erfolg zu vermelden. Madge sagte ihr, daß Tommy von einem Amerikaner gehört hätte, der vor ein oder zwei Wochen nach dem Weg gefragt hätte, aber nach der Beschreibung des Mannes und des Automobils war es Arbuckle selbst gewesen. Phillip und die anderen beiden hatten genausowenig Glück wie Daisy gehabt.

Ein deprimierendes, weil einsames Mittagessen, das sie in der Hoffnung auf einen kleinen, kühlenden Lufthauch als Picknick oben auf einem Hügel zu sich nahm, ließ Daisy wünschen, sie hätte keine Solo-Suchpartien angeordnet. Allerdings erinnerte es sie auch daran, wie einsam Gloria sich jetzt fühlen mußte. Sie fuhr weiter und näherte sich dem letzten Dorf gerade in einem Stadium, in dem die Aussicht auf den Tee, der in Fairacres auf sie wartete, schier unerträglich verlockend wurde.

Little Baswell war eines der Dörfer, bis zu denen Daisy und Binkie am Tag vorher nicht gelangt waren. Das umliegende Land gehörte zu einem an Fairacres angrenzenden Gut und war damit für Kinder auf Ponies und Fahrrädern gut zu erreichen. Sie waren damals sehr oft dorthin geritten, wobei die Hauptattraktion ihr heißgeliebtes Kindermädchen gewesen war, das den Schmied des Dorfes geheiratet hatte. Mrs. Barnard hatte für ihre ehemaligen Zöglinge immer spontan Tee gemacht, ohne zu erwarten, daß man sich vorher ankündigte. Bestimmt würde sie Daisy eine Tasse Tee anbieten, um sie für den weiteren Rückweg zu stärken.

Freihändig einen Abhang hinunter rollend fiel Daisy auf, daß der Wald zu ihrer Rechten völlig wild und ungepflegt war. Umgestürzte Baumstämme lagen in Dornbüschen, von Farnen bewuchert; Hasel- und Stechpalmenschößlinge kämpften um Luft und Licht unter den großen Eichen, Eschen, Platanen, Birken und wilden Kirschen. Sie erinnerte sich, daß Cooper's Wood ein Lieblingsversteck von Fasanen gewesen war. Damals war es, jedenfalls in den Augen eines Spaziergängers, gut gepflegt gewesen. Aus irgendeinem Grund hatte sie immer um das Waldstück einen Bogen gemacht, hatte es nie durchquert und noch viel weniger erforscht, obwohl es ein großes Stück Wald war, größer als die meisten der Umgebung.

Dann erinnerte sie sich wieder, warum sie sich nie hineingetraut hatte. Gervaise und Phillip hatten sie einmal dorthin mitgenommen, um der alten Frau nachzuspionieren, die gebeugt und runzelig mitten im Gehölz lebte. Sie behaupteten, sie sei eine Hexe, die kleine Kinder zum Abendessen verspeise. Sie koche sie in ihrem Kessel, löse das Fleisch von den Knochen und benutze die Knochen dann, um die Zukunft vorherzusagen und Menschen zu verhexen.

Zitternd vor Angst hatte Daisy es ihrer Schwester erzählt. Vi, die ein Jahr älter war als Gervaise, hatte ihr Kindermädchen gefragt, die Daisy versicherte, daß die Frau einfach nur die Witwe des Wildhüters sei. Man hatte ihr erlaubt, im Cottage wohnen zu bleiben, als ihr Mann gestorben war. Kaum war die Kinderfrau außer Hörweite, entgegneten die Jungs, die Hexe hätte eben Erwachsene so weit verzaubert, daß die sie für eine normale Person hielten. Obwohl Violet da skeptisch war, konnte sie nicht beweisen, daß die Jungs im Unrecht waren. Daisy aber hatte die Geschichte lange genug geglaubt, daß es ihr zur Gewohnheit geworden war, den Wald zu meiden.

Wahrscheinlich war die alte Frau schon ewig tot. Wenn man sich den Zustand des Waldes anschaute, dann konnte ihr Cottage durchaus leerstehen. War das etwa der Ort, an dem Gloria festgehalten wurde?

Hätten die Entführer Phillip tatsächlich so dicht an ihrem Versteck abgeladen?

Daisy ließ das Rad langsam ausrollen, als der Weg wieder eben wurde, und stellte dann einen Fuß auf den Boden. Sie versuchte, sich die Gegend vorzustellen, wie sie auf der Karte abgebildet war. Sie hatte vor, einen Weg durch die Felder nach Hause zu nehmen, um dann über den Park von Fairacres zum Haus zu gelangen. Dieser Weg war nur ein paar Kilometer lang. Über die Straße wären es von hier zu der Stelle, an der ihr Vetter Edgar Phillip gefunden hatte, eher acht oder zehn Kilometer. Auf jeden Fall mindestens sieben.

Das war immer noch nicht besonders weit, aber sie erinnerte sich an das, was sie selbst Phillip zugesagt hatte: Für Menschen, die an die Anonymität der Großstadt gewöhnt waren, bedeutete eine Entfernung von drei oder vier Kilometern von zuhause schon eine andere Welt. Sieben Kilometer war ungefähr die Entfernung, in der sich das elegante Mayfair von den Hafenslums von Limehouse befand, und dazwischen lag die ganze Innenstadt von London, das geschäftliche Zentrum des Empires.

Der Yank würde die Sache vielleicht anders sehen, aber wenn seine Helfer seinen Anweisungen nicht gefolgt waren, würden sie ihm das bestimmt nicht erzählen.

Daisy beäugte das düstere Unterholz des Waldes. Der Drang, es sofort zu durchsuchen, kämpfte mit dem Drang, nach Fairacres oder zu Mrs. Barnard zum Tee zu eilen. Was für ein Triumph das doch wäre, wenn sie mit der Meldung zurückkehrte, daß sie Gloria gefunden hatte!

Von einem Zweig über dem Weg zeterte sie ein rostrotes Eichhörnchen wütend an. Irgendwo in den Tiefen des Waldes klopfte ein Specht, pausierte und hämmerte dann wieder los.

Das war doch genau das, was Phillip während seiner Gefangenschaft gehört hatte! Natürlich mußte das nichts heißen; in jedem Wäldchen und in jeder noch so kleinen Baumgruppe gab es Eichhörnchen und Spechte. Trotzdem fiel bei diesen Geräuschen Daisys Entscheidung. Sie würde jetzt losgehen und sich das Hexenhäuschen anschauen.

Das Gewirr von Dornbüschen und Gehölz wirkte an dieser Stelle undurchdringlich. Sie schob ihr Fahrrad noch etwas weiter, bis sie eine Öffnung fand. Doch dort war nur wenig mehr als ein Pfad, der wohl eher von Hasen benutzt wurde, jedenfalls nicht von Fahrradfahrern.

»Verflixt aber auch«, sagte Daisy. Auf einem Fahrrad hätte sie vielleicht so tun können, als ob sie eine Abkürzung nehmen wollte, aber selbst Cockneys mußten erkennen, daß niemand bei dieser Hitze zu seinem Vergnügen einen Spaziergang machte, noch dazu unter diesen drohenden Wolken. Wenn sie

Daisy herumschnüffeln sahen, würden sie Verdacht schöpfen – immer vorausgesetzt natürlich, daß sie überhaupt dort waren.

Sie kannte sich im Wald nicht aus, also konnte sie nicht da durch marschieren, als hätte sie etwas bestimmtes vor. Sie brauchte einen Hund. Hunde mußten schließlich Bewegung haben, egal bei welchem Wetter. Niemand würde Verdacht schöpfen, wenn er einen Spaziergänger mit Hund sähe.

Die Barnards hatten einen Hund gehabt, einen Jagdhund namens Kitchener. Er mußte schon lange tot sein, aber Hundeliebhaber legten sich dann oft wieder einen zu.

Daisy schwang sich wieder auf ihr Fahrrad und machte sich mit neuer Energie auf den Weg. Sie würde im Dorfladen vorbeischauen und im Pub ihre Fragen stellen, und dann würde sie zwei Fliegen mit einer Klappe schlagen: Bei den Barnards eine Tasse Tee trinken und einen Hund ausleihen.

Die mittlerweile schon allzu vertrauten Verneinungen auf ihre Fragen dämpften ihren Eifer etwas, doch fuhr sie zur Schmiede weiter. Unter Kaskaden von Funken und dem Klingen von Eisen auf Eisen war Ted Barnard damit beschäftigt, ein Hufeisen für ein riesiges, geduldiges Kutschpferd zu schmieden. Daisy winkte ihm zu. Seine weißen Zähne blitzten in seinem schwarzen Gesicht auf, als er ihr zugrinste und mit dem Hammer in der Hand zurückwinkte.

Sie schob ihr Fahrrad um die Schmiede herum und lehnte es an die Rückwand, so daß es nicht im Weg stand. Das Cottage der Barnards aus weiß gestrichenen Ziegelsteinen war direkt nebenan, und der winzige Garten leuchtete vor Bartnelken, Schleifenblumen, großgewachsenem blauen Rittersporn und duftender Reseda.

Mrs. Barnard war mittlerweile etwas dicker geworden und grauhaarig, aber so mütterlich wie eh und je, und sie freute sich riesig, Daisy zu sehen. Das tat auch Tuffet, ein wuscheliges, mittelblondes Energiebündel mit hellbraunen Augen hinter der zotteligen Stirnlocke, das Daisy mit wild wedelndem Stummelschwänzchen vor den Füßen herumtanzte.

»Ab ins Körbchen«, befahl ihr Mrs. Barnard. »Sie hat mehr

Kraft, als ich bewältigen kann, Miss Daisy, also wirklich. Nun setz' dich mal auf eine schöne Tasse Tee hin, Liebes. Der Kessel steht schon auf dem Herd.«

Bei Mohnkuchen und einer unglaublichen Vielfalt von selbstgebackenen Keksen erzählte Daisy Mrs. Barnard von ihrer Tätigkeit als Autorin. »Und jetzt schreibe ich für eine amerikanische Zeitschrift gerade ein paar Artikel über die Museen in London«, endete sie.

»Na, also wirklich, man stelle sich das vor! So ein ungezogenes kleines Kindchen wie du damals warst, immer hinter deinem armen lieben Bruder her, und immer ein ganzer Haufen Überkleider, die gebügelt werden mußten, so schnell wie du sie immer schmutzig gemacht hast.«

Daisy lachte. »Anders als Vi, die immer sauber und ordentlich aussah. Das ist ja heute noch so.« Sie blickte vielsagend ihre staubige Bluse und den ebenso verstaubten Rock an. »Einer der Vorteile der Schriftsteller ist, daß man sie bei ihrer Arbeit nicht zu Gesicht bekommt, jedenfalls meistens. Mrs. Barnard, erinnern Sie sich noch daran, wie Gervaise mich halb zu Tode erschreckt hat mit einer Geschichte von einer Hexe, die in Cooper's Wood wohnt?«

»Und ob ich das tue, Liebes, schließlich war ich es, die noch eine Woche danach jede Nacht bei dir saß wegen deiner ganzen Albträume.«

»Lebt sie noch? Wohnt jetzt überhaupt jemand in diesem Cottage?«

»Nein, die alte Frau ist vor ein paar Jahren gestorben – 94 ist sie geworden! Mr. Feversham oben im großen Haus ist zu alt, um sich noch um die Jagd oder sonst irgend etwas zu kümmern, und so hat er das Cottage verfallen lassen, und der Wald ist auch ganz verwildert.«

»Ich dachte, ich könnte vielleicht hin und mir das Haus einmal anschauen. Das wäre doch ein guter Ort, um dort eine Geschichte spielen zu lassen. Nur hätte ich dabei gerne Gesellschaft. Glauben Sie, Tuffet würde einen Spaziergang mit mir machen?«

Bei diesem Zauberwort sprang der Hund aus seinem Körbchen, setzte sich Daisy zu Füßen und linste sie durch ihre Stirnlocke hoffnungsvoll an.

»Mir will wohl scheinen«, sagte Mrs. Barnard lachend, »als ob sie liebend gerne mitginge! Und du brauchst sie auch nicht bis hierher zurückbringen, wenn das nicht auf deinem Weg liegt. Sag ihr nur, sie soll nach Hause gehen, dann steht sie innerhalb kürzester Zeit bei uns auf der Schwelle und bettelt um ihr Abendessen.«

Daisy machte noch einen Halt an dem Fernsprechautomaten vor dem Pub, doch der funktionierte nicht. Also fuhr sie zurück zum Cooper's Wood. Tuffet lief an ihrer Seite, daß ihre kurzen Beinchen nur so wirbelten. Als sie den engen Pfad fand, zog Daisy das Fahrrad einige Schritte von der Straße in das Dickicht hinein und versteckte es unter einem wildgewachsenen Lorbeerbusch, von dem sie sicher war, daß sie ihn wiedererkennen würde.

Der Hund blieb ihr auf den Fersen, während sie weiter den Pfad entlang ging, bis er sich gabelte.

Beide Wege führten weiter in die Tiefen des Waldes hinein. Daisy zögerte, doch Tuffet legte die Nase zu Boden und stürmte den rechten Pfad entlang, so daß sie ihr folgte.

Ein Holzhäher kreischte auf, als wolle er alle warnen. Das gedämpfte Zwitschern der Vögel verstummte abrupt. In der gespenstischen Stille unter dem dicken Baldachin von Blättern knallte ein Zweig unter Daisys Sandale wie ein Pistolenschuß. Sie hielt inne, das Herz klopfte ihr bis zum Halse. Doch sie hörte nichts außer dem Tapsen von Tuffets Pfoten im feuchten, zerfallenden Blättermulch.

Der Pfad führte langsam wieder zurück in die Richtung, aus der sie gekommen war. Daisy hatte keine Lust, denselben Weg in dieser erdrückenden Stille wieder zurückzugehen, und achtete auf einen Abzweig von diesem Pfad. Aber ehe sie auf einen stieß, versperrte den beiden eine dichte Masse Stechpalmen den Weg.

Oder vielmehr, sie versperrte Daisy den Weg. Der Hund

eilte einfach weiter, auf der heißen Spur eines Hasen, Eichhörnchens, Fuchses oder Fasanes.

»Tuffet!« rief Daisy zögerlich und mit leiser Stimme, doch ohne Erfolg. Sie versuchte zu pfeifen, aber ihr Mund war zu trocken.

Das war's also mit ihrer Ausrede. Daisy nahm an, daß Tuffet schon von alleine den Weg nach Hause finden würde und wandte sich um. Bald schon kam sie an einen anderen Pfad, der in die Richtung führte, in die sie wollte – aber wollte sie das wirklich? Er führte um den riesigen Baumstumpf einer vor langer Zeit gestutzten Eiche, der nun mit Efeu bewachsen war. Der hatte den Pfad aus der anderen Richtung verborgen.

Sie ging den Weg entlang, wobei sie sich immer wieder daran erinnerte, daß sie keinen Grund hatte, nervös zu sein. Die Chance, daß sie den richtigen Wald für ihre Suche ausgewählt hatte, tendierte gegen Null. Trotzdem ging sie vorsichtig und vermied es, auf trockene Zweige zu treten – ganz wie bei den Indianerspielen, bei denen Gervaise und Phillip sie gelegentlich hatten mitmachen lassen. Der Pfad wand sich und machte Kurven, aber soweit sie es erkennen konnte, führte er weiter ins Innere des Waldes. Sie mußte sich ducken, um an niedrig hängenden Ästen vorbeizukommen, kletterte über einen querliegenden Baumstamm, befreite hin und wieder ihren Rock aus klammernden Dornbüschen. Gelegentlich hielt sie inne, um sich den Schweiß von der Stirn zu wischen.

Sie war doch verrückt!

Die Vögel zwitscherten wieder. Anscheinend hatten sie beschlossen, daß dieser Eindringling harmlos war. Dann ertönte wieder das Kreischen eines Holzhähers. Einen Augenblick später hörte Daisy das Trappeln von Pfoten auf dem Pfad hinter sich, und Tuffet gesellte sich voller Freude mit einem überschwenglichen Kläffen wieder zu ihr.

Erleichtert schritt Daisy voran. Hinter einer letzten Kurve kamen sie auf einen Weg, der früher einmal ein schöner Reitpfad gewesen sein mußte.

Jetzt säumte seinen Rand ein wahrer Wald von jungen Birken und Schwarzdornbüschen, mit Massen von lilafarbenen und rosa Wald-Weidenröschen. Dennoch war der Weg jetzt einigermaßen angenehm zu gehen, und es gab auch Hoffnung, daß das Cottage irgendwo in der Nähe des Reitwegs gelegen war, damit man überhaupt zu ihm fand. Daisy warf im Geiste eine Münze und wandte sich nach links.

Sie ging dort entlang, wo es am einfachsten war. Schon nach wenigen Metern erhärtete sich ihr Verdacht. Der Weg war zu weit, und obwohl er sich um Hindernisse herumschlängelte, war er auch zu gerade, um von einem Fuchs oder Dachs, selbst einem Reh, getrampelt worden zu sein. Obwohl der Boden zu trocken und hart war, als daß man darin Fußabdrücke hätte ausmachen können, schien hier und dort eine Pflanze unter einem schweren Stiefel flachgetreten worden zu sein. Gelegentlich sah sie einen abgebrochenen Ast, dessen vertrocknete braune Blätter vor dem grünen Hintergrund auffielen. In einem Schlehdornbusch hing zwischen den dick anschwellenden Schlehen ein Fetzen von blauem Stoff.

Daisy merkte, daß ihr der Atem stockte. Leise atmete sie aus und schlich weiter vorwärts.

Tuffet hatte von dieser langsamen Art der Fortbewegung schon bald genug und hüpfte vor. Daisy erkannte, daß sie sich wie ein normaler Spaziergänger verhalten mußte, um ihre Tarnung wirklich zu nutzen. Keinesfalls durfte sie wie ein Wilderer auf der Suche nach Fasanen hier herumschleichen. Außerdem schlich es sich mit müden Beinen schlecht. Also ging sie etwas normaleren Schrittes weiter.

Jedenfalls war der Weg durch das Unterholz wahrscheinlich von jemandem geschaffen worden, der wirklich einen Spazierweg für einen Hund austrampelte, versicherte sie sich selbst, während Tuffet hinter einem großen Stechginster verschwand. Daisy atmete den kokosnußartigen Duft der gelben Blüten tief ein und folgte ihr. Vor ihr stand das Hexenhäuschen.

Unter den Ästen einer hoch aufragenden Platane stand das

geduckte Cottage wie ein in die Ecke gedrängtes Tier. Unkraut sprießte aus dem durchhängenden Reetdach. Der weiße Putz war gelb geworden, blätterte ab, und an manchen Stellen war schon die Wand aus mit Lehm beworfenem Flechtwerk zu sehen. Das Glas in den beiden kleinen Fenstern war zerbrochen. Die Tür zwischen ihnen hatte einen Riß und war wellig, der eiserne Griff war verrostet.

Nichts hätte deprimierender, heruntergekommener, verlassener aussehen können. Daisy seufzte tief auf, zum einen aus Enttäuschung, zum anderen aus Erleichterung. Von wegen triumphale Rückkehr mit der Nachricht von Glorias Aufenthaltsort.

Der Hund hatte innegehalten, um irgend etwas im kleinen Garten zu beschnüffeln, wo eine wildwuchernde, rosa blühende Winde einige Preisel- und Stachelbeerbüsche förmlich erstickte. Jetzt setzte Tuffet sich hin, um sich kurz zu kratzen und dann um eine Ecke des Cottage herumzutraben.

»Tuffet!« rief Daisy, doch ohne Erfolg. Sie hatten sich ganz schön vom Dorf entfernt, und Daisy fürchtete, daß der Hund möglicherweise nicht alleine nach Hause finden würde. Also folgte sie ihr. Keine Spur von Tuffet. Um die nächste Ecke herum stand ein reetgedeckter Anbau an der Rückwand des Cottage. Vielleicht hatte sich Tuffet dorthin verirrt.

Daisy ging weiter und blickte empor. Oben, im Giebel der Seitenwand, sah sie das Fenster eines Zimmers. Jedenfalls nahm sie an, daß es ein Fenster war, denn es war mit Brettern verschlagen. Die hätten eigentlich grau, verwittert und rissig sein müssen. Stattdessen waren sie ockergelb: frisch gesägtes Holz. Hell glänzten die Nägel.

Daisys Herz fing an zu rasen. Sie machte einen Schritt zurück, drehte sich um und eilte um die Ecke, wieder nach vorne, atemlos nach ihrer Tarnung rufend: »Tuffet, hierher! Komm jetzt her, du ungezogener Hund. Wir müssen nach Hause.«

Die Tür ging geräuschlos auf. Die Scharniere waren wohl geölt worden. Auf der Schwelle stand ein großer Mann mit

Hosenträgern. Sein wütender Blick wurde durch den schwindenden Rest eines blauen Auges noch verstärkt.

»Mach gerade einen Spaziergang mit dem Hund!« bekam Daisy heraus. »Haben Sie sie vielleicht gesehen?«

Er blinzelte. »Nöh.«

»Nun mach schon«, zischte eine ungeduldige Stimme hinter ihm.

Der große Mann trat unsicher heraus. »Ich weiß ja nicht, sie ...«

»Zu spät, mein Freund, jetzt hat sie dich gesehen. Wir müssen sie aufhalten.«

Aber da war Daisy schon auf halbem Weg zum Stechginsterbusch am Reitweg. Hinter ihr dröhnten schwere Schritte.

Tuffet tauchte aus dem Nichts auf, sauste ihr um die Füße und bellte fröhlich. Daisy stolperte, torkelte einige Schritte weit in dem Versuch, das Gleichgewicht wiederzuerlangen, und fiel dann vornüber in die Brennesseln. Der Griff um ihre Arme war wie eine eiserne Klammer.

»Hab ich dich!«

# 12

»Miss Arbuckle, nehme ich an?« fragte Daisy düster, während der Riegel an der Außenseite der Tür hinter ihr vorgeschoben wurde.

Das ungewaschene Mädchen, das sich auf der knubbeligen Matratze am Boden zusammengekauert hatte, starrte sie mit großen Augen an. Das Zimmer war zu dunkel, um die Farbe ihrer Augen zu erkennen, aber ihr strähniges, ungekämmtes Haar war hell. Ohne Zweifel wäre es goldfarben und lockig, wenn es gewaschen war, dachte Daisy mitleidig.

Sie fühlte sich selber ebenfalls einigermaßen schlapp. Sie ging auf das Mädchen zu und sagte: »Haben Sie etwas dagegen, wenn ich mich zu Ihnen setze?«

»Aber bitte doch.«

Miss Arbuckle machte etwas Platz. »Entschuldigen Sie bitte, ich hatte nicht erwartet …« Sie brach in Tränen aus. Die strohgefüllte Matratze knisterte, als Daisy sich neben sie fallen ließ und ihr einen Arm um die zitternde Schulter legte. Mit der anderen Hand rieb sie abwesend eine besonders schmerzhafte Stelle des Brennesselausschlags an ihrem Bein.

Als das Schluchzen langsam in ein Schniefen überging, bot sie ihr Taschentuch an. »Hier, nehmen Sie das mal. Ich bin übrigens Daisy Dalrymple.«

»Ich bin wirklich Gloria Arbuckle. Woher wußten Sie das? Ach, vermutlich haben Ihnen diese Typen unten das gesagt.«

»Eigentlich«, sagte Daisy mit leiser Stimme, »war ich auf der Suche nach Ihnen. Und so viele Mädchen kann es ja nicht geben, die hier in der Nähe in heruntergekommenen Cottages festgehalten werden. Jedenfalls will ich das hoffen!«

»Auf der Suche nach mir?« fragte Gloria verwundert und

folgte Daisys Beispiel, indem sie die Stimme senkte. »Sie? Ach so, einen Augenblick! Dalrymple? Sie müssen die Schwester von Phillips verstorbenem Freund sein. Haben Sie … hat man schon seine Leiche gefunden?«

Da sie sich schon wieder in Tränen aufzulösen drohte, schloß Daisy, daß sie offenbar von Phillips Leiche sprach und nicht von Gervaise. Als Gloria Phil das letzte Mal gesehen hatte, wurde er gerade weggezerrt, um ermordet zu werden, erinnerte sich Daisy.

»Er war so t-tapfer, versuchte zu entkommen, und der, den er geschlagen hat, hat wirklich einen unheimlichen Lärm gemacht und gebrüllt, er würde ihn u-umbringen.«

»Er lebt noch«, sagte Daisy hastig, »es geht ihm bestens.«

Die Tränen kamen trotzdem weiter, aber jetzt waren es Tränen der Erleichterung. »Und Papa?« schniefte Gloria einige Minuten später. »Phillip sagte, sie würden ihm nichts zuleide tun.«

»Ich habe Mr. Arbuckle gestern abend kennengelernt. Es geht ihm ganz ausgezeichnet, wenn man einmal von seiner Sorge um Sie absieht, und von der Tatsache, daß er keine Lust mehr hat, herumzurennen und Lösegeld zusammenzukratzen. Bis morgen wird er aber alles beisammen haben, hat er gesagt.«

»Dann werden die mich ja bald laufen lassen, und Sie auch.« Gloria seufzte tief und schaudernd auf. »Es war schrecklich. Aber das Schlimmste war, daß ich dachte, Phillip wäre tot. Miss Dalrymple, es tut mir wirklich sehr leid, daß Sie in diese Sache hineingeraten sind.«

»Nennen Sie mich doch bitte Daisy. Unter diesen Umständen wären solche Höflichkeiten doch ein bißchen merkwürdig. Phillip hat mich von Anfang an hinzugezogen. Aber es ist meine eigene Schuld, daß ich mich von den Kerlen hab erwischen lassen. Vermutlich wird man mir das noch ewig vorhalten.«

»Naja, ich kann nicht anders als mich freuen, daß Sie hier sind. Man stellt sich alle möglichen schrecklichen Dinge vor, wenn man alleine ist.«

»Man hat Sie doch nicht etwa schlecht behandelt?« fragte Daisy. »Ich meine, wenn man einmal von all dem hier absieht.« Sie wies auf den heruntergekommenen Raum, in dessen einer Ecke sie einen bedeckten Nachttopf bemerkte. Außerdem fiel ihr auf, daß es in der Zwischenzeit dunkler geworden war. Die Sonne würde aber erst in einigen Stunden untergehen. Der Himmel hatte sich wohl gerade zugezogen. »Die haben Sie nicht geschlagen oder hungern lassen oder irgendwie so etwas?«

»Nein. Die Männer haben sich sogar dafür entschuldigt, daß das Essen immer kalt ist.« Gloria bekam ein zittriges Lachen hin. »Die trauen sich nicht, Feuer zu machen, weil sie Angst haben, der Rauch würde Aufmerksamkeit auf sich ziehen. Was hat Sie denn hierher verschlagen? Warum hat Phillip Sie in die Sache hineingezogen?«

Während sie die Geschichte in ihrem Kopf schon so bearbeitete, daß alle beunruhigenden Passagen ausgelassen würden, sagte Daisy: »Das erkläre ich Ihnen später. Jetzt, wo wir noch ein bißchen Licht haben, werd ich erst mal sehen, wie wir hier wieder rauskommen. Ich seh einfach nicht ein, daß wir warten sollen, bis die uns freilassen. Morgen kommt schließlich ein Freund aus der Stadt zu Besuch.«

Mit steifen Gliedern stand sie wieder auf. Die Tür schaute sie gar nicht erst an, und eine kurze Begutachtung schloß auch das Fenster als Fluchtmöglichkeit aus. Selbst wenn sie einen Hammer hätte und so viel Krach machen könnte, wie sie wollte, und obendrein noch Zeit hätte – diese soliden Bretter würde sie nie beseitigen können.

Blieb nur noch das Loch im Dach, das Phillip erwähnt hatte. Da er mit seinen gebundenen Händen nicht in der Lage gewesen war, es zu nutzen, hatte er es auch nicht genauer untersucht.

Daisy ging zu der Ecke, in der der Wasserfleck die Wand hinunterlief – besser gesagt, der schlimmste Wasserfleck; keine der Wände war eben jungfräulich zu nennen.

Tatsächlich gingen die Wand und die Decke an diesem Punkt

ineinander über. Die hintere Wand des Cottage ging ungefähr einen Meter senkrecht hoch. Dann erzwang die Schräge des Dachs eine Neigung nach innen, so daß die horizontale Decke gebildet wurde, die die Mitte entlang verlief. Vorn an der Stirnseite traf sie die entgegengesetzte Dachschräge.

Auf Zehenspitzen konnte Daisy den flachen Teil berühren. Das war aber gar nicht nötig. Die Putzkrümel auf dem Fußboden kamen von einer Delle, die genau über ihrem Kopf lag.

Sie streckte die Hand aus und tastete über die Aushöhlung. Dann sprang sie eilig zurück, als sich ein großes Stück Putz in einer Wolke schmuddeligen weißen Staubs löste, mit einem Donnern auf dem Fußboden landete und in viele kleine Stücke zerbrach. Daisy hielt die Luft an, wirbelte zu Gloria herum und legte rasch den Finger auf die Lippen.

Kein Aufschrei von unten, keine Schritte, die heraufeilten: die Männer mußten in dem anderen Zimmer im Erdgeschoß sein. »Au weia!« sagte Gloria leise.

Daisy atmete wieder, wenn auch wegen des Staubes, der noch in der Luft hing, nicht besonders tief. Doch dann sah sie einen kleinen Flecken Grün. Blätter! Wunderschöne grüne Blätter eines Ahorns und ein ganzes Büschel Ahornsamen mit Flügeln.

»Ach, verflixt«, sagte Daisy.

»Was ist denn?«

»Wird irgend jemand in den nächsten paar Stunden hier hoch kommen? Besteht diese Möglichkeit?«

»Ich vermute, sie werden uns irgend etwas zu essen bringen, ziemlich bald, weil es dann dunkel wird und die mir – uns – keine Lampe gönnen wollen. Warum?«

»Die werden das Loch sehen.«

»Können wir nicht Ihr Taschentuch hineinstopfen?«

»Wir könnten es versuchen«, sagte Daisy zweifelnd und begutachtete die ausgefransten Kanten, »obwohl ich fürchte, daß das Loch etwas zu groß ist.«

»Wir können noch meine Strümpfe benutzen. Ich hab sie schon vor Ewigkeiten ausgezogen.«

»In Ordnung, das könnte funktionieren. Ich hätte lieber das Loch ein bißchen größer gemacht, während wir noch etwas Licht haben, aber das würde natürlich nie funktionieren. Wir müssen eben warten, bis es dunkel ist.«

Sie schafften es, eine einigermaßen taugliche Abdeckung zu basteln. Sie hing an dem zersplitterten Balken der gebrochenen, halb verrotteten Träger des Daches, und es sah so aus, als könnte die Konstruktion lang genug halten.

»Was wird uns ein Loch im Dach denn nützen?« fragte Gloria zögerlich.

»Das werden wir uns überlegen, sobald wir es groß genug haben, um durchklettern«, antwortete Daisy mit einer Zuversicht, die sie in Wahrheit gar nicht empfand.

Sie konnte einfach nicht zahm herumsitzen, auf ihre Befreier hoffen und sich dabei fragen, ob der Yank wohl nur eine von ihnen oder sie alle beide ermorden würde. Sie mußte den Versuch unternehmen zu entkommen. Resolut wandte sie ihre Gedanken von der Möglichkeit ab, daß sie vom Dach stürzen und sich am Ende noch ein Bein oder gar den Hals brechen könnte.

Als der Austin Chummy ans Ende der Ulmenallee gelangte und vor Alec das Haus auftauchte, pfiff er lang und leise durch die Zähne. Er wußte zwar, daß Daisys Vater ein Viscount gewesen war, doch hatte ihn dieses Wissen noch lange nicht auf ein so imposantes Gebäude wie Fairacres vorbereitet.

Der Portikus am Eingang wurde von vier ionischen Säulen gestützt. Hinter ihm erhob sich eine weiße Kuppel, die sich von dem schiefergrauen Dach abhob. An beiden Seiten erstreckten sich vier Fensterreihen: im Souterrain ganz schlichte, ganz oben Dachluken und dazwischen zwei Reihen Fenster mit Pilastern. Die Balustrade, die oben an der Fassade entlanglief, wurde von klassischen Statuen unterbrochen, und an jedem Ende befand sich eine kleinere Kuppel.

Sowohl im Verlauf seiner Dienstjahre als auch zu den

Zeiten seines durch Tagesausflüge bereicherten Geschichtsstudiums hatte Alec durchaus großartige Landsitze besucht. Wentwater Court zum Beispiel, wo er Daisy kennengelernt hatte, war größer und beeindruckender als dies hier. Er fand die Tatsache, daß Daisy hier groß geworden war, so einschüchternd, nicht das Haus selbst.

Und zwar mehr als nur ein wenig, gestand er sich im Stillen ein, als er vor dem Eingang anhielt. Er mußte ja verrückt gewesen sein, ernsthaft zu glauben, sie könne einen verwitweten Copper aus der Mittelschicht mit Kind, einer bei ihm wohnenden Mutter und einem Reihenhaus in St. John's Wood in die engere Wahl ziehen.

Und dennoch hatte sie ihn eingeladen, *ihre* Mutter kennenzulernen.

Er stieg erschöpft aus dem Auto und blickte das Relief auf dem Türgiebel über den Säulen an. In dem rasch schwindenden Abendlicht war schwach eine allegorische Darstellung des Sommers zu erkennen, aus deren Füllhorn die Früchte herausfielen.

Durch diesen angedeuteten Willkommensgruß fühlte sich Alec schon wieder ermutigt und ging beherzt die Stufen hinauf. An der Tür hatte er die Wahl zwischen einem Klopfer in Form einer Ananas, einem altmodischen Glockenzug oder einem elektrischen Knopf. Er wählte die moderne Variante.

Der junge Bedienstete, der ihm die Tür öffnete, trug eine weinrote Jacke mit Messingknöpfen. Ein Lakai, beschloß Alec.

»Dürfte ich bitte Miss Dalrymple sprechen?« bat er und fragte sich dann, ob Daisys Vetter wohl Töchter hatte. »Miss Daisy Dalrymple«, führte er weiter aus. »Mein Name ist Fletcher.«

Der junge Mann betrachtete ihn mit unverhohlenem Interesse. »Wenn Sie bitte hereinkommen möchten, Sir, dann werd ich mal sehen, ob Miss Dalrymple da ist«, sagte er in einem Tonfall, der deutlich machte, daß er aus dienstlichen

Gründen nachschauen mußte, obwohl er die Antwort bestens wußte. »Hat die Miss Sie erwartet?«

»Eigentlich nicht. Soll heißen, ich werde für morgen erwartet und nicht für heute.«

»Ach so«, bemerkte der Lakai und legte tiefe Bedeutung in diese Silben. Er warf einen Blick zurück, als wollte er sich vergewissern, ob sein Vorgesetzter, der Butler, über den polierten Marmorfußboden hinter ihm herschlich. Beruhigt, daß dem nicht so war, wurde er vertraulich. »Sie wissen also, worum das alles geht, Sir, diese ganze merkwürdige Geschichte?«

»Einen Teil davon, ja«, sagte Alec vorsichtig und zog den Hut ab.

»Mehr weiß ich auch nicht«, gab der Junge entmutigt zu, »obwohl ich gedacht hätte, als ich Mr. Petrie damals am Anfang den Gefallen getan habe, daß er mich einweihen würde. Liebe Zeit, sein Anblick hätte den stärksten Mann umgehauen.«

»Tatsächlich?«

Derlei Nachfragen führten nie zu befriedigenden Ausführungen. »Dann kam der amerikanische Gentleman, der noch nicht gefrühstückt hatte, wonach ich ihn aber extra gefragt hab. ›Ernest‹, sagt Mr. Petrie, ›Sie fragen ihn bitte, ob er schon etwas gegessen hat‹. Also tu ich das und hab's ihm so ganz diskret zugesteckt. Haben Sie schon zu Abend gegessen, Sir?« erkundigte er sich fürsorglich.

Alec war von dieser Suada völlig verwirrt und dachte einen Augenblick, daß diese Frage zu irgendeiner vergangenen Zeit einem unbekannten amerikanischen Gentleman gestellt worden sei. Als ihm klar wurde, daß sie ihm galt, gestand er, daß er noch nicht zu Abend gegessen hätte. »Aber es würde mir nicht im Traum einfallen, Lady Dalrymples Gastfreundschaft zu mißbrauchen.«

»Gar keine Sorge, Sir. Ihre Ladyschaft ist heute abend eingeladen, und das ist auch gut so. Miss Dalrymples Gäste haben das Abendessen immer weiter nach hinten verschoben, weil sie darauf warten, daß sie kommt. Aber …«

»Sie warten auf Ihre Ladyschaft?« fragte Alec mit einem sinkenden Gefühl in der Magengrube.

Ernest bestätigte leider seinen Verdacht. »Nein, auf Miss Dalrymple. Ihre Ladyschaft ißt heute abend auswärts«, wiederholte er geduldig, »und seine Lordschaft selbstverständlich auch.«

»Und Miss Dalrymple hat sich zum Abendessen verspätet?«

»Bis jetzt ist sie noch nicht zurückgekehrt.«

»Um Himmels Willen!« rief Alec aus und konnte gerade noch kraftvollere Flüche zurückhalten. Wo zum Teufel steckte Daisy jetzt schon wieder, wenn ihre Mitverschwörer noch nicht einmal davon wußten? Was hatten sie überhaupt alle vor? »Ich muß sofort mit Petrie sprechen«, sagte er entschlossen.

»Wenn Sie mir bitte folgen würden, Sir.«

Der Lakai führte Alec in einen festlichen Speisesaal. Auf der weißen Tischdecke waren sechs Plätze gedeckt, die Gläser blinkten, das Silber glänzte. Fünf Suppenlöffel hielten auf dem Weg zwischen Teller und Mund inne; fünf Gesichter wandten sich zur Tür – und dann verwandelte sich die verfrühte Erleichterung in Enttäuschung, anschließend in Sorge. Und in Petries Fall zu Entsetzen. Er erhob sich.

»Mr. Fletcher hier möchte Sie gerne sprechen, Mr. Petrie, Sir«, tat Ernest eilig, aber doch zu spät kund.

Petrie schob den Stuhl zurück, doch griff Lucy Fotheringay ein. »Ich glaube, Mr. Fletcher sollte mal lieber mit uns allen sprechen wollen«, sagte sie mit einer Zackigkeit, die ihrem sonstigen, so vornehm erschlafften Ton überhaupt nicht entsprach.

»Wir stecken alle zusammen in dieser Sache drin«, stimmte ihr ein junger Mann zu, den Alec nicht kannte. »Pearson der Name, Tom Pearson, und das ist meine Frau.«

Die hübsche, puppenhaft wirkende Blondine neben ihm schenkte Alec ein etwas angestrengtes Lächeln. »Sie sind ein Freund von Daisy, nicht wahr, Mr. Fletcher? Wir machen uns schon große Sorgen. Wir hätten sie eigentlich zum Tee zurückerwartet.«

»Bitte setzen Sie sich doch, Mr. Fletcher«, schlug Miss Fotheringay vor, und ihre zerdehnte Aussprache war wieder da. »Haben Sie schon zu Abend gegessen? Sie können sich ja auf Daisys Platz setzen.«

Alec protestierte weder, daß er schließlich nicht stören wolle, noch, daß er gar nicht umgezogen sei. Der Lakai stellte einen Teller Suppe vor ihn und verließ höchst zögerlich den Raum.

Kaum hatte sich die Tür hinter dem Diener geschlossen, sagte Petrie mit gekünsteltem Optimismus: »Daisy könnte ja auch bei ihrer Mutter sein und dort den Abend verbringen.«

»Im Dower House gibt es ein Telephon«, wies ihn Miss Fotheringay zurecht. Sie konnte ihren Spott kaum zügeln. »Du hast doch selbst gesagt, daß wir da nicht anrufen und fragen sollen, ob sie dort ist. Damit es keiner merkt, falls sie das nicht ist.«

»Wenn sie dort wäre, dann hätte sie bestimmt hier angerufen«, sagte Alec. Er versuchte, in seine Stimme sowohl Kameradschaftlichkeit als auch einen festen, offiziellen, ernsten Ton zu legen, als er fortfuhr: »Also dann, Sie sollten mir jetzt mal lieber erzählen, was hier vor sich geht. Was sind das für dringende Botschaften, die Sie hierher geführt haben? Wohin ist Daisy gegangen, zu welchem Zweck, und warum war sie dabei allein?«

Diese Fragen richtete er an die ganze Gruppe. Die anderen ließen Petrie den Vortritt.

»Wir sind auf der Suche nach je… etwas.« Er strich sein ohnehin schon glattes helles Haar mit nervöser Hand zurück. »Es war Daisys Idee, daß manche von uns allein losziehen sollten, damit wir einfach mehr Fläche abgrasen. Sie hat einen Plan aufgestellt, wo jeder von uns hingehen sollte. Deswegen weiß keiner von uns so genau, wohin sie sich nach ihrem letzten Telephongespräch aufgemacht hat.« Er blickte um den Tisch und sah reihum ein bestätigendes Nicken.

»Ich bin nämlich hiergeblieben«, erläuterte Mrs. Pearson, »und der Rest hat sich immer mal bei mir gemeldet.«

»Sie haben also Schwierigkeiten erwartet?« Alec versuchte, seine Wut zu zügeln, indem er sich seine eigene Unfähigkeit vorhielt, Daisys Entschlossenheit irgendwie zu bremsen.

»Liebe Zeit, nein!« sagte Pearson. »Dann hätten wir sie doch niemals alleine losziehen lassen. Wir haben uns nur regelmäßig zurückgemeldet, um Nachrichten zu erfahren oder weiterzugeben, verstehen Sie. Wir haben Erkundigungen eingeholt.«

»In den Geschäften der umliegenden Dörfer«, erläuterte Petrie.

»Sie haben Erkundigungen in den Dorfläden eingezogen? Was zum Teufel suchen Sie eigentlich?« Alec erinnerte sich an das kurze Stottern von Petrie vorhin. »Oder sollte ich lieber fragen: *wen* suchen Sie eigentlich?«

Petrie schaute so entsetzt drein, daß er eindeutig ins Schwarze getroffen haben mußte. Der junge Mann preßte die Lippen aufeinander. Zu spät war ihm klargeworden, daß er wohl als letzter auf dieser Welt in der Lage wäre, einen erfahrenen Detective in die Irre zu führen.

»Miss Fotheringay?«

»Wir haben eigentlich geschworen, Stillschweigen zu wahren«, sagte diese mit völlig ungewohnter Unsicherheit. »Aber Phillip, jetzt wo Daisy verschwunden ist ...« Ihre Stimme wurde immer leiser.

Alec richtete einen strengen, forschenden Blick auf jeden der Anwesenden, einen nach dem anderen. Selbst auf Petries Gesicht lag jetzt Unentschlossenheit.

»Wir können das doch nicht machen«, sagte er, doch man spürte, daß er hin- und hergerissen war.

»Mr. und Mrs. Pearson, ich gehe davon aus, daß Sie wissen, daß ich Polizist bin?« Beide nickten sie ernst. »Das weiß auch der Rest von Ihnen allen«, fuhr Alec mit einer Strenge fort, die er diesmal nicht spielen mußte. »Ganz abgesehen von meinen ... Gefühlen für Daisy muß ich Ihnen sagen, daß ich Ihre anscheinend entschlossenen Bemühungen nicht einfach ignorieren kann, den Behörden eine eindeutig ernste Angelegenheit zu verschweigen.«

»Ich kann Ihre Stellungnahme nur unterstreichen«, sagte Pearson. »Ich bin nämlich Rechtsanwalt. Ich versichere Ihnen, ehe ich zuließ, daß ich oder Madge in diese Sache verwickelt wurden, habe ich mich vergewissert, daß keiner von uns hier sich ein Verbrechen hat zuschulden kommen lassen. Noch ist es unsere Absicht, irgendeine andere Person zu schützen, die ein Verbrechen begangen hat.«

»Danke sehr, Mr. Pearson, das klärt die Dinge ja einigermaßen.«

Alec nahm einen Löffel seiner sich schon abkühlenden Suppe und überlegte rasch. Oft schon hatte er erlebt, daß diese angeblich so vorsichtigen Rechtsanwälte wesentlich mehr verrieten, als sie wollten, wenn sie sich erst einmal gehenließen.

Daß ein Verbrechen begangen worden war, schien einigermaßen sicher. Die offensichtliche Schlußfolgerung war, daß Phillip Petrie seine Jugendfreundin Daisy zu Hilfe gerufen hatte, um den Fall zu lösen, da er ihre Neigung kannte, sich in Polizeiangelegenheiten einzumischen. Allerdings mußte Alec fairerweise zugeben, daß sie zwei- oder dreimal sogar fast so viel geholfen hatte, wie sie ansonsten im Weg gewesen war.

Aber in diesem Fall war Petrie der Störfaktor. Warum würde dieser an sich so gesetzestreue junge Mann versuchen, selber ein Verbrechen aufzuklären, anstatt es der Polizei zu melden?

Um einen Freund oder einen Verwandten zu decken, so lautete die naheliegendste Antwort. Doch hatte sich Pearson davon überzeugt, daß es nicht darum ging, einen Verbrecher zu schützen. Also war wahrscheinlich der Freund oder der Verwandte das Opfer – und das Verbrechen bestand aus einer Erpressung. Wenn der Erpresser einen Dorfladen als Deckadresse nutzte …

Nein, dann wüßten sie, welcher Laden das wäre. Und ganz offensichtlich wußten sie es nicht, sonst hätten sie sich ja nicht auf den Weg gemacht und in der Umgebung lauter Fragen gestellt.

Alec fielen nur zwei andere mögliche Verbrechen ein, bei denen die Polizei oft nicht herbeigerufen wurde, weil das Opfer geschützt werden sollte. Eines war eine Betrügerei, in der der Gelackmeierte – wie die Amerikaner es auf so unnachahmlich charmante Weise formulierten – zu peinlich von seiner Leichtgläubigkeit berührt war, als daß er den Fall zugeben wollte. Alec hatte aber Zweifel, daß derlei den todernsten Blick aus den fünf Augenpaaren verursachen würde, die, wie er jetzt bemerkte, alle auf ihn gerichtet waren.

Nachdem er die Suppe aufgegessen hatte, legte er den Löffel ab. Was er da gerade zu sich genommen hatte, wußte er nicht. »Gehe ich richtig in der Annahme«, sagte er langsam, »daß Ihr Geheimnis eine Entführung ist?«

Auf vier Gesichtern zeichnete sich große Erleichterung ab. Nur Petrie blickte entsetzt drein, aber auch in seiner Miene entdeckte Alec eine Spur von Entspannung. Beide öffneten sie den Mund, um zu sprechen. Alec ließ mit einer Geste dem jüngeren Mann den Vortritt.

Ausgerechnet in diesem Augenblick trat ein Butler ein, dessen steif aufgerichteter Rücken und unbewegliches Gesicht auf unnachahmliche Weise Mißbilligung ausdrückten. Er tat kund: »Mr. Arbuckle ist zu Besuch gekommen.«

Miss Fotheringay blickte die anderen an und sagte dann zu Alecs Überraschung in resigniertem Ton: »Führen Sie ihn bitte herein, Lowecroft, und bringen Sie doch bitte auch schon den nächsten Gang. Und wenn Mr. Arbuckle noch nicht gespeist hat, könnten Sie dann bitte noch einen Platz für ihn decken?«

»Wie Sie wünschen, Miss.« Lowecroft ging noch steifer aus dem Speisesaal, als er hereingekommen war.

»Daisy hilft das überhaupt nicht, wenn wir vor Hunger sterben«, sagte Miss Fotheringay, »und Mr. Arbuckle wird sich entscheiden müssen, was er mit unserem fixen Detektiv und seiner brillanten Schlußfolgerung anstellen soll.«

Eine brillante Schlußfolgerung war nicht gerade notwendig, um zu erraten, daß der unbekannte Arbuckle irgendwie in die Sache verwickelt war. »Wer ist …?« begann Alec seine Frage. Er verstummte, als der Butler wieder eintrat, gefolgt von einem kleinen, schmächtigen Mann in Abendgarderobe und mit einem langen Gesicht.

Langes Gesicht sowohl im wörtlichen wie auch im übertragenen Sinne, bemerkte Alec. Zwischen dem kantigen Kinn und dem zurückweichenden Haaransatz lag eine so sorgenvolle Miene, wie er sie selten gesehen hatte.

Während der Butler einen siebten Platz am Tisch deckte, stellte Petrie Alec vor, wobei er ihn Arbuckle schlicht als Mr. Fletcher präsentierte. Eine weitere Überraschung: Der Mann war Amerikaner. Obwohl er von Alecs Verbindung mit der Polizei nichts wissen konnte, wirkte er überhaupt nicht erfreut, ihn kennenzulernen.

Der Lakai Ernest und ein Dienstmädchen trugen mehrere Schüsseln herein. Während die Kalbslende mit den Bohnen und den sautierten Kartoffeln serviert wurde, hielt sich das Gespräch streng an das Wetter. Arbuckle berichtete, daß es über den Malvern Hills geblitzt hätte. Keiner erwähnte die Möglichkeit, daß Daisy in einen Sturm geraten könnte. Ganz im Gegenteil, die Aussicht auf das Ende der Hitze und Dürre wurde mit einem Enthusiasmus begrüßt, der leider etwas hohl klang.

»Ist ja alles gut und schön«, sagte Bincombe düster, als die Diener sich zurückgezogen hatten, »aber wenn der Regen mal so richtig losgeht, wird das die Dinge nicht besonders vereinfachen.«

»Darüber reden wir jetzt nicht«, sagte Arbuckle tonlos und mit einer wegwerfenden Geste. »Zwei Dinge will ich jetzt viel lieber wissen: Wo ist Miss Dalrymple, und was zum Teufel macht dieser Dschennelman hier?« Er starrte Alec wütend an und wandte dann diesen Blick auf Petrie.

»Daisy ist heute nicht zurückgekommen. Sie ist sozusagen vermißt«, sagte Mrs. Pearson, und ihre Stimme brach dabei. Ihr Mann tätschelte ihr die Hand.

»Sie ist vermißt?« Arbuckle stöhnte auf und ließ den Kopf in die Hände sinken. »Ich wußte, ich hätte dieses kleine Mädchen nicht …« Er erinnerte sich an Alecs Gegenwart, hob den Kopf und runzelte die Stirn.

»Mr. Fletcher ist ein Freund von Daisy«, beruhigte ihn Miss Fotheringay. »Er kam her, um sie zu besuchen, und wir konnten ja nun kaum verschweigen, daß sie nicht da ist.«

»Aber er weiß doch nicht etwa Be…?«

»Er hat schon eine Menge erraten«, sagte Pearson einigermaßen grob. Er warf Alec einen entschuldigenden Blick zu. »Geschlußfolgert, sollte man wohl eher sagen. Mr. Fletcher ist zufällig Detective bei Scotland Yard, wissen Sie.«

Arbuckle wirkte entsetzt. »Wieviel hat er denn schon ausbaldowert?« wollte er wissen.

»Daß jemand entführt worden ist«, sagte Alec. »Und ich muß annehmen, daß dieser jemand Ihnen sehr nahesteht.« Und das wiederum bedeutete: Der Mann war wohlhabend genug, daß sich eine solche Erpressung lohnte. Blieb nur noch die Frage, wie Petrie in diese Sache hineingeraten war.

»Kommt gar nicht in Frage. Vergessen Sie's, von mir hören Sie kein einziges Wort mehr«, sagte Arbuckle fest entschlossen. »Und von meinen jungen Freunden auch nicht, will ich hoffen.«

»Kein Wort«, schwor Petrie.

»Daisy ist heute nicht zurückgekommen«, erinnerte Miss Fotheringay mit gleichermaßen fester Entschlossenheit.

»Mein Gott«, stöhnte Petrie auf.

Der Amerikaner schüttelte verzweifelt den Kopf. »Ich weiß, ich weiß, und es tut mir auch wirklich schrecklich leid, da können Sie Gift drauf nehmen. Diese junge Dame finde ich ja auch ganz unglaublich sympathisch.«

Er war eindeutig unglücklich. Das besänftigte Alec, dessen Zorn gerade wieder aufflammen wollte, ein wenig. »Also werd ich mal weiterraten«, sagte er. »Schlußfolgern, wenn Sie so wollen. Um von vorne anzufangen: ich glaube, daß das Opfer Ihre Tochter ist, Sir.« Ein hübsches Mädchen war die einzig mögliche Erklärung für Petries Zwickmühle. Nur so etwas konnte ihn in seiner Loyalität zur Schwester seines gefallenen Freundes durcheinanderbringen. Arbuckles heruntergefallener Kiefer bestätigte seine These. »Außerdem hat man Ihnen verboten, die Polizei von der Sache in Kenntnis zu setzen, wenn Sie Ihre Tochter wohlbehalten zurückbekommen wollen.«

Diese Schlußfolgerung war zu naheliegend gewesen, um Arbuckle aus dem Konzept zu bringen, aber Petrie war beeindruckt.

»Liebe Zeit, Fletcher«, sagte er, »ich versteh einfach nicht, wie Ihresgleichen das immer macht.« An den Amerikaner gewandt fuhr er fort: »Hab ich Ihnen nicht gesagt, Sir, daß Scotland Yard ganz schön plietsch ist?«

»Das haben Sie, mein Sohn, und ich hab auch keinen Zweifel daran. Obwohl ich mir ziemlich sicher bin, daß die im Umgang mit Entführern keine große Erfahrung haben. Aber egal. Was können sie anderes tun, als sich an der Suche beteiligen? Unmöglich, einen Polizeitrupp geheimzuhalten, und wenn das erst mal bekannt ist, dann ist es mit Gloria vorbei.«

»Sir«, sagte Alec, »ich kann Ihre Haltung verstehen, glauben Sie mir. Aber sind Sie sich auch sicher, daß es keine Alternativen gäbe, wenn ich alle Fakten wüßte? Ich bin schließlich ausgebildeter Detective. Wie Kriminelle denken, kann ich entschlüsseln, und auch aus unvollständigen Hinweisen Schlußfolgerungen ziehen. Darin habe ich Erfahrung.«

»Klar, aber ...«

»Wie dem auch sei. Ich muß jetzt doch darauf bestehen, daß ich jede Information erhalte, die uns weiterhilft, Daisy – Miss Dalrymple zu finden. Ich gehe davon aus, Sie haben alle den Verdacht, daß sie sich in den Händen der Entführer befindet.«

Er blickte um den Tisch und sah allgemeine Zustimmung. Nur mit Mühe sprach er mit ruhiger und vernünftiger Stimme weiter. »Wenn die so gewissenlos sind, wie Sie das glauben, dann ist auch Daisy in Gefahr. Sie können sich doch vorstellen, daß ich nichts tun würde, um das Risiko zu erhöhen?«

Miss Fotheringay warf einen halb entschuldigenden, halb trotzigen Blick zu Arbuckle. »Ich werde Ihnen alles erzählen, was Sie wissen müssen, Mr. Fletcher. Besser gesagt: alles, was ich weiß. Daisys Sicherheit ist mir jetzt am allerwichtigsten, und wir hier haben doch überhaupt keine Vorstellung, was wir anstellen sollen.«

Ihr schweigsamer Freund nickte.

»Stimmt genau«, rief Mrs. Pearson aus.

»Tut mir leid, altes Haus«, sagte ihr Mann mit rauher Stimme zu Petrie gewandt, »aber sie hat einfach Recht. Das mußt du verstehen. Wir werden trotzdem versuchen, so wenig wie möglich zu verraten.«

Alec schüttelte den Kopf. »Ich kann doch nicht wissen, was ratsam ist, wenn ich nicht alles gehört habe. Und genauso wenig könnte ich dann beschließen, was zu tun ist.«

Er wandte sich an den Amerikaner. »Ich kann Ihnen zusichern, daß ich mich nicht an die örtliche Polizeidienststelle wende, wenn ich das nicht für absolut unausweichlich halte. Aber weiter kann ich nicht gehen, und eigentlich ist das auch weiter, als ich normalerweise verantworten könnte.«

Arbuckle sackte in seinem Stuhl zusammen. Plötzlich verwandelte sich sein Gesicht in das eines alten Mannes, als die Anspannung daraus wich. »In Ordnung, in Ordnung. Ich denke, ich weiß auch so, wann ich verloren habe. Zum Teufel auch, ich schulde Miss Dalrymple schließlich auch was, so tapfer, wie sie sich für mein Mädchen eingesetzt hat. Wenn Sie nur nicht überall herumerzählen, daß Sie ein Leppermantelmann sind, dann erzähle ich Ihnen alles. Wo fangen wir also an?«

»Immer schön der Reihe nach. Vielleicht können wir ja herauskriegen, wohin Daisy heute gegangen ist.«

# 13

Genau wie der Mann, der ihnen vorhin Brot und Margarine, Corned Beef aus der Dose und matschige, graue Dosenerbsen gebracht hatte, trug auch der andere Entführer, der ihre Teller anschließend abholte, ein Tuch über Nase, Mund und Kinn gebunden. In der zunehmenden Dunkelheit wären seine Gesichtszüge ohnehin praktisch unsichtbar gewesen. Daisy fragte sich, ob sie in der Lage wäre, den Mann zu identifizieren, den sie vorhin an der Eingangstür bei vollem Tageslicht gesehen hatte.

Sie hatte da so ihre Zweifel. Nicht nur hatte sie ihn nur sehr kurz gesehen; alle Aufmerksamkeit, die sie nicht ihrer schrecklichen Situation widmete, hatte seinen blauen Augen und Phillips Rolle bei dessen Entstehung gegolten.

Der Mann ging wieder. Mit einem lauten Krachen fiel der Riegel herab.

»Wird er wiederkommen?« fragte sie Gloria, deren Gesicht nicht mehr als ein blasser Kreis neben ihr war.

»Ich glaube nicht. Nach dem ... Abendessen sind sie nie zurückgekommen.«

»Abendessen!« seufzte Daisy. Nach Mrs. Barnards Tee mit Kuchen war sie nicht sonderlich hungrig gewesen, und sie hatte das zähe Fleisch gegessen, aber darüber hinaus nicht mehr als ein paar Bissen herunterbekommen. Sie vermutete, daß ihr das möglicherweise später leid tun würde. »Na ja, draußen wird es bald Nacht sein, hier drin natürlich auch. Ich sollte mal lieber weitermachen. Könnten Sie mir helfen, die Matratze unter das Loch zu legen? Das wird den Krach dämpfen, wenn irgendwelche großen Stücke herunterfallen.«

Während die beiden im Dunkeln herumstolperten und die

Matratze in die andere Ecke schleppten, ertönte ein leises Donnern. Daisy konnte sich nicht vorstellen, was ihre Häscher da machten. Bevor sie Gloria fragen konnte, ob sie ein ähnliches Geräusch schon vorher einmal gehört hatte, unterbrach sie ein zweites grollendes Donnern. Ein Gewitter, wenn auch in der Ferne! Das Wetter war endlich umgeschlagen.

Sie war froh, daß sie ihre Leidensgenossin nicht auf das Geräusch aufmerksam gemacht hatte. Gloria schien das Donnern nicht gehört zu haben; falls sie vor Gewittern Angst hatte, dann war es besser, wenn sie jetzt noch nichts davon wußte.

»Erzählen Sie mir von der Entführung«, regte Daisy an. Sie tastete nach ihrem selbstgemachten Stopfen und zog daran. In einem Regen von Putz, Holzstücken und dumpf riechendem, halb verfaultem Stroh löste er sich. Hustend, aber voll Freude sah sie, daß das Loch, in der Dunkelheit nur als dunkelgrauer Fleck wahrzunehmen, dadurch fast doppelt so groß geworden war.

»Ich dachte, Phillip hätte es Ihnen erzählt. Kann ich Ihnen helfen?«

»Wir haben nicht genug Platz. Ich muß jetzt schon mit gebeugtem Kopf stehen. Phil hat mir natürlich davon erzählt, aber vielleicht ist Ihnen ja etwas aufgefallen, was er nicht bemerkt hat. Übrigens, Sie haben nicht zufällig mehr über den Drahtzieher von der ganzen Sache erfahren, den Mann, den man den Yank nennt?«

»Nein«, sagte Gloria und klang verwirrt. »Die haben sich nicht mehr im Zimmer unter diesem unterhalten. Vielleicht wurde denen klar, daß Phillip sie belauscht hat. Ist das denn irgendwie von Belang, wer das ist?«

»Man kann nie wissen. Vielleicht ist es das. Puh!« Daisy spuckte einige Putzkrümel aus und fragte sich plötzlich, wieviele Insekten eigentlich in Stroh zu Hause waren, und welche Arten. Nicht, daß es ihr wirklich wichtig war, ob Spinnen oder Ohrwürmer in ihrem Haar landeten. Hauptsache, die hielten sich von ihrem Mund fern. »Ich sollte mal lieber nicht sprechen, wenn ich hier arbeite«, murmelte sie durch halb geschlossene Lippen.

Gloria kam ihrem Wunsch nach und erzählte von der Entführung und allem, was seitdem passiert war. Es war ausgesprochen wenig. Daisy hörte zu, erfuhr jedoch zu ihrer Enttäuschung nichts wesentliches, während sie weiter das Loch im Dach vergrößerte. Es war schwere Arbeit, denn sie mußte über Kopf arbeiten. Der Putz und das Stroh kamen leicht herunter, und die Holzbretter waren nicht wesentlich fester, obwohl man sie an manchen Stellen kräftig ziehen und richtiggehend abbrechen mußte.

In einer Hinsicht war das natürlich sehr praktisch. Andererseits hatte sie aber keine große Lust, *durch* das Dach zu fallen, genauso wenig, wie sie *vom* Dach fallen wollte.

Ein Windstoß blies ihr einige flirrende Strohstücke ins Gesicht. Sie spürte, wie sich ein Niesen ankündigte, und schnaufte durch die Nase.

»Soll ich mal probieren?« fragte Gloria.

»Würden Sie das? Es kann eigentlich nicht mehr lange dauern.«

Sie tasteten sich vorsichtig im Dunkeln aneinander vorbei. Daisy hörte, wie der Donner näherkam, und fing an, von Phillip und Gervaise zu erzählen, als sie noch Jungs waren.

Nach einigen Minuten unterbrach Gloria sie mit zittriger Stimme. »Es fängt an zu regnen, und ich glaub, ich hör es donnern.«

»Ich auch«, gab Daisy zu. »Haben Sie davor Angst?«

»N-nein. Eigentlich nicht, aber gefallen tut es mir auch nicht gerade. Jedenfalls die Blitze nicht. Zu Hause gibt es immer schreckliche Gewitter mit regelrechten Blitzstürmen.«

»Hier sind sie gar nicht so schlimm«, versicherte ihr Daisy, als wäre sie überhaupt in der Lage, einen solchen Vergleich zu ziehen. »Mir gefällt das ganze Gerumse und Gelärme und das Blitzen sogar. Soll ich mal am Dach weitermachen?«

»Nein, es geht schon. Moment, hier ist etwas Großes und Hartes.«

»Ein richtiger Sparren, oder Balken, oder wie man das nennt?«

»Ich glaube, ja.«

»Prima, damit haben wir etwas, woran wir uns festhalten können. Das Loch müßte jetzt schon ziemlich groß sein, nicht wahr?«

Plötzlich wurde alles hell, und Glorias Kopf erschien vor dem Loch als Silhouette. Sie keuchte auf.

»Eins, zwei, drei, vier, fünf«, zählte Daisy, »sechs, sieben…«

*Knall, Rumms, Rumms, Grummel, Grummel, Grummel.*

»Au weia!«

»Das ist noch sehr weit weg. Zehn Kilometer.« Oder mußte man bis fünf zählen, und das ergab dann einen Kilometer? Sie konnte sich nicht genau erinnern und hoffte, daß Gloria diese Berechnungsmethode nicht kannte. »Allen Krach, den wir jetzt machen, werden die unten für Donner halten«, sagte sie ermutigend, »und wenn es blitzt, haben wir wenigstens Licht. Also los.«

»S-Sie zuerst.«

»In Ordnung. Wir rollen jetzt mal die Matratze zusammen, damit wir uns daraufstellen können, und dann müssen Sie mir eine Räuberleiter geben, vermute ich. Aber besonders sportlich bin ich nicht.«

Daisy stellte sich mit wackeligen Beinen auf die Matratze und streckte den Kopf hinaus ins Freie. Ihre Schultern streiften das Stroh des Daches. Erfrischende Regentropfen machten auf ihrem Gesicht hier und da Punkte und Striche, und gelegentlich fuhr ihr ein Windstoß durch die kurzgeschnittenen Haare. Sie tastete nach dem Dachbalken, den Gloria eben erwähnt hatte. Glücklicherweise war er am niedriger gelegenen Ende des Daches. Unter Mühen schaffte es Daisy, die Arme durch das Loch zu strecken und etwas von dem Stroh zu lösen, das auf dem Balken lag. Auf diese Weise konnte sie sich mit dem Ellbogen darauf stützen. »Schieben Sie mich doch mal hoch«, bat sie.

Ein Ruck und ein Heben, und einen Augenblick später war sie auf dem Dach. Sie achtete darauf, mit dem Gewicht immer schön den Dachbalken zu belasten. Das noch trockene Stroh piekste durch ihren dünnen Leinenrock hindurch, aber wenigstens war es nicht rutschig. Sie fürchtete, das würde es bald sein, wenn der Regen erst einmal richtig loslegte.

»Nun kommen Sie schon!«

Gloria herauszuhieven war schwieriger. Endlich saß sie neben Daisy auf dem Balken. Daisy hörte, wie sie die frische Luft mit einem tiefen Atemzug einsog und dann mit einem Seufzen wieder ausstieß.

»Was machen wir als nächstes?« fragte sie.

Ein Blitz ließ Daisy voller Hoffnung in den Bergahorn über ihnen aufblicken. Seine Äste waren durchaus greifbar, doch zu dünn, um irgend etwas Schwereres als ein Eichhörnchen zu tragen. Ein Jammer – es wäre jedenfalls die einfachste Route zu Boden gewesen, den Baum herunterzuklettern.

Im Licht des nächsten Blitzes, der wenige Sekunden nach dem ersten folgte, sah Daisy, wie Gloria die Hände über die Ohren gelegt hatte und krampfhaft die Augen zukniff. Er zeigte Daisy aber noch etwas, was sie vergessen hatte: Den Schuppen hinter dem Cottage. Dessen Dach lag direkt unter ihnen, keine anderthalb Meter tiefer als die Traufe, und an seinem niedrigsten Punkt war er wiederum keine anderthalb Meter über dem Boden.

Am Himmel zischte und röhrte es. Als der Lärm aufgehört hatte, wirkte die Stille, als hielte die Luft den Atem an, um auf den nächsten Angriff zu warten. Ohne hinzuschauen, streckte Daisy die Hand aus, um Gloria die nunmehr nicht mehr sichtbaren Hände von ihren nicht sichtbaren Ohren zu ziehen.

»Hören Sie zu«, zischte sie. »Wir müssen nur gerade runterrutschen. Dazwischen fallen wir knapp einen Meter frei herunter, dann rutschen wir wieder, und dann lassen wir uns wieder ungefähr anderthalb Meter herunterfallen. Kriegen Sie das hin?«

»Ich glau-glaube ja.«

»Gut. Wir werden beide gleichzeitig losrutschen; dann landen wir nicht auf einem Haufen übereinander. Bleiben Sie dann ganz ruhig am Boden liegen, dann finde ich Sie.«

»Okay.«

»Auf die Plätze ... fertig ... los.«

Das Stroh kratzte an ihrer Haut, und Daisy empfand es als durchaus angsterregend, sich so in die schwarze Nacht rutschen zu lassen – und sie hatte schließlich noch gesehen, was unter ihnen lag, wenn auch nur kurz. Gloria aber mußte ihr blind vertrauen. Nachdem sie schon solche Angst vor dem Gewitter gehabt hatte, mußte man sich fragen, ob sie ausreichend mutig war, um ihr zu gehorchen?

Daisy spürte an den Füßen nur Luft. Einen Augenblick später schlug ihr Allerwertester mit einem *Rums* auf der darunterliegenden Dachschräge auf. Sie konnte sich gerade noch fragen, ob es ihr wohl besser ergangen wäre, wenn sie kopfüber gerutscht wäre, als ihre Füße schon wieder in der Luft waren. Mit wild umherrudernden Armen, mit denen sie das Gleichgewicht zu wahren suchte, landete sie auf etwas, das unter ihr knirschte. Vielleicht ein mit Asche bestreuter Weg.

Ein zweites Knirschen kündete von Glorias Ankunft neben ihr. In der unnatürlichen Stille klang es sehr laut, jedenfalls überhaupt nicht wie ein Donnern. Es klang eigentlich genau wie Schritte auf einem aschebestreuten Pfad.

»Was 'n das?« Die Stimme kam eindeutig aus dem Cottage. Kein Lichtstrahl zeigte sich, aber die Männer drinnen waren eindeutig wach.

»Wir sollten mal lieber schauen ... Das hätte ja ...« Der Rest wurde von einem unglaublich lauten Donnerschlag übertönt. Der Blitz zuckte fast gleichzeitig auf. Daisy ergriff Glorias Hand und zog sie vom Häuschen fort.

Schnell zu laufen war unmöglich, also lohnte es nicht, sich auf den vergleichbar gangbaren Reitpfad vor dem Cottage zu konzentrieren, selbst wenn sie nicht von hinten kämen. Viel sinnvoller würde es sein, sich rasch im wirren Dickicht des Unterholzes zu verlieren, hatte Daisy beschlossen. Hand in Hand, von den Blitzen geblendet, stolperten sie, die Hände ausgestreckt, um sich vor Hindernissen zu schützen, durch die Büsche.

Hinter ihnen leuchteten Taschenlampen auf, deren Strahlen sie zwar sofort trafen, doch dann in langen Bahnen an ihnen vorbeigingen und eine Wand grüner Blätter beleuchteten. Daisy sah, daß sich zu ihrer Rechten ein Kaninchenpfad auftat. »Schnell!« rief sie aus und lief los.

Schritte und Flüche wurden hinter ihnen laut. Nach wenigen Metern auf dem verwinkelten Pfad hatten sie die Männer hinter sich gelassen, aber die hatten wenigstens Taschenlampen, um sich zurechtzufinden. Wenn deren Licht wieder fort war, konnten Daisy und Gloria nichts mehr sehen.

Der Himmel kam ihnen zu Hilfe. Ein Blitz nach dem anderen erhellte die Dunkelheit unter andauerndem, lauten Donnern, kräftigen Schlägen und langem, knatterndem Grollen. Daisy konnte ihre Verfolger weder hören noch sehen, doch war sie sicher, daß sie aufholten. So quetschte sie sich zwischen zwei Büschen durch und zerrte Gloria hinter sich her.

Sie fanden sich auf einer Lichtung unter einer Lärche wieder. Eigentlich standen sie mehr oder minder mitten in der Lärche, denn die ersten Äste fingen gerade einen Meter über dem Boden an und verliefen dann in kleinen Abständen den Baumstamm hinauf. Auf Daisy wirkten sie wie eine Leiter.

Als der nächste Blitz kam, ergriff sie Gloria am Arm, zeigte nach oben und sagte ihr ins Ohr: »Klettern!«

In der pechschwarzen Dunkelheit tastete sie sich vorsichtig empor und erprobte jeden Ast, bevor sie ihr Gewicht darauf stellte. Die Fähigkeiten, die sie in der Kindheit erworben hatte, entdeckte sie so rasch wieder, als wäre dies ein Fahrrad, das sie jahrzehntelang nicht gefahren hatte. Beleidigt grollte wieder ein Donnern auf, doch der nächste Blitz war einigermaßen schwach. Das Gewitter schien weiterzuziehen.

Daisy blickte hinunter und erkannte, daß Gloria ihr nicht gefolgt war. Das Donnern hörte auf. Sie hörte es im Gebüsch knacken, lautes Fluchen, dann ein Triumphgeheul.

»Ich habse!«

»Was is mit der anneren?«

»Weitersuchen!«

»Verdammt nochmal, in diesem Unwetter finden wir die doch nie, Freundchen.«

Mittlerweise goß es in Strömen, und das Blätterdach wurde von Rinnsalen, Strömen und wahren Regenfluten durchbrochen. Die Nadeln der Lärche boten da gar keinen Schutz. Daisy saß unbequem auf einem dünnen Ast, klammerte sich am Baumstamm fest und war innerhalb kürzester Zeit bis auf die Haut durchnäßt. Sie fröstelte.

Die Kerle hatten Gloria wieder. Alle Bemühungen waren umsonst gewesen – es sei denn, sie käme jetzt noch rechtzeitig nach Fairacres zurück, um die Männer loszuschicken. Bevor die Entführer ihr Opfer irgendwo anders hinbrachten.

Doch wagte sie es nicht, vom Baum herunterzusteigen, ehe sie nicht sicher war, daß die Entführer die Suche aufgegeben hatten. Glücklicherweise lag der Donner jetzt in der Ferne. Durch das Pladdern des Regens hörte sie, wie sich die Geräusche der Verfolgungsjagd entfernten.

»Verdammt noch mal, so eine Scheiße!«

Wäre Daisy nicht zwischen den Ästen festgekeilt gewesen, dann wäre sie wahrscheinlich wie ein Stein heruntergefallen.

»Gottogott, ich kann es wirklich nicht erwarten, wieder zu Hause in der Stadt zu sein!«

Die Stimmen klangen so, als stünden die Männer direkt unter ihrem Baum, doch durch die Blätter und Äste sah sie die Lichtkegel ihrer Taschenlampen und erkannte, daß sie auf dem Kaninchenpfad waren. Sie sah den Lampen zu, wie sie zurück zum Cottage hüpften, nachdem sie es ihr freundlicherweise ermöglicht hatten, sich zu verorten.

Daisy wartete noch eine halbe Ewigkeit und kletterte dann hinunter, obwohl sie sich nicht sicher sein konnte, ob nicht noch andere Männer auf der Lauer lagen. Sie schob sich durch die Büsche, wandte sich vom Cottage ab und stapfte vorsichtig in die tiefschwarze Nacht hinein.

Alec betrachtete mit einem Stirnrunzeln die Karte, die auf dem Schreibtisch im Arbeitszimmer des Viscounts ausgebreitet lag. »Hier und hier und hier, Mrs. Pearson?« Er zeigte auf die drei Dörfer, von denen aus Daisy angerufen hatte.

»Ja.« Die hübsche junge Frau begutachtete ihre Liste. »Und sie sagte, sie hätte die anderen Orte dazwischen auch abgedeckt. Sie hat nicht von überall angerufen.«

»Also hätte sie in jedes dieser drei Dörfer weiterradeln können, oder auch noch irgendwo anders hin, wenn sie gut in der Zeit lag. Gibt es einen besonderen Grund, eine bestimmte Richtung einzuschlagen?« Er blickte in die aufmerksamen Gesichter um ihn.

»Sie war so allgemein auf dem Weg zurück nach Fairacres«, sagte Pearson zögerlich. »Ich kann mir nicht vorstellen, daß sie noch einmal einen Schlenker machen wollte.«

»Guter Einwand«, lobte Alec. »Diese beiden Orte sind also wahrscheinlich die, an denen ihre Fahrt endete: Astonford und Little Baswell.«

»Astonford ist ein winziges Dörfchen«, warf Petrie ein. »Da gibt's noch nicht mal einen Pub, ganz zu schweigen von einem Laden.«

»Und der Laden in Little Baswell wird schon seit langem geschlossen haben«, ergänzte Miss Fotheringay, »aber der Pub wird noch eine halbe Stunde offen sein.«

»Zum Teufel auch, was macht das schon?« fragte Arbuckle. »Herauszufinden, in welches Dorf sie gegangen ist, kriegen wir hin. Aber sie könnte mittlerweile überall sein. Wir können doch nicht die ganze Gegend hier durchkämmen.«

»Und wenn wir das könnten«, sagte Bincombe düster, und seine Worte wurden von einem Donnergrollen untermalt, »und wenn wir hundert Leute hätten, könnten wir bei diesem Wetter einen Meter oder zwei an ihr vorübergehen, ohne sie zu sehen oder zu hören.«

Er hatte leider recht. Alec senkte besiegt den Kopf, richtete sich dann wieder auf und sagte zögerlich: »Ja, wir werden wohl bis zum Tagesanbruch warten müssen. Vielleicht haben wir bis dahin einen brillanten Plan ersonnen, wie wir sie finden könnten.«

»Vielleicht ist sie bis dahin ja auch schon zurück«, tröstete ihn Mrs. Pearson erschöpft.

»Aber das wirst du nicht mehr abwarten, mein Liebes«, informierte sie ihr Ehemann. »Ab in die Heia mit dir.«

»Sie müssen sich alle für morgen ausruhen«, sagte Alec. »Sie sollten lieber ins Bett gehen, außer Ihnen, Petrie, wenn ich bitten darf. Ich möchte alles hören, was Sie mir über die Entführung sagen können. Und auch außer Ihnen, Mr. Arbuckle, wenn es Ihnen nichts ausmacht, noch eine Weile zu bleiben, Sir.«

»Keinesfalls. Nur werden Lord und Lady Dalrymple vielleicht ein bißchen überrascht sein, wenn sie uns bei ihrer Rückkehr hier vorfinden.«

»Liebe Zeit, die hatte ich ja ganz vergessen! Wir könnten hinunter zum *Wedge and Beetle* gehen, aber ich habe für heute nacht kein Hotelzimmer gebucht, und ich weiß nicht, ob die mich unterbringen können.«

»Sie sollten auch lieber hier übernachten, Mr. Fletcher. Ich denke, daß wir das mit Daisys Vetter und seiner Frau ins Lot bekommen.« Miss Fotheringay betrachtete ihn mit leicht ironischem Blick. »Wir werden ihnen einfach erzählen, Daisy hätte vergessen, daß sie Sie eingeladen hat. *Die* wissen ja nicht, daß das unvorstellbar ist.«

Alec belohnte ihren leisen Spott mit einem halben Lächeln und stimmte zu: »Es wäre wesentlich praktischer, wenn ich hierbliebe. Ich werde jedenfalls nicht ins Bett gehen. Daisy könnte ja noch kommen heute nacht.«

»Sie brauchen aber auch Ihren Schönheitsschlaf«, sagte Lucy. »Wir werden einfach abwechselnd Wache schieben, wie wär's damit?« wandte sie sich an die anderen.

»Alle außer Madge«, sagte Pearson fest, »aber ich mach gerne mit. Ich werd mal einen Zeitplan ausarbeiten.« Er setzte sich an den Schreibtisch und durchsuchte die Schubladen nach Stift und Papier.

Alec lehnte nicht ab. Seine Augenlider fühlten sich schwer und verklebt an nach der Fahrt aus London. Und die hatte er am Ende eines langen Tages im Yard gemacht, während dem er eine Menge Büroarbeiten erledigt hatte, um sich den kommenden Tag freinehmen zu können.

»Kann mich dann bitte jemand wecken«, sagte Miss Fotheringay gelangweilt, »wenn ich dran bin oder wenn das verlorene Schaf zur Herde zurückkehrt. Ich muß jetzt ins Bett. Komm schon, Madge, Liebes. Wenn Lord und Lady Dalrymple zurückkommen und wir sind schon weg, werden sie annehmen, daß Daisy sich auch zurückgezogen hat. Das wird uns eine Menge Komplikationen ersparen, jedenfalls heute abend.«

»Guter Gedanke, Miss Fotheringay.«

»Ich krieg das gelegentlich hin, wenn ich mir Mühe gebe. Ich sage nur noch Lowecroft, er soll Ihnen ein Bett machen. Gute Nacht allerseits.«

Die Damen gingen gerade rechtzeitig. Pearson hatte kaum seinen Zeitplan zu Ende geschrieben, als aus der Eingangshalle Stimmen und der Schlag einer sich schließenden Tür zu ihnen drangen.

Petrie wandte sich an Alec. »Ich sollte Sie wohl lieber gleich vorstellen, Fletcher.«

»Ich werd mich mal unauffällig verdrücken«, sagte Arbuckle sofort.

Alec folgte Petrie hinaus. Als sie in die Eingangshalle traten, hörten sie, wie der Herr, der gerade einem Lakai seinen tropfnassen Regenschirm reichte, wütend sagte: »Verflixt noch eins, Geraldine, einen Copper erkenne ich doch, wenn ich ihn sehe!«

Alec hielt überrascht inne. Lord Dalrymple hatte nicht mehr als nur einen kurzen Blick auf ihn erhaschen können und schaute ihn jetzt auch gar nicht an. Außerdem wurde Alec äußerst selten als Polizist erkannt. Nicht, daß er selbst etwas gegen das Bekanntwerden seines Berufs gehabt hätte, aber er hatte Arbuckle versprochen, sich mit dieser Information zurückzuhalten.

»Kleine Copper sind sehr gewöhnlich«, fuhr seine Lordschaft im didaktischen Tonfall fort, was Alec weiter verwirrte. Er mochte ja nicht besonders großgewachsen sein, aber für die Mindestgröße zur Aufnahme in die Polizei hatte es gereicht. Lord Dalrymple beugte sich hinab und streichelte seinen Spaniel, der zur Begrüßung herangeeilt war, dann fuhr er fort: »Was ich gesehen habe, war eine Queen of Spain, und die sind wahrlich selten. Der Mann hatte keine Ahnung, wovon er redete. Ich will doch meinen, daß ich eine *Issoria lathonia* von einer *Lycaena phlaeas* unterscheiden kann!«

»Bestimmt, Liebling«, beruhigte ihn Lady Dalrymple, »aber der Mann ist doch eine berühmte Autorität auf diesem Gebiet, und deswegen wurde er ja auch eingeladen, um dich kennenzulernen.«

»Autorität«, schnaufte ihr Mann spöttisch, »ein Esel ist das!«

Petrie wandte den Kopf. »Schmetterlinge«, murmelte er und ging dann nach vorn. »Lady Dalrymple, darf ich Ihnen Mr. Fletcher vorstellen? Ich fürchte, Daisy vergaß zu erwähnen, daß sie ihn eingeladen hat. Er konnte erst heute zu uns stoßen.«

»Guten Abend, Mr. Fletcher«, sagte ihre Ladyschaft streng und wandte sich dann sofort wieder an Petrie. »Wo ist Daisy überhaupt? Sie war zum Tee nicht da und war auch noch nicht zurück, als wir aus dem Haus gegangen sind.«

»Die Damen sind schon ins Bett gegangen«, sagte Petrie irreführend. »Es war ein anstrengender Tag heute.«

»Das will ich wohl glauben! Diese alberne Schatzsuche von Daisy geht schon viel zu lang. Das werde ich ihr morgen früh auch so sagen.«

In der Zwischenzeit hatte sich Lord Dalrymple Alec vorgestellt und fragte wißbegierig: »Sind Sie zufällig mit den *Lepidoptera* vertraut?«

»Ich fürchte nicht, Sir. Ich kann einen Pfau von einem Weißling unterscheiden, aber zu mehr reicht es einfach nicht.«

»Kohlweißling, verehrter Freund, Kohlweißling. Sie meinen *Pieris brassicae*, vermute ich. Selbstverständlich sind sie eine Plage, aber auf ihre Weise nicht ganz unhübsch.«

»Kommst du jetzt, Edgar?« fragte seine Frau. »Es ist spät, und du willst ja immer schon im Morgengrauen aufstehen.«

»Ich wollte gerade Mr. Fletcher einen Schlummertrunk anbieten, Liebes.«

»Ich bin überzeugt, du kannst dich auf Mr. Petrie verlassen, daß er die Honneurs macht.«

»Ach, seien Sie so gut, mein Junge. Bitte entschuldigen Sie mich, Mr. Fletcher. Es stimmt schon, ich steh gerne früh auf und mache mich noch vor der Hitze auf die Suche. Gute Nacht.«

Alec verzichtete auf den Hinweis, daß es morgen wahrscheinlich alles andere als heiß würde, und wünschte ihm eine Gute Nacht.

Am Fuße der Treppe wandte sich der Viscount um und sagte ernst: »Es war tatsächlich eine Queen of Spain, das möchte ich beschwören. Eine Gattung der *fritillaria*, verstehen Sie.«

Alec fand ihn sympathisch. Aber er konnte durchaus verstehen, warum Daisy es vorzog, nicht bei ihrem Vetter und seiner Frau zu wohnen.

Er und Petrie gesellten sich zu Arbuckle, Pearson und Bincombe in den kleinen Salon. Einen Augenblick später trat der Lakai ein, Karaffen von Brandy und Whiskey auf einem Tablett.

»*Ich* weiß, daß Miss Daisy noch nicht zurückgekommen ist«, sagte er mit einer leisen Verschwörerstimme und warf ihnen reihum einen bedeutungsschwangeren Blick zu. »Mr. Lowecroft ist ins Bett gegangen. Ich bin der einzige, der jetzt Dienst hat. Wenn es irgend etwas gibt, was ich tun kann, müssen Sie nur nach mir klingeln. Und Sie wissen ja, Mr. Petrie, Sir, ich kann schweigen.«

»Sehr gut, mein Freund«, sagte Petrie und wandte sich zu Arbuckle. »Whiskey, Sir?«

»Ich würde mir schon gerne einen Schluck genehmigen.«

Alec gefiel Petries Angebot besser als das des Lakaien.

Er sagte nüchtern zu dem jungen Mann: »Es sieht nicht so aus, als gäbe es irgend etwas, was jetzt zu tun wäre. Morgen sieht die Angelegenheit allerdings anders aus. Wenn Miss Daisy bis dahin nicht zu Hause ist, dann werden wir möglicherweise jeden Mann brauchen, den wir kriegen können.«

# 14

Pearson lehnte die Einladung auf einen Schlummertrunk ab. Er reichte Alec den Zeitplan für die Nachtwache, was als Zeichen der unausgesprochenen Akzeptanz von dessen Autorität gelten konnte, und ging nach oben zu seiner Frau. Alec setzte sich an den Schreibtisch, ein kleines Glas Brandy vor sich. Arbuckle nahm einen Schluck von seinem Scotch und murmelte Blasphemisches über die Prohibition in den Vereinigten Staaten.

Petrie besorgte sich und Bincombe einen Whiskey-Soda. »Also, Fletcher, was können wir Ihnen erzählen?« fragte er.

Doch an dieser Stelle wurde Lord Gerald unerwartet von großer Redseligkeit befallen: »Hören Sie mal, verehrter Freund«, wandte er sich an Alec, »Lucy zeigt das vielleicht nicht so deutlich, aber sie mag Daisy teuflisch gern. Tun Sie also bitte alles, was Sie nur irgend können. Und ich würde auch alles in dieser Welt für Lucy tun, um es so zu sagen. Und für Daisy würde ich genauso viel tun, wenn wir schon dabei sind.«

Alec dankte ihm mit ernster Miene.

»Ich meine«, fuhr der schwere junge Mann mit seinen etwas trampeligen Bemühungen fort, seine Gedanken zu formulieren, »wir haben uns schließlich alle für Miss Arbuckle hier ins Zeug geworfen, und dabei kennen wir sie doch gar nicht.« Er warf einen entschuldigenden Blick auf den Vater des entführten Mädchens. »Außer Petrie, stimmt's? Aber Daisy ist … na ja, Daisy, wenn Sie verstehen, wie ich das meine.«

»Das tue ich wahrhaftig«, stimmte Alec ihm zu, und sein Herz zog sich schmerzhaft zusammen. Wo war sie? Hatte sie sich verirrt, lag sie verletzt irgendwo, war sie hilflos den Pranken von Verbrechern ausgeliefert?

»Das hätten wir dann also«, stellte Bincombe erleichtert fest. »Weckt mich, wenn es soweit ist.« Er kippte seinen Whiskey hinunter und verschwand schweigend.

Alec wandte sich an Arbuckle und sagte: »Ich hätte gerne als erstes Ihre Geschichte, Sir. Augenblick, ich brauch nur etwas Papier, um meine Notizen zu machen.«

»Bloß nichts Schriftliches! Das wäre verdammt gefährlich.«

»Ich finde, vieles, was einem vorher nicht aufgefallen war, wird einem wesentlich deutlicher, wenn man sich die Notizen über eine Unterhaltung später noch einmal anschaut.«

»Nein!« beharrte der Amerikaner. »Wenn Sie wollen, daß ich in dieser Sache mitspiele, dann nach meinen Regeln.«

Alec gab nach. Er hatte die Hoffnung, daß seine Erinnerung sich als nicht so verschwommen erweisen würde, wie er momentan durch seine müden Augen die Dinge wahrnahm. Er ließ den anscheinend leicht erregbaren Herrn also seine Geschichte ohne Unterbrechung erzählen und notierte sich im Geist, welche Fragen er noch stellen wollte und welche Einzelheiten noch aufzuklären seien.

Arbuckle holte die Briefchen der Entführer hervor, die er immer bei sich führte. Sie waren in Großbuchstaben mit Bleistift auf schlichtes Notizpapier geschrieben, das es überall zu kaufen gab. Die Wortwahl sprach von einem gewissen Bildungsmangel, doch konnte das auch sehr gut nur vorgetäuscht sein. Obwohl Alec noch keinen Entführungsfall bearbeitet hatte – dergleichen geschah selten in Großbritannien –, wußte er, daß der Stil von Lösegeldforderungen oft künstlich vereinfacht wurde. Mehrere Worte aus dem amerikanischen Slang, amerikanische Rechtschreibung und Wortwahl – all das konnte zwar auch nur zur Tarnung hinzugefügt worden sein, doch eigentlich schien es so, als wäre der »Yank«, von dem Petrie Arbuckle berichtet hatte, tatsächlich ein Amerikaner. Es gab natürlich immer die Möglichkeit, daß er ein englischer Krimineller war, dessen Manierismen ihm diesen Spitznamen verschafft hatten, doch war Alec überzeugt, daß er dann mindestens gerüchteweise von einem solchen Mann gehört hätte.

»Ich vermute, wenn ich Ihnen von dem Yank erzähle, dann ist das nichts als Hörensagen«, sagte Arbuckle, während Alec sich die Mitteilungen ansah, »aber Petrie kann alles bestätigen.«

»Ob etwas Hörensagen ist oder nicht, ist mir völlig egal«, versicherte Alec. »Sie geben hier ja keine formelle Zeugenaussage ab, und dies ist auch kein gerichtliches Beweiserhebungsverfahren. Ich will alles wissen: Hörensagen, Meinungen, Zusammengereimtes, weit hergeholte Möglichkeiten.«

Mit ziemlich rotem Gesicht sagte Arbuckle: »Nun jaaa, es gibt da tatsächlich etwas. Ich hatte es Miss Dalrymple erzählt, aber dem jungen Petrie hier vorenthalten. Es tut mir leid, mein Sohn, aber ich wollte nicht, daß Sie glauben, der Papa von Gloria wäre die Sorte Mann, der den Leuten absichtlich auf die Hühneraugen tritt. Tatsache ist aber trotzdem, daß ich in meiner Laufbahn schon den einen oder anderen Feind gewonnen habe.«

»Wer von uns hat das schließlich nicht?« sagte Alec, und Petrie nickte ernst. Sein leerer Blick zeigte deutlich, daß er gerade heftig versuchte, sich an irgendwelche Feinde in seinem Leben zu erinnern.

Arbuckle erklärte, daß er im Laufe seiner Geschäftstätigkeit fast unausweichlich den einen oder anderen vor den Kopf gestoßen hatte. Alec bat ihn, eine Liste von Namen zu erstellen und wandte sich dann an Petrie.

Dessen Bericht über die gemeinsam mit Arbuckle erlebten Ereignisse bestätigte alles, was dieser erzählt hatte, ließ aber gleichzeitig eine unterschiedliche Sichtweise erkennen. »Haben Sie irgendwelche Bemerkungen oder Ideen?« regte Alec an.

»Also, es gibt da noch eine Sache, Chief Inspector.«

Arbuckle setzte sich aufrecht. »Chief Inspector? Das ist doch ein ziemlich hohes Tier?«

»Ziemlich hoch«, bejahte Petrie in einem bescheidenen

Tonfall, der deutlich machte, daß aller Dank für die Organisation eines Polizisten von höherem Rang bitte bei ihm abzuliefern sei.

»Klasse! Das heißt wohl, daß Sie ein bißchen Spielraum haben, Mr. Fletcher, wenn es darum geht, bei Ihrem Vorgehen Unabhängigkeit zu wahren?«

»Ein bißchen«, sagte Alec vorsichtig und versuchte, sich nicht vorzustellen, was sein Superintendent, ganz zu schweigen vom Assistant Commissioner, von seinem gegenwärtigen unabhängigen Vorgehen halten würde. »Was wollten Sie denn gerade sagen, Petrie?«

»Ach, es ist nur etwas, was mich seit ein paar Tagen einigermaßen beschäftigt. Hoffentlich nehmen Sie es mir nicht übel, Sir«, wandte er sich an Arbuckle. »Aber es hat mich doch ein bißchen überrascht, daß der Studebaker keinen Ersatzschlauch für den Kühler in seinem Werkzeugkasten hatte. Die gehen doch alle naselang kaputt oder kriegen ein Loch oder fallen einfach von alleine ab. Nachdem Crawford über Motoren so gut Bescheid weiß, hätte ich eigentlich erwartet, daß er ein so grundlegendes Ersatzteil immer dabeihätte.«

»Crawford ist mein technischer Berater und kein Chauffeur, mein Sohn. Er hält ein Auge auf den Studebaker, aber er ist nicht dafür verantwortlich. Biggs habe ich zu Hause gelassen, da ich hier sowieso meistens selbst fahre.«

»Gloria – Miss Arbuckle – fährt auch selbst«, teilte Petrie Alec stolz mit.

»Aber ausgerechnet bei dieser Gelegenheit fuhr Sie nun Mr. Crawford«, sagte Alec zu Arbuckle. »Wieso eigentlich?«

»Gloria wollte mir Hereford zeigen.« Arbuckle sprach es ›Härrfort‹ aus. »Sie ist mal mit Petrie dagewesen, und da hat sie erfahren, daß Nell Gwynne in der Stadt geboren ist und dachte, das würde mich vielleicht interessieren. Diese ganzen Geschichtsdaten und so sind nicht mein Schönstes – wie Henry Ford immer sagt, Geschichte ist gewesen und vorbei –, aber diese alte Story von dem Orangenmädchen und Ihrem König Charles hat mir wirklich gefallen. Und Crawford ist fast so sehr begeistert von der Geschichte und der Landschaft hier wie Gloria. Verbringt seine ganzen Wochenenden mit irgendwelchen Rundfahrten. Als er dann hörte, daß wir nach Hereford fahren, wollte er gerne mitfahren und dabei auch chauffieren.«

»Es war also seine Idee, Sie zu begleiten?« frage Alec.

Arbuckle dachte noch einmal nach. »Na ja, beschwören könnte ich das nicht. Er hat sich schon dafür interessiert, als wir davon sprachen, aber ich hab jetzt irgendwie das Gefühl, als hätte Gloria ihn gebeten mitzukommen. Es hat ihr jedenfalls Spaß gemacht, weil sie so die Landschaft bewundern konnte, während er fuhr. Vermutlich steht die Landschaft nicht so im Vordergrund, wenn sie mit Petrie unterwegs ist«, fügte er schelmisch hinzu.

Petrie errötete und bestätigte damit Alecs Vermutungen, warum er sich um Gloria Arbuckle solche Sorgen machte.

»Sie glauben also, Miss Arbuckle hätte Crawford eingeladen, mitzukommen.« Alec konnte unmöglich einen vielversprechenden Hinweis einfach so versickern lassen. »Sagen Sie mal, was passiert eigentlich, wenn der Schlauch eines Kühlers kaputt geht? Habe ich recht mit meiner Annahme, daß das ein ziemlich spektakuläres Ereignis ist?«

»Liebe Zeit, ja!« sagte Petrie. »Das verbleibende Wasser kocht, und es entstehen riesige Dampfwolken. Man kriegt also auf jeden Fall mit, daß da etwas passiert. Und das ist auch gut so, denn wenn man nicht sofort anhält, überhitzt sich der Motor und geht möglicherweise endgültig kaputt.«

»Dampf?« Arbuckle runzelte die Stirn. »Also an Dampfwolken kann ich mich nun überhaupt nicht erinnern.«

»Sie können sich nicht erinnern, ob es überhaupt Dampf gab?« hakte Alec rasch nach. »Oder können Sie sich erinnern, daß es keinen gab?«

»Es gab keinen«, sagte der Amerikaner mit ausdrucksloser Stimme. »Crawford sagte über die Schulter, daß irgend etwas nicht stimmte. Er fuhr in die Toreinfahrt und stellte die Motorhaube auf. Dann murmelte er irgend etwas über den Kühler, nahm etwas raus – den Schlauch, vermute ich mal.

Den hat er gleich in die Tasche gesteckt, so daß ich ihn nicht sehen konnte. Er meinte, er würde jetzt eine Reparaturwerkstatt suchen, und weg war er.«

»Er hat nicht vorher im Werkzeugkasten nachgeschaut?«

Arbuckle schüttelte zögerlich den Kopf. »Er muß gewußt haben, daß er kein Ersatzteil mit hatte.«

»Aber er war nicht für den Studebaker verantwortlich. Er kann natürlich davon ausgegangen sein, daß der Werkzeugkasten komplett gepackt sei, ohne das vorher zu überprüfen. Aber man würde doch erwarten, daß er nach einem Ersatzschlauch sucht, wenn der gebraucht wird. Und wenn er andererseits wußte, daß es keinen Ersatzschlauch gab, würde man dann nicht erwarten, daß er ihn ersetzt?«

»J-ja. Vielleicht hatte er es bis dahin nur noch nicht geschafft.«

»Ich gehe davon aus, daß es tatsächlich keinen Ersatzschlauch gab. Petrie, haben Sie einmal im Werkzeugkasten des Studebakers nachgeschaut?«

»Nein. Ich hab ihn nur auf dem Laufbrett stehen sehen. Eine wunderschöne Mahagonikiste. Mein ganzer Motor würde da reinpassen«, sagte Petrie neiderfüllt. »Aber nachdem Crawford Ingenieur ist, ging ich davon aus, daß er das Ersatzteil eingesetzt hätte, wenn es eines gegeben hätte. Diese Reparatur ist ganz einfach. Außerdem war ich mir ziemlich sicher, daß ich ein Stück Schlauch dabei hatte, das hätte ich sofort angeboten, hätte ich gewußt, worum es geht.«

»Also hat der –«, setzte Alec an.

Arbuckle unterbrach ihn. »Augenblick mal. Ich weiß, was Sie jetzt sagen wollen. Aber dieser Kerl arbeitet seit zehn Jahren für mich. Er ist mehr oder minder meine rechte Hand. Vielleicht hat er gemerkt, daß Veränderungen anstehen, wie Miss Dalrymple es neulich gesagt hat, aber er wußte genausogut, daß ich ihn anständig behandeln würde.«

»Veränderungen?« So sehr Alec Daisys Neigung zur Einmischung mißbilligte, er wußte doch, daß eigentlich alles, was ihren Verdacht erregte, eine nähere Untersuchung lohnte.

Mit einem Seitenblick auf Petrie zuckte Arbuckle mit den Achseln. »Ein Geschäft, das sich nicht verändert, stirbt eines langsamen Todes«, sagte er kryptisch.

Alec schien ihn zu verstehen. »Sind Sie heute abend mit dem Studebaker hierher gefahren?« fragte er. »Petrie, dürfte ich Sie bitten, einmal im Werkzeugkasten nachzuschauen?«

»Geht in Ordnung!« Petrie fing den Schlüsselbund auf, den Arbuckle ihm zuwarf, und verschwand.

»Was sind das für Veränderungen?« hakte Alec nach.

»Na jaaa, also, Sie werden ja wohl mittlerweile ausbaldowert haben, daß dieser junge Mann da ganz vernarrt in mein Mädchen ist. Gloria ist genauso verrückt nach ihm, und ich hab eigentlich nicht das Gefühl gehabt, daß er sie nicht anständig behandeln würde oder daß er sich nur für ihr Bankkonto interessieren würde.«

»Sie haben also Nachforschungen angestellt?«

»Worauf Sie sich verlassen können. Ich will nicht sagen, daß er das größte Kirchenlicht der Welt wäre, aber er ist ein anständiger Kerl und will gerne arbeiten. Der ist kein Salonlöwe, und mit Automobilen kennt er sich aus. Das mache ich geschäftlich, verstehen Sie, ich kaufe Beteiligungen an Automobilherstellern. Was die technischen Details angeht, bin ich natürlich völlig unterbelichtet.«

»Und das ist Crawfords Metier?«

»Bislang, ja. Ich hatte gedacht, man könnte Petrie soweit ausbilden, daß er Crawfords Stelle bekommt. Soll heißen, wenn er und Gloria sich wirklich zusammentun, und wenn seine hochgestochene Familie uns nicht einen Schraubenschlüssel zwischen die Beine schmeißt.«

Alec übersetzte sich das im Geiste – falls Petries blaublütige Familie eine Eheschließung nicht verhinderte. Da konnte er mitfühlen und nahm einen Schluck des hervorragenden Cognacs, den Daisys blaublütige Familie ohne Zweifel schon vor Generationen angeschafft hatte.

»Hat Miss Dalrymple mit ihrer Vermutung Recht? Hätte Crawford ahnen können, daß er seine Stelle verlieren würde?«

»Kann sein. Aber wie ich Ihnen vorhin gesagt habe, wird er schon wissen, daß ihm in meiner Firma daraus kein Nachteil entstehen würde.«

»Vielleicht nicht finanziell, obwohl ich mir vorstellen kann, daß es ihn ärgern könnte, nicht mehr mit einem gewissen Vorwissen auf dem Aktienmarkt investieren zu können. Ach, übrigens«, fügte Alec als Nachgedanken hinzu, »vielleicht stört es ihn auch, daß Sie sein Fachwissen genutzt haben, um ein Vermögen zu schaffen, das er selber nie verdienen kann. Aber ich wollte eigentlich darauf hinaus, daß er dann auch an Status verlöre, weil er dann nicht mehr in der Nähe des Chefs arbeiten würde.«

»Da ist natürlich etwas dran«, sagte Arbuckle zögerlich. »Verdammt noch eins, ich hab mich schon gefragt ... Vielleicht geht es weniger darum, ob er in der Nähe des Chefs arbeitet, als in der Nähe von Gloria. Verstehnse, was ich sagen will? Ich hab mich schon gefragt, ob Crawford sich nicht auf mein Mädchen kapriziert hat?«

»Oder auf Ihr Geld. Ich will damit mitnichten andeuten, daß Ihre Tochter nicht anziehend wäre, aber Ihr Reichtum ist natürlich eine zusätzliche Attraktion.«

»Teufel noch mal, da haben Sie aber gewaltig Recht. Wenn ich einen Dollar bekäme für jeden Glücksritter, den ich schon davongejagt habe ...! Die rieche ich auf hundert Meter gegen den Wind. Petrie ist keiner. Crawford ... na ja, ich muß wohl zugeben, Crawford könnte natürlich einer sein.«

»Ob nun das Geld oder Ihre Tochter ihn angezogen haben – Crawford sah natürlich alle Chancen auf Miss Arbuckle den Bach runtergehen, als Petrie plötzlich auftauchte«, bemerkte Alec. »Wieso glauben Sie eigentlich, daß er sich Hoffnungen gemacht haben könnte?«

»Kleine Sachen. In letzter Zeit zum Beispiel, daß er sich so für Geschichte und die Landschaft interessierte. Ich hatte so eine Ahnung, daß ihn das begeisterte, weil es Gloria begeisterte.« Arbuckle hielt inne und sah plötzlich entsetzt aus. »Au weia!«

Alec konnte ohne Schwierigkeiten seinen Gedanken folgen. »Sie sagten, er hätte es sich in letzter Zeit angewöhnt, die Wochenenden mit Ausflügen in die Umgegend zu verbringen. Er konnte dabei mit Leichtigkeit ein verlassenes Cottage auskundschaften, wie Petrie es beschreibt, und die Schleichwege dorthin obendrein. Und außerdem noch: London und Hereford liegen in entgegengesetzten Richtungen von Malvern aus. Aber Petrie fand Sie am Straßenrand mit einer Panne, als Sie auf dem Weg von Hereford nach Malvern waren und er aus London Richtung Malvern fuhr. Das geht doch gar nicht.«

»Stimmt, er war auf dem Weg zu seinen Eltern«, sagte Arbuckle zweifelnd, »und wir fuhren nach Great Malver zurück. Ich muß schon sagen, es hat mich ein bißchen gewundert, daß die Malvern Hills zuerst näher kamen und dann weiter wegrückten. Aber man muß ja auch um sie herumfahren und kann nicht über sie drüber, und diese Landstraßen bei Ihnen winden und drehen sich wie die Klapperschlangen.«

»Die Entführung und die Stelle, an der sie stattfinden sollte, müssen im Vorhinein geplant worden sein. Bestimmt wurde der genaue Termin dann spontan abgesprochen.«

Petrie kam hereingelaufen, und der Schlüsselbund an seinem Zeigefinger klimperte heftig. »Ich muß schon sagen, in diesem Werkzeugkasten ist wirklich alles, was das Herz begehrt. Zündkerzen, Innenschläuche, Handpumpe, Reparaturzeug für Reifen, Keilriemen, sogar neue Glasabdeckungen für die Scheinwerfer. Ungefähr alles, was man nur irgendwie brauchen könnte – nur keine Schläuche.«

»Das beweist noch gar nichts«, knurrte Arbuckle.

»Nein«, stimmte Alec zu, »es ist nur ein weiterer wesentlicher Tatbestand, den wir dem großen Rest hinzufügen müssen. Petrie, können Sie uns genau auf der Karte zeigen, wo die Entführung stattgefunden hat? Genau da? Sind Sie sicher? Das ist ja ganz schön weit weg von der direktesten Route von Hereford nach Great Malvern, nicht wahr?«

»Kilometerweit. Der Ort war übrigens ziemlich gut gewählt,

wenn ich das so richtig überlege: Überall um uns herum waren abgemähte Wiesen mit Heuhaufen. Damit konnte man ziemlich sicher sein, daß kein Bauer vorbeikommen würde. Es sieht so aus, als wäre Crawford unser Mann, nicht wahr? Ich mochte ihn eigentlich nie so richtig.«

»Warum nicht?«

Mit gerunzelter Stirn dachte Petrie nach. »Er war ein schmieriger, selbstgefälliger Id… Kerl«, sagte er langsam. »Nicht wirklich fett, nur irgendwie ein bißchen zu wohlgenährt, wie die Katze einer alten Jungfer. Aber das ist ja wohl kaum … Nein, zum Teufel, jetzt hab ich es. Es ist mir nur noch nie so klar gewesen. Es war einfach die Art, wie er Gloria angeschaut hat!«

»Mr. Arbuckle hat mir auch gerade gesagt, er hätte Crawford im Verdacht, daß er in diese Richtung Ehrgeiz entwickelt hätte.«

Petrie sprang auf die Füße und schlug heftig mit seinen Fäusten auf den Schreibtisch. »Zum Teufel auch, wenn dieser Kerl sie auch nur angerührt hat …«

Alec legte ihm beruhigend eine Hand auf den Unterarm. »Wir können nur hoffen, daß sein Hauptinteresse das Geld ist.«

»Ich kann es nicht fassen.« Arbuckle schüttelte den Kopf. »Klar, alles weist auf Crawford hin, aber ich kann es einfach nicht glauben, daß er in eine so niederträchtige, widerliche Sache verwickelt ist.«

»Wie ich eben schon sagte: Wir haben nicht die geringsten Beweise.« Alec hatte allerdings kaum Zweifel, daß er auf der richtigen Spur war. Nach ein paar Stunden Schlaf würde er das aber klarer beurteilen können.

Wohl wirklich nur ein paar wenige Stunden Schlaf, korrigierte er sich im Geiste, als er die Messinguhr auf dem Kaminsims anschaute. »Ich würde gerne mehr darüber wissen, wo Crawford in den vergangenen Wochen überall war«, fuhr er fort. Er bemerkte, daß Arbuckle genauso erschöpft aussah, wie er sich fühlte. »Und ich wüßte gern, was Sie ihm genau in

Bezug auf die Entführung gesagt haben. Aber das kann auch bis morgen früh warten.«

»Ich muß jetzt nach Lonnon, um die Kohle abzuholen. Aber auf dem Rückweg schau ich dann noch einmal vorbei. Das hätte ich ohnehin, um zu sehen, ob Miss Dalrymple wieder zurück ist. Aber jetzt zieh ich erst mal los, und wir sehen uns morgen früh.«

»Werden Sie in der Zwischenzeit Crawford treffen?«

»Wahrscheinlich zum Frühstück, bevor er nach Oxford fährt.«

»Sagen Sie ihm bitte nichts«, warnte ihn Alec. »Kein Wort von unserem Verdacht. Und versuchen Sie, sich ihm gegenüber so zu verhalten wie immer.«

Er und Petrie gingen hinaus in die Eingangshalle, um den Amerikaner zu verabschieden. Ernest erschien aus unbekannten Regionen und begleitete die kleine, jetzt etwas zerknittert wirkende Gestalt Arbuckles die Stufen hinunter zum Auto.

Mittlerweile war der Regen wirklich heftig geworden. Steckte Daisy da draußen?

Alec blickte auf Pearsons Liste und sagte: »Sie haben die erste Wache, Petrie.«

»Ich werd sie im Salon schieben, würd ich mal sagen, da sind die Türen zur Terrasse. Wenn sie kommt und das Licht sieht, wird sie leicht hineinkommen können. Eines wollte ich noch sagen, Fletcher, nicht, daß Sie einen falschen Eindruck bekommen. Es ist nicht so, daß ich mir keine Sorgen machen würde, weil Daisy verschwunden ist. Es ist nur, daß Gloria ...« Ihm fehlten die Worte.

»Ich weiß.« Alec begleitete Petrie zum Salon und fragte sich, ob er wohl dieselben Sorgen durchlitt wie er selbst. »Mir fällt übrigens gerade ein: Ich vermute, Sie sind in allen Reparaturwerkstätten hier in der Gegend bestens bekannt? Ich würde Sie gerne bitten, sich morgen früh bei denen zu erkundigen, ob Crawford am Tag der Entführung auch wirklich bei irgendeiner angekommen ist.«

»Geht in Ordnung, alter Freund.« Petrie öffnete eine Tür und legte den Lichtschalter um. »Wenn keiner je von ihm gehört hat, dann wissen wir es genau, nicht wahr?«

»Jedenfalls dürfte es ziemlich mühselig für ihn werden, sich aus dieser Sache herauszureden«, stimmte ihm Alec ernst zu, während er ihm in einen langen Raum folgte, in dem sich die edelsten Möbel aus zwei Jahrhunderten zu einem Ensemble von harmonischer Eleganz verbanden. Er wies auf die blauen bodenlangen Brokatvorhänge an der Wand gegenüber. »Sind das die Türen zur Terrasse? Ich zieh mal die Vorhänge zurück. Hoffentlich sind die Türen nicht abgeschlossen.« Er öffnete die Vorhänge und streckte die Hand nach dem Griff aus.

»Die sind abgeschlossen, Sir.« Der Lakai war ihnen gefolgt, ein Tablett mit Karaffen und Gläsern in den Händen. »Der Schlüssel ist in diesem Schubfach. Bitte sehr. Wünschen Sie noch einen letzten Schlummertrunk, Sir?«

»Nicht für mich, aber Sie können das Tablett gerne hier lassen. Mr. Petrie bleibt noch ein bißchen auf. Ist die Haustür vorne abgeschlossen und verriegelt?«

»Ja, Sir, aber es ist ein Yale-Schloß, man kann die Tür von innen ohne einen Schlüssel öffnen.«

»Bestens. Wären Sie dann so freundlich, mir den Weg in mein Zimmer zu zeigen? Und dann gehen Sie bitte auch selbst zu Bett. Ah, Petrie, hier ist der Zeitplan. In einer Stunde oder so können Sie dann Bincombe wecken.«

»Geht in Ordnung. Schlafen Sie gut, bester Freund. Ich muß schon zugeben: Ich freu mich einfach teuflisch, daß Sie aufgetaucht sind.«

Er streckte die Hand aus. Alec schüttelte sie gerade, als er aus dem Augenwinkel sah, wie sich der Griff einer der Türen zur Terrasse drehte. Rasch ging er auf sie zu, da öffnete sie sich schon, und über die Schwelle stolperte ein abgerissenes, schmutziges Wesen.

»Alec, Gott sei Dank!« krächzte Daisy und fiel ihm in die Arme.

Er hob sie hoch und setzte sich mit ihr auf dem Schoß auf

das nächste beste Sofa. Fest hielt er sie in seinen Armen umfangen, und dabei waren ihm die Auswirkungen seines Tuns auf seine Kleider, das Sofa und den Aubusson-Teppich völlig egal. Wahre Ströme brackigen Wassers rannen ihr aus dem zerzausten Haar und troffen von den zerrissenen Kleidern. Ihr Gesicht, das sie ihm jetzt zuwandte, war zerkratzt und von Schlamm bedeckt. Doch als Alec ihre kalten Lippen küßte, war ihm nur eines bewußt: Das jubelnde, erleichterte Singen in seinem Herzen.

Daisy kuschelte sich an Alecs Brust und fühlte sich nach den Stunden der Angst endlich sicher. Liebend gern hätte sie jetzt noch mal dieselbe Anzahl von Stunden so verbracht. Aber der Grund für ihre anstrengende Rückkehr nach Fairacres, warum sie vor dem Gewitter nicht in einer Scheune oder wenigstens in einem Heuschober Schutz gesucht hatte, bestand ja weiterhin: Sie war in Sicherheit, Gloria war es nicht.

Zögerlich hob sie den Kopf von Alecs Schulter und sah Phillips ängstliches Gesicht.

»Phil, es geht ihr gut.« Daisy erinnerte sich schwach, daß es wohl höchst undamenhaft war, so auf Alecs Schoß gekuschelt zu liegen, wenn Phillip und ein Lakai in der Nähe waren und letzterer die Szene höchst genüßlich verfolgte. Aber sie würde keinen Zentimeter weichen, bevor es nicht absolut unvermeidlich war. »Die Entführer haben sie ins Hexencottage in Cooper's Wood gebracht.«

»In Little Baswell? Zum Teufel auch, das hätte uns doch einfallen können! In Ordnung, ich mach mich auf den Weg.«

»Seien Sie kein Esel, Petrie«, sagte Alec scharf. »Sie haben doch eben noch gesagt, es wären vier Gorillas, mindestens. Wir müssen da alle hin.«

»Ich auch!« meldete sich der Lakai mit großen Augen. »Ich wußte doch, daß da irgendwas im Busche ist. Ich wußte es einfach!«

»Sie auch, mein Junge. Sie beide gehen jetzt bitte hoch und wecken Bincombe und Pearson. Und bitten Sie Miss Fotheringay herunter, damit sie sich um Daisy kümmert. Und versuchen Sie, den Vetter und die Cousine bitte nicht aufzuwecken.«

Als die beiden hinausgeeilt waren, blickte er zu ihr hinab und lächelte. »Ein heißes Bad wird dir hiermit ärztlich verordnet. Gibt es sonst noch etwas, das wir wissen müssen, mein Schatz?«

»Mir fällt im Moment nichts ein. Sie ist im oberen Zimmer rechts. Jedenfalls war sie da, bis wir durch den Dachstuhl entkommen sind. Und ich glaube nicht, daß die Entführer noch ein anderes Zimmer so gefangenenfest gemacht haben. Ohne Hilfe wäre sie da nicht herausgekommen. Verstehst du, ich ...«

»Ich verstehe, daß du dich Hals über Kopf in Gefahr begeben hast, als du doch eigentlich nur Fragen stellen solltest – und dabei nicht einmal grundlegendste Vorsichtsregeln beachtet hast. Zum Beispiel die, deinen Ort durchzutelephonieren!«

»Weil das einzige öffentliche Telephon außer Betrieb war«, sagte Daisy empört. »Und ich habe sehr wohl Vorsichtsmaßnahmen ergriffen. Ich hab mein Fahrrad versteckt – hoffentlich finden wir das wieder – und hab mir zur Tarnung einen Hund ausgeliehen.«

»Einen Hund!« Alec lachte und umarmte sie noch fester. »Mein verrückter Liebling.«

»Da spricht der wahre Städter. Der Wald ist viel zu dicht bewachsen, um mit einem Fahrrad durchzukommen. Und der Tag war viel zu schwül für einen Spaziergang. Aber ein Hund muß ausgeführt werden. Die hätten nicht das geringste bemerkt, wenn Tuffet nicht einfach um das Haus herumgeschnüffelt hätte.«

»Und du mußtest wohl hinterherschnüffeln? Hab ich's mir doch gedacht. Ist der Wald sehr zugewachsen?«

»Sogar der Reitweg. Es gibt eine Art Trampelpfad durch das Dickicht, obwohl sein Anfang schwer zu finden sein dürfte. Wahrscheinlich haben die sich die Mühe gemacht, ihn zu verstecken. Aber Phillip wird ihn schon finden. Er kennt den Wald gut, er wird euch geradewegs zum Cottage führen können.«

»Bestens.«

»Sonst würdet ihr es auch nie finden. Die haben die Fenster hervorragend abgedeckt, so daß kein Licht herausdringt, und Gloria darf überhaupt kein Licht haben. Die Ärmste! Hoffentlich haben die ihr nicht wehgetan, als sie sie wieder eingefangen haben. Sie ist mir nicht auf den Baum hinauf gefolgt, verstehst du. Ich vermute, sie ist einfach in Panik geraten.«

»Vielleicht kann sie auch einfach nicht auf Bäume klettern. Nicht jeder steckt so voller rettender Ideen wie du, mein Schätzchen.«

»Ach, Alec, es gefällt mir ja so gut, wenn du mich ›mein Schätzchen‹ nennst!«

Seine Erwiderung war äußerst befriedigend, doch wurde ihr Kuß unterbrochen, als Lucy in den Salon hineingerauscht kam. Sie war so elegant wie immer in einem beigen Seidenpyjama und einem dazu passenden Morgenmantel. Sogar ihre Haare wurden ordentlich von einem Haarband zurückgehalten.

»Daisy-Liebling, was *hast* du dir denn da schon wieder ausgedacht? Das ist ja zu und zu schmuddelig! Jetzt komm mal mit, ab in die Badewanne.«

Daisy stieg widerwillig von Alecs Schoß, doch dann wurden ihr die Knie weich. Er fing sie auf.

»Ich trag sie hoch«, sagte er zu Lucy.

Auf dem Treppenabsatz begegneten ihnen die anderen Männer. Phillip trug immer noch seinen Smoking, hielt aber schon seine Stiefel in der Hand. Ernest steckte noch in seiner Livrée, Binkie und Tommy hatten offensichtlich das angezogen, was sie als erstes in die Hand bekommen hatten.

»Gut gemacht, Daisy!« sagte Tommy leise und grinste sie an.

»Ich bin in einer Minute bei Ihnen«, sagte Alec. »Vergessen Sie die Taschenlampen nicht. Eine für jeden, wenn's geht. Haben wir noch ein Auto? Mit fünfen wird es in meinem ziemlich eng.«

»Ich hol mal den Lagonda. Der ist größer als der Alvis von Bincombe.«

»Fragt Bill Truscott, ob er mit euch kommt«, riet Daisy beim Gedanken an die vier Riesen, denen sie gegenüberstehen würden. »Sagt ihm, daß ich ihn darum bitte.«

»Gute Idee«, sagte Phillip, »der ist schwer in Ordnung. Paß auf dich auf, altes Haus. Auf geht's, Jungs!«

Alec trug Daisy in das Badezimmer, wo Lucy schon ein dampfendes Bad einließ. Er setzte sie auf einem Stuhl ab und stand einen Augenblick da. Ernst blickte er sie an und schüttelte den Kopf.

»Schlimm siehst du aus. Dann geradewegs ins Bett. Wir sehen uns morgen früh.«

»In Ordnung, Chief«, sagte Daisy, »Alec, du wirst doch auf dich aufpassen, nicht wahr?«

»Worauf du dich verlassen kannst, Liebling«, versicherte er ihr mit einem Grinsen. »Auf keinen Fall trete ich deiner Mutter beim ersten Kennenlernen mit einem Veilchen unter die Augen!«

## 15

Jetzt nach Daisys Ankunft hatte Alec jegliches Schlafbedürfnis verloren, denn es gab jede Menge zu tun. Trotzdem ließ er den Chauffeur der Dalrymples, den er am Pförtnerhäuschen abgeholt hatte, an das Steuer seines Austin. Truscott kannte den Weg zum Cooper's Wood – und es regnete immer noch in Strömen.

Er lugte unter der geöffneten Windschutzscheibe hindurch, während der Chauffeur den roten Schlußlichtern des Lagonda vor ihnen auf der Landstraße folgte. Petrie, der den Weg ebenfalls kannte, steuerte den ersten Wagen. Dessen Besitzer wiederum, Pearson, saß neben Alec im Fond des Austin.

»Die anderen mögen ja finden, ich sollte mich mehr in die Planung einbringen«, sagte er selbstironisch, »aber mir ist das gerade recht, wenn Sie die Sache in die Hand nehmen, Sir. Diese ganze Angelegenheit ist ja schon ein bißchen was anderes, als ein französisches Dorf zu stürmen, das die Boches gerade besetzt halten. Wir können schließlich nicht sehr gut mitten in Worcestershire mit Maschinengewehren reinplatzen, selbst wenn das Mädchen gar nicht im Haus wäre.«

Alec wurde blaß. »Um Himmels Willen, nein. Ich gehe davon aus, daß keiner von Ihnen einen Armeerevolver in irgendeiner Tasche versteckt hat?«

»Nein. Bincombe sagte was von Waffen, aber da habe ich ihn schnell wieder auf den Boden der Tatsachen zurückgebracht.«

»Wofür ich Ihnen ewig dankbar bin, Mr. Pearson. Meine Vorgesetzten werden von dieser Angelegenheit im besten Falle nicht gerade erbaut sein. Aber wenn irgend jemand angeschossen würde, dann stecke ich bis Oberkante Unterlippe in einem fürchterlichen Schlamassel und sehe überhaupt kein Land mehr.«

»Sie wären dann wieder ein schlichter Polizist, der seine Runden dreht, und ich wäre meine Zulassung los«, sagte der Rechtsanwalt trocken.

»In Ordnung, was ist also der Plan?«

»Verdammt, ich wünschte, ich hätte Daisy mehr Fragen über ihr Loch im Dach gestellt.«

»Ihr was?«

»Sie und Miss Arbuckle sind durch ein Loch im Dach entkommen, so habe ich es verstanden. Wie ich Daisy kenne, hat sie wahrscheinlich das Loch hineingeschlagen.«

»Aber wie sind die denn anschließend vom Dach runtergekommen?« fragte Pearson und klang völlig verblüfft.

»Das weiß ich nicht«, sagte Alec bedauernd. »Wenn da eine Leiter stünde, könnten wir sie vielleicht benutzen, um Miss Arbuckle herauszuholen, bevor wir ihre Wächter in Angriff nehmen.«

Er sprach lauter, damit man ihn trotz des auf das Dach trommelnden Regens hören konnte. »Kennen Sie das Cottage, Truscott?«

»Nein, Sir, leider nicht.« Der Chauffeur schüttelte den Kopf. Man sah nur seine Silhouette vor dem Licht der Scheinwerfer, das von den herabschüttenden Wassermassen zurückreflektiert wurde. »Verzeihen Sie, Sir, was höre ich da? Miss Daisy ist geflohen? Aus dem, was Mr. Phillip gesagt hat, hatte ich geschlossen, wir sollen sie von irgendwo rausholen. Für Miss Daisy würde ich ja eine Menge tun, aber wenn sie schon in Sicherheit ist, dann hab ich schließlich meine eigene Frau und meine Kleinen, an die ich denken muß.«

Alec überließ es Pearson, die Situation zu erklären, und versuchte indessen, einen Plan zu ersinnen. Wieder und wieder wünschte er sich, er hätte Daisy mehr Fragen gestellt. Er war so dankbar gewesen, sie sicher und gesund in seinen Armen zu halten, mochte sie noch so schmuddelig sein, daß er nicht in der Lage gewesen war, an irgend etwas anderes zu denken.

»Also diese junge Herzensdame von Mr. Phillip soll gerettet werden?« fragte Truscott. Er seufzte tief und gottergeben. »Nun denn, ich werd schon meinen Beitrag leisten. Die Gattin würde ja auch nichts anderes zulassen. Was wollen Sie also, das ich tun soll, Sir?«

»Wir werden alle Mr. Petrie durch den Wald zum Cottage folgen. Wenn es irgend geht, darf nur er seine Taschenlampe anmachen. Wenn er sie auf den Boden richtet, dürfte sie nicht allzu weit sichtbar sein. Dann umzingeln wir das Cottage. Ich gehe davon aus, daß es einigermaßen klein ist, so daß wir es dicht einkreisen können. Wenn irgend jemand eine Leiter findet, werden wir als erstes versuchen, das Mädchen da herauszuholen.«

»Ich gehe also davon aus, Sir«, sagte Pearson, »Sie wollen die Entführer greifen und gleichzeitig Miss Arbuckle retten?«

»Idealiter wäre das mein Ziel«, bejahte Alec, der unsicher war, ob er mit »Sir« angeredet wurde, weil er für den Augenblick der Ranghöhere war, oder wegen seines Alters. Jedenfalls fühlte er sich dadurch uralt, obwohl Pearson kaum mehr als fünf oder sechs Jahre jünger sein konnte als er. »Wir werden unser bestes tun, um sie zu greifen«, fuhr er fort, »aber die Sicherheit des Mädchens muß natürlich an erster Stelle stehen. Ansonsten würde ich abwarten und versuchen, den Anführer wie auch seine Spießgesellen festzunehmen.«

»Selbstverständlich.«

»Das bedeutet, daß wir sie überraschen müssen. Die dürfen keine Chance haben, Miss Arbuckle als Schutzschild zu gebrauchen. Wahrscheinlich wird ein Kumpan Schmiere stehen, vor allem jetzt, nachdem Daisy entkommen ist. Es darf kein Licht zu sehen sein, wenn wir uns dem Cottage nähern. Wir müssen uns eben auf unseren Tastsinn verlassen.«

»Dieser Regen wird allerdings einen gewissen Geräuschpegel übertönen.«

»Ja, da haben wir wohl Glück.«

»Werden Sie im Namen des Gesetzes handeln, Sir?«

»Darüber habe ich noch gar nicht nachgedacht. Angesichts

der Tatsache, daß ich alles andere als offiziell entsandt bin, was würden Sie mir denn raten?«

»Hmmm. In Anbetracht der Drohungen gegen Miss Arbuckle und der, wie weit auch immer entfernten, Möglichkeit, daß die Entführer sich mit ihr aus dem Staub machen könnten, würde ich dagegen raten.«

»Sie sind ein Copper, Sir?« fragte Truscott. »Ich meine, ein Polizist?«

»Detective Chief Inspector Fletcher«, stellte ihn Pearson vor, »von Scotland Yard. Aber behalten Sie das für sich. Was geschieht dann als nächstes, Mr. Fletcher? Angenommen, wir haben den Laden umzingelt, bekommen aber das Mädchen nicht heraus – was ist dann? Sollen wir versuchen, da einzubrechen, oder locken wir die Kerle mit irgendeinem Geräusch heraus?«

»Die Türen und Fenster können vernagelt oder verbarrikadiert worden sein. Wenn wir an das Mädchen nicht herankommen, werden wir versuchen, die Entführer irgendwie herauszulocken. Wie wollen wir das anstellen? Wir können ja wohl kaum einfach an die Tür klopfen.«

»Daisy könnte das natürlich. Sie könnte so tun, als hätte sie sich verirrt und würde frieren und bräuchte jetzt, koste es, was es wolle, ein Dach über dem Kopf.«

Alec schauderte. »Gott sei Dank ist Ihnen diese Idee nicht zu Hause gekommen! Sie wäre noch im Stande, das zu tun.«

»Einer von uns könnte ja schauspielern. Ich hab schon bei der einen oder anderen Aufführung mitgewirkt.«

»Führen Sie mal vor.«

»Laßt mich rein«, bettelte Pearson mit einer hohen Stimme. »Mich friert so.«

»Liebe Zeit, Sir, Miss Daisy, wie sie leibt und lebt!«

Dem empfindsamen Gehör eines Liebenden klang es nicht im mindesten wie Daisy, aber Alec ging davon aus, daß es für einen Haufen von ungebildeten Kriminellen reichen würde. »Vielleicht noch mit ein bißchen Stottern«, schlug er vor, »zähneklappernd.«

»B-bitte, laßt mich rein. Ich f-f-frier doch so.«

»Nicht schlecht. Sie haben also Ihren Auftritt, wenn wir diese Variante fahren. Sonst noch eine gute Idee?«

Sie diskutierten noch mehrere andere Möglichkeiten, aber am Ende landeten sie doch wieder bei der Pseudo-Daisy. Die Männer mußten doch ein Interesse daran haben, sie wieder zu fassen. Damit dürfte ihre Stimme mindestens einen von ihnen an die Tür locken. »Sie dürfen sich aussuchen, wer Sie decken soll«, sagte Alec. »Petrie, der am stärksten an der Sache interessiert ist, oder Bincombe, der nach meinem Empfinden am besten mit den Fäusten zugange ist.«

»Petrie. Wenn wir ihm nicht erlauben, sofort sein Mädchen herauszuholen, dann zieht er womöglich einfach von alleine los und erlaubt es sich selbst.«

»Geht klar. Was den Rest von uns angeht, muß ich erst einmal mit ihm klären, ob es eine Hintertür gibt und wie die Fenster angeordnet sind. Wir werden kaum etwas sehen können, also hoffe ich, daß er sich daran erinnert.«

»Sieht so aus, als würde der Regen ein bißchen nachlassen, Sir«, meldete Truscott. »Wir sind auch schon fast da.«

Bevor Alec überhaupt überlegen konnte, welche Auswirkungen das Nachlassen des Regens auf seinen Plan hätte, blieb der Austin hinter dem Lagonda stehen. Truscott schaltete die Scheinwerfer aus. Alec hatte einen Blick auf die Baumstämme erhascht, die durch den nun schwächeren Regen gut zu sehen waren. Deren Blätter boten ihnen jetzt wieder Schutz.

Er stieg aus dem Auto. Prompt ging eine kalte Dusche auf seinen hutlosen Kopf nieder und rann ihm dem Hals hinunter. Still fluchte er vor sich hin.

Eine Taschenlampe ging an. Die sechs Männer bildeten ein kleines Grüppchen um das Licht, und Alec fragte Petrie nach dem Cottage und dessen unmittelbarer Umgebung.

»Es gibt eine Hintertür. Wir haben einmal beobachtet, wie die Hexe herauskam und ihre Hühner gefüttert hat. An den Schmalseiten gibt es im Erdgeschoß keine Fenster, nur oben, dessen bin ich mir ziemlich sicher. Na ja, einigermaßen sicher. Sie dürfen nicht vergessen, daß ich seit Kindertagen nicht mehr in der Nähe dieses Hauses war. Die anderen Fenster sind so klein, daß es verflixt schwierig werden dürfte, da hindurchzuklettern. Jedenfalls für einen Mann. Glaube ich.«

Auf dieser etwas unsicheren Basis ordnete Alec die Aufgabenverteilung der Truppe an.

»In Ordnung, Petrie, wie kommen wir da jetzt also hin?«

»Der Reitweg fängt da drüben an. Er ist so zugewachsen, daß ich ihn fast verpaßt hätte.«

Sie gingen die Landstraße ungefähr drei Meter zurück. Im schmalen Lichtstreifen der Taschenlampe erschien Alec die Masse von Büschen und kleinen Bäumen völlig undurchdringbar, aber Petrie fand schon bald den Pfad.

Er schaltete die Taschenlampe aus. »Es ist hell genug, den Weg auch ohne Licht zu finden«, sagte er und stürzte sich in das Dickicht.

Alec bemerkte, daß die Wolken sich aufgelöst hatten und daß schon das erste schwache Licht eines frühen, sommerlichen Morgengrauens die Welt in graue und schieferfarbene Töne tauchte. Das schläfrige Krächzen einer Krähe ertönte aus den hohen Bäumen am Waldweg, und in der Nähe zwitscherte ein kleiner Vogel.

»Warten Sie! So geht das nicht. Ich hatte mich auf die Dunkelheit verlassen, um die Entführer überraschen zu können«, erklärte er, als Petrie ungeduldig zurückkehrte. »Und der Regen sollte die Geräusche überdecken.«

Er hielt die Hände mit den Handflächen nach oben in die Luft. Das einzige Wasser, das im Moment herabfiel, tropfte von den Blättern der Bäume.

»Dann müssen wir das Cottage eben stürmen«, sagte Petrie ungeduldig und wandte sich auch schon ab, um den Reitweg hinunterzugehen.

»Das ist die für Miss Arbuckle riskanteste Variante. Gehen Sie ruhig schon vor, aber stürmen Sie da bitte nicht rein. Pearson und ich werden die Lage in Augenschein nehmen und überlegen, ob uns nicht ein noch besserer Plan einfällt. In Ordnung. Auf geht's.«

Alec blieb Petrie dicht auf den Fersen. Sollte der kurz davor stehen, Amok zu laufen, könnte er ihn festhalten. Er mußte Zweigen ausweichen, die ihm ins Gesicht zu schlagen drohten, den Aufschlag seiner Hosen von dem entschlossenen Einhaken der Dornbüsche retten und durch knöcheltiefen Schlamm waten. Seine Bewunderung für Daisy, die diesen Dschungel in tiefster Finsternis während eines Unwetters durchquert hatte – und das auch noch in einem Rock –, wuchs von Minute zu Minute.

Petrie hielt so plötzlich inne, daß Alec ihn fast umrannte. »Ich glaube, das Cottage steht da unter dem Bergahorn«, flüsterte er und zeigte auf einen Baum, der sich hoch über den Büschen am Reitpfad erhob. »Ja, da drüben ist der Schornstein, sehen Sie?«

»Guter Mann.« Alec wandte den Kopf und flüsterte: »Pearson, kommen Sie mal rüber und schauen Sie sich das an.«

Sie quetschten sich an Petrie vorbei und pirschten vorsichtig weiter vor. Das einzige Geräusch war jetzt das Schmatzen des Schlamms unter ihren Füßen, der von einem aufsteigenden Bodennebel verborgen war. Und natürlich der Gesang der Vögel überall um sie herum. Das Grau wurde blasser, schwach tauchten erste Farben auf. Die Luft roch satt nach sprießendem Grün.

Der Pfad ging um einen Stechginster herum, der voller gelber Blüten stand. Alec blieb abrupt stehen, als ein Ende des reetgedeckten Häuschens sichtbar wurde.

Er bedeutete Pearson stehenzubleiben und schlich vorsichtig weiter. Eine fleckige Wand, ein zerbrochenes Fenster …

Er blieb stehen. Das Herz klopfte ihm bis zum Hals, aber nichts bewegte sich.

Noch ein Schritt.

Die Tür stand offen, das schwarze Loch wirkte wie ein ausgeschlagener Zahn in einem verrottendem Gesicht. »Zu spät«, sagte Alec seufzend, »sie sind schon weg.«

Von dem auf ihr Klingeln erschienenen Dienstmädchen gewarnt, daß »Ihre Ladyschaft ganz schön aufgebracht« sei, spielte Daisy mit dem Gedanken, ihr Frühstück auf ihr Zimmer zu erbitten.

Doch dann verwarf sie diese Idee als feige. Geraldine war schließlich die Frau ihres Cousins, und dieses ganze kleine Drama war ihre Idee gewesen. Jetzt lag es also an ihr, die aufgeplusterten Federn wieder zu glätten.

Außerdem mußte sie herausfinden, was gestern abend passiert war. Vor lauter Sorge hatte sie am Morgen nicht wieder einschlafen können, obwohl es noch sehr früh war. Sie hatte das bedrückende Gefühl, daß, wenn Gloria gerettet worden wäre, sie mittlerweile davon gehört hätte. Andererseits würden die anderen vielleicht zögern, sie nach ihren gestrigen Strapazen zu stören.

Eigentlich fühlte sie sich blendend. Ihr Muskelkater war nicht viel schlimmer als der nach dem ersten Tag auf dem Fahrrad. Manche der Kratzer taten ein bißchen weh, obwohl Lucy mit dem Borax nicht gespart hatte. Die Kratzer auf ihrem Gesicht bedeckte sie mit einer dicken Schicht Puder, bevor sie hinunterging.

Im Eßzimmer traf sie Edgar und Geraldine an, die mit dem Frühstück schon fast fertig waren, sowie Lucy und Madge, die noch mitten dabei waren. Die Männer schliefen wahrscheinlich noch nach ihren nächtlichen Aktivitäten.

Lowecroft trat gerade mit frischem Tee ein, als Lucy den Kopf in Daisys Richtung schüttelte, die Mundwinkel – trotz der frühen Stunde schon heftig mit Lippenstift bemalt – nach unten gezogen. Keine Gloria.

»Lord Dalrymple hat heute einen Lobster gefangen«, sagte Madge betont fröhlich.

Noch während Daisy fragte: »Ist es ein Falter oder ein Schmetterling?«, hatte sie eine Vision von Edgar in Ölzeug, wie er Krebskörbe einholte.

»Ein Falter, *Stauropus fagi*.« Edgar strahlte angesichts ihres geheuchelten Interesses.

»Ein besonders spektakuläres Exemplar?« fragte Daisy, während sie zum Buffet hinüberging und ihren Teller mit allem, worauf nur ihr Blick fiel, belud.

»Ausgewachsen sind die Tiere nicht besonders schön anzusehen«, gab ihr Cousin bedauernd zu. »Eigentlich könnte man sie auch für einen Haufen toter Blätter halten. Allerdings hatte dieser ein paar Eier gelegt, und ich hoffe, daß ich sie ausbrüten kann. Die Larve ist ziemlich auffällig. Man kann schon sagen, daß sie einem Krebs ähnelt. Der Kopf zum Beispiel sieht in bißchen aus wie die Schere.«

Die Ablenkungstaktik funktionierte natürlich nur so lange, wie der Butler im Speisesaal war. Kaum war er gegangen, unterbrach Geraldine rücksichtslos.

»Ja, Lieber, ich bin überzeugt, daß die Raupe faszinierend anzusehen sein wird. Daisy, was erzählt mir meine Zofe? Wir sind natürlich sehr erfreut, deine Freunde bei uns aufzunehmen, aber sich aufzuführen wie die lockeren Vögel, um einen vulgären Ausdruck zu benutzen, wie Ihr jungen Leute es letzte Nacht wohl getan habt, können wir wirklich nicht billigen.«

»Allerdings, das stimmt«, sprang ihr Edgar mit einem strengen Stirnrunzeln bei und verwandelte sich innerhalb von Sekunden von einem etwas unkonzentrierten Schmetterlingsforscher in den gestrengen Schullehrer. »Solche Eskapaden mögen ja modernen Vorstellungen entsprechen, aber wir halten auf Fairacres noch die vielleicht altmodischen Benimmregeln aufrecht.«

»Eskapaden!« Daisy vergaß rasch wieder ihre Schuldgefühle, daß sie ihren Vetter und seine Frau so ausgenutzt hatte, als sie sich an die erschöpfenden, schmerzhaften und zeitweilig schlicht furchterregenden Ereignisse der vergangenen vierundzwanzig Stunden erinnerte. »Natürlich könnt ihr das nicht wissen, aber alles, was wir getan haben, hat einen außerordentlich ernsthaften Zweck.«

»Welchen?« fragte Geraldine trocken, aber Edgar blickte nachdenklich drein. Vielleicht erinnerte er sich an den Zustand, in dem er Phillip gefunden hatte.

»Das darf ich euch nicht sagen.«

»So, so!«

Angesichts von Geraldines berechtigter Skepsis beschloß Daisy, daß es jetzt wohl an der Zeit sei, wenigstens einen Teil der Karten auf den Tisch zu legen. Früher oder später würden die beiden ohnehin herausfinden, daß Alec Detective bei Scotland Yard war, also könnte sie daraus genausogut auch gleich Nutzen ziehen.

Sie warf einen absichtlich übertriebenen Blick zur Tür, lehnte sich dann vor und sagte mit leiser, geheimnisvoller Stimme: »Ihr dürft das niemandem erzählen, aber wir helfen der Polizei. Mr. Fletcher ist vom Scotland Yard, ein Detective Chief Inspector, der inkognito arbeitet. Und wir sind hier, um ihn bei seiner Arbeit zu decken. Gestern abend hat er die Jungs gebeten, ob sie noch etwas mehr für ihn tun könnten, ich weiß nicht ganz genau was. Aber genau weiß ich, daß es von lebenswichtiger Bedeutung ist, seinen Beruf absolut geheimzuhalten.«

»Stimmt genau«, sagte Madge feierlich.

Lucy, die abscheulich bemalte Dame, öffnete sinnvollerweise nur den Mund, um eine Gabel Kedgeree hineinzustecken.

»Also bitte«, fuhr Daisy fort, »wenn ihr mir nicht glaubt, dann fragt ihn doch nach seinem Dienstausweis, aber tut es wenigstens diskret. Es tut mir wirklich sehr leid, daß wir euch so aufgebracht haben. Wir hielten es für unsere Pflicht, alles in unserer Macht Stehende zu tun, um Recht und Gesetz aufrechtzuerhalten.«

Geraldines Gesicht war ein einziger Zweifel.

»Meine Liebe«, sagte Edgar, »vielleicht hätte ich neulich erwähnen sollen, daß der junge Petrie eindeutig nicht bei einem Verkehrsunfall verletzt worden ist. Als ich ihn neulich früh am Morgen fand, war er an Händen und Füßen gefesselt.«

»Also wirklich, Edgar, das hättest du mir aber erzählen können!«

»Ich bitte dich sehr um Verzeihung. Ich wollte dich nicht

aufregen. Allerdings muß ich zugeben, daß ich etwas abgelenkt war, weil ich mich fragte, ob es nicht fahrlässig gewesen war, daß ich die Blutvene nicht unter Verschluß gebracht hatte.«

Die vier Damen starrten ihn an. »So schwer war Phillip doch auch wieder nicht verletzt«, sagte Daisy unsicher.

»Willst du damit sagen, Edgar, daß es noch ein weiteres Opfer dieser verbrecherischen Umtriebe gegeben hat und daß du es hast verbluten lassen?«

»Nein, nein, liebe Zeit, natürlich nicht! Der Blutvenenfalter *Calotysanis amata*. An Mr. Petries Hals hing eine ausgezeichnete Larve, als ich ihn fand.«

Madge und Daisy platzten laut heraus, Lucy lächelte.

Geraldine schüttelte verzweifelt den Kopf. »Das hätte ich mir auch denken können. Ich kann nicht anders – ich finde es unerhört, auf diese Weise in eine Polizeiangelegenheit hineingezogen zu werden. Ganz gleich, ob wir nun wenig davon mitbekommen oder nicht. Aber ich vermute, daß es unsere Pflicht ist, den Behörden zu helfen.«

»Es tut mir wirklich leid«, sagte Daisy. Glücklicherweise trat in dem Moment der Butler ein, was sie davor rettete, noch weiter zu Kreuze kriechen zu müssen.

»Mr. Arbuckle ist hier, Milady.«

»Um Himmels Willen! Was kann nur in den Mann gefahren sein, daß er uns zu dieser Stunde einen Besuch abstattet!«

»Er fragt, ob er Mr. Fletcher sprechen könnte, Milady«, tat Lowecroft mit einer Andeutung von Mitleid kund.

Geraldines Blick war eine einzige genervte Nachfrage, Daisy nickte.

»Dann bringen Sie Mr. Arbuckle doch bitte herein, Lowecroft«, sagte Geraldine daraufhin seufzend, »und bitte teilen Sie Mr. Fletcher mit, daß er Besuch hat. Nun denn, Daisy, wir werden jetzt gehen. Ich will nur hoffen, du weißt, worauf du dich eingelassen hast!«

»Das hoffe ich auch«, sagte Daisy.

# 16

»Sag schnell«, bat Daisy, als der Butler ihrem Vetter und ihrer angeheirateten Cousine aus dem Zimmer gefolgt war, »was ist gestern nacht passiert? Tommy hat es dir bestimmt erzählt, Madge?«

»Die Vögel waren ausgeflogen. Sie sind nach oben gegangen und haben das Loch im Dach gesehen. Es heißt, du hättest das gemacht? Tommy war unheimlich beeindruckt.«

»Hat ja auch letzten Endes wirklich viel geholfen: Wir stehen genau da, wo wir angefangen haben. Wir haben nicht die geringste Ahnung, wo Gloria im Moment steckt.«

»Oh nein, Liebes«, sagte Lucy, »wir sind doch einen Schritt weiter. Dein Verschwinden hat Mr. Arbuckle davon überzeugt, sich deinem Lieblingscopper anzuvertrauen. Und außerdem haben wir einen Tatverdächtigen.«

Madge nickte. »Phillip hat es Tommy erzählt. Mr. Fletcher verdächtigt den Chauffeur von Mr. Arbuckle.«

»Chauffeur?« fragte Daisy interessiert. »Meinst du Crawford, seinen Ingenieur? Irgendetwas an ihm kam mir komisch vor, aber ich hab ihn nie kennengelernt. Keine Ahnung, was er für ein Mensch ist.«

»Phillip mag ihn nicht, hab ich gehört«, informierte sie Lucy.

»Phillip hat absolut keine Menschenkenntnis. Er nimmt die Leute so, wie sie eben sind, und mag sie in der Regel alle, da vor Gott alle Menschen gleich sind. Wenn er also Crawford nicht mag, dann muß er wohl einen guten Grund haben. Und wenn Alec glaubt, daß da ein begründeter Verdacht besteht oder wie das heißt, dann müssen wir ihn beschatten. Schließlich könnte er Kontakt zu …« Sie hielt inne, als Lowecroft Arbuckle hineinführte.

Das Gesicht des Amerikaners hellte sich auf, als er Daisy entdeckte. Ehe der Butler nicht wieder den Raum verlassen hatte, konnte man nur Begrüßungen und die Einladung zum Frühstück austauschen, doch kaum hatte sich die Tür geschlossen, sprang Daisy auf und fragte: »Wo ist Crawford?«

»Meine liebe Miss Dalrymple!« Arbuckle nahm ihre Hände in seine. »Was freue ich mich! Ich kann es kaum glauben, daß Sie in Sicherheit sind. Ich war ...«

»Vielen Dank, aber lassen wir das. Stimmt es, daß Alec – Mr. Fletcher – Ihren Mr. Crawford in Verdacht hat? Irgend jemand muß sich ihm doch jetzt an die Fersen heften.«

»Klar doch, natürlich. Heute soll er nach Oxford fahren, in die Morris-Werke. Ich meine, nach Cowley, das ist wohl eine kleine Stadt in der Nähe von Oxford.«

»Hatte er das Hotel schon verlassen, als Sie gegangen sind?«

»Nein, er war noch nicht heruntergekommen. Er ist bei Morris fast fertig und sagt, er bräuchte für sein Gutachten nur noch ein paar Stunden.«

»Wir machen uns auf«, tat Madge kund, »Tommy und ich. Ich kann ja nicht viel tun, aber ich kann sehr gut im Auto sitzen und nach Crawford Ausschau halten, während Tommy fährt. Ich werd mal los und ihn aufwecken, meinen armen Schatz. Die sind erst um drei Uhr zurückgekommen letzte Nacht.«

Sie eilte hinaus. Lucy schenkte Arbuckle eine Tasse Kaffee ein, und Daisy fragte ihn, was Alec eigentlich in bezug auf Crawford gefolgert hatte. Er erklärte es ihr und beteuerte dabei – allerdings ohne besondere Überzeugung, fand Daisy –, er glaube an die Unschuld seines Angestellten.

Arbuckle wollte unbedingt hören, warum Daisy am vorangegangenen Abend nicht zurückgekehrt war. Doch bevor Alec nicht von dem erfolglosen Sturm auf das Hexencottage berichtet hatte, wollte sie ihm nicht erzählen, daß sie Gloria gesehen hatte. Er kam früher herunter, als sie es erwartet hatte, bemerkenswert wach nach einer so kurzen Nacht, wenn auch ein bißchen stoppelig am Kinn.

Sie hatte ihn noch nie in einer Flanellhose mit Tweedjacke gesehen, fiel ihr auf. Eigentlich war er immer im Dienst und daher in Uniform gewesen, wenn sie einander auf dem Land getroffen hatten. Er sah in Zivil einfach prachtvoll aus – oder würde es, wenn er erst einmal Zeit gehabt hätte, sich zu rasieren. Mutter würde nie erraten, daß er Polizist war, wenn man es ihr nicht sagte.

Mit einem entschuldigenden Blick auf sie und Lucy fuhr er sich über das Kinn. »Bitte um Verzeihung, meine Damen. Ich wollte Mr. Arbuckle nicht warten lassen. Sie haben schon von letzter Nacht gehört?«

»Nein, Sir, das habe ich nicht«, sagte Arbuckle voller Sorge. »Ich hatte gerade nachgefragt.«

Daisy berichtete, gelegentlich von Alec unterbrochen, von ihrer Gefangennahme und Flucht und von Glorias neuerlichem Verschwinden, als Madge und Tommy eintraten.

»Wenn ich das richtig verstehe, dann brechen wir jetzt«, Tommy riß den Mund zu einem riesigen Gähnen auf, »Verzeihung ... nach Oxford auf?«

Alec blickte Daisy an, die dunklen, dichten Augenbrauen hochgezogen. Offensichtlich hatte er sofort die Schlußfolgerung gezogen, daß das ihre Idee war.

»Um Crawford zu beschatten«, erklärte sie.

»Guter Gedanke!«

»Cowley, nicht Oxford. Mr. Arbuckle, was für ein Auto fährt er eigentlich?« fragte Daisy. Alecs Lob beflügelte sie geradezu.

»Er hat einen weinroten A.C. Six.«

»In Ordnung.« Tommy nahm die Brille ab, blinzelte die Gläser an und zog dann sein Taschentuch heraus, um sie zu polieren. »Wir werden versuchen, schon in Great Malvern seine Spur aufzunehmen. Wenn der A.C. nicht vor dem Hotel geparkt ist, dann machen wir uns eben auf Richtung Oxford, in der Hoffnung, ihn irgendwo auf dem Weg aufzuspüren. Und wenn das nicht klappt, dann suchen wir ihn irgendwo in Cowley.«

»In den Morris-Automobilwerken«, sagte Arbuckle, »da soll er jedenfalls heute hin.«

»Wissen Sie zufällig, welche Strecke er dorthin nimmt?« fragte Tommy. Arbuckle schüttelte den Kopf. »Schon in Ordnung. Wenn wir ihn verpassen, dann fahren wir über Cheltenham und die A 40. Das geht am schnellsten.«

»Wenn Sie angehalten werden, weil Sie die Geschwindigkeitsbegrenzung überschritten haben, dann zahle ich das Strafmandat«, versicherte ihm Arbuckle.

»Rufen Sie bitte aus Cowley an«, warf Alec ein, »egal, ob Sie ihn gefunden haben oder nicht.«

»In Ordnung. Danke dir, Liebling«, sagte Tommy zu Madge, die ihm ein großes Brötchen reichte, das rasch mit Butter bestrichen und Bacon belegt worden war. »Wir sausen dann mal. Toodle-oo.«

Als sie gegangen waren, folgte Daisy dem Beispiel ihrer Freundin und ging an das Büffet, um für Alec einen Frühstücksteller zu bereiten. Auf dem Weg sagte sie ihm: »Die Männer werden doch Crawford heute sprechen wollen, nach der gestrigen Nacht, meinst du nicht? Und er wird sehen wollen, wo sie Gloria hingebracht haben.«

»Das scheint mir sehr wahrscheinlich. Allerdings immer unter der Voraussetzung, daß er auch wirklich der Mann ist, den wir suchen. Nur haben wir im Moment niemand Passenderen auf der Liste. Mr. Arbuckle, wo sonst ist Crawford noch geschäftlich gewesen?«

»Seit wir nach Malvern gekommen sind, bei Austin in Longbridge, Sunbeam in Wolverhampton, und einer ganzen Reihe von Fabriken in Coventry: Swift, Lea & Francis, Hotchkiss, Humber, Daimler und Hillman, glaube ich. Das ist wohl das Zentrum der britischen Automobilindustrie, wie bei uns Detroit.«

Alec stöhnte auf. »Also hätte er überall in den Midlands oder auf dem Weg dorthin ein zweites Versteck als Notquartier einrichten können.«

»Er würde aber nicht wollen, daß die Männer und Gloria

allzu weit weg sind«, hielt Daisy dem entgegen und stellte einen gehäuften Teller vor Alec, »sonst hätte er schon beim ersten Mal ein weiter entferntes Versteck genommen. Es muß ja sowohl für seine Kumpanen als auch für Mr. Arbuckle einigermaßen erreichbar sein. Und seine eigene Basisstation kann er nicht von Malvern verlegen, ohne dabei Verdacht zu erregen.«

»Nicht, daß das von irgendeiner Bedeutung wäre, ob die Entführer in der Nähe oder weiter weg sind«, bemerkte Lucy. »Wo auch immer Gloria jetzt stecken mag, wir werden den Ort nie finden, wenn er uns nicht hinführt. Damit war also dein Geistesblitz, ihm zu folgen, ein absoluter Geniestreich, Liebling.«

Daisy gab sich Mühe, bescheiden dreinzuschauen.

Alec grinste sie an, schluckte einen Bissen Rührei herunter und wandte sich dann an Arbuckle, um zu fragen, was er Crawford in bezug auf die Entführung gesagt hatte.

»So wenig wie möglich. Jedenfalls so wenig, wie ich mir leisten konnte. Ich dachte mir einfach, je weniger andere Bescheid wissen, desto besser. Ich konnte die Entführung ja nicht gut geheimhalten, wo Gloria ohne Vorankündigung verschwunden war und ich mir solche Sorgen machte und er dann auch noch ohne Auto dastand –, ich hatte das Petrie schon erzählt: er war unheimlich wütend darüber, daß er zu Fuß nach Hause marschieren mußte. Vielleicht hat er die Wut auch nur gespielt, aber ich bin jedenfalls drauf reingefallen. Er hat mich gefragt, ob ich die Polizei davon in Kenntnis setzen wolle, und ich hab ihm gesagt, das käme gar nicht in die Tüte.«

»Können Sie sich an seine Antwort erinnern?«

»Das fand er gut.«

»Tatsächlich!« rief Alec aus.

»Nun mal langsam«, protestierte Arbuckle, wenn auch schwach. »Er fand, ich hätte Recht, um Glorias Willen. Und er hat mir auch geraten, es überhaupt niemandem zu erzählen, da die Dinge immer irgendwie durchsickerten.«

»Wohl wahr. Sind Sie seinem Rat gefolgt? Haben Sie ihm nicht erzählt, daß Petrie wieder aufgetaucht ist, oder daß seine Freunde Ihre Tochter suchen?«

»Mit keinem Wort.«

»Gut. Sonst noch irgend etwas?«

»Wolln ma' sehen.« Arbuckle überlegte und sagte dann verzweifelt: »Verflixt, ja. Das hatte ich fast vergessen. Er hat angeboten, den Entführern an meiner Stelle das Lösegeld zu übergeben. Wenn Sie Recht haben, Mr. Fletcher, dann bedeutet das ja, daß ich es ihm quasi auf dem Silbertablett überreiche!«

»Haben Sie dem zugestimmt?«

»Nö. Ich sagte, wenn irgendjemand außer mir selbst mit der Kohle auftauchen würde, dann könne das die Dinge gewaltig aufmischen. Ich fände, wir sollten so weitermachen wie bisher, als wäre nichts geschehen, damit nicht irgend jemand nervös wird.«

»Wie hat er darauf reagiert? Wirkte er erleichtert?«

»Nicht, daß es mir aufgefallen wäre. Warum?«

»Ach, Sie hätten ja auch wünschen können, daß er in Ihrer Nähe bleibt. Da wäre er natürlich ganz schön eingeschränkt gewesen. Aber so kann er ja jederzeit seine Häscher treffen, wann immer ihm danach ist. Er weiß, daß Sie heute in die Stadt fahren, um das Lösegeld zu holen?«

»Ich hab vor ein paar Tagen erwähnt, daß ich es heute zusammen hätte.«

»Bestens. Nur noch eine Sache – oder hast du noch eine Frage, Daisy? Oder Miss Fotheringay?«

»Ja«, sagte Daisy. »Mr. Arbuckle, ich weiß, daß Sie nicht glauben können, daß ein Angestellter, dem Sie vertraut haben, Ihnen auf diese Weise Schaden zufügen will. Aber das ist doch schließlich besser, als wenn jemand auf Rache aus wäre, nicht wahr? Ich meine, Gloria lebt ja immerhin noch. Sie haben ja nichts getan, wofür Crawford Sie hassen müßte. Wir lassen mal seine Zukunftsängste beiseite.«

»Das hab ich wohl nicht, Miss Dalrymple, jedenfalls nicht

bewußt«, sagte Arbuckle nachdenklich, »obwohl, wie Mr. Fletcher schon sagte: sicherlich ist es für ihn bitter gewesen, daß ich mit seinem Fachwissen mehr Geld verdient habe, als er sich jemals erträumen könnte. Aaaa – und glauben Sie mir, ich hab die halbe Nacht wachgelegen und darüber nachgedacht, was ihn wurmen könnte – wenn er wirklich mein kleines Mädchen verehrt und weiß, daß sie den jungen Petrie vorzieht – na jaaa, das ist dann schon eine Dose, die vor Würmern nur so überquillt.«

Während sie noch die Nase rümpfte ob dieses drastischen Bildes, erkannte Daisy doch an, daß seine Befürchtungen nicht ganz unberechtigt waren. Der abgewiesene Liebhaber, das Umschlagen von Liebe zu Haß – sie waren der Nährboden, auf dem seit Jahrhunderten Vergewaltigungen, Morde und sonstige Verbrechen gediehen waren.

Lucy hatte ihren üblichen blasierten Gesichtsausdruck verloren, und an Alecs ernstem Gesicht konnte man die Zustimmung ablesen.

»Ich fürchte, Sie haben Recht«, sagte er, »und deswegen werden Sie vielleicht meinen nächsten, aber auch letzten Vorschlag etwas milder beurteilen. Ich möchte dringend raten, daß wir die Polizei vor Ort einbeziehen und eine vernünftige Suche nach Miss Arbuckle starten.«

Arbuckle stand auf. Trotz seiner kleinen Statur war er ein beeindruckender Mann. Er stemmte die Fäuste fest auf den Tisch und lehnte sich weit nach vorne. »Nein!« sagte er störrisch. »Ich glaub nicht, daß die Polizei sie finden würde. Und eine Suche könnte genau das sein, was den Typen über Bord gehen läßt. Das kann ich nicht riskieren.« Als Alec den Mund öffnete, um mit ihm darüber zu streiten, hob er seine Hand. »Wenn Sie denen von einer Entführung erzählen, dann werd ich alles abstreiten. Ich werd behaupten, Gloria wäre zurück in die Staaten gereist. Nein, Sir, wir werden das Spiel so spielen, wie Crawford es will, oder wer auch immer der Bastard ist. Ich fahr jetzt los und hol das Lösegeld.«

Seine resoluten Marschschritte mutierten noch weit vor der

Tür zu einem müden Schlurfen, aber dennoch verließ er den Raum.

Alec sah ihm nach, seufzte und wandte sich dann seinem fast noch unangetasteten Frühstück zu. Teils säuerlich, teils bewundernd sagte er, während er in ein Würstchen hineinschnitt: »Störrischer alter Knabe. Er tut mir wirklich leid, der arme Kerl, aber ...!«

»Was wirst du denn tun?« fragte Daisy. »Phillip und ich sind Augenzeugen der Entführung. Es hätte gar keinen Sinn, wollte er sie leugnen.«

»Überhaupt keinen, selbst wenn Petrie nicht mitspielte. Aber ich befinde mich hier mal wieder zwischen Skylla und Charybdis.« Er warf Lucy einen Blick zu.

»Ich werd schon nicht aus dem Nähkästchen plaudern, Mr. Fletcher«, sagte sie trocken.

»Vielen Dank.« Er entschuldigte sich mit einem Lächeln für seine Befürchtung. »Verstehst du, ich muß Arbuckle in mancherlei Hinsicht Recht geben. Zunächst einmal sieht er das ganz richtig, wenn er sagt, daß die britische Polizei mit Entführungsfällen keine große Erfahrung hat. Wir haben hier sehr wenige, während es in Amerika meines Wissens geradezu eine Epidemie gibt. Zweitens wird eine Suche hier keine besonders große Chance auf Erfolg haben. Das abzudeckende Gebiet ist riesengroß.«

Daisy stimmte ihm nachdrücklich zu. »Die Suche war schon ziemlich hoffnungslos, als wir uns einigermaßen sicher sein konnten, daß sie in der Nähe ist. Ich hab sie nur durch Zufall gefunden.«

»Ganz genau. Das zweite Problem ist, daß sie gar nicht mehr in Worcestershire sein muß. Scotland Yard hat weder die Arbeitskräfte noch das notwendige Wissen vor Ort, um eine zielgenaue Suche zu starten. Und ich habe nicht das Recht, die Kräfte aus einem halben Dutzend Grafschaften mobil zu machen!«

»Wer hat es dann?« fragte Lucy. »Ihre Vorgesetzten?«

»Nur der Innenminister«, sagte ihr Alec knapp. »Selbst der

Commissioner würde da Überzeugungsarbeit leisten müssen, und davor würde ich mit dem Assistant Commissioner reden müssen, mit dem Leiter des Criminal Investigation Department ... na ja, jedenfalls müßten ziemlich viele Leute überzeugt werden. Und das alles gegen Arbuckles Leugnen. Bevor da irgendein Erfolg zu verbuchen wäre, ist das Lösegeld schon lange bezahlt und die ganze Sache vorbei.«

Lucy nickte. »Mehr als wahrscheinlich. Das ist ja einfach zu und zu ärgerlich!«

»Dann wäre da noch eine Sache.« Alec zögerte. »Ich hoffe, daß das mein Urteil nicht beeinflußt. Aber es ist nun mal so: Wann auch immer ich die Entführung jetzt melde, werde ich ein paar unbequeme Fragen beantworten müssen, warum ich sie nicht vorher gemeldet habe. Vor allen Dingen nach dem gestrigen Abend. Das einzige, was da noch meine Haut retten kann, ist ein Erfolg!«

»Du hast doch erst gestern ganz spät in der Nacht davon erfahren«, rief Daisy aufgeregt aus. »Ich sehe nicht, was du anderes hättest tun können, als ich hereinkam und dir erzählte, wo Gloria war. Du mußtest doch losziehen und schauen, ob sie noch da war! Jede Verzögerung wäre der reine Wahnsinn gewesen.«

»Damit vernachlässigen Sie also erst seit heute morgen Ihre Pflichten, Mr. Fletcher«, bemerkte Lucy, »was bedeutet, daß alles dafür spricht, sich jetzt noch mehr unbequeme Fragen zu ersparen und die Angelegenheit sofort zu melden.«

»Verflucht noch eins, Lucy!« Phillip kam in den Raum gestürmt, seine sonst so übermächtige Schüchternheit ihr gegenüber war völlig vergessen. »Du versuchst doch nicht etwa ihn zu überzeugen, er solle alles der Polizei verpfeifen?«

»Beruhigen Sie sich wieder, Petrie«, wandte Alec ein. »Ich bin bereits zu dem Schluß gekommen, daß es mehr oder weniger sinnlos ist, in diesem Stadium meine Kollegen zu informieren. Keinesfalls würde ich meine eigene Haut auf Miss Arbuckles Kosten retten wollen, glauben Sie mir. Nicht, daß ich Ihnen für ihren Hinweis nicht dankbar wäre, Miss Fotheringay.«

»Lucy«, murmelte sie.

Alec lächelte sie an. Daisy hätte sie küssen mögen. Wenn Lucy sich so weit vergaß, daß sie Alec bat, sie beim Vornamen zu nennen, dann war das ein gutes Omen. Möglicherweise würde die verwitwete Lady Dalrymple doch mit ihm zurechtkommen.

»Verzeihung«, sagte Phillip verlegen. Er war leichenblaß und hatte dunkle Ringe unter den Augen. Es mußte ungleich schwerer für ihn sein, kurzfristig geweckte Hoffnungen am Boden zerstört zu sehen, als eine stete, aber gedämpfte Niedergeschlagenheit zu ertragen.

Er brauchte dringend etwas zu tun, beschloß Daisy. »Also hängt jetzt alles an uns«, sagte sie. »Tommy und Madge sind losgefahren, um Crawford zu beschatten.«

»Tommy! Verflixt noch eins, wieso denn nicht ich? Warum habt ihr mich denn nicht geweckt?«

»Wir werden uns ohnehin abwechseln müssen. Sonst schöpft er Verdacht, wenn ihm immer das gleiche Auto folgt. Oder was meinst du, Alec?«

»Ganz richtig«, erwiderte Alec prompt, wobei er weiter sein Frühstück aß. Diese Angelegenheit sollte ruhig Daisy klären. Sie wußte allerdings, daß er keine Sekunde zögern würde sich einzumischen, wenn er mit ihren Vorschlägen nicht einverstanden war. Ein Ehemann, der zu allem »Ja« und »Amen« sagte, wäre genauso schlimm wie einer, der sie nie ihren eigenen Grips nutzen lassen würde, fand sie. »Also kannst du die Pearsons gleich ablösen, Phil«, sagte sie.

»Ich hab aber kein Auto«, sagte Phillip untröstlich.

»Binkie wird dir seinen Alvis leihen«, versprach ihm Lucy, »nicht wahr, Liebling?« fügte sie hinzu, als Binkie eintrat.

»Klar doch. Was?«

»Ist das ein Ausruf oder eine Frage, Liebling?«

»Wozu habe ich gerade zugesagt?« fragte Binkie mit einem etwas verzögerten Anflug von Furchtsamkeit.

»Phil den Alvis auszuleihen.«

»Klar doch! Warum?«

»Weil die Entführer doch seinen Swift geklaut haben«, erinnerte ihn Daisy und blickte Alec so streng an, daß er sein Grinsen gleich wieder unterdrückte. »Tommy und Madge sind Crawford nach Cowley gefolgt. Sobald sie anrufen, übernimmt Phillip die Verfolgungsjagd.«

»Klar doch. Ähem, wer ist Crawford?«

Binkie hatte wohl irgendwie bei den allgemeinen Berichten gefehlt. Während Phillip ihm im Brustton der Überzeugung erklärte, daß Crawford der verflixte, gräßliche Übeltäter sei, der ihm sein Mädchen weggeschnappt hatte, wandte sich Daisy zu Lucy.

»Ich finde nicht, daß Phillip alleine fahren sollte«, sagte sie leise. »Der arme Kerl verliert ohne Zweifel den Kopf und richtet etwas an. Es wäre besser, wenn Binkie mit ihm fahren würde.«

»Binkie wird ihn doch nie von irgend etwas abhalten. Außerdem würde ein gemischtes Doppel viel weniger verdächtig aussehen als zwei Männer, glaubst du nicht? Ich fahr mit. Es sei denn, du willst es?«

»Nein!« Alec schluckte einen Bissen hinunter. »Daisy ist noch völlig durcheinander von gestern Abend. Ich würde es sehr begrüßen, wenn Sie mitfahren würden, Miss … Lucy.«

»Es geht mir bestens«, betonte Daisy. Sie kämpfte gegen das gräßliche Erröten an, das sie mal wieder in ihren Wangen aufsteigen spürte, und fuhr fort: »Aber eigentlich, wenn es dir nichts ausmacht, Lucy, dann würde ich gerne mit Alec meiner Mutter einen Besuch abstatten. Es sei denn, du hast noch etwas dringendes zu tun, Alec?«

»Leider fällt mir im Moment nichts ein.« Jetzt war er an der Reihe zu erröten. »Leider für Miss Arbuckle, meine ich«, verbesserte er sich hastig. »Ich freue mich sehr darauf, Lady Dalrymple kennenzulernen.«

Lucy lachte. »Daisys Mutter beißt nur selten«, sagte sie tröstend.

»Nein, aber Geraldine tut es dafür umso häufiger«, sagte Daisy voller Schuldgefühle. »Ich muß dir beichten, daß ich ihr und Edgar erzählt habe, daß du ein Detective bist – und daß wir alle auf deine Bitte hier sind, um deinen Nachforschungen eine Legende zu geben.«

»Ach herrje!« stöhnte Alec. »Du hättest ja wenigstens zugeben können, daß ich es bin, der nolens volens in deinen Schlamassel hereingerutscht ist, und nicht umgekehrt! Lord und Lady Dalrymple müssen ja glauben, daß die Polizei ...«

»Wie bitte?« verlangte Phillip zu wissen. »Die Dalrymples wissen, daß Sie von der Polizei sind?«

»Ich mußte es ihnen sagen, Phil.«

»Zum Henker, Daisy, je mehr Leute es wissen, desto riskanter wird es für Gloria!«

»Ich mußte doch irgend etwas sagen! Geraldine stand kurz davor, uns hinauszuwerfen, nachdem sie in den frühen Morgenstunden das mitbekommen hat, was sie als unsere ›Eskapaden‹ bezeichnet.«

»Die hätten ohnehin früher oder später erfahren, wer Alec ist«, sagte Lucy, »und dann hätte es sie fürchterlich beleidigt, im Dunkeln gelassen worden zu sein.«

»Warum zum Teufel sollten sie es denn überhaupt je erfahren?«

»Weil Edgar Daisys Vetter ist«, erklärte Lucy geduldig und warf Daisy einen wissenden Blick zu, »und wenn Alec in die Familie aufgenommen wird, dann wird man wohl kaum seinen Beruf geheimhalten können.«

»In die Familie ...? Ach. So weit seid ihr also schon?« Phillip wirkte leicht mißbilligend. Daisy blickte ihn wütend an.

»Hättest du dir ja denken können, alter Freund«, sagte Binkie. »Hat sie doch Fletcher hierher eingeladen, die alte Erziehungsberechtigte kennenzulernen und so weiter, und so weiter, was? Die eigene Familie sollte sowas als erstes wissen.«

»Also jetzt hört aber mal auf!« explodierte Daisy, die zu ihrer eigenen Überraschung den Tränen nahe war. »Nichts ist hier klar ausgesprochen. Alec hat mir überhaupt noch keinen Antrag gemacht, und nach dem ganzen Schla-Schlamassel, den wir hier angerichtet haben, wird er das vielleicht nie tun.«

Alec nahm ihre Hand. »Ganz so hatte ich es mir zwar nicht vorgestellt«, sagte er ironisch, »aber ich kann dich schließlich nicht so in der Schwebe lassen, mein Liebes. Dies hier ist nicht der erste Schlamassel, den du mir bereitet hast, und irgendwie bezweifle ich, daß es der letzte sein wird. Willst du meine Frau werden?«

»Ach, Alec!« Jetzt flossen die Tränen. Er schloß sie in die Arme.

Taktvoll verschwanden die anderen. Während sich die Tür hinter ihnen schloß, hörte Daisy aus weiter Ferne Binkie jammern: »Aber Lucy, ich hab doch noch gar nicht gefrühstückt.«

Madge rief an. Sie und Tommy waren Crawford vom Abbey Hotel bis zu den Morris-Werken gefolgt. Tommy saß in einem absolut schrecklichen Café gegenüber vom Werk, trank ein schlicht giftiges Gesöff, das der Wirt Kaffee nannte, und behielt den weinroten Zweisitzer im Auge. Und sie meldete sich hiermit und hatte nur eine Frage: Was war als nächstes zu tun?

»Ich hab ihr geraten, es mit einem Tee zu versuchen«, sagte Alec zu Daisy und Lucy, »ihm zu folgen, wenn er wegfährt, und ansonsten an ihm dranzubleiben, bis wir sie ablösen. Bincombe und Petrie dürften auch bald zurück sein.«

Phillip und Binkie kamen einige Minuten später hinzu.

»Wir haben in drei Reparaturwerkstätten nachgefragt«, tat Phillip kund, »die nächste am Ort der Entführung ist zweieinhalb Kilometer entfernt, und die anderen zwischen sechs und acht Kilometern. Sie haben alle Stein und Bein geschworen, daß sie nie von einem Amerikaner gebeten worden sind, mit ihm loszufahren und auf den Landstraßen nach einem Studebaker zu suchen.«

»Und das ist ja eigentlich nichts, was man so leicht vergißt, oder?« sagte Binkie.

»Das will ich wohl meinen«, stimmte ihm Alec zu. »Ich sehe nicht, wie selbst Arbuckle jetzt noch anzweifeln könnte, daß Crawford unser Mann ist.«

# 17

»Mir ist gerade etwas eingefallen«, sagte Daisy entsetzt. »Crawford hat Phillip doch schon ein paarmal gesehen. Was ist, wenn er ihn erkennt?«

»Das ist aber nicht sehr wahrscheinlich.« Lucy rückte ihren Glockenhut so zurecht, daß er schräg und frech auf ihrem glatten, dunklen Schopf saß. »Ich werd Phil nicht zu nah an ihn ranlassen, und ich werd zusehen, daß er immer den Hut aufbehält. Wenn das Verdeck des Alvis zu ist, wird er praktisch unsichtbar sein.«

»Aber ein geschlossenes Verdeck im Sommer – das wird doch Verdacht erregen.«

»Wohl kaum, Liebling, wenn es draußen nieselt.«

»Ach, es regnet?« Daisy schaute aus dem Fenster von Lucys Gästezimmer. Ein leichter, stetiger Regen fiel. Merkwürdig. Sie hätte schwören können, die Sonne schiene. »Was für ein Glück. Phillip braucht jetzt nämlich wirklich etwas, was ihn richtig beschäftigt.«

Mit flinken, geschickten Fingern richtete Lucy ihr Make-up. Ein letztes Pudern der Nase, dann gingen die beiden hinunter.

Vorne in der Eingangshalle warteten die Herren. Phillip zappelte förmlich vor Ungeduld.

Alec lächelte Daisy an, wandte sich aber zu Lucy. »Ich habe Petrie gebeten, sofort anzurufen, sollten Mr. und. Mrs. Pearson schon abgefahren sein, wenn Sie beide in Cowley ankommen. Sie werden Crawford dann auf den Fersen sein, also verschwenden Sie keine Zeit mit der Suche nach ihm. Bincombe wird sich hier immer in der Nähe des Telephons aufhalten.«

»Halt die Stellung, Liebling.« Lucy küßte Binkie auf die Wange, drehte sich um und küßte Daisy. »Viel Glück, Liebes. Cheerio. In Ordnung, Phillip, du kannst dich beruhigen. Auf geht's.«

Alec gab Binkie noch ein paar letzte Anweisungen, was in Notfällen verschiedenster Art zu tun sei. »Und rufen Sie bitte nur dann im Dower House an, wenn es absolut notwendig ist.«

Binkie grinste und nickte. »In Ordnung. Viel Glück, alter Freund.«

»Man würde ja meinen, meine Mutter wäre ein wahres Scheusal«, sagte Daisy verärgert, während sie und Alec unter einem Regenschirm zum Austin gingen, den Bill Truscott von den Stallungen herüber vors Haus gefahren hatte. Die vielen guten Wünsche aller ihrer Freunde machten sie noch nervöser, als sie ohnehin schon war. »Sie mag ja gelegentlich ein bißchen schwierig sein, aber ich hab dich schließlich schon mit viel Schlimmerem fertig werden sehen.«

»Keine Sorge, das wird schon alles werden«, beruhigte er sie und öffnete die Beifahrertür.

Daisy war ihm dankbar, daß er sie nicht darauf hinwies, daß sie ihn noch nie dabei beobachtet hätte, wie er mit einer zukünftigen Schwiegermutter umging.

Er ging um den Wagen herum, setzte sich neben sie, sagte: »Die wichtigen Dinge zuerst« und küßte sie.

Als die »wichtigen Dinge« gründlichst erledigt worden waren, lehnte sich Daisy mit einem zufriedenen Seufzen in ihrem Sitz zurück, während Alec den Anlasser drückte, den Gang einlegte, die Bremse löste und die Allee hinunterfuhr.

»Wenn wir verheiratet sind«, sagte sie und freute sich an diesem Satz, »bringst du mir dann das Autofahren bei?«

»Ich bin mir nicht sicher, ob das eine so gute Idee ist. Daß Ehemänner ihren Frauen etwas beibringen.«

»Binkie hat es schließlich auch Lucy beigebracht.«

»Die sind nicht verheiratet. Wir sollten damit nicht bis zur Hochzeit warten. Daisy, bist du dir wirklich ganz sicher, daß deine Mutter auch mich zum Mittagessen eingeladen hat?«

Daisy schmolz förmlich dahin. Er war also auch nervös! »Natürlich«, versicherte sie ihm. »Als ich angerufen hab, ob es passen würde, wenn wir heute vorbeischauen, hat sie ganz spontan zugestimmt.«

»Sie will nur meine Tischmanieren überprüfen«, sagte er voller Überzeugung und fügte hinzu: »Fairacres ist übrigens ein bißchen größer und ein bißchen beeindruckender, als ich es erwartet hätte.«

»An deinen Tischmanieren gibt es überhaupt nichts auszusetzen, mein Schatz. Fairacres ist tatsächlich ein bißchen anders als das Haus in Chelsea, nicht wahr? Es hat dir wohl deshalb einen Schock versetzt.«

»Aber eines verstehe ich wirklich nicht. Wieso mußt du ohne einen Pfennig auskommen, wo dein Vater doch so einen großen Besitz hatte? Das Haus und der Grundbesitz werden natürlich an den männlichen Erben weitergegeben, aber trotzdem ...«

»Das liegt daran, daß Gervaise im Großen Krieg gestorben ist. Vater ist immer davon ausgegangen, daß er für mich sorgen würde, verstehst du. Bis ich heirate, und wenn ich nicht heirate, dann sowieso! Als er fiel, war Vaters Trauer so tief, daß er gar nicht auf den Gedanken kam, sein Testament zu ändern. Und dann ist er an der Grippe gestorben.«

»Ich weiß, daß die Epidemie damals die Menschen wirklich völlig überrollt hat«, sagte Alec leise. »Joan hat auch vieles nicht vollenden können. Liebes, du darfst nicht böse sein, wenn ich gelegentlich von Joan spreche. Ich liebe dich genauso sehr, nur auf andere Weise.«

»Das macht mir nichts aus. Ich weiß doch, daß auch Belinda über ihre Mutter wird sprechen wollen. Alec, ich muß dir noch etwas erzählen ...« Sie unterbrach sich, als das Auto in die kurze Auffahrt zum Dower House einbog. »Ach, wie ärgerlich, da sind wir schon. Das wird also warten müssen.«

Er trat auf die Bremse und wandte sich zu ihr. In seinen grauen Augen lag tiefer Ernst. »Ich hoffe, du wirst immer die Gewissheit haben, daß du mir absolut alles erzählen kannst.«

Sie drückte seine Hand. »Ach, Alec, ich liebe dich so sehr. Nein, küß mich jetzt nicht. Mutter würde nie etwas so Vulgäres tun wie aus dem Fenster zu schauen, aber es könnte ja sein, daß sie zufällig danebensteht. Alec, als Edgar Fairacres geerbt hat, hat er angeboten, daß ich bei ihnen wohnen könnte. Als ich das abgelehnt habe, wollte er mich finanziell unterstützen. Auch das hab ich abgelehnt. Aber wenn du möchtest, kann ich ihm sagen, ich hätte es mir anders überlegt.«

»Um Himmels Willen, nein! Ich erwarte von dir, daß du die Familie miternährst, aber indem du schreibst, nicht, indem wir deine Verwandten anbetteln.«

Daisy wurde das Herz weit. Sie lachte laut auf und winkte fröhlich dem Gärtner zu, der die ersten Unkrautschößlinge herausriß, die nach dem gestrigen Unwetter jetzt schon in die Höhe schossen.

»Erinnerst du dich an Owen Morgan, den Gärtner aus Occles Hall?« fragte sie Alec. »Wenn wir einen weiteren Mann brauchen, um Gloria zu retten, dann bin ich überzeugt, daß er helfen wird.«

»Schon wieder einer, der keinem Hilferuf von dir widerstehen kann?« fragte Alec nachsichtig. »Was auch immer in diesen arglosen blauen Augen die Leute davon überzeugt, daß sie für dich durch jeden brennenden Reifen springen würden – ich hoffe, daß du es jetzt auch auf deine Mutter anwendest.«

»Mutter ist leider gegen derlei immun«, sagte Daisy bedauernd.

Die verwitwete Lady Dalrymple nahm die Vorstellung eines wenig bemerkenswerten Fremden mit einem hochmütigen Nicken und einem kühlen »Guten Tag« zur Kenntnis. Aber Daisy sah durchaus, wie ihre Augen weit wurden.

Nachdem sie einen kirchenmausarmen Intellektuellen, einen wohlhabenden Parvenü oder gar, da mochte Gott aber vor sein, einen Ausländer erwartet hatte, wußte ihre Ladyschaft eindeutig nicht, was sie von Alec halten sollte. Er war weder ärmlich, noch überelegant gekleidet; sein Tonfall war zwar nicht von Eaton oder Oxford geprägt, aber er sprach auch nicht mit einem Kleine-Leute-Akzent; er war, um es kurz zu machen, ein durch und durch grundanständiger Gentleman.

Doch im Hinblick auf einen künftigen Schwiegersohn war Grundanständigkeit leider kein Kompliment, sondern die schlimmste aller Möglichkeiten. Lady Dalrymple hatte sich auf einen Schwiegersohn aus dem Adel versteift, oder, wenn das schon nicht möglich war, einen Mann mit Grundbesitz.

»Einen Sherry, Mr. Fletcher?« bot ihre Ladyschaft steif an. »Oder ziehen Sie einen dieser modernen Cocktails vor? Unsere Köchin hat, glaube ich, etwas Gin da.«

»Einen Sherry bitte, Lady Dalrymple«, sagte Alec und biß sich auf die Unterlippe.

Daisy warf ihm einen Blick zu. Zu ihrer Erleichterung sah sie, daß er amüsiert wirkte.

»Alec mag ihn Medium Dry, wie ich auch, Mutter«, sagte sie. »Soll ich einschenken? Einen Cream Sherry für dich?«

»Vielen Dank, Liebes. Sie wohnen im *Wedge and Beetle*, hat man mir erzählt, Mr. Fletcher. Ich hoffe, Sie fühlen sich dort wohl?«

»Noch habe ich es gar nicht ausprobieren können. Die letzte Nacht habe ich auf Fairacres verbracht.«

»Tatsächlich! Natürlich, Edgar und Geraldine haben in ihrer neuen Position noch nicht so recht Fuß gefaßt.« Der Tonfall der verwitweten Lady Dalrymple machte ihre Zweifel sehr deutlich, ob sie das jemals würden. Eine Beherbergung von jemandem wie Alec sprach Bände, schien sie sagen zu wollen.

Man konnte ihrer Meisterschaft im höflich versteckten Affront nur Bewunderung zollen. Daisy würde allerdings nicht zulassen, daß sie Alec einschüchterte. Nicht, daß er leicht einzuschüchtern wäre. Er wirkte immer noch amüsiert, bemerkte sie, als sie ihm den Sherry reichte.

»Edgar und Geraldine scheinen sich aber schon sehr wohl zu fühlen«, sagte sie munter.

Ihre Mutter rümpfte die Nase, ließ sich aber nicht von ihrem Angriffsziel ablenken. Nachdem sie Alec aufgefordert hatte, sich doch zu setzen, sagte sie: »Erzählen Sie mir von Ihrer Familie, Mr. Fletcher. Ich glaube nicht, daß ich irgend jemanden dieses Namens schon kennengelernt habe.«

»Die ersten urkundlich belegten Vorfahren«, holte Alec aus, »waren im Mittelalter Pfeilhersteller und Bogenschützen. Im sechzehnten Jahrhundert wandte sich die Familie der Literatur zu. Ich muß leider zugeben, daß wir John Fletcher nicht zu unseren Ahnherren zählen können. Sie wissen schon, vom berühmten Beaumont and Fletcher. Aber vielleicht haben Sie schon einmal von Giles Fletcher dem Älteren gehört? Nein? Er war Dichter und hat ein Buch über Rußland verfaßt. Sein Talent hat er an seine Söhne Giles den Jüngeren und Phineas weitervererbt, die beide berühmte Dichter und Kirchenmänner waren. Die Predigten von Giles wurden weithin bewundert, und Phineas' Gedichte, in denen er die Jesuiten angriff, fanden eine große Anhängerschaft. Obwohl mir persönlich seine wunderbaren Beschreibungen der ländlichen Gefilde Englands besser gefallen.«

Daisy fühlte sich fast so überrollt, wie ihre Mutter wirkte. Alec fuhr erbarmungslos fort, und er schaffte es dabei noch, seine Worte mitleidig klingen zu lassen.

»Mit den nächsten paar Jahrhunderten will ich Sie dann nicht langweilen«, sagte er schließlich mit einer weit ausholenden Geste, die anzudeuten schien, daß er damit ganze Bataillone berühmter Vorfahren ausschloß. »Mein Vater hatte keine literarischen Ambitionen. Seine Berufung lag in der Welt der Finanzen.«

Mr. Fletcher der Ältere war Geschäftsstellenleiter einer Filiale der Westminster Bank in North London gewesen, so viel wußte Daisy. Ihr mißtrauischer Blick auf Alec wurde mit einem kaum wahrnehmbaren Augenzwinkern beantwortet.

Als sie über seine Ausführungen nachdachte, erkannte sie, daß der »Stammbaum« wohl auf nicht mehr als auf der Namensgleichheit beruhen konnte. Aber er hatte auch gar nicht richtig behauptet, von den dichtenden Fletchers abzustammen. Oh, die unerklärlichen und doch klugen Wege, die ein Detective gehen konnte!

»Finanzwelt?« Lady Dalrymple war zumindest etwas beeindruckt. »Und sind Sie Ihrem Vater darin nachgefolgt?«

»Nein, ich habe beschlossen, meine bescheidenen Fähigkeiten dem Schutz der Gesellschaft zu widmen.«

»Sie sind also in der Army?« fragte Lady Dalrymple fast begeistert. Die Armee war nun wieder eine sehr anständige Berufslaufbahn.

»Bei der Polizei«, sagte Alec ohne besondere Betonung.

»Ach du liebes bißchen!« Lady Dalrymple starrte ihn entsetzt an. Sie versuchte offensichtlich gerade, sich ihn in einem blauen Helm vorzustellen, wie er einen Polizeistock umherwirbelte. »Ich muß schon sagen, das hätte ich nie erraten können«, hauchte sie, und ihr Blick zu Daisy war mörderisch.

»Aber Alec ist doch durchaus vorzeigbar für einen Bobby, findest du nicht auch?« Nach dieser Provokation beschloß Daisy, daß ihre Mutter eine Ende des Rätselratens verdient hätte. »Tatsächlich ist Alec Detective Chief Inspector beim Scotland Yard.«

»Ach so, in *zivil*!« Nachdem die entsetzliche Befürchtung, sie könne einen Schwiegersohn in Polizeiuniform bekommen, aus dem Weg geräumt war, beruhigte sie sich so rasch, wie Daisy es erhofft hatte. Im Vergleich dazu war ein hochrangiger Detective durchaus erträglich. »*Chief* Inspector? Dein Vater hat sich sehr gut mit dem Chief Constable hier verstanden, Daisy. Colonel Sir Nigel Wookleigh. Äußerst charmant. Vielleicht kennen Sie ihn auch, Mr. Fletcher.«

»Noch nicht, Lady Dalrymple, aber ich gehe davon aus, daß ich ihn demnächst kennenlernen werde.«

Alec erläuterte den wahren Grund lieber nicht: Daß er dem C.C. von Worcestershire würde erklären müssen, warum er auf seinem Dienstgebiet ohne seine Erlaubnis vorgegangen war. Entsprechend freute sich die verwitwete Lady Dalrymple. Immerhin verkehrte der Freund ihrer Tochter in den richtigen

Kreisen. Damit ging der Rest des Besuchs in einer erstaunlich freundlichen Atmosphäre vonstatten.

Daisy ging nicht so weit, ihre Verlobung kundzutun. Es war besser, Mutter in dem Glauben zu lassen, sie hätten zuerst ihren Segen eingeholt. Es würde reichen, ihr die Nachricht am Sonntag vor der Rückkehr in die Stadt zu überbringen.

*Wenn* sie überhaupt schon am Sonntag zurückkehrten! Daisy war gerade von ihrem Privatleben so okkupiert, daß sie die Entführung und das Leiden von Gloria Arbuckle völlig aus dem Blick verloren hatte. Als es ihr jetzt wieder einfiel, wollte sie schnell zurück nach Fairacres, obwohl sie wußte, daß Binkie, wenn etwas wichtiges passiert wäre, sicherlich angerufen hätte. Also entwand sie Alec seiner Unterhaltung mit ihrer Mutter über den entsetzlichen Zustand der Welt, was natürlich eine Beschwerde über die Kürze ihres Besuchs zur Folge hatte.

»Wir hätten durchaus noch ein bißchen länger bleiben können«, protestierte auch Alec im Wagen. »Ist doch schade, sie zu verärgern, wo wir uns doch gerade so blendend verstanden haben.«

»Du hast sie auch wirklich charmiert, Liebling! Aber in ein paar Minuten hätte sie sich beschwert, daß wir zu lange geblieben sind. Mir ist es lieber, wenn sie zuwenig von uns hat als zuviel. Außerdem möchte ich unbedingt herausfinden, ob Phillip und Lucy Crawford gefunden haben und ihm folgen.«

Phillip linste durch die regenverschmierte Windschutzscheibe auf das heruntergekommene Gebäude: »ert's Café« war auf den beschlagenen Fenstern im Erdgeschoß zu lesen.

»Die können doch unmöglich da drin sein?« fragte er unsicher.

Lucy seufzte. »Ich fürchte, das werden sie aber, altes Haus. Das Café liegt direkt gegenüber vom Fabriktor. Da fehlt nur das ›B‹. Der Laden heißt ›Bert's Café‹, und es sieht wirklich so aus, als würde man hier einen absolut giftigen Kaffee servieren, wie Madge gesagt hat. Und der Lagonda steht da drüben in der Gasse. Zähne zusammenbeißen, Nase zuhalten, und auf geht's.«

Phillip drückte sich den Hut tiefer in die Stirn und schwang sich hinaus in den Nieselregen. Im Vorhof der Morris-Werke sah er hinter einem Drahtzaun einen weinroten A. C. Six stehen.

Er duckte sich wieder in den Alvis hinein. »Crawford ist noch da«, zischte er.

Lucy hörte gerade lange genug damit auf, sich die Nase zu pudern, um zu sagen: »Das will ich aber auch wirklich hoffen, sonst hätten Madge und Tommy die Sache ja wirklich vergeigt.«

Phillip öffnete den Schirm, ging um das spitze, wie ein Entenschwanz aussehende Heck des hochpolierten Zweisitzers herum und öffnete ihr die Tür. Lucy stand in ihren eleganten, hochhackigen Riemchenschuhen auf dem Trittbrett und blickte entsetzt auf die schlammigen Pfützen zwischen ihr und dem Café.

»Vielleicht warte ich lieber einfach hier.«

»Der kann noch Stunden da drin bleiben. Jetzt komm endlich.«

Lucy seufzte erneut, trat vorsichtig auf die Straße und stelzte dann zur Tür. Als Phillip sie öffnete, schlug ihnen ein warmer, feuchter Luftschwall entgegen, gesättigt von dem Geruch nach altem Fett und abgestandenem Zigarettenrauch.

»Igitt! Stunden, hast du gesagt? Das halte ich nicht länger als fünf Minuten aus.«

Phillip ignorierte ihr Stöhnen. »Da drüben sind Tommy und Madge«, sagte er. Jeder Kopf im Lokal hatte sich zu ihnen gedreht. Es gab zu dieser Uhrzeit, kurz vor Mittag, nur wenige Gäste. Er ging voraus, drängte sich zwischen den dicht beieinanderstehenden Tischen mit den Wachstischdecken und den Flaschen mit HP-Sauce durch zum Tisch der Pearsons am Fenster.

»Gott sei Dank seid ihr endlich da«, sagte Tommy und stand auf. »Madge ist schon speiübel.«

»Armes Liebes, das erstaunt mich auch nicht im mindesten«, tröstete sie Lucy. »Die Luft ist ja hier zum Schneiden.«

»Wie könnt ihr wegen einer solchen Lappalie nur so viel Aufhebens machen«, platzte es wütend aus Phillip heraus, »wo doch Gloria in Lebensgefahr schwebt.«

»Hör mal, mein lieber Freund«, protestierte Tommy. »Ganz ruhig. Wir tun alle unser Bestes, um ihr zu helfen.«

»Entschuldigt bitte.« Phillip starrte unglücklich das schmuddelige Tischtuch an und wünschte sich, er hätte sich nie verliebt. Sein ruhiges, wohlgeordnetes Leben, das bislang nur die Langeweile im Büro und die Freude am Rumwerkeln am Swift gekannt hatte, war vorbei. Das Glück mit Gloria und die Hoffnung, sie zu gewinnen, war dieser schrecklichen Leere, dieser Angst um sie gewichen. Er glaubte nicht, daß er das noch viel länger aushalten würde. Madge nahm seine Hand in ihre beiden.

»Ist schon gut, Phil«, sagte sie sanft. »Vermutlich geht es dir wie mir damals, als Tommy zum ersten Mal nach Frankreich gegangen ist. Du hast noch gar keine Zeit gehabt, abzustumpfen. Denk nur immer daran, daß wir mit dir durch Dick und Dünn gehen. Stör dich nicht an dem, was Lucy sagt. Das ist halt ihre Art.«

»Ganz genau, Liebling«, sagte Lucy, wie immer vornehm und ein bißchen gelangweilt. »Tommy, sieh mal zu, daß du Madge schnell an die frische Luft bekommst. Sie wird ja schon langsam grün im Gesicht. Und würde es dir etwas ausmachen, den Alvis für uns etwas weiter weg, um die Ecke zu parken? Das Auto ist ein bißchen auffällig, und ich möchte nicht gerne an diesem entsetzlichen Ort allein sitzen müssen.«

Die Pearsons eilten hinaus. Lucy setzte sich neben das Fenster und zog noch einmal den klaren Kreis nach, den Madge als Guckloch in die beschlagene Fensterscheibe gewischt hatte. Phillip setzte sich ihr gegenüber und tat es ihr gleich.

»Der A. C. steht immer noch da«, sagte er erleichtert.

»Das bordeauxfarbene Auto hinter dem Zaun? Was für ein Glück, daß es diese Farbe hat. Einem roten Auto kann man leicht folgen.«

»Ja. Hör mal, Lucy, es tut mir leid, daß ich eben so explodiert bin.«

»Kein Wort mehr zu diesem Thema. Lädst du mich jetzt zu einem Tee ein? Verflixt, ich hab vergessen, Madge zu fragen, ob der ein bißchen weniger gräßlich ist als der Kaffee.«

Auf ihre Bitte nach einer Kanne mit grünem Tee erwiderte die schlampig gekleidete Kellnerin, daß es nur Ty Phoo in der Thermoskanne gäbe, Milch und Zucker schon hinzugefügt. Lucy schauderte. Man einigte sich schließlich auf zwei Flaschen Ginger Ale.

Bald schon strömten die Mechaniker aus der Fabrik gegenüber zur Mittagspause in das Café. Phillip und Lucy zogen so manchen neugierigen Blick auf sich, aber niemand sprach sie an. Nachdem der erste große Ansturm vorüber war, hatte die Kellnerin allerdings nicht zuviel zu tun, um eine Essensbestellung von ihnen zu fordern, wenn sie schon dauernd einen Tisch besetzten.

Lucy beschloß, daß eine Tomatensuppe aus der Dose wohl der sicherste Posten aus dem Menü sei. Phillip wagte sich an Würste mit Kartoffelpüree heran, die er aß, ohne auf den Geschmack zu achten. Die Augen hielt er fest auf den klaren Kreis im Fensterglas gerichtet.

Das weinrote Automobil stand weiter auf der gegenüberliegenden Seite. Die Arbeiter verließen alle das Café und gingen durch das Tor im Drahtzaun, an dem A. C. Six vorbei, in das Gebäude. Lucy schlug die Zeitschrift *The Queen* auf, die sie wohlweislich mitgenommen hatte, und blätterte das Heft gelangweilt durch.

»Stell dir vor, er ist durch einen Hinterausgang hinausgegangen«, sagte Phillip, der langsam verzweifelte. »Oder er hat einen Morris zur Probefahrt bekommen und fährt jetzt seine Leute besuchen.«

»Einer von der Fabrik würde doch mit ihm fahren«, sagte Lucy mit fester Stimme, »damit nichts schiefgeht. Außerdem könnten wir das jetzt auch nicht mehr ändern.«

Die Kellnerin tauchte schon wieder auf. »Wollten Sie noch

was bestellen? Ich muß jetzt den Boden fegen, ehe die nächste Schicht reinkommt«, sagte sie mürrisch. Phillip sah, daß sie schon die meisten Stühle auf die Tische gestellt hatte. »Sie sitzen ja schon bald vier Stunden hier.«

»Kein Wunder, daß ich ganz verspannt bin.« Lucy streckte sich. »Ich nehme noch ein Ginger Ale und ein paar einfache Kekse, bitte. Rich Tea oder Marie.«

»Für mich dasselbe, bitte«, sagte Phillip und massierte seinen steifen Hals, während er sich wieder zu seinem Guckloch wandte.

»Laß uns mal die Plätze tauschen, damit du deinen Kopf in die andere Richtung drehen kannst«, schlug Lucy vor.

»Großartige Idee.« Als Phillip sich auf ihren Stuhl setzte, wischte er noch einmal im Fenster nach. Er legte sein Auge ans Guckloch und sah zwei Männer neben dem A.C. Six stehen.

Er sprang auf. »Los! Er fährt endlich.«

»Endlich!« Lucy schlug ihre Zeitschrift zu und stand auf.

»Hoppla!« rief die Kellnerin aus. »Sie gehen schon? Was is'n mit dem ganzen Zeug, das Sie eben bestellt haben?«

»Völlig egal!« rief Phillip aus.

»Wir nehmen es mit«, widersprach ihm Lucy. »Wer weiß, wann wir wieder was zu essen kriegen!« Sie stopfte die Kekse in ihre Handtasche.

Phillip warf das Geld auf den Tisch, griff beide Flaschen und den Regenschirm und kämpfte sich durch den Wald aus Stuhlbeinen zur Tür. Er öffnete sie und hielt sie für Lucy auf – ein Gentleman vergaß sich eben nie. Am Alvis war er allerdings vor ihr und saß schon drin, als Lucy den Wagen erreichte. Sie hatte schnell den Versuch aufgegeben, ihre Schuhe vor den Pfützen zu retten. Als sie die Tür aufriß und hineinsprang, hatte Phillip schon gestartet, die Handbremse gelöst und den ersten Gang eingelegt.

Sie schloß mit einem Knall die Tür. »Fahr ganz langsam vor, bis wir um die Ecke sehen können.«

Obwohl alles in ihm danach kreischte, gefälligst schnell zu

machen, mußte er einsehen, daß das das Vernünftigste war. Langsam ließ er die Kupplung hoch und fuhr zentimeterweise vor.

»Stop!« sagte Lucy. »Verdammt, wenn du noch weiter fährst, sieht man die Motorhaube, und ich kann das Tor immer noch nicht sehen. Du?«

Er reckte den Hals. »Nicht ganz.«

Sie stöhnte auf. »In Ordnung. Ich steig mal aus und stell mich an die Ecke. Wo ist der Regenschirm?«

»Hier. Laß die Tür offen.«

Lucy hatte kaum um das Gebäude herumgelugt, als sie schon wieder zurücksauste. »Er kommt in unsere Richtung gefahren«, sagte sie atemlos, klappte den Regenschirm zusammen und sprang hinein.

»Zurück ins Zentrum von Oxford hinein. Verflixt, ich hoffe, er will nicht irgendwo in der Stadt anhalten.«

»Liebe Zeit, nein. Da würden wir ihn bestimmt sofort aus den Augen verlieren.«

Aber Crawford fuhr durch das Stadtzentrum hindurch, drehte in Carfax nach Norden und bog dann links auf die Woodstock Road ab.

»Wenigstens fährt er nicht in Richtung der Midlands«, bemerkte Phillip erleichtert. »Das ist der Weg nach Hause, über Chipping Norton und Evesham. Oh Gott, glaubst du, der fährt einfach zurück nach Malvern?«

»Wie soll ich das denn wissen! Das werden wir schon sehen, wenn du ihm nicht zu dicht folgst. Du darfst ihn nicht überholen oder dich sonst irgendwie verdächtig machen.«

Phillip fuhr etwas langsamer.

Sie kamen durch das Dorf Woodstock, an den Toren von Blenheim Palace vorbei; fuhren den sanften Hügel in die Cotswolds hinauf. Dann kamen Chipping Norton, Moreton-in-March, Bourton-on-the-Hill – Phillips Verzweiflung wuchs mit jedem Kilometer, den sie dem weinroten Automobil hinterherfuhren.

»Der hält nicht an.«

»Wir sind doch erst auf halber Strecke, Phillip!« Lucy packte ihn am Arm. »Er biegt ab! Nein, nicht langsamer werden, fahr lieber vorbei. Er könnte in den Spiegel schauen.«

Widerwillig gehorchte ihr Phillip. Crawford war in eine enge, ungepflasterte Landstraße eingebogen, deren Einfahrt von den Hecken und darüberhängenden Bäumen auf beiden Seiten halb verdeckt war. Der A. C. Six war schon außer Sicht. Phillip stieg auf die Bremse und schaltete den Alvis in den Rückwärtsgang. Lucy schloß die Augen und drückte die Daumen, als er die Hauptstraße rückwärts entlangsurrte.

Ein Napier wich dem Alvis aus, und der Fahrer drohte Phillip mit der Faust.

Knapp hinter der Kreuzung hielt Phillip noch einmal an und legte den ersten Gang ein. Sie stürzten sich in den grünen Tunnel unter den Bäumen.

# 18

Der Alvis rutschte und hoppelte die schlammigen Spurrillen entlang, zwischen denen das Gras wuchs. Phillip hoffte, daß die Stoßdämpfer damit fertig würden. Seinen Swift hätte er sehr ungerne dieser Tortur ausgesetzt.

Aber möglicherweise würde er seinen Swift nie wiedersehen, dachte er deprimiert.

Sie fuhren aus dem Baumtunnel heraus und einen Hügel hinauf. Der Weg war zwar jetzt trockener, aber die Schlaglöcher immer noch genauso schlimm. Die Hecken wichen hohen Böschungen, die mit Mauern befestigt waen. Gelegentlich sah man durch vereinzelte Tore steil ansteigende Hügel mit gestutzten Weiden. Die flüchtenden Schafe verstärkten Phillips Eindruck, daß Automobile hier nur selten vorbeikamen.

»Keine Abzweigungen«, bemerkte Lucy.

»Gott sei Dank.«

»Und ich glaube, es hört auf zu regnen.«

Die Böschung zu ihrer rechten Seite flachte ab. Jetzt konnten sie die von Schafen bestandene Anhöhe sehen, die sich hinter der niedrigen Mauer erhob, ein paar Bäume hier und da, und in den Senken zwischen den Hügeln Dornbüsche und Grüppchen von Eichen.

»Da, ich hab die Motorhaube gesehen«, rief Lucy triumphierend aus. »Er ist nicht sehr weit vor uns. Nur eine Kurve oder zwei. Fahr mal lieber etwas langsamer.«

Phillip erhaschte eben noch einen Blick auf etwas, das sich keine paar hundert Meter vor ihnen bewegte, bevor ein besonders tiefes Loch in der Straße machte, daß er sich am Steuerrad festklammern mußte. Er wandte seine Aufmerksamkeit wieder der Straße zu. Wenn sie jetzt einen Platten bekämen oder ein Stoßdämpfer den Geist aufgäbe, dann hätten sie Crawford für immer verloren.

Einen Augenblick später lehnte sich Lucy nach vorn und schaute an Phillip vorbei. »Der Weg da drüben sieht so aus wie die Auffahrt zu einer Farm. Da, rechts«, sagte sie. »Der blasse Pfad, der sich um den Hügel herumschlängelt. Ich glaube nicht, daß das unsere Landstraße ist. Hoppla, Crawford ist eingebogen. Phillip, halt an! Wenn ich ihn sehen kann, dann kann er uns auch sehen. Setz lieber ein bißchen zurück.«

»Bist du sicher, daß es nicht unsere Straße ist?« fragte Phillip voller Zweifel, während er noch auf die Bremse trat.

»Ziemlich sicher. Das, was in meinen Augen die Straße ist, macht zwischen den Hügeln eine Kurve. Siehst du, da drüben. Zwischen den beiden Mauern. Das muß die Landstraße sein, auf der wir gerade sind. Setz zurück, sonst sieht er uns!«

»Nein. Ohne Sonne, die sich in unseren Scheiben widerspiegeln könnte, werden wir unauffälliger sein, wenn wir uns nicht bewegen. Außerdem können wir ihm in Ruhe zuschauen. Wo ...? Ach so.«

Der weinrote A.C. schlich langsam den Feldweg hinauf und überquerte den Kamm des Hügels. Als das Auto verschwunden war, setzte Phillip den Alvis wieder in Gang.

Nach ein paar Kurven gelangten sie an ein Gatter. Phillip fuhr langsamer, und Lucy sagte: »Da ist es. Schau, da, man sieht die Reifenspuren im Schlamm! Und da ist auch schon der Anfang vom Weg. Nein!« rief sie aus, als er das Steuer herumwarf. »Wir können ihm doch nicht folgen! Er würde uns bestimmt sehen. Oder er steht uns plötzlich gegenüber. Für mich sieht das so aus, als führt der Feldweg um den Hügel herum.«

Irgend etwas stieg in Phillips Erinnerung auf. Mit gerunzelter Stirn stieg er aus dem Auto, lehnte sich ans Gatter und starrte den Hügel hinauf. Er hatte eine merkwürdige Form, als wäre eine Bratpfanne ohne Henkel umgekehrt darauf gestellt worden. Irgendwie kam ihm das vertraut vor.

Er wandte sich wieder zu Lucy. »Ich muß da hoch, nachschauen. Crawford muß Gloria irgendwo da oben versteckt halten. Warum würde er sonst diesen Weg nehmen?«

»Mag ja sein, aber du kannst unmöglich hochfahren. Genausowenig kannst du das Auto hierlassen, so daß er es findet. Du planst doch jetzt keine Eselei, oder, Phillip? Wenn du Gloria im Alleingang retten willst, wird das nur bedeuten, daß wir zwei Leute herauspauken müssen.«

Er errötete ob der Genauigkeit ihrer Vermutung und setzte sich wieder auf den Fahrersitz. »Was sollen wir also deiner Meinung nach tun?« fragte er schmollend.

»Weiterfahren, bis wir ein Versteck für das Auto finden, hinter einer Mauer oder sowas. Dann kannst du meinetwegen losziehen und die Lage auskundschaften. Immerhin warst du so vernünftig, Wanderschuhe anzuziehen.« Sie schaute ihre schlammbespritzten Stöckelschuhe an. »In diesen Dingern kann ich unmöglich über Land gehen, obwohl sie schon längst hinüber sind.«

»Ich bin sicher, daß Mr. Arbuckle dir ein neues Paar bezahlt«, tröstete sie Phillip und fuhr weiter.

Der Weg führte noch einige hundert Meter bergan und dann zwischen einem merkwürdig geformten Hügel und einem niedrigeren Kamm zu ihrer Linken hindurch. In einer Haarnadelkurve ging es nach rechts und wieder bergab. Weit und breit kein Ort in Sicht, an dem man den Alvis hätte verstecken können. Phillip wurde schon unruhig, als Lucy ausrief: »Halt! Da ist eine perfekte Stelle!«

»Heureka! Ein Steinbruch!«

Der flache Boden des stillgelegten Schieferbruchs lag genau auf einer Höhe mit der Straße und war von dichtem Gebüsch überwachsen. Phillip fuhr den Wagen tief unter die Bäume, mitten in die Büsche.

Lucy holte ihre Handtasche hervor und puderte sich die Nase.

Der Boden unter den Bäumen war sehr steinig. Als er ausstieg, sah Phillip, daß der Alvis keine Reifenspuren hinterlassen hatte. Er ging zurück zum Weg und drehte sich um. Das Auto war nicht zu sehen.

Er ging einige Schritte zurück und rief Lucy zu: »Ich mach mich jetzt auf. Wenn ich in zwei Stunden nicht zurück bin, dann solltest du lieber losziehen und den anderen Bescheid sagen.«

»Tu aber bitte um Himmels Willen nichts Idiotisches«, erwiderte sie. »Laß dich nicht erwischen.«

Diesen Hinweis würdigte Phillip mit keiner Antwort. Zum einen wußte er, daß Lucy ohnehin immer in einem verbalen Schlagabtausch die Oberhand behielt. Zum anderen hatte er es viel zu eilig. Irgendwo auf diesem Hügel war seine Liebste gegen ihren Willen eingesperrt.

Rasch lief er den Feldweg hinauf, bis er den Hügel ganz vor sich sehen konnte. Dann kletterte er über die Mauer und schritt über das kurzgeschorene Gras auf ihn zu.

Trotz seines Ärgers erinnerte er sich doch an Lucys Warnung zum Abschied. Die Entführer hatten sehr wahrscheinlich Wachposten abkommandiert. Gleichzeitig war er sich ziemlich sicher, daß sie zuwenige waren, um in alle Richtungen Ausschau zu halten. Wahrscheinlich beobachteten sie eher den Feldweg, den Crawford entlanggefahren war. Als Londoner würden sie möglicherweise gar nicht mit der Möglichkeit rechnen, daß jemand zu Fuß über die Felder kam. Und so nahm Phillip trotz seiner Ungeduld den längeren Weg um den Hügel herum.

Von jedem Winkel aus betrachtet hatte der Hügel dasselbe merkwürdige, gestutzte Aussehen. Nun fiel Phillip auch endlich ein, wo er sich befand. Auf Brockberrow Hill, dem früheren Lieblingsausflugsziel, zu dem sie in Kindertagen immer geradelt waren.

Das merkwürdig in die Landschaft ragende Gebilde oben auf dem Hügel war das, was von einer Burg aus der Eisenzeit übriggeblieben war, oder vielleicht war es auch die Steinzeit oder Bronzezeit. Die Picten oder die Frühen Briten, oder wer auch immer, hatten sich für ihr Fort einen ausgezeichneten Ort ausgesucht. Vom kreisrunden Hügel oben konnte man weit in alle Richtungen sehen. Drinnen war man vom Wind geschützt. Es gab sogar eine zerfallene Schäferhütte, in die man sich vor plötzlichen Regengüssen retten konnte.

Ein idealer Ort, um Gloria gefangenzuhalten. Natürlich. Wie Crawford auf ihn gekommen war, blieb erst mal ein Rätsel, aber Phillip würde seinen letzten Penny darauf verwetten, daß er mit seiner Vermutung recht hatte.

Er dachte an die alten Tage zurück. Die Ausflügler – er und Gervaise und verschiedene Freunde und Geschwister – hatten ihre Fahrräder immer auf der Brock Farm stehenlassen, auf der anderen Seite des Hügels. Die Fressalien für das Picknick wurden bei der Frau des Bauern gekauft, und dann ging es auf einem Fußweg nach oben auf den Hügel.

Es war kein besonders guter Weg gewesen, eher ein Trampelpfad für Schafe. Die Entführer könnten ihn leicht übersehen haben, oder hatten ihm vielleicht keine Bedeutung zugemessen, vor allem, da die Farmgebäude von Bäumen verdeckt und vom Hügel aus nicht zu sehen waren.

Eine Menge Weißdornbüsche wuchs auf dieser Seite der Anhöhe, daran konnte Phillip sich erinnern. Es gab auch viele Mauern, die die Weiden und die Schafgehege voneinander abgrenzten. Als Deckung für eine heimliche Annäherung waren die bestens geeignet. Und dann fiel ihm noch ein, daß ein Grüppchen von Dornenbäumen – eher waren es Büsche – auf der flachen Innenseite des Burghügels stand. Wenn die die vergangenen Jahre überstanden hatten, würde er da hineinkriechen und in völliger Sicherheit beobachten und zuhören können.

Völlige Sicherheit, versicherte er sich selbst und scheuchte das leise Echo von Lucys Warnung aus seinen Gedanken.

Er kletterte über eine Mauer und sah zu seiner Linken die hohen Buchen um die Brock Farm herum. Vor ihm lag der Hügel – derzeit ohne Schafe. Er war hier und da mit Weißdornbüschen bewachsen, genau, wie er sich erinnert hatte. Phillip stellte sich dicht an einen der Büsche und begutachtete den Hügel. Hätte er doch nur ein Fernglas mitgebracht!

Kein Kopf zeichnete sich oben über dem Wall ab, kein

Anzeichen einer Bewegung; kein Laut, sah man vom Krächzen der Krähen im Tal hinter ihm, dem Trällern einer Lerche über ihm und einem gelegentlichen *Bäh* in weiter Ferne ab. Trotzdem mied Phillip den Pfad, als er an ihn gelangte. Lieber nutzte er die Deckung, die Bäume und Mauern ihm boten, während er die sanfte Anhöhe erklomm.

Ehe er den letzten, ungeschützten Teil des Wegs, der um die Grundmauern der uralten Burg herum verlief, in Angriff nahm, hielt er inne, um sich noch einmal umzuschauen. Alles war ruhig.

Er hastete weiter.

Schade, daß es aufgehört hatte zu regnen. Nicht nur erschwerte der Regen die Sicht, sondern die Tatsache, daß es so ungemütlich war, lenkte die Wachposten auch von ihrer eigentlichen Aufgabe ab – das war eine der Lektionen, die Phillip in Flandern gelernt und von der er nicht erwartet hatte, daß er je wieder an sie denken würde. Es würde ihn allerdings nicht überraschen, wenn der Regen vor Einbruch der Nacht wieder einsetzte. Hier oben auf der den Elementen schutzlos preisgegebenen Anhöhe blies ein böiger Wind aus Südwesten, warm und feucht zugleich.

Er eilte den Weg entlang und versuchte, sich an den Grundriß der Burg zu erinnern. Das frühere Tor, jetzt nur noch eine enge Lücke in der Mauer, mußte links liegen, dachte er, eine Vierteldrehung vom Weg entfernt, vielleicht aus prähistorischen Gründen der Verteidigung. Gleich rechts standen Weißdornbüsche. Jedenfalls wollte er das hoffen. Er kletterte schräg den steilen Abhang hinauf. Dann legte er sich ins feuchte Gras, den Ellbogen in einem Flecken scharlachroter und gelber Blüten von Frauenschuh, nahm den Hut ab und hob Zentimeter für Zentimeter den Kopf.

Kein entsetzter Aufschrei vermeldete das Auftauchen seiner Haare am Horizont. Er hievte sich also noch ein bißchen weiter empor und stellte fest, daß er seine Position perfekt austariert hatte. Das Dickicht aus Weißdornbüschen versteckte ihn bestens vor allen, die unten standen. Zwar konnte er selbst auch niemanden sehen, aber die Stimmen konnte er gut hören.

Er lauschte, während er sich über den Kamm und unter die stacheligen Zweige gleiten ließ.

»… glaub doch bloß nicht, daß du die Kohle ganz alleine einsacken kannst und dich dann damit in die Staaten verpieselst! Von wegen! Da haste dich aber gewaltig geirrt!«

»Nu laß mal gut sein. Wer sagt denn, daß ich abzwitschere und das Mädel in euren Händen lasse?« Crawfords Stimme war nicht so sehr ölig, sondern eher schleimig, beschloß Phillip voller Abscheu. Sein leises Lachen war noch abstoßender. »Na ja, zum Teufel, ist ja ein hübsches Mädel, das man auch gern mal in die Hände kriegen würde. Ist ja auch einer der Gründe, warum ich mit der Knete nicht einfach so abhaue. Ich werd dann schon noch zurückkommen …«

Phillip hörte die nächsten Worte nicht. Er sah Rot. Seine guten Vorsätze waren vergessen, als er auf die Knie kam, bereit, nach unten zu rasen und diesen Proleten zu erwürgen, egal, was für Konsequenzen das haben würde.

Ein Dorn, der ihm über die Wange kratzte, brachte ihn wieder zur Besinnung. Sich jetzt zu Gloria sperren zu lassen, würde ihr mitnichten helfen. Mit einem leisen Aufstöhnen robbte er etwas weiter den Abhang hinunter an eine Stelle, von der aus er die Männer beobachten konnte. Still schleuderte er mit Blicken seinen Haß gegen ihre nichtsahnenden Köpfe.

Crawford und die drei anderen Entführer standen links von der heruntergekommenen Schäferhütte aus Stein, also genau zwischen der Hütte und dem Eingang zur Ruine.

»Moment mal, Freundchen, mit so was wollen wir wirklich nichts zu tun haben!« protestierte einer der Männer. Phillip hörte deutlich die Angst mitschwingen. »Du hast doch geschworen …«

Crawford unterbrach ihn mit einem wenig überzeugenden Lachen. »Stimmt auch. Hab mich wohl gerade bißchen hinreißen lassen. Na ja, ist schon in Ordnung so. Also, wie kann ich euch Jungs denn jetzt überzeugen, daß ich nicht vorhabe, ohne euch abzudampfen?«

»Zwei von uns kommen mit. Oder du kannst deinen Paß rüberreichen. So sieht's aus, Freund«, sagte der größte der Männer drohend.

In dem kurzen Schweigen fiel Phillip ein Armeezelt auf, das an der gegenüberliegenden Seite der Burg stand. Wenigstens mußte Gloria nicht permanent die Gesellschaft dieser Proleten erdulden, dachte er erleichtert.

Obwohl es ihm wie eine Ewigkeit her schien, seit Daisy in den Salon auf Fairacres gestolpert war, saß Gloria ja erst seit Mitte der gestrigen Nacht hier fest. Phillip schwor sich: Sie sollte niemals eine ganze Nacht in dieser Hütte verbringen müssen. Er mußte sofort zu Lucy zurück und den Rettungstrupp organisieren. Andererseits wagte er nicht sich zurückzuziehen, ehe Crawford nicht weggefahren war. Schließlich konnte er immer noch etwas Nützliches in Erfahrung bringen, vielleicht sogar einen Blick auf Gloria erhaschen. Er schaute auf seine Armbanduhr. Bis Lucy sich ernsthaft sorgen würde, war noch Zeit.

»Meinen Paß?« sagte Crawford unsicher, und instinktiv legte er die Hand auf die Brusttasche.

»Ganz genau, Freundchen. Solange du in England festsitzt, haben wir dich am Wickel.«

»Und ich denk, einer oder zwei von uns sollten auch die Lösegeldübergabe beobachten«, sagte ein anderer. »Falls irgendwas schiefgeht, können die dann herkommen und die anderen warnen.«

»Herrgottnochmal, was soll denn schon schiefgehen!« Crawford klang mittlerweile eindeutig verärgert. »Diese Plutokraten haben Nerven aus Stahl, wenn es darum geht, auf dem Markt zu spekulieren, aber wenn man ihnen mit so was wie dem hier kommt, dann zerkrümeln die schneller als ein alter Keks. Ich hab Arbuckle immer an der langen Leine geführt, und er ist drauf reingefallen, ohne Wenn und Aber. Ihr solltet ihn mal sehen. Der steht völlig neben sich!

Der Alte hat die Polizei gemieden wie der Teufel das Weihwasser.«

Der Streit um die Entgegennahme des Lösegeldes ging noch eine Weile weiter. Ohne einen Entschluß gefaßt zu haben, beklagten sie sich bald über ihre Unterkunft. Crawford hielt dem entgegen, sie seien selbst dran schuld, daß sie das Cottage des Wildhüters hatten verlassen müssen. Sie hätten überhaupt Glück gehabt, daß er ein Ausweichquartier für sie gefunden hatte, nachdem er aus purer Neugier der Bedeutung des Wortes »Burg« auf einer Karte nachgegangen war.

»Und außerdem ist es eh nicht mehr lange«, fügte er hinzu. »Heute abend geht das ganze über die Bühne.«

»Dann reich mal den Paß rüber!«

Heute abend! Phillip warf einen Blick auf die Uhr. Wenn er sich jetzt nicht beeilte, dann würde Lucy annehmen, daß die Entführer ihn erwischt hätten, und würde ohne ihn losfahren. Er konnte nicht warten, bis Crawford die Biege machte. Er würde sich darauf verlassen müssen, daß er das Starten des A.C. Six hörte, um rechtzeitig in Deckung zu gehen.

Der Streit um den Paß war laut genug, daß er sich hastig aus den Weißdornbüschen lösen konnte, ohne sich wegen der raschelnden Blätter sorgen zu müssen. Mit dem Hut in der Hand kroch er den Abhang hinauf und rutschte die Böschung hinab. Dann lief er in gerader Linie auf den Steinbruch zu.

Hinter sich hörte er, wie ein Motor angeworfen wurde. Er raste zur nächsten Mauer, warf sich über sie und presste sich flach auf den Boden. Zwei Schafe wandten den Kopf und starrten ihn verwirrt an. Dann spazierten sie gemütlich zu ihm herüber, um ihn genauer zu inspizieren. Phillip zuckte zusammen, als das eine hoffnungsvoll an seinem Haar knabberte.

»*Pa-aa-ah!*« sagte es angeekelt und mampfte lieber weiter das Gras fünf Zentimeter vor Phillips Nase.

Das Motorengeräusch wurde lauter – der A.C. kam eindeutig um den Hügel, also konnte Phillip unmöglich eine Hand heben, um das Tier fortzuschieben.

Das Gedröhne des Motors wurde leiser. Phillip erhob sich auf die Knie und linste über die Mauer. Das weinrote Auto war auf dem halben Weg den Hügel hinunter und entfernte sich in einem Winkel von ihm, doch die Fahrerseite war ihm noch zugewandt. Er durfte noch nicht weiterlaufen.

Er beobachtete, wie der A.C. Six unten ankam. Crawford stieg aus, öffnete das Tor, fuhr hindurch, schloß es wieder, und fuhr dann weiter, auf die Hauptstraße zu.

Phillip erhob sich und warf trotz der Eile einen bedauernden Blick auf die schlammverkrusteten, grasbefleckten Knie seiner Flanellhose. Schon wieder ein zerstörtes Beinkleid! Dann lief er mit raschen Schritten zum Steinbruch.

Der Alvis stand nicht mehr da.

Er blickte sich um. Hatte er sich etwa verlaufen? Aber nein, da waren die abgebrochenen, welken Zweige, die er vorhin aus dem Augenwinkel bemerkt hatte. Die Uhr zeigte, daß er fünf Minuten zu spät war. Die paar Minuten! Die hätte Lucy wohl noch warten können! Jetzt war sie bestimmt auf dem Weg zurück nach Fairacres und erzählte den anderen, daß er losgezogen sei und etwas Idiotisches angestellt hätte. Fletcher würde glauben, die Entführer wüßten jetzt, daß ihr Versteck aufgeflogen sei. Und was er dann beschließen würde, das wußte allein …

»Psst! Phillip, ist alles in Ordnung?«

»Lucy! Ja. Was zum Teufel …? Wo ist der Alvis?«

Sie trat aus den Büschen hervor und strich sich energisch den Rock glatt. »Den hab ich woanders hingestellt. Hinter den Zweigen da drüben ist ein Lastwagen versteckt, und ich hatte Angst, daß ihn jemand vielleicht holen kommt.«

»Ein brauner Transporter von Ford? Mit einem Metzgersnamen drauf?«

»Grün, ohne Beschriftung. Es könnte natürlich ein Ford sein, was weiß ich.«

»Ist ja auch egal. Das muß jedenfalls der Laster der Entführer sein, weil die nämlich wirklich da oben sind. Die werden ihn neu gestrichen haben, damit er nicht wiedererkannt wird, und damit sie ihn besser verstecken können. Hör mal, was hältst du davon, wenn ich ihn lahmlege? Damit die sich nicht einfach aus dem Staub machen können?«

»Nein, tu das lieber nicht. Wenn sie heute irgendwo hinfahren wollen, dann sind sie gewarnt. Komm schon, wir müssen zurück nach Fairacres. Der Alvis steht da drüben.«

Phillip machte zwei Schritte und hielt dann inne. Er war schon einmal von Glorias Seite fortgerissen worden. Er stellte fest, daß er es einfach nicht ertragen konnte, sie freiwillig zu verlassen, selbst wenn sie von seiner Anwesenheit gar nichts wußte.

Crawfords Bemerkung kam ihm noch einmal in den Sinn. »Ein Mädel, das man gerne mal in die Hände kriegen würde«, und sein Vorhaben, noch einmal zu ihr zurückzukommen, das er auf so merkwürdige Weise zurückgenommen hatte.

»Ich bleibe«, tat Phillip kund. »Wenn irgend etwas schiefgeht, dann kann ich Gloria vielleicht helfen.«

»Ach, so ein Quatsch!« Entnervt wandte sich Lucy zu ihm um, die Hände in die Hüften gestützt. »Wenn es ihr jetzt gut geht, dann wird schon nichts Schreckliches mehr passieren, jedenfalls nicht, bevor die das Lösegeld haben.«

»Die Übergabe ist heute abend. Was ist, wenn Fletcher die Aktion bis dahin nicht organisiert bekommt?«

»Ich bin sicher, das schafft er. Ich kriege langsam ganz schönen Respekt vor Detective Chief Inspector Alec Fletcher. Wie dem auch sei. Er braucht jetzt alle Männer, derer er habhaft werden kann. Und wenn du auch noch losziehst und dich schnappen läßt, ehe der Rest ankommt ...«

»Das werd ich schon nicht«, erwiderte Phillip störrisch, »es sei denn, ich muß sie beschützen. Crawford hat gesagt ...« Seine Stimme verfing sich im Kloß in seinem Hals. Er unternahm einen neuen Anlauf. »Die haben davon geredet, ihr wehzutun, selbst nachdem sie das Geld bekommen haben.«

»Ich verstehe. Aber Phil, ich bin überhaupt nicht sicher, daß ich noch einmal hierher zurückfinde. Diese Hügel sehen für mich alle gleich aus.«

»Daisy kennt diesen hier. Sag ihr, sie sind in der alten Burg auf Brockberrow Hill, wo wir früher immer Picknick gehalten haben. Ach so, es wäre noch gut, wenn du Fletcher erzählst, daß die anderen Crawford nicht trauen. Wahrscheinlich werden die zu mehreren auftauchen, um das Lösegeld abzuholen.«

»Und wo wird das sein?« fragte sie. Damit stimmte sie also zu, diese Nachricht zu übermitteln und Phillip vor Ort zu lassen.

»Das weiß ich nicht. Die werden Arbuckle wohl unterrichten, wo und wann er es deponieren soll. Mit ein bißchen Glück wird er das Fletcher weitergeben.«

»Wieviele Männer sind es denn?«

»Ich habe eben nur drei gesehen, aber vermutlich war einer als Wachposten eingeteilt. Ein anderer könnte noch in der Hütte bei Gloria sein. Ach so, neben der Schäferhütte steht ein Zelt. Nur, damit keiner über die Seile fällt.«

»Zeichne doch einen Lageplan«, schlug Lucy vor.

Ihr Kugelschreiber war so ausgetrocknet, daß Phillip nicht mehr als den Dreiviertelkreis der Burganlage auf den Rand einer Seite von The Queen malen konnte. Eine Durchsuchung seiner Taschen förderte ein Taschentuch, zwei Pfundnoten, etwas Kleingeld, ein Taschenmesser und einen automatischen Bleistift ohne Mine zutage.

»Verdammt! Ich meine, verflixt.«

»Nein, nein, verdammt paßt durchaus.« Lucy tauchte in ihre Handtasche ab und seufzte. »Lippenstift. Der wäre dann also auch ruiniert. Glaubst du, Arbuckle wird mir den zusätzlich zu meinen Schuhen ersetzen?«

»Gib ihm anschließend eine Liste.« Ungeschickt malte Phillip mit dem etwas merkwürdigen Zeicheninstrument die Burg über eine Reklame für einen Wohltätigkeitsball in der Royal Albert Hall. XZ zeigte die Position des Zelts, XH die Position der Hütte. Eine punktierte Linie war der Pfad. Unzufrieden betrachtete er sein Werk. »Na ja, Daisy kennt es. Das Zelt ist gleich links vom Eingang aufgestellt.«

»Ich finde immer noch, daß du mit mir zurückkommen solltest, um es ihnen selbst zu erklären.«

Phillip schüttelte den Kopf. »Ich bleibe hier«, sagte er fest und schritt davon, ehe sie ihn mit sinnloser Argumentiererei verwirren konnte.

Hinter sich hörte er den Alvis starten. Als er über die Mauer klettern wollte, hielt das Auto neben ihm. Lucy winkte ihn heran.

»Hier. Nimm mal lieber die Kekse und das Ginger Ale mit. Toodle-oo, altes Haus. Paß auf dich auf!«

Er beobachtete, wie das entenschwanzähnliche Heck des Automobils die Landstraße entlang verschwand. Kaum war Lucy verschwunden, sauste er wieder zurück zum Steinbruch. Es wäre doch gelacht, wenn er es diesen Schweinen erlauben würde, ungehindert zu entkommen. In *die* Suppe würde er ihnen spucken!

Seine erste Idee war, den Kühlerschlauch des Lasters auszubauen, als eine Art poetische Gerechtigkeit. Aber wenn einer der Entführer aus irgendeinem Grund wegfuhr, dann würde er die Sabotage bemerken, sobald das Kühlwasser kochte. Das würde möglicherweise so früh der Fall sein, daß er dann die anderen noch warnen könnte. Was auch immer Phillip tat, es mußte wie eine normale Panne aussehen, dachte er, als er im Schieferbruch ankam.

Kein Wunder, daß Lucy den Laster gefunden hatte. Die auffälligen welkenden Blätter auf den abgebrochenen Zweigen, die ihn verdecken sollten, waren ein deutliches Zeichen dafür, daß die Londoner mit dem Landleben überhaupt nicht vertraut waren. Es war wirklich ein Ford, dessen grüne Farbe zwar noch frisch roch, aber außerordentlich schlampig aufgetragen worden war.

Phillip versuchte, die Hintertür zu öffnen. Zu seiner Freude war sie nicht abgeschlossen. Nirgends war eine Pumpe für die Reifen zu sehen, und der Handwerkskasten hatte kein Reparaturwerkzeug – natürlich, in London war derlei überall zu bekommen.

Er ließ die Luft aus dem Ersatzreifen und stach dann mit dem Korkenzieher seines Taschenmessers in einen der Vorderreifen. Angesichts des Straßenzustands dürfte ein Platter nicht überraschen, und Ersatzreifen verloren ja oft über die Zeit ihre Luft. Die Männer hätten keinen Grund, einen Sabotageakt zu vermuten.

Grinsend sang Phillip leise einen Schlager vor sich hin, während er auf die Landstraße zurückkehrte: »›Er mußte raus und drunter, raus und drunter, und all das für sein Automobil!‹« Ein heftiger Wind ließ kleine Regentropfen auf sein Gesicht fliegen, als er wieder auf die Mauer stieg, auf die Wiese dahinter sprang und sich dann auf den Weg zu seinem geheimen Weißdornbusch machte.

# 19

»Mr. Arbuckle, Milady.« Lange litt er schon, war an der Miene des Butlers abzulesen, und auch, daß er sich – wenn er sie auch noch nicht akzeptierte – langsam an die Angewohnheit des Amerikaners gewöhnte, zu Zeiten aufzukreuzen, zu denen ein echter Gentleman niemals uneingeladen erscheinen würde.

»Führen Sie ihn herein, Lowecroft«, sagte Geraldine mit ähnlich leidendem Ausdruck. »Edgar, wir gehen schon mal hoch und ziehen uns zum Abendessen um. Der Rest von Ihnen ...« Sie hielt inne und seufzte. »Der Rest von Ihnen, sowie Mr. Petrie und Miss Fotheringay, wenn sie denn die Güte haben zurückzukehren, werden diese kleine Höflichkeit ohne Zweifel auslassen, da Sie sicher knapp mit der Zeit sind. Daisy, würdest du bitte Mr. Arbuckle einladen, mit uns zu Abend zu essen.«

»Danke dir, Geraldine. Verstehst du, er ist ...«

Geraldine hob die Hand hoch. »Nein, das möchte ich wirklich nicht wissen.«

Edgar wirkte etwas sehnsüchtig, als hätte er gar nichts gegen eine kleine Erklärung einzuwenden gehabt, doch folgte er seiner Frau aus dem Salon und hielt nur inne, um Arbuckle zu begrüßen.

»Das ist wirklich unglaublich nett von Ihrer Familie, Miss Dalrymple, sich nicht über dieses ganze Hin und Her aufzuregen«, sagte Arbuckle. Er wedelte mit einem Blatt blauem Papier in der Luft herum und ging auf Alec zu. »Mr. Fletcher, ich hab die Anweisungen bekommen, wo ich die Kohle abladen soll. Das fand ich in meiner Suite im Hotel, als ich aus London zurückgekehrt bin.«

Alec nahm das Papier an sich. »Schlichtes Basildon Bond, wie alle anderen Mitteilungen. Diesmal mit der Hand geschrieben, wenn auch etwas zittrig.«

»Glorias Handschrift«, sagte Arbuckle schicksalsschwer und ließ sich auf einen Stuhl fallen. »Immerhin ist sie noch am Leben.«

Daisy, die neben Alec auf dem Sofa saß, reckte den Hals, um über seine Schulter zu lesen.

»So sagt doch endlich, was drin steht«, bettelte Madge.

»Es sind Anweisungen, wie man zu einem Steinbruch in den Cotswold Hills kommt«, sagte Arbuckle. »Ich soll alleine hinfahren, bei Sonnenuntergang, und die Knete auf die Ladefläche eines Lasters legen, der da geparkt steht.«

»Und dann lassen die Entführer Miss Arbuckle frei?« fragte Tommy voller Hoffnung.

»Die Sache ist komplizierter als das.« Alec runzelte die Stirn. »Mr. Arbuckle wird angewiesen, sofort wieder wegzugehen, wenn er das Geld hingelegt hat. Er soll dann im Morgengrauen zurückkehren und sich Anweisungen holen, wie und wo er seine Tochter findet. Das gefällt mir überhaupt nicht.«

»Wenn ich irgend etwas anders mache, als da drinsteht, seh ich Gloria nie wieder.«

»Hier steht auch, daß man ihn beobachten wird«, warf Daisy ein.

Unruhig stand Arbuckle wieder auf. Er schien sich nur mit Mühe beherrschen zu können. »Jetzt nehmen die Dinge eben ihren Lauf. Ich werd heute abend das tun, was man mir sagt. Dann sollte ich jetzt mal lieber zurück ins Hotel fahren, damit sie mich auch von da wegfahren sehen, wenn sie mich beobachten.«

»Möchten Sie nicht zum Abendessen bleiben? Mein Vetter hat extra darum gebeten, daß ich Sie einlade.«

Er schüttelte den Kopf. »Bitte sagen Sie ihrer Ladyschaft, daß ich mich ein andermal sehr darüber freuen würde, Miss Dalrymple. Aber heute abend bin ich niemandem zumutbar, selbst wenn ich die Zeit hätte. Mr. Fletcher, ich hoffe wirklich, daß ich Ihnen vertrauen kann. Wehe, wenn Sie Verstärkung holen.«

»Sosehr ich das auch gerne würde, jetzt ist es viel zu spät, um ein Polizeiaufgebot zu organisieren.«

»Und keiner von euch wird sich auch nur in der Nähe von diesem Steinbruch blicken lassen.« Arbuckle blickte sich um.

»Hey, wo steckt eigentlich der junge Petrie?«

Bincombe, bislang schweigsam wie immer, öffnete den Mund.

Alec warf ihm einen warnenden Blick zu. »Petrie und Miss Fotheringay sind unterwegs, um Crawford zu beschatten. Nachdem die beiden noch nicht angerufen haben, gehen wir davon aus, daß sie nichts gesehen haben, was irgendwie bedeutsam wäre.«

»Mittlerweile macht es ja auch nichts, ob es Crawford oder irgendein anderer Verbrecher ist. Verdammt! Wir können nichts anderes tun, als deren Anweisungen zu befolgen.«

»Trotzdem«, sagte Alec. »Sie werden uns doch anrufen, wenn die Entführer Ihnen andere Anweisungen geben? Würden Sie das tun? Oder wenn Ihnen irgend etwas einfällt, womit wir Ihnen helfen können.«

»Geht in Ordnung.« Arbuckle nahm den Brief wieder an sich und schüttelte Alec die Hand. »Glauben Sie nicht, daß ich Ihrer aller Unterstützung nicht zu würdigen wüßte.«

Daisy sprang auf und umarmte ihn spontan. »Gloria kommt da heil wieder raus«, sagte sie. »Wir sind hier schließlich in England, nicht in Amerika.«

Er warf ihr ein müdes Lächeln zu. Alec begleitete ihn bis zur Tür und schloß sie dann hinter ihm.

»Hören Sie mal, Fletcher, was ist denn jetzt mit Lucy«, brach es sofort aus Binkie heraus. »Ist ja schön und gut, Arbuckle Versprechungen zu machen. Aber die beiden sind seit heute vormittag verschwunden. Sollen wir etwa einfach hier herumsitzen und warten?«

»Ganz ruhig, alter Freund«, beruhigte ihn Tommy. »Hat

doch keinen Sinn, wenn der arme Kerl sich auch noch um Lucy Sorgen macht. Der hat schon genug Kummer wegen seiner Tochter, würd ich mal sagen. Und wenn ich nicht ganz irre, ist uns Fletcher um einen Schritt voraus.«

»Das wäre wirklich schön«, sagte Alec ironisch. »Uns sind leider die Hände gebunden, wenn wir nicht mehr Informationen bekommen. Kennst du etwa diese Gegend, Daisy? Es ist ziemlich weit von hier entfernt.«

»Den Steinbruch kenne ich tatsächlich nicht«, gab Daisy unglücklich zu. Sie hatte ihre Freunde überzeugt, bei dieser durch und durch unangenehmen Angelegenheit mitzumachen, indem sie behauptet hatte, daß sie sich hier in der Gegend bestens zurechtfinden würde. Bislang aber hatte ihr ihre Ortskenntnis wirklich nicht sehr geholfen. »Früher haben wir manchmal Fahrradausflüge in diese Richtung gemacht, aber diese Ecke ist wirklich sehr weit weg. Ach, verflixt, ich hätte mir die Wegbeschreibung abschreiben sollen. Wie war die denn noch gleich?«

Sofort sagte Alec sie auf.

»Karte«, sagte Binkie und verschwand.

Sekunden später kehrte er zurück. Alles beugte sich gerade konzentriert über eine Karte der nördlichen Cotswolds, als Lucy hereinspazierte.

»Laßt euch bitte nicht stören«, sagte sie gelangweilt.

Binkie war mit einem Satz bei ihr und umarmte sie so fest, daß sie nach Luft japsend aufquiekte. »Wo warst du denn?« wollte er wissen.

»Lass mich erst mal Luft holen, Liebling. Dann erzähl ich es schon.« Widerwillig ließ Binkie sie los, behielt jedoch ihre Hand in seiner. Lucie gesellte sich zu den anderen und blickte auf die Karte. »Die Cotswolds? Das wißt ihr schon?«

»Nur, wo Mr. Arbuckle das Geld hinbringen soll«, sagte Daisy. »Lucy, wo ist Phillip?«

»Ein jedes Ding hat seine Zeit. Also, mal sehen. Nein, das hat keinen Sinn. Ich hab noch nie eine Karte lesen können. Phillip hat geschworen, du könntest dich an den Ort erinnern, Daisy: Brockbarrow Hill.«

»Brock*ber*row.«

»Hier«, sagte Tommy und tippte mit einem Zeigefinger auf die Karte. »Das ist direkt neben der Schiefergrube. Bestimmt meinen die Entführer die, wenn sie ›Steinbruch‹ schreiben.«

»Sie ist mindestens ein Kilometer entfernt«, protestierte Lucy, während sie sich graziös und langsam auf den nächstgelegenen Stuhl sinken ließ und ihre schlammbedeckten Schuhe lostrat. »Und bis nach oben ist es noch weiter. Daisy, ich sterbe vor Hunger. Keiner von euch ist umgezogen. Wird das Abendessen heute später serviert?«

»Nein. Lucy, jetzt sag doch mal, was ist das mit Brockberrow Hill? Ist Phillip da gerade? Ohne dich?«

»Bitte, seien Sie so gut, Lucy«, pflichtete Alec mit einem Lächeln Daisy bei. »Wenn Sie die Informationen haben, die wir brauchen, dann haben wir jetzt keine Zeit zu verlieren.«

Lucy grinste ihn an. »Also meinetwegen, Chief Inspector, obwohl es mir schon Spaß gemacht hat, euch alle ein bißchen auf die Folter zu spannen. Um es kurz zu machen: Wir sind Crawford gefolgt, von Cowley nach Brockberrow Hill, und Phillip hat die Entführer in so einer uralten Burg auf diesem Hügel entdeckt.«

»Und Miss Arbuckle?« fragte Alec sofort nach.

»Die hat er nicht gesehen. Aber er hat aus dem, was sie gesprochen haben, geschlossen, daß sie auch dort sein muß.«

»Sie wird in der Schäferhütte sein«, sagte Daisy.

»Ganz genau.« Lucy hob die Zeitschrift empor, die sie mitgebracht hatte. Doch als sie sie öffnete, sagte sie entsetzt: »Ach, du liebe Zeit. Das ist ja alles völlig verschmiert. Ich hoffe, du kannst dich noch so weit erinnern, um das irgendwie zu entziffern, Daisy.«

»Lass mal sehen.«

Auf den Seiten herrschte ein einziges Lippenstift-Geschmiere, aber mit Daisys Erinnerungen und Lucys Bericht und dem, was von der Zeichnung noch zu erkennen war, konnte Phillips Lageplan doch noch entziffert werden.

»Das ist die Burg selbst«, zeigte Daisy den um sie Versammelten. »Heute ist davon nur noch die hohe Böschung übrig.«

»Wie hoch ist die?« wollte Tommy wissen.

»Ach herrje, das weiß ich nicht. Von innen konnte man jedenfalls nicht heraussehen, nur in den Himmel, aber es ist auch der höchste Berg weit und breit.«

»Kann man das Dach der Hütte von draußen sehen?« fragte Alec.

»N-nein, ich glaube nicht. Nein, ich bin mir sicher, daß die Böschung höher ist als die Hütte. Also wäre sie auch wesentlich höher als ein Mensch. Vielleicht drei Meter?« wagte sie eine Schätzung. »Vier? Viereinhalb?«

»Reicht schon. Und wie steil?«

»Steil genug, daß man es sich rasch anders überlegt und durch das Tor – hier – hineingeht. Hier radelt man entlang, und da besteigt man den Hügel. Aber wir sind immer nach unserem Picknick auf die Böschung geklettert, um uns die Aussicht zu gönnen.«

»Phillip muß da hochgegangen sein«, sagte Lucy, »weil er in den Kreis hineingesehen hat. Und ich kann mir selbst von Phillip nicht vorstellen, daß er durch das Tor hindurchgetrabt wäre wie ein Lamm zur Schlachtbank.«

»Sie sind nicht mitgegangen?«

»Sie machen wohl Scherze, Alec. In diesen Schuhen? Nein, Phillip ist runtergekommen, um mir zu erzählen, was er gesehen und gehört hat. Und dann ist er wieder hoch, um auf Gloria aufzupassen.«

Alec stöhnte auf. »Naja, verständlich ist das schon.«

»Ich hab versucht, ihn aufzuhalten. Aber er hat mir immerhin versprochen, keinen Alleingang zu unternehmen, um sie zu retten. Es sei denn, sie befände sich in unmittelbarer Gefahr.«

»Was wohl bedeutet, daß er eine Rettungsaktion mit einem Riesenaufgebot an Leuten erwartet«, sagte Madge.

Tommy nickte. »Und wenn wir nicht dort auftauchen, dann weiß der Himmel, was er anstellen wird.«

»Er hat eine Drohung gehört, sie wollten Gloria wehtun, selbst wenn das Lösegeld so überbracht wird, wie sie das verlangt haben.«

Schockiert blickten alle von Lucy zu Alec. »Wir fahren sofort los«, sagte er knapp. »Mir hat das vorhin schon nicht gefallen, daß Arbuckle noch einmal im Morgengrauen zum Steinbruch zurück muß, um sich Anweisungen abzuholen, wo er seine Tochter findet. Und jetzt, wo wir wissen, daß Crawford unser Mann ist und daß Drohungen ausgesprochen worden sind, gefällt es mir noch weniger. Lucy, was hat Petrie sonst noch gehört?«

»Er hat mir nicht viel erzählt. Er hat noch drei Männer außer Crawford gesehen. Aber er meint, es müßten vier sein. Sie werden das Lösegeld zu mehreren holen, weil sie einander nicht trauen. Es soll heute abend überbracht werden, aber ich vermute, das wißt ihr schon.«

»Im Steinbruch bei Sonnenuntergang«, bestätigte Alec. »Wann geht die Sonne unter?«

»So gegen halb zehn«, sagte Tommy, »jetzt, wo wir die Sommerzeit haben.«

Alles blickte auf die Uhr. Viertel vor acht.

»Wir brauchen eine Stunde, um da hinzukommen«, sagte Lucy nervös. »Vielleicht länger, wenn der Regen schlimmer wird. Die Landstraße ist in einem schrecklichen Zustand, und dann müssen wir auch noch den Hügel rauf. Phillip sagte, wahrscheinlich würde ein Mann am Feldweg zum Hügel Schmiere stehen, also müßte man drum herumgehen. Ich meine, wenn man zum Hügel will und nicht zum Steinbruch.«

Alec dachte einen Augenblick nach. »Wenn sie irgendwo Leute postiert haben, um die Lösegeldübergabe zu beobachten, dann wäre es viel zu riskant, Crawford dort fassen zu wollen, vor allem da Miss Arbuckle dann immer noch in den Händen der anderen Männer ist.«

»Geht lieber an dieser Seite des Hügels rauf«, riet Daisy, »auf dem Pfad von der Brock Farm. Da sind wir immer hoch. Außerdem spart ihr damit zehn bis fünfzehn Minuten Zeit.«

»In Ordnung, Daisy«, sagte Alec, »ich verlasse mich da auf dich. Erklären kannst du das später. So. Erstens: Wohnt Morgan drüben im Dower House?«

»Ja. Ich rufe ihn schnell an. Soll Truscott auch mitkommen? Wenn er nicht hier oben ist, erreiche ich ihn bestimmt im Pförtnerhäuschen.«

»Bitte. Pearson, könnten Sie bitte diesen jungen Lakai holen, Ernest?«

»Wollten Sie mich gerade rufen, Sir?« Ernest trat vor, ein Tablett in den Händen. »Ihre Ladyschaft hat mir aufgetragen, Ihnen einen Sherry zu servieren.«

Daisy eilte hinaus, während Alec den Lakai anheuerte und sich des Sherrys annahm.

In der Eingangshalle traf sie auf Lowecroft. Er kam aus der Richtung des Familienwohnzimmers, wohin Edgar und Geraldine sich wohl zurückgezogen hatten.

»Wird Mr. Arbuckle zum Abendessen bleiben, Miss?« fragte er. Ganz offensichtlich war er beleidigt. »Und erwarten Sie Mr. Petrie rechtzeitig zum Dinner zurück?«

»Nein und nochmals nein, und ich glaube, Mrs. Pearson und Miss Fotheringay sind die einzigen, die mit meinem Vetter und seiner Frau speisen werden. Wenn Sie möglichst rasch Sandwiches für acht Personen organisieren könnten – sagen wir mal für in zehn Minuten – wäre ich Ihnen sehr dankbar. Ach so, und wir werden leider Ernest mitnehmen müssen.«

Sie sauste zum Telephon. Hinter ihr stand ein Butler, der den Mund öffnete und schloß wie ein Goldfisch.

Truscott versprach, in fünfzehn Minuten abholbereit am Pförtnerhaus zu stehen. Morgan wollte am Tor zum Dower House warten. Daisy eilte hoch in ihr Schlafzimmer und zog sich eilig einen warmen Tweedrock, eine Jacke und Wanderschuhe an. Alec würde sicherlich versuchen, sie vom Mitkommen abzuhalten. Nach all ihren Bemühungen war sie aber wild entschlossen, diese Angelegenheit mit bis zum Ende durchzuziehen. Außerdem wäre Gloria sicherlich froh über weiblichen Beistand. Daisy würde bestimmt nicht hier bleiben, nur weil man nicht wartete, bis sie sich umgezogen hatte.

Sie hatte schließlich noch das eine oder andere As im Ärmel.

Sie schnappte sich ihren Regenmantel und eilte zum Salon. Als sie eintrat, hätte sie fast Ernest überrannt, der in der Tür stand, die Arme voller Taschenlampen.

Er grinste sie über die Schulter an, als sie neben ihn trat. »Die Sandwiches sind in der Mache, sagt Mr. Lowecroft, Miss. So miesepetrig hab ich ihn ja noch nie gesehen.« Er legte die Taschenlampen auf den Tisch.

»Vielen Dank, Ernest«, sagte Alec. »Und jetzt ziehen Sie Ihre ältesten Kleider und feste Stiefel an. Und beeilen Sie sich.«

»Jawoll, Sir!«

»Sie beide fahren bitte den Lagonda und meinen Austin vor«, wies er Tom und Binkie an, die sich sofort auf den Weg machten. Sie hatten sich, wie auch Alec, bereits umgezogen. »Daisy, kommst du bitte und zeigst mir ...« Er hielt inne, als er ihre Kleidung bemerkte. Seine einschüchternden Augenbrauen zogen sich zusammen. »Oh nein. Du kommst auf keinen Fall mit.«

»Ich kann es dir nicht auf der Karte zeigen. Das ist zu kompliziert. Ich bin noch nicht einmal sicher, ob ich den Weg zur Brock Farm beschreiben kann. Aber ich weiß, daß ich ihn erkenne, wenn ich ihn sehe.«

Alec richtete den durchdringenden Blick seiner grauen Augen auf sie, der Verbrecher bibbern und Untergebene automatisch salutieren ließ. Daisy war froh, daß sie gerade die Wahrheit erzählte. Trotzdem holte sie ein weiteres As hervor.

»Vielleicht kannst du die Brock Farm ja ohne mich finden«, sagte sie einschmeichelnd, »aber der Bauernhof ist der einzige Ort, an dem man die Autos stehen lassen kann, und die Leute da kennen dich nicht. Aber an mich werden sie sich erinnern. Außerdem würdest du den Pfad niemals ohne Hilfe finden können. Man kann sich leicht im Wald verirren, bevor man den Hügel erreicht.«

»Oh nein. Bis zur Farm kannst du mit, aber keinen Schritt weiter. Von dort muß uns dann eben jemand anderes den Weg zeigen.«

»Und wie lange wird es brauchen, ihnen das alles zu erklären?«

Alec blickte auf die Uhr und zog eine Grimasse.

Zehn Minuten später saß Daisy auf dem Beifahrersitz des Austin, den Alec die Auffahrt hinunterchauffierte. Das kleine Auto schauderte förmlich, als es von heftigen Windstößen getroffen wurde. Obwohl dunkle, zerrissene Wolken über den hellgrau verhangenen Himmel jagten, hatte der Regen für einen Moment aufgehört.

Der Lagonda war dicht hinter ihnen, am Steuer saß Tom, neben ihm Binkie. Ernest war auf dem Rücksitz. An der Tür des Pförtnerhauses stand Truscott mit noch einem anderen Mann. Er war älter, wirkte aber trotz seiner grauen Haare immer noch robust.

»Carlin«, sagte Daisy, »Vaters Wildhüter.«

Der Chauffeur trat auf den Austin zu. »Mr. Carlin war gerade zu Besuch, Sir, und würde gerne wissen, ob er wohl mitkommen kann?«

»Je mehr, desto besser. Am besten fahren Sie im Lagonda mit – das zusätzliche Gewicht wird ihn schon nicht langsamer machen. Wir nehmen Morgan mit.«

Sie sammelten den Gärtner am Tor des Dower House ein und fuhren dann weiter. Daisy reichte Alec die Sandwiches, während sie durch Pershore und Evesham und dann an der Flanke der Cotswolds entlang in Richtung Broadway fuhren.

»An der Kirche bitte rechts abbiegen«, sagte sie, als sie in das Dorf hineinkamen. Das sonst bernsteinfarbene Gemäuer der Häuser hatte im schwindenden Licht der frühen Dämmerung unter den Wolken ein flaches Grau angenommen.

»Jetzt schon von der Hauptstraße herunter?«

»Es könnte eine schnellere Strecke geben, die etwas später

abbiegt, aber die kenne ich nicht. Wir würden uns nur verfranzen.«

»Das weißt du schließlich am besten. Morgan, ist der Lagonda noch hinter uns?«

»Direkt hinter uns, Sir.«

Alec streckte zum Signal die Hand heraus, und sie bogen in ein wahres Labyrinth von serpentinenartigen Wegen. Eine Weile litt Daisy fürchterliche Angst, sie hätte sich vielleicht übernommen. Doch während sie die Kreuzungen und Weggabelungen eine nach der anderen hinter sich brachten, wurde sie immer zuversichtlicher.

»Gleich links am Ende dieses Dörfchens«, sagte sie, als sie zu einer Gruppe von Cottages kamen, »und dann die erste rechts. Da war doch immer ein Schild ... Ja, da ist es auch. ›Brock Farm‹.«

»Gut gemacht! So eine Strecke hättest du wirklich nicht erklären können.«

Das Farmhaus mit seinen Nebengebäuden stand nahe am Rande des Waldes, in dem die »brock« genannten Dachse hausten, die der Farm ihren Namen gegeben hatten. Kaum hielt der Austin an der Scheune, sprang Daisy heraus und lief zum Haus. Bellende Hunde kündigten sie schon an, bevor sie geklopft hatte. Ein kräftiger junger Mann kam an die Tür. Daisy erkannte ihn nicht, aber er wußte sofort, wer sie war – trotz der langen Zeit, die vergangen war, und trotz ihrer kurzgeschnittenen Haare.

»Ach herrje, Miss Daisy! Mutter, Dad«, rief er, »Miss Daisy ist da!«

»Du liebes bißchen, du bist doch nicht etwa der kleine Charlie?«

Er grinste. »Ganz genau, Miss, aber so klein auch nicht mehr. Treten Sie doch bitte ein!«

»Im Moment geht es gerade nicht, tut mir leid. Guten Abend, Mrs. Clay, Mr. Clay«, sagte Daisy zu den beiden, die zu Charlie getreten waren. »Ich hab meinen Verlobten und ein paar Freunde dabei. Wir wollen uns nur die alte Burg ansehen, aber wir sind ein bißchen spät dran, es wird schon bald dunkel. Können wir die Autos bei Ihnen im Hof abstellen und einfach durch Ihren Wald gehen?«

»'türlich, Miss Daisy«, sagte die Frau des Farmers. »Beeilen Sie sich nur, bevor der Regen wieder loslegt. Und wenn Sie dann später noch Zeit haben, kommen Sie doch einfach auf ein Glas Cider rein.«

»Prachtvoll«, sagte Daisy.

Mit einem Winken eilte sie von dannen, aber sie hörte trotzdem noch, wie Mr. Clay mißbilligend bemerkte: »Dieser Landadel, die sind alle so obergärig wie frischgebrautes junges Bier.«

Ein unheilverkündender Regenschauer schlug Daisy ins Gesicht. Sie schauderte und konzentrierte sich wieder auf ihr eigentliches Vorhaben. Wenn der Farmer wüßte, daß sie keinen Ausflug machen, sondern eine bösartige Bande von Entführern fassen wollten – würde er sie dann für weniger »obergärig« halten oder für noch verrückter?

# 20

»In Ordnung«, sagte Alec und hielt am Rand des etwas faulig riechenden, dunklen Waldes, »du zeigst uns jetzt, wo wir lang sollen und bringst uns auf den richtigen Weg den Hügel hinauf. Und dann gehst du zurück zu deinen Freunden auf die Farm.«

Brock Wood war ganz anders als Cooper's Wood. Die Buchen standen hoch aufgewachsen und gerade. In dem großen Zwischenraum gab es kaum Unterholz. Statt engen, sich windenden Pfaden, die in einer Sackgasse endeten, herrschte hier eine Weite, in der man nur schwer einen Weg ausmachen konnte.

Daisy nahm Alec bei der Hand, und sie führten die Truppen unter den Bäumen hindurch. Um ihre Unsicherheit zu verbergen, fragte Daisy schüchtern: »Wie werdet ihr denn Phillip finden?«

»Das habe ich mich auch schon gefragt«, sagte Tommy, der an Alecs anderer Seite ging. »Wenn wir nicht auf ihn stoßen, verlieren wir nicht nur einen Mann, um Ihren Plan auszuführen, Fletcher, sondern Phillip wird uns sehr wahrscheinlich dabei behindern.«

»Das ist ein Problem«, gab Alec zu. »Aber wir können kaum nach ihm suchen, ohne die Entführer auf uns aufmerksam zu machen.«

»Er wird sich in den Weißdornbüschen versteckt haben«, sagte Daisy. »Das ist die einzige Stelle, von der aus man die Dinge beobachten kann, ohne gesehen zu werden. Ohne mich werdet ihr ihn übrigens nie finden.«

»Du kommst nicht mit, Daisy«, wiederholte Alec geduldig und mit fester Stimme. »Du bist wortgewandt genug, um beschreiben zu können, wo das Gebüsch ist, und zwar so, daß wir es verstehen.«

»Aber nur, wenn ihr es schafft, euch auf dem Weg den Hügel hinauf zu halten. Hier sind zahllose Trampelpfade von den Schafherden. Und wenn ihr denen folgt, kommt ihr oben an einer ganz anderen Stelle raus. So, da wären wir also«, sagte sie erleichtert.

Direkt vor ihnen traf der Pfad auf einen flachen Graben mit niedriger Böschung, möglicherweise Teil der Befestigungsanlagen der alten Burg auf dem Hügel. Sie kletterten darüber, wandten sich nach rechts und folgten der Böschung, die in der Dunkelheit kaum mehr sichtbar war. Alec und Tommy besprachen die Taktik, während Binkie zuhörte und die vier Diener ihnen folgten.

Sie kamen an einen Zauntritt. Daisy kletterte hinauf, und Alec folgte ihr. Oben hielt er jedoch inne.

Der Zaun markierte das Ende des Waldes. Dahinter erhob sich der nackte Hügel, dessen merkwürdig flacher Kamm sich als Silhouette vor dem dunkler werdenden Himmel abhob.

»Ab jetzt finden wir den Weg ohne dich, Liebes«, sagte Alec. »Sag mir, wo ich Petrie finde. Und dann ab, zurück zur Farm.«

Daisy schaute an den blassen Gesichtern der Männer vorbei in die Dämmerung unter den Bäumen und erinnerte sich an ihre einsame Wanderung vom Hexencottage zurück nach Fairacres. Sie schauderte. »Verlang mir bitte nicht ab, daß ich alleine durch den Wald gehe.«

»Abverlangen?« Das zärtliche Lachen in seiner Stimme ließ einen ganz und gar anderen Schauer Daisys Rücken hinabgleiten. »Wann habe ich es denn je geschafft, dir irgend etwas abzuverlangen? In Ordnung, du kommst mit, aber bitte, ich flehe dich an, bleib in meiner Nähe, bis wir die Burg stürmen. Ab dann hältst du dich im Hintergrund. Wenn du mit uns da hineingingst, wärst du nur im Weg und würdest uns ablenken, weil wir dich schützen müßten.«

»Ich komm euch nicht in die Quere«, versprach Daisy.

»Braves Mädchen.« Alec wandte sich den Männern zu. Er hob die Stimme gerade genug, um sich über dem Prasseln des Regens auf den Blättern und dem Seufzen der vom Wind hin und hergepeitschten Äste hörbar zu machen, und sagte: »Ich gehe davon aus, daß Sie mittlerweile alle wissen, warum wir hier sind. Das Ziel ist, Miss Arbuckle zu retten, sobald mindestens einer ihrer Entführer losgegangen ist, um das Lösegeld zu holen. Damit sind wir in der Übermacht.«

»Das sind wir doch jetzt schon«, warf Tommy ein.

»Soweit wir das wissen, ja. Aber wir wissen nicht, ob schon jemand weggefahren ist und ob sie einen Wachposten aufgestellt haben, der auf der anderen Seite des Hügels den Weg beobachtet. Hoffentlich kann Mr. Petrie, der irgendwo da oben ist, uns das berichten.«

»Wenn da ein Schmieresteher ist, der mal ein bißchen schlafen gelegt werden soll, Sir«, sagte Carlin, »dann kann ich Ihnen sagen, daß ich mit Wilderern eine Menge Erfahrung habe.«

»Danke sehr, Carlin, das werd ich mir merken. Weitere Anweisungen gebe ich Ihnen, wenn wir mit Mr. Petrie gesprochen haben. Aber jetzt gilt es erst einmal, Miss Dalrymple den Hügel hinauf zu folgen. Und wenn Sie sprechen müssen, dann bitte leise. Auf geht's.«

Als sie aus dem Schutz der Bäume traten, warf sich der böige Wind auf sie und ließ wahre Regensalven auf sie niedergehen. Daisy packte ihren Hut und zog ihn sich noch tiefer über die Ohren. Ein heftiger Windstoß ließ sie schwanken, und sie hielt sich an Alec fest.

Während sie so an seinem Arm hing, marschierte sie tapfer weiter den Hügel empor. Sie wurde naß und nasser, es wurde ihr kalt und kälter, und so langsam fragte sie sich, warum sie eigentlich unbedingt hatte mitkommen wollen.

Der Pfad, ohnehin nicht mehr als ein Streifen etwas kärglicher wachsenden Grüns auf der abgegrasten Wiese, war in der zunehmenden Dunkelheit nur noch schwer zu erkennen. Meist führte er gerade den Hügel hinauf, mit gelegentlichen kleinen Schlenkern um den einen oder anderen Weißdornbusch. Daisy geriet in leise Zweifel, ob ihre Erinnerung an ein ganzes Dickicht dieser Büsche innerhalb der Burg sie nicht trog und ob Phillip dort wirklich Schutz gesucht haben könnte.

Sie stellte sich das Innere des Burgkreises vor, wie es sich vom Durchgang aus präsentierte. Die Hütte stand etwas rechts von der Mitte, dachte sie, und die Weißdornbüsche lagen dahinter, noch einmal weiter rechts. Nach dem Lageplan, den sie und Lucy aus der Erinnerung und den Lippenstiftzeichnungen erarbeitet hatten, würde das bedeuten, daß das Dickicht rechts von ihnen wäre, wenn sie oben ankämen.

»Welche Richtung?« fragte Alec.

»Nach rechts. Ach so, du meinst jetzt?« Sie waren an einer Weggabelung angekommen. Der Weg, der nach rechts abbog, führte um den Hügel herum, der linke ging steil hoch. »Nein, hier müssen wir links.«

Nachdem sie sich zwischen zwei Weißdornbüschen hindurchgeschoben hatten, standen sie vor dem freien, völlig baum- und strauchlosen Hügel. Alec hielt inne.

»Wenn sie einen Wachposten aufgestellt haben, dann sieht er uns todsicher.« Er blickte zurück. »Pearson, gibt es eine andere Möglichkeit, da hochzukommen?«

Tommy trat zu ihm. Mit einer Hand schützte er die Augen vor dem Regen, um die Umgebung zu begutachten. »Nein«, sagte er knapp, »aber jedenfalls ist es nicht wie in Flandern, da oben warten sie nicht mit Artillerie und Maschinengewehren auf uns. Ich hab auch so meine Zweifel, daß die bei diesem Wetter einen Wachposten aufgestellt haben. Schließlich sind das keine disziplinierten Truppen.«

»Wir wollen es jedenfalls nicht hoffen.« Alec blickte auf seine Uhr. »Wir können nicht warten, bis es noch dunkler wird. Die Sonne geht gerade unter, und die Dämmerung wird noch eine Stunde anhalten. Wir müssen es riskieren.«

Wurden sie beobachtet? Keiner wußte es, als sie sich aufs offene Feld hinauswagten. Möglicherweise eilte jetzt gerade ein Beobachter mit der Nachricht zur Hütte, es kämen da

Leute den Berg hinauf. Wenn sie dann oben angekommen wären, hätten die Entführer Gloria vielleicht schon über die gegenüberliegenden Seite des Hügels weggebracht.

Würden sie diesen Rettungstrupp von Amateuren vielleicht sogar für ein Polizeiaufgebot halten und Gloria umbringen?

Daisy zwang sich, trotz ihrer Müdigkeit schneller zu gehen. Angestrengt lauschte sie in die Dämmerung: Ohne Zweifel würde Phillip versuchen, Gloria zu retten, wenn die Entführer sie woanders hin verschleppten, und ohne Zweifel würde er bei seinem Angriff laut brüllen – bevor sie den armen, tapferen Deppen wieder bewußtlos schlugen.

Die einzigen Geräusche waren aber der Wind und der Regen, und das schläfrige Blöken der Schafe, die sich in weiter Ferne zur Nacht niederließen.

Endlich erreichten sie den ebenen Pfad, der um die Grundmauer der überwachsenen Burgruine lief. Daisy ging nach rechts. »Hier ungefähr müßte es sein«, sagte sie zweifelnd. »Ich bin mir aber nicht ganz sicher.«

Sie beäugte den steilen Abhang ohne große Begeisterung, sie verspürte nicht die geringste Lust, da hochzuklettern. Nachdem sie aber so darauf beharrt hatte mitzukommen, konnte sie jetzt unmöglich einen Rückzieher machen. Sie trat vor und streckte die Hand aus, um sich abzustützen.

Sofort holte Alec sie wieder zurück. »Du gehst da nicht hoch, Daisy.«

Im selben Moment war ihr Widerspruchsgeist geweckt. Sie war fest entschlossen, dort doch hochzugehen. Fieberhaft suchte sie nach Gründen, warum sie und keiner der anderen die beste Wahl wäre.

»Das erste, was Phillip sehen wird, ist eine Silhouette. Wenn es ein Mann ist, glaubt er vielleicht, daß es einer der Verbrecher ist und wird anfangen herumzuschreien.«

»Es kann auch jemand anders deinen Hut aufsetzen.«

Noch während er sprach, löste sich Daisy aus seinem Griff und kletterte den Abhang hinauf. Prompt rutschte sie nach einem Meter wieder hinunter.

»Verflixt, bei dem Regen ist es ganz schön rutschig. Ihr müßt mir eine Räuberleiter machen. Und da ich am leichtesten bin, sollte wirklich ich da hinauf.«

Mittlerweile hatten sich die anderen um sie beide versammelt. »Ich bin auch nicht so schwer«, sagte Owen. »Ich würd das gerne machen, Sir.«

»Phillip wird sich aber vielleicht weigern, Owens Vorschlag zu folgen«, sagte Daisy. Im Stillen fragte sie sich, warum sie eigentlich angesichts so vieler bequemer Ausreden unbedingt da hinauf wollte. »Nur ich kann ihn davon überzeugen, daß er zu uns herunterkommen muß.«

»Daisy hat da schon recht«, sagte Tommy zögerlich. »Petrie wird nicht gerade glücklich sein, wenn man ihn bittet, den Posten ausgerechnet jetzt im wichtigsten Moment aufzugeben. Einen Bediensteten wird er sehr wahrscheinlich abschmettern.«

Alec gab nach: »In Ordnung. Aber, Daisy, wenn du da oben bist und irgend jemand anderen als Petrie siehst, dann kommst du sofort wieder runter. Oder wenn du Petrie nicht gleich siehst. Auf keinen Fall darfst du nach ihm suchen. Versprochen?«

»Versprochen.«

»Bincombe, Sie sind der Größte und Stärkste. Versuchen Sie mal, ob Sie sie bis nach oben schieben können.«

Es war ein schrecklich unwürdiges Rutschen und Klettern, in dessen Verlauf Daisy dem alles stoisch ertragenden Binkie sogar ins Gesicht trat. Als er endlich einen Fuß in jeder Hand hatte, gab er ihr einen kräftigen Schubs nach oben. Sie schoß förmlich über den Kamm und konnte es gerade noch verhindern, daß sie auf der anderen Seite kopfüber herunterschlitterte. Die Taschenlampe in der Tasche ihres Regenmantels schlug schmerzhaft gegen ihre Hüfte.

Keuchend lag sie am Abhang und schaute hinunter in den Trichter der Anlage. Es war kein Mensch zu sehen, obwohl durch die Ritzen in den Steinmauern der Schäferhütte sanftes Licht hindurchfiel. Der Wind hatte nachgelassen, und sie hörte Stimmengemurmel, konnte aber nicht verstehen, was gesagt wurde.

Die Weißdornbüsche lagen noch ein bißchen weiter zu ihrer Rechten. Alec konnte doch nicht gemeint haben, daß sie nicht im Dickicht nach Phillip suchen sollte, nur weil sie einfach dessen Position falsch berechnet hatte. Also glitt sie oben die Böschung entlang und verfluchte im Stillen die Taschenlampe in der Manteltasche, bis sie in die Wirrnis der dornbewehrten Äste schauen konnte.

Sie konnte Phillip nirgends sehen, aber weiter vorn war ein großes Loch im Geäst, durch das ein Mensch passen könnte.

Daisy rutschte noch etwas weiter vor, formte mit den Händen einen Trichter um den Mund und zischte: *»Phillip!«*

Ein Rascheln und ein leises Quietschen hätten auch von einem erschrockenen Hasen stammen können. Daisy hoffte, daß es Phillip war– der vielleicht gerade von einem Dorn gekratzt wurde? Einen Augenblick später tauchten vor ihr die Sohlen von einem Paar Stiefel auf. Sie verschwanden, dann raschelte es noch etwas lauter, und Phillips blonder Schopf erschien.

»Daisy!« Er schien das Wort nur mit den Lippen zu formen, oder sein Flüstern war zu leise, um über dem Pladdern des Regens gehört zu werden. Darauf folgte ein Satz, der so aussah wie: »Verdammt, was zum Teufel machst du denn hier?«

Sie winkte ihn zu sich heran. Er warf einen Blick zurück und kroch dann zu ihr hoch. »Was zum Teufel machst du denn hier?« wiederholte er, diesmal hörbar.

»Das ist doch völlig egal. Komm mal runter und erklär uns, was hier vor sich geht.«

Phillip schüttelte den Kopf. »Es könnte etwas passieren, und ausgerechnet in dem Moment bin ich dann nicht da.«

»Hör mal, mein Herz, allein kannst du nichts tun, um Gloria zu helfen. Und wenn du hier den Libero spielst, kann Alec auch nicht vernünftig planen.«

»Fletcher ist da?«

»Natürlich. Alleine würde ich dir wirklich nicht viel nützen. Alec, Tommy, Binkie und vier Bedienstete – das sind mit dir acht Männer. Das reicht, um Gloria zu retten. Jetzt komm schon, wir haben keine Zeit zu verlieren.«

Er warf noch einen sehnsüchtigen Blick in Richtung der Hütte und zog sich dann die letzten paar Zentimer empor, um von dort zur anderen Seite hinunterzublicken. Die anderen waren auf dem Weg ein Stück weiter gegangen und standen jetzt direkt unter Daisy und Phillip. Tommy winkte ihnen aufgeregt zu.

»Na ja, meinetwegen«, seufzte Phillip.

Daisy war schon so durchgeregnet, daß sie sich einfach auf das Gras setzte und den Abhang hinunterrutschte. Alec fing sie auf, indem er sie bei den Händen faßte und sie an sich zog.

»Er wollte nicht«, sagte sie außer Atem, aber sehr mit sich zufrieden, als Phillip neben ihr auf die Füße kam. »Mit Owen wäre er da nicht weggegangen.«

Alecs Lächeln war auf höchst ärgerliche Weise skeptisch. Er ließ sie los und sagte: »Petrie, ist schon irgendeiner von denen losgegangen, um das Lösegeld abzuholen?«

»Nein. Die sitzen in der Hütte bei Gloria, alle vier. Der Kerl, der eigentlich Wache schieben und den Pfad beobachten sollte, hat sich geweigert, weiter im Regen zu stehen. Wir können sie leicht überwältigen. Auf geht's!« Phillip machte einen Schritt vor.

»Moment mal«, sagte Alec und bewegte sich nicht vom Fleck.

»Ganz ruhig, alter Freund.« Tommy hielt ihn zurück. »Wir müssen schon ein bißchen genauer wissen, worauf wir uns einlassen.«

»Carlin«, wandte sich Alec an den Wildhüter, »können Sie bitte vorgehen und das Tor im Auge behalten? Aber so, daß man Sie nicht sieht.«

»Jawohl, Sir.«

»Also, nichts wie hin.« Er betrachtete den drahtigen Gärtner. »Morgan, Sie sehen so aus, als wären Sie ziemlich flink auf den Beinen. Begleiten Sie Carlin bitte, aber halten Sie sich im Hintergrund. Wenn Sie sehen, daß irgend jemand die Hütte verläßt, kommen Sie zu uns und sagen Bescheid.«

Die beiden gingen los. Alec wandte sich wieder an Phillip. »Die Hütte hat nur eine Tür, verstehe ich das richtig?«

»Ja. Oder Daisy? Eine enge Öffnung, auf der anderen Seite. Von hier aus kann man sie nicht sehen.«

»Also wissen Sie nicht, ob es eine richtige Tür ist oder nur ein Rahmen?«

»Früher war da nie eine Tür, nur alte rostige Eisenscharniere hingen aus der Wand.«

»Die haben auch nicht viel Zeit gehabt, eine einzubauen. Es kommt einem vor wie eine Ewigkeit, aber die sind schließlich erst gestern abend aus dem Hexencottage raus.«

»Aber sie hätten auch eine mitbringen können«, widersprach ihr Binkie. »Hätten ja wissen können, daß sie hierher kommen, nicht wahr? Hatten ja auch ein Zelt.«

»Stimmt. Verdammt! – Verzeihung, Daisy! – Ich wünschte, ich wüßte das. Gibt es Fenster?«

»Noch nicht einmal Fensterlöcher«, sagte Phillip prompt, und Daisy nickte zustimmend. »In den Wänden sind keine Öffnungen. So heruntergekommen die Schäferhütte auch wirkt, sie ist ziemlich solide gebaut, wenn man einmal vom Schornstein absieht. Dessen oberster Teil ist heruntergefallen und hat damit schon vor einer Ewigkeit den Kamin verstopft.«

»Es gibt vielleicht keine großen Löcher in den Wänden«, korrigierte ihn Daisy, »aber was auch immer als Mörtel benutzt worden ist, ist mittlerweile zwischen den Steinen verschwunden. Ich hab das Licht in der Hütte durch Dutzende von kleinen Löchern scheinen sehen.«

»Zum Teufel, du hast recht! Wir könnten durchschauen und sehen, was die vorhaben, bevor wir losschlagen. Jetzt machen wir mal, Fletcher. Es steht zwei zu eins. Wir sind eindeutig in der Überzahl.«

»Das ist ein gutes Verhältnis«, gab Alec zu, »aber sie haben

Miss Arbuckle in ihrer Gewalt. Nehmen wir an, drei stellen sich uns in der engen Tür entgegen. Dann bleibt immer noch einer, der sie bedroht – nein, mir gefällt das nicht. Pearson?«

»Ich muß dem zustimmen. Und wenn wir durch das Tor hineingehen, um sie durch die Löcher in den Mauern zu beobachten, dann riskieren wir, daß wir von dem Gauner gesehen werden, der das Geld abholen geht. Der muß nur einmal kurz zurücklaufen, um alle zu warnen, und schon haben wir keine Chance mehr.«

Phillip stöhnte auf. »Was sollen wir denn dann machen?«

»Warten«, sagte Alec. »Wenn einer oder mehrere weg sind, können wir die Hütte ungesehen umzingeln. Dann werden wir viel leichter mit dem Rest fertig. Ich hatte gehofft, wir könnten überall auf der Böschung Leute postieren, aber es sieht so aus, als ginge das nicht.«

»Unmöglich«, bestätigte Daisy. »Das Gras ist zu kurz, um sich daran festhalten zu können, und viel zu rutschig, um den Füßen einen Halt zu geben. Selbst Binkie könnte euch nicht alle hochschieben.«

»Also werde ich Carlin weiter den Eingang bewachen lassen. Mal sehen, wer ist denn außer Morgan der beste Läufer?«

»Ich, Sir«, sagte Ernest eifrig. »Ich gewinn beim Kirchenbazaar immer beim Eierlaufen.«

»Laufen kann ich auch ganz gut«, protestierte Phillip.

»Dann gehen Sie beide in die andere Richtung und beobachten den Feldweg zur Landstraße. Sollte Carlin etwas verpassen, dann schauen Sie, wer von Ihnen beiden schneller hier ist, wenn irgend jemand runtergeht.«

Phillip und der Lakai eilten davon und verschwanden hinter der Kurve.

»Nun denn«, sagte Alec, »nachdem wir Petrie sicher aus dem Weg hätten – Bincombe, glauben Sie, Sie kriegen Pearson die Böschung hoch?«

Binkie begutachtete Tommys zwar nicht besonders groß gewachsene, dafür aber stämmige Figur. »Kann's ja mal probieren«, grunzte er.

Selbst mit Truscott als Helfer auf der einen und Alec auf der anderen Seite war Tommy von Binkie nicht auf die Böschung zu hieven. Nach drei Versuchen wandte sich Alec mit einem reuigen Gesichtsausdruck an Daisy.

»Na, bist du nicht froh, daß ich mitgekommen bin?« fragte sie spitz.

»Ich könnte auch Owen zurückholen. Er wird nicht sehr viel mehr wiegen als du.«

»Das wäre Zeitverschwendung. Ich bin soweit. Ich wünschte nur, ich hätte ein bißchen Schokolade mitgenommen.«

Truscott steckte die Hand in seine Tasche. »Hier, Miss Daisy. Nie das Haus ohne Schokolade verlassen.«

»Sie Engel!«

Diesmal gab Binkie, wohl von seinen Bemühungen um Tommy ermattet, ihr gerade soviel Schwung, daß sie sicher oben landete. Daisy lag dort, knabberte an ihrer Schokolade und fixierte die Hütte. Nichts bewegte sich.

Sie hörte Stimmen, sowohl aus der Hütte als auch vom Pfad unter ihr. Tommy und Alec erörterten wohl gerade den Angriffsplan. Gelegentlich rief Alec leise zu ihr hinauf, und Daisy winkte ihm zu, um deutlich zu machen, daß sie immer noch aufpaßte.

Es war zu kalt und zu feucht, als daß sie auch nur das geringste bißchen schläfrig gewesen wäre, obwohl sie in der Nacht zuvor viel zu wenig geschlafen hatte. Sie hätte sich gerne aufgesetzt und die Arme um ihre Knie geschlungen, aber damit hätte sich ihre Silhouette sehr deutlich vom Abendhimmel abgezeichnet. Dennoch wurde die Versuchung immer stärker, während das Risiko mit der wachsenden Dämmerung nachließ.

Es wurde immer dunkler. Nichts bewegte sich.

Doch dann wurde das leise Brummen eines Motors hörbar, und das Licht der Scheinwerfer wurde von Tausenden von Regentropfen reflektiert. Vom Pfad waren donnernde Schritte zu hören, als Phillip und Ernest aus der einen Richtung angelaufen kamen, Owen Morgan aus der anderen.

Daisy versuchte angestrengt, ihre aufgeregten und doch gedämpften Stimmen zu belauschen. Nicht, daß sie nicht auch alleine erraten hätte, was gerade passiert war: Crawford war angekommen.

Ein Lichtstrahl flackerte über die Toreinfahrt, und der Motor dröhnte kurz auf, bevor er verstummte. Im gleichen Augenblick bemerkte Daisy, daß die Regentropfen, die direkt hinter der Hütte fielen, kurz Licht reflektierten. Sie drehte sich um und lehnte sich so weit den Abhang hinunter, wie es ihr möglich war, ohne das Gleichgewicht zu verlieren.

»Alec! Die haben eine Tür!«

»Vielen Dank, Liebes. Hast du deine Taschenlampe?«

»Ja.«

»Blink einmal, sobald Crawford zur Hütte geht, zweimal, wenn er eine Tasche trägt, dreimal, wenn irgend jemand herauskommt und zum Auto geht. Verstanden?«

»Verstanden.«

Sie drehte sich wieder um und sah den Lichtkegel einer Taschenlampe vom Tor zur Hütte hüpfen. Während sie ihn weiter im Auge behielt, nahm sie ihre eigene Taschenlampe aus der Tasche, streckte die Hand hinter sich Richtung Pfad und ließ die Lampe einmal aufblinken.

Als Crawford näher kam, wurde im Lichtkegel der Taschenlampe in seiner anderen Hand eine ausgebeulte Aktentasche sichtbar. Daisy blinkte zweimal.

»In Ordnung, Miss.« Das war Ernest' leise Stimme gewesen. Sie hörte, wie sich seine Schritte rasch entfernten.

Daisy blickte sich um. Diese gemeinen Kerle waren einfach auf und davon!

Sie schaute noch einmal zur Hütte. Crawfords Gestalt wurde einen Augenblick vor den tanzenden Regentropfen angeleuchtet, dann verschwand sie. Das Licht aus der Tür verschwand ebenfalls, als sich die vermutlich in aller Eile gezimmerte Tür schloß.

Die Stimmen in der Schäferhütte waren jetzt lauter, man konnte sie aber immer noch nicht verstehen. Das einzige

Licht drang durch die Lücken zwischen den Steinen in der Mauer, eine Galaxie unregelmäßig angeordneter Sterne, die hier auf Erden eine Heimat gefunden hatten.

Ein Schatten verdeckte eine Sternengruppe, ein Schatten in menschlicher Gestalt. Während er sich weiterbewegte, wurde er von einem anderen ersetzt, und dann einem dritten.

Die Männer umzingelten die Hütte. Daisy war sich nicht darüber im klaren, ob es ihr leid tat oder ob sie sehr, sehr froh war, daß sie versprochen hatte, aus dem Weg zu bleiben. Jedenfalls litt sie Höllenqualen, weil sie nicht wußte, was da vor sich ging.

Eine zeitlang, die ihr wie eine Ewigkeit vorkam, geschah nichts. Und dann passierte alles auf einmal. Licht flutete aus der sich öffnenden Tür. Ein Mann brüllte auf. Alec schrie: »Polizei! Kommen Sie einer nach dem anderen heraus, die Hände erhoben.« Jemand schrie. Gloria kreischte.

Nach ein paar Augenblicken bedrohlicher Stille wurde eine eindringende Stimme laut. Dann ein Schuß, und ein Schmerzensschrei.

Alec? Das Herz schlug ihr bis zum Hals, als Daisy den Abhang hinunterrutschte und zur Hütte lief.

# 21

Alec war zufrieden mit der lautlosen Konzentration, in der seine Männer über das Gras flitzten und sich um die Schäferhütte herum postierten. Das Licht, das sich durch die Lücken im Gemäuer wagte, reichte gerade aus, um sie zu erkennen.

Er hatte Morgan und Ernest jeweils an den Seiten eingeteilt – beide waren sie eher schmächtig und noch zu jung, um Erfahrung mit Kampfsituationen zu haben. Carlin, der zwar stark, aber doch schon etwas alt war, stand hinten. Ihre Verantwortung war es, nach Hilfe zu rufen, sollten sich die Entführer durch die Mauern der Hütte einen Weg bahnen, was natürlich unwahrscheinlich war, oder Hilfe zu leisten, wenn man sie herbeirief.

Damit waren die Chancen gleich verteilt. Der Überraschungseffekt war von wesentlicher Bedeutung.

Petrie, Bincombe, Pearson und der stämmige Chauffeur Truscott standen in einem Halbkreis zwischen der Hütte und dem Eingang, außerhalb des Lichtkreises, der beim Öffnen der Tür erschien. Jedenfalls hatte Alec es so berechnet. Ihre Augen hatten sich an die Dunkelheit gewöhnt. Wer aus der Hütte heraustrat, würde im Türrahmen ausgeleuchtet und wäre einige Augenblicke mehr oder minder blind.

Alec legte das Ohr an eine der Lücken in der vorderen Wand und hörte, wie hastig knisternde Banknoten gezählt wurden. Er wandte wieder den Kopf und sah durch den Spalt den Rücken eines ausgefransten und schmuddeligen Jackenkragens, den Nacken eines noch schmuddeligeren Halses, und darüber eine karierte Stoffmütze.

Er wagte es nicht, zu einem anderen Mauerloch zu gehen und vielleicht von dort aus mehr zu sehen, denn er wollte kein

Geräusch machen. Ohnehin bekäme er als Lauscher an der Tür bestimmt mehr mit, dachte er, und so preßte er noch einmal sein Ohr an das kalte Gestein.

»Seid ihr jetzt endlich überzeugt, daß ich euch nicht über den Tisch ziehen wollte?« Die Stimme mit dem amerikanischen, breit ausgedehnten Akzent triefte vor Sarkasmus.

»Sieht schon gut aus, Kamerad.«

»Dann gebt mir meinen Paß und verschwindet!« knurrte Crawford.

»Willste uns nicht wenigstens bis runter zum Laster mitnehmen?«

»In einem Zweisitzer? Kannste lange weiterträumen! Außerdem will ich noch ein bißchen mit Miss Gloria Arbuckle allein sein.« Sein Tonfall war jetzt ölig und selbstzufrieden.

Miss Arbuckles erschrockenes Quietschen mußte wohl Petries empörtes Aufkeuchen übertönt haben, das ohnehin rasch dadurch verstummte, daß Pearson ihm die Hand auf den Mund legte.

Eine andere Stimme mit Cockney-Akzent sagte unentschlossen: »Du hast doch geschworen, daß du ihr nichts antust.«

»Nur eine kleine Unterhaltung, damit sie ihrem Papa eine Nachricht überbringt. Zieht Leine, Jungs, und zerbrecht euch nicht eure kleinen Spatzenhirne über uns. Und vielen Dank für die Zusammenarbeit.« Der Sarkasmus war nicht zu überhören.

Keine Sekunde glaubte Alec an die Beschwichtigungen des Amerikaners. Während er zuhörte, fragte er sich kurz, ob er die Kleinkriminellen aus London ungehindert ziehen lassen sollte. Zwar würde er riskieren, daß sie ihm durch die Lappen gingen, aber man würde die Kräfte besser auf Crawford konzentrieren können. Petrie hatte ja gesagt, er hätte ihren Laster außer Gefecht gesetzt, so daß das Risiko nicht besonders groß war.

Es war allerdings schon zu spät, um den Plan wesentlich zu ändern. Im Moment, als er diesen Entschluß gefaßt hatte, öffnete sich die Tür und ein großer Mann trat heraus, der seinen Mantelkragen gegen den Regen hochklappte.

»Verdammig, hier draußen hält es ja kein Hund aus! Ich seh die Hand vor Augen nicht.«

»Dann nimm doch deine blöde Taschenlampe, du Depp.«

Der erste Mann tastete in seiner Tasche herum und ging hinaus in die Dunkelheit, geradewegs in Bincombes Faust hinein. Alec hörte nur noch ein dumpfes Aufschlagen.

Der zweite Mann hatte bereits seine Taschenlampe in der Hand und ging einem ähnlichen Schicksal entgegen, als der dritte über die Schwelle trat.

Alec wußte nicht, was schief gelaufen war. Ein unterdrückter Aufschrei warnte den dritten Mann. Sofort sprang der wieder zurück durch die enge Tür, einen unartikulierten Schrei ausstoßend.

Alec machte einen Satz nach vorne und rief: »Polizei! Kommen Sie einer nach dem anderen heraus, die Hände erhoben.«

Die Tür schloß sich langsam. Alec steckte seine Taschenlampe in die Lücke. Während er sich mit voller Kraft gegen das splitternde Holz warf, brüllte jemand etwas.

Das Mädchen kreischte auf.

Petrie und Bincombe kamen gleichzeitig an. Bincombe schob Petrie zur Seite und wuchtete sich gegen die Tür, eine unwiderstehliche Kraft, der Alec gerade noch ausweichen konnte. Er brach in die Hütte hinein, dicht gefolgt von Alec und Petrie.

Zwei abgerissene Schlägertypen standen ihnen gegenüber, die Hände nach der Decke gestreckt. Hinter ihnen hatte ein gut angezogener, pummeliger Mann mit pomadisierten Haaren einen Arm um Miss Arbuckle gelegt. Mit der anderen Hand hielt er eine Pistole auf ihren zerzausten blonden Schopf gerichtet.

»Raus mit euch, oder ich bring sie um«, sagte er leise und bösartig. »Sofort!«

»Oy.« Einer der Cockneys wirbelte herum. »Du hast doch gesagt, du würdest ihr nichts antun!«

Der Amerikaner starrte Petrie an. »Sie!« rief er haßerfüllt aus und wandte sich dann an seine Häscher. »Ihr habt doch gesagt, den hättet ihr beseitigt!«

»Wir sind ihn losgeworden, aber wir haben es dir schon mal gesagt: Mit Mord haben wir nichts am Hut. Laß das Mädchen los.« Der Mann trat einen Schritt vor. »Wir sind doch ohnehin geliefert.«

»Ihr Vollidioten, wenn wir geliefert sind, dann habt ihr euch das selbst zuzuschreiben!«

»Komm schon, Freund, laß sie los. Wenigstens haben wir nichts getan, was uns gleich an den Galgen bringt.«

Crawford schoß auf ihn.

Der Schrei des Mannes war so durchdringend, daß er den Schuß übertönte. Miss Arbuckle entwand sich Crawfords Griff, der, ganz grün im Gesicht, zurückprallte, die Pistole schlaff in der Hand.

»Oh, Gott«, plapperte er, »ich wußte nicht, daß es ... Ich kann doch kein Blut ...« Er wandte sich ab und übergab sich in einer Ecke, während Petrie das Mädchen in seinen Armen auffing.

Ein Freizeit-Entführer, dachte Alec angewidert. Die waren oft noch gefährlicher als die Profis, weil sie nicht wußten, was sie taten. Er überließ Crawford und den unverletzten Cockney den anderen und ließ sich neben dem Verletzten auf die Knie nieder.

Aus seiner Schulter floß das Blut. Sein Gesicht war tödlich blaß. »War's das mit mir, Sir?« fragte er mit schwacher Stimme. »Ich wußte nicht, daß er ein Schießeisen dabei hatte, ehrlich nicht.«

»Das glaub ich Ihnen. Sie dürfen jetzt nicht sprechen.« Alec preßte sein Taschentuch auf die Wunde. Es war beunruhigend schnell durchtränkt.

Er brauchte jetzt Hilfe. In dem Augenblick, als er sich umschaute, was die anderen taten, kam Daisy in die Hütte.

»Alec ... Gott sei Dank warst das nicht du!« Sie sah das Opfer am Boden und schluckte. »Augenblick, ich ziehe schnell meinen Unterrock aus. Was für ein Glück, daß ich heute kein Unterkleid anhabe.«

Sie sauste noch einmal hinaus und kehrte dann mit einem zusammengeknüllten Stück weißen Stoff zurück. Der Hauch Spitze am Saum weckte in Alec ein der Situation ganz und gar unangemessenes Begehren, als er es nahm und gegen sein blutdurchtränktes Taschentuch austauschte.

»Kannst du das festhalten? Ich will es mit meinem Hemd festbinden. Fest drücken.«

Blaß, aber tapfer kniete sie sich neben ihn. »Wer hat ihn angeschossen? Crawford?«

»Ja.« Er zog seinen Regenmantel und sein Jackett aus und knöpfte das Hemd auf. Wie gut, daß er an diesem Morgen ein sauberes Unterhemd angezogen hatte. »Alles in Ordnung mit dir?«

»Ich komm schon zurecht. Es ist ja nicht so wie in Occleswich, als ich diesem schrecklichen Kerl eins über die Rübe gegeben habe und du verletzt warst.«

Alec lächelte sie an. »Wenn ich mich recht erinnere, bist du damals sehr gut zurechtgekommen. Man hat dir nicht angemerkt, wie schlecht es dir ging. Hier, das binden wir, so fest es geht. Mehr können wir nicht für ihn tun, fürchte ich.«

»Er wird einen Schock erlitten haben. Wir müssen versuchen, ihn warmzuhalten.«

Während er Daisy half, die Schulter des Mannes zu verbinden und ihn in ihrer beider Mäntel einzuwickeln, schaute Alec, was eigentlich um sie herum vorging. Pearson leitete effizient die Gefangennahme der Entführer. Petrie hatte immer noch seine Arme um Gloria Arbuckle gelegt und schien ihr süße Nichtigkeiten ins Ohr zu flüstern.

»Petrie!« Alec grinste, als der junge Mann errötend zusammenschrak.

»Ach so, ähem, zum Teufel, darf ich vorstellen ...«

»Später. Ich möchte Sie bitten, sich Crawfords Auto zu nehmen und uns einen Arzt herzuholen. Dann benachrichtigen Sie bitte die Polizei und Mr. Arbuckle. Es wäre wohl das beste, wenn Sie Miss Arbuckle mitnehmen.«

»Toll, danke. Ich meine, ja, selbstverständlich, bester Freund. Welche Polizei? Die örtliche oder Scotland Yard?«

»Zwischen Scylla und Charybdis. Es macht überhaupt keinen Unterschied«, erklärte Alec rasch, als Petrie ihn mit einem verständnislosen Blick bedachte. »Ich stecke sowieso in der Tinte.«

»Den Chief Constable«, sagte Daisy. »Sir Nigel – wenigstens wollen wir einmal annehmen, daß wir hier noch in Worcestershire sind, obwohl es natürlich auch Gloucestershire sein kann. Dieser Hügel dürfte ziemlich genau auf der Grenze liegen. Ein Dalrymple und ein Petrie, und dann noch Lord Gerald Bincombe, um es komplett zu machen. Damit müßten wir doch Sir Nigel Wookleigh überzeugen können.«

»In Ordnung«, sagte Petrie. Er ging zur Tür, wobei er Miss Arbuckle auf das zärtlichste stützte.

Pearson hielt ihn auf. »Einen Augenblick noch, altes Haus. Sir Nigel braucht nicht zu wissen, daß Fletcher diese ganze Angelegenheit geleitet hat. Du kannst gerne sagen, daß er beteiligt war, das unbedingt. Damit er diese ganze Geschichte überhaupt wahrnimmt. Aber versuch es so hinzubiegen, daß der Eindruck entsteht, er sei in der letzten Sekunde dazukommen und nolens volens in die Sache hineingezerrt worden.«

»Geht in Ordnung.«

»Und beeil dich, Phillip«, drängte Daisy. »Dieser junge Mann braucht ärztliche Betreuung. Toodle-oo, Gloria. Bis später.«

Erst zwei Wochen später war die gesamte Truppe – allerdings ohne die Bösewichte – wieder beieinander. Der Anlaß war eine doppelte Verlobungsfeier, zu der Mr. Arbuckle in das Claridge's Hotel geladen hatte.

Der Millionär hatte nicht nur Daisy, Alec und Phillip um Gästelisten gebeten, sondern er hatte alle eingeladen, die irgend etwas mit der Rettung seiner Tochter zu tun gehabt haben. Damit fand sich in bester demokratischer Tradition die verwitwete Lady Dalrymple neben ihrem Gärtner Owen Morgan wieder, Colonel Sir Nigel Wookleigh, der Chief Constable von Worcestershire, plauderte mit Detective Sergeant Tring vom Scotland Yard; und Lord und Lady Petrie unterhielten sich mit Carlin, dem Wildhüter ihrer Nachbarn.

Dennoch war Daisy ein wenig überrascht, als ihr Vetter Edgar auf sie zukam und kundtat: »Ich hab einen pechkohlrabenschwarzen Schornsteinfeger entdeckt.«

»Einen Schornsteinfeger?« fragte sie vorsichtig und widerstand angestrengt der Versuchung sich umzuschauen.

»Nicht so selten, aber einen Tag oder zwei nach dem Schlüpfen werden sie braun, so daß man selten einen sieht, der richtig schwarz ist.«

»Schmetterling oder Nachtfalter?« fragte Alec.

»Nachtfalter, mein lieber Freund. *Odezia atrata*. Wenn Sie nächstes Mal nach Fairacres kommen, müssen Sie ein bißchen länger bleiben. Dann zeige ich Ihnen meine Schmetterlingszucht.«

Daisys Verwandte hatten Alec in die Familie aufgenommen – ihre Mutter und Geraldine eher zögerlich, Edgar und ihre Schwester Violet mit Gleichmut, und Vis ältester Sohn mit schier überschäumender Freude. Seine Freunde auf der Schule, so vertraute der neunjährige Neffe seiner Tante an, waren bitter neidisch auf ihn. Wer konnte auch schon einen zukünftigen Onkel ins Feld führen, der Detective beim Scotland Yard war?

Er und Alecs Tochter Belinda, die genauso alt war und ebenso wie er für die erste Stunde des Festes dabei sein durfte, vertrugen sich bestens. Die verwitwete Lady Dalrymple und Mrs. Fletcher beäugten sich zwar äußerst mißtrauisch, fanden aber immerhin eine Gemeinsamkeit darin, daß sie gleichermaßen eine Ehe über Grenzen von Stand und Gesellschaftsschicht mißbilligten.

Die Petries wiederum waren so erleichtert, daß Phillip nicht Automechaniker werden würde, sondern Berater für Maschinenbau, daß sie Gloria herzlich aufnahmen und Arbuckle dankbar duldeten.

Gloria, so beschloß Daisy, nachdem sie sie besser kennengelernt hatte, war mit Grips nicht wesentlich reicher gesegnet als Phillip. Aber nachdem sie sich einmal von ihrer Leidenszeit erholt hatte, entpuppte sie sich als ein freundliches, gut gelauntes Mädchen, und das Geld ihres Vaters würde die beiden vor den Unbillen des Lebens schützen.

Das Fest war schon in vollem Gange, als Alec und Daisy zufällig mit Lucy und Binkie sowie den Pearsons zusammentrafen.

»Lieber Alec«, sagte Lucy zu Alec, den sie mittlerweile duzte, »ich hab mich gerade gefragt, was eigentlich aus dem Halunken geworden ist, auf den Crawford geschossen hat.«

»Er hat es überlebt«, versicherte ihr Alec, »Daisys erster Hilfe sei Dank. Mehr weiß ich nicht.«

»Er erholt sich«, sagte Tommy.

»Mr. Arbuckle hat Tommy engagiert, daß er ihn verteidigt«, erklärte Madge.

»Dann wird er sicherlich mit einer geringen Strafe davonkommen«, sagte Alec grinsend. »Pearsons Wortgewalt ist in einer normalen Anwaltskanzlei völlig verschwendet. Er gehört ins Strafrecht.«

»Tommy hat nämlich den Assistant Commissioner überzeugt, Alec zu verzeihen«, sagte Daisy. »Ohne je direkt zu lügen, hat er doch den Eindruck erweckt, Alec hätte erst auf Brockberrow Hill begriffen, daß ein Verbrechen verübt worden war. Nie wieder in meinem Leben glaube ich auch nur ein Wort, das mir ein Rechtsanwalt erzählt.«

»Es ist ihm ausgezeichnet gelungen, den A. C. in die richtige Stimmung zu versetzen«, bestätigte Alec, »obwohl, wenn einer dieses Juristenchinesisch durchschaut, dann der Assistant Commissioner for Crime. Was mich aber wirklich gerettet hat und mir die völlige Absolution sicherte, war die Tatsache, daß Daisy an der Sache beteiligt war. Er lebt nämlich in Angst und Schrecken vor ihren unorthodoxen Methoden, der Polizei zu

›helfen‹, und verläßt sich jetzt auf mich, daß ich sie ein bißchen disziplniere.«

»Gemeiner Kerl«, sagte Daisy, aber sie ärgerte sich kein bißchen. An diesem Abend fühlte sie sich so leicht wie die perlenden Bläschen in ihrem Champagnerglas, und nur ihre Hand, die sie unter Alecs Arm gesteckt hatte, hielt sie wie ein Anker am Boden.